태고의 시간들

태고의 시간들

올가 토카르추크

최성은 옮김

은행나무세계문학 에세 • 22

은행나무

차례

태고의 시간

    태고(太古)*는 우주의 중심에 놓인 작은 마을이다.

    남에서 북까지 태고를 빠른 걸음으로 가로지르면, 대략 한 시간쯤 걸린다. 동에서 서까지도 마찬가지다. 누군가 느린 걸음으로 주변을 찬찬히 둘러보면서 사색에 잠긴 채 태고를 한 바퀴 돈다면, 아침부터 저녁까지 꼬박 하루가 걸릴 것이다.

    태고의 북쪽 경계선은 타슈프에서 키엘체로 향하는 도로와 만난다. 도로는 혼잡하고 위험하다. 여행에 대한 불안 때문이다.

---

*   실제 폴란드에 존재하지 않는 지명. 시간과 공간이 중첩되는 지점, 공간이지만 시간을 대변하는 장소, 시공을 초월한 개념을 설명하는 상징적인 단어로, 다른 고유명사와 달리 한국어 번역어로 표기했다.

이 경계는 대천사 라파엘*이 지키고 있다.

태고의 남쪽 경계는 진흙투성이의 중앙광장 주변으로 성당과 양로원, 나지막한 다세대 주택 건물들이 들어선 소도시 예슈코틀레가 차지하고 있다. 마을은 위태롭다. 소유하고 싶고 소유되고 싶은 욕망이 들끓어오르기 때문이다. 마을과 태고의 경계를 지키는 건 대천사 가브리엘이다.

남쪽에서 북쪽으로, 예슈코틀레에서 키엘체로 향하는 길을 사이에 두고, 고시치니에츠** 마을과 태고가 마주하고 있다.

태고의 서쪽 경계에는 강변에 자리한 축축한 목초지와 작은 숲이 이어져 있고, 성(城)이 한 채 서 있다. 그 옆에는 마구간이 있는데, 그곳에서 키우는 말 한 마리의 값은 태고 전체를 사들이고도 남는다. 말들은 상속자 포피엘스키의 소유고, 목초지는 교구신부의 것이다. 이 서쪽 경계에 깃든 위험 요소는 바로 자만에 빠져 우쭐대는 것이다. 대천사 미카엘***이 서쪽 경계를 지키고 있다.

태고의 동쪽 경계에는 태고와 타슈프의 영토를 가르는 백강(白江)이 흐르고 있다. 백강이 방앗간을 향해 꺾어져 흐르면, 경

* 폴란드어 발음으로는 라파우.
** 고유명사로 사용되었지만 '큰길', '공공도로'라는 뜻이 있다.
*** 폴란드어 발음으로는 미하우.

계는 오리나무 관목들 사이에 자리한 목초지를 따라 단독으로 뻗어나간다. 여기서 나타나는 위험성은 지나치게 영리한 척하다 어리석음에 빠지는 것이다. 대천사 우리엘이 이 경계를 지키고 있다.

신은 태고의 중심에 언덕을 쌓아 올렸는데, 매년 여름이면 왕풍뎅이 무리가 이 언덕으로 몰려든다. 그래서 왕풍뎅이 언덕이라는 이름이 붙었다. 창조는 신의 일이고, 이름을 붙이는 건 인간의 일이니까.

방앗간 기슭에서 백강에 합류하는 흑강(黑江)은 북서쪽에서 남쪽으로 흐른다. 흑강은 깊고 어둡다. 강은 숲을 따라 흐르고, 숲은 강에 울창한 얼굴을 비춘다. 마른 잎사귀들이 흑강을 유영하며 떠내려오고, 조심성 없는 벌레들이 강의 소용돌이 속에서 살기 위해 발버둥 친다. 흑강의 물결이 나무뿌리를 할퀴고, 숲을 침식한다. 검은 수면에 소용돌이가 일기도 하는데, 흑강이 화를 내거나 통제 불능 상태가 될 때도 있기 때문이다. 매년 늦은 봄이면, 강물은 교구신부의 목초지로 범람하여 따뜻한 햇볕을 쬐며 일광욕을 한다. 덕분에 개구리들의 숫자가 수천 마리로 불어난다. 신부는 여름 내내 흑강과 전쟁을 치르지만, 매년 7월 말쯤 되면 강은 관대하게도 자신의 흐름을 되찾곤 한다.

백강은 얕고 생기발랄하다. 모래에 넓은 수로를 만들며 흘러

가고, 아무것도 감추지 않는다. 투명하고 깨끗하며 모랫바닥까지 태양이 관통한다. 마치 반짝이는 거대한 도마뱀 같다. 강물은 미루나무 사이를 요리조리 빠르게 흐르며 장난을 친다. 하지만 이 장난은 예측하기가 쉽지 않다. 어느 해는 오리나무 덤불들로 작은 섬을 만들어놓더니, 그 후 10여 년 동안은 나무들을 피해서 흐르기도 했다. 백강은 잡목림과 풀밭, 목초지를 통과해 흐르며 모랫빛과 금빛으로 반짝인다.

방앗간 기슭에 이르러 두 강은 비로소 하나가 된다. 얼마간은 서로 염원해 마지않던 딱 그만큼의 거리를 유지하면서 수줍으면서도 소극적인 모양새로 나란히 흐르다가, 어느 순간 하나가 되어 뒤엉킨다. 방앗간 부근에서 하나로 섞인 강은 이제 백강도 흑강도 아니다. 또 다른 강력한 강으로 재탄생하여 빵을 만들기 위해 곡물을 빻는 물레방아를 거뜬히 돌린다.

태고는 두 개의 강, 그리고 이 두 강의 뒤엉킨 욕망이 만들어낸 세 번째 강의 강변에 자리하고 있다. 방앗간 기슭에서 흑강과 백강이 합쳐진 이 세 번째 강은 '강'이라 불린다. 강은 고요하고 충만하게 흘러간다.

게노베파의 시간

1914년 여름, 밝은색 군복을 입은 러시아 군인 둘이 말을 타고 미하우를 찾아왔다. 미하우는 그들이 예슈코틀레 쪽에서부터 이곳을 향해 달려오는 것을 보았다. 후텁지근한 공기에 그들의 웃음소리가 실려 있었다. 미하우는 밀가루가 묻어 희끄무레해진 외투 차림으로 대문 앞에 서서, 그들이 무엇 때문에 온 것인지 알면서도 기다렸다.

"당신은 **누구요**?" 그들이 러시아어로 물었다.

"나는 **미하우 유제포비치 니에비에스키요**." 미하우도 러시아어로 모범 답안을 읊었다.

"**그렇다면 당신에게 알려줄 소식이 있소.**"

미하우는 그들로부터 종이 한 장을 받아 들고는 아내에게 보여주었다. 아내는 하루 종일 울면서 미하우가 전쟁터로 떠날 채비를 도왔다. 어찌나 울었는지 기력이 쇠하는 바람에, 문간에 서서 남편이 다리를 건너가는 모습도 지켜보지 못했다.

감자꽃이 떨어지고, 작고 푸른 열매가 영글 무렵, 게노베파는 아이를 가졌다는 사실을 알았다. 손가락으로 날짜를 꼽아보니, 5월 말 건초를 처음 베어낼 무렵이 틀림없었다. 그때 아이가 들어선 것이다. 아무 말도 못 한 채 미하우를 떠나보냈다는 사실을 뒤늦게 깨달았다. 어쩌면 나날이 불러오는 배는 미하우가 돌아온다는, 아니 반드시 돌아와야 한다는 일종의 징표인지도 몰랐다. 게노베파는 미하우의 방식 그대로 홀로 방앗간을 운영했다. 일꾼들을 관리하고, 곡식을 나르는 소년들에게 영수증을 발급했다. 그녀는 방앗간의 돌을 움직이는 물의 출렁임과 기계가 돌아가는 소리에 귀를 기울였다. 밀가루가 머리카락과 속눈썹에 날아와 앉았고, 밤이면 거울 앞에 서서 거울에 비친 나이 든 여인의 얼굴을 마주 보았다. 나이 든 여인은 거울 앞에서 옷을 벗고 배를 확인했다. 그리고 침대에 누웠다. 쿠션과 면양말로도 몸은 따뜻해지지 않았다. 발이 시려서 오랫동안 잘 수가 없었다. 물에 들어갈 때와 마찬가지로 잠들 때도 항상 발부터 꿈속의 세계로 들어갔기 때문이다. 그래서 그녀는 기도로 많은 시간을 보냈다. '하늘에 계신 우리 아버지'로 시작해서 '은총이 가득하신 마리아님'으로 이어지고, 마지막에는 수호천사에게 자신이 가장 좋아하는 잠결의 기도를 바치곤 했다. 게노베파는 자신의 수호천사에게 미하우를 지켜달라고 빌었다. 미하우에게도 본인의 수호천사가 있지만, 전쟁터에서는 천사 하나로는 부족할 것 같았기 때문이다. 그러다 그녀의 기도는 전투 장면으로 이어졌다. 흔치 않지만, 단순한 장면이었다. 게노베파는 태고 외에는 다른 세계를 전혀 몰랐다. 그녀가 아는 전쟁이란, 토요일 장터에서 술 취한 남자들이 일으키는 소동이 전부였다. 외투 자락을 잡아당겨 땅으로 넘어지고 진흙을 뒤집어쓴, 지저분하고 불쌍한 사내들이 벌이는 다툼. 그러므로 게노베파는 전쟁을 단순히 진흙탕과 웅덩이, 쓰레기 더미 속의 싸움이라고 상상했다. 모든 것이 단숨에 단 한 번의 결투로 해결되는 싸움 말이다. 그렇기에 그녀는 전쟁을 치르는 데 이렇게 오랜 시간이 걸린다는 게 이상하기만 했다.

그녀는 가끔 읍내로 장을 보러 갔다가 사람들이 주고받는 이야기를 듣곤 했다.

"러시아 차르가 독일 황제보다 강하다는군." 그들이 수군거렸다.

혹은 이런 말도 들려왔다.

"크리스마스 무렵에는 전쟁이 끝날 거야."

그러나 전쟁은 그해 크리스마스는커녕, 그 후 네 번의 크리스마스가 지나도록 끝나지 않았다.

명절을 앞두고 게노베파는 예슈코틀레에 장을 보러 갔다. 다리를 건너다가 강변을 따라 걷고 있는 한 소녀를 보았다. 맨발에 꾀죄죄한 차림이었다. 소녀의 맨발이 눈 위에 자그마하지만 깊은 발자국을 남겼다. 게노베파는 놀라서 그 자리에 멈춰 섰다. 다리 위에서 소녀를 내려다보던 그녀는 가방에서 코페이카* 한 닢을 찾아냈다. 소녀가 다리 위를 올려다봤고, 순간 두 사람의 시선이 마주쳤다. 동전이 눈 속에 떨어졌다. 소녀가 미소를 지었다. 그러나 그 미소는 감사의 미소도, 호의의 미소도 아니었다. 소녀는 커다랗고 새하얀 이빨을 내보이며 초록색 눈동자를 반짝였다.

"이 동전은 네 거야." 게노베파가 말했다.

소녀는 쪼그리고 앉아 조심스럽게 눈 속에 파묻힌 동전을 주웠다. 그리고는 몸을 돌려 아무 말 없이 가던 길을 갔다.

예슈코틀레는 색채를 잃은 것처럼 보였다. 모든 게 흑백이거나 회색빛이었다. 광장엔 한 무리의 남자들이 서 있었다. 사내들은 전쟁 얘기에 열을 올렸다. 도시는 파괴되었고 시민의 소유물들이 거리 곳곳에 널려 있다, 사람들이 총탄 앞에서 도망치고 있

---

* 러시아의 동전. 100코페이카가 1루블에 해당한다.

다, 형제가 형제를 찾아 헤맨다, 러시아인과 독일인 중에 누가 더 나쁜 놈들인지 알 수가 없다, 독일인들이 살포하는 독가스로 인해 사람들의 눈이 터져나가고 있다, 기근이 수확기보다 먼저 찾아올 것이다 등등. 전쟁은 첫 번째로 발견된 병균과도 같아서 뒤를 이어 또 다른 병균들이 들끓게 마련이다.

셴베르트의 가게 앞에는 말똥 한 무더기가 널려 있고, 그 때문에 쌓여 있던 눈이 녹았다. 게노베파는 말똥을 피해서 문으로 다가갔다. 문에 부착된 팻말에는 다음과 같이 쓰여 있었다.

잡화점

셴베르트 회사

오직 최상품만 취급합니다

빨랫비누

속옷 표백제

밀과 쌀 전분

기름, 초, 성냥

가루 살충제

그녀는 갑자기 '가루 살충제'라는 단어 때문에 어지러움을 느꼈다. 독일인들이 사용한다던 가스가 떠올랐다. 인간의 눈을 터지게 만든다는 그 독가스 말이다. 바퀴벌레들도 셴베르트 가게에서 사들인 살충제를 뿌리면 똑같은 고통을 느낄까? 게노베파는 구토를 참으려고 여러 번 심호흡해야만 했다.

"뭘 드릴까요?" 노래하는 듯한 목소리로 만삭의 젊은 여자가 물었다. 그녀는 게노베파의 배를 힐끔 보더니 미소를 지었다.

게노베파는 나프탈렌과 성냥, 비누와 바닥 솔을 달라고 했다. 그녀는 바닥 솔의 뻣뻣한 부분을 손가락으로 문질러보았다.

"크리스마스가 다가오니 대청소 좀 하려고요. 바닥도 청소하고, 커튼도 빨고, 화덕도 문질러 닦을 거예요."

"아, 우리 명절도 코앞이랍니다. 성전헌당일(聖殿獻堂日)요. 그나저나 태고 마을에서 오신 거 맞죠? 혹시 방앗간 안주인 아니세요? 저는 당신을 알아요."

"그럼 이젠 우리 둘 다 서로를 아는 거네요. 예정일이 언제예요?"

"2월요."

"아, 저도 2월인데."

셴베르트 부인은 계산대에 회색빛 비누들을 늘어놓기 시작했다.

"혹시 그런 생각 해보신 적 없으세요? 왜 우리는 바보같이 이런 전쟁 통에 애를 낳을까 하는……."

"분명 신께서……."

20

"신, 신이라……. 그분은 잘난 회계사죠. '인출금'과 '융자금'을 관리하시니까요. 둘은 서로 균형을 맞춰야만 하거든요. 그래서 하나의 생명이 사라지면, 또 다른 생명이 태어나죠……. 부인께서는 분명 잘생긴 아들을 낳으실 거 같네요."

게노베파는 바구니를 들어 올렸다.

"제게 필요한 건 딸이에요. 남편이 전쟁에 나갔거든요. 아들은 아버지가 없으면 제대로 크기가 힘들죠."

셴베르트 부인은 계산대에서 나와서 문까지 게노베파를 배웅했다.

"아마도 우리 두 사람 모두에게 딸이 필요한 것 같네요. 다들 딸만 낳기 시작한다면, 세상이 한결 평화로워질 텐데 말이죠."

두 여인은 함박웃음을 터뜨렸다.

미시아의 천사의 시간

천사는 산파인 쿠츠메르카와는 완전히 다른 시각으로 미시아의 탄생을 지켜봤다. 천사는 매사를 전혀 다르게 파악한다. 천사들은 세상을 바라볼 때, 물질적인 형태가 생성되었다가 스스로 파괴를 거듭하는 과정으로 보지 않는다. 그보다는 세상에 담긴 가치와 영혼으로 세상을 인식한다.

신이 지정해준 미시아의 천사는 고통으로 인해 함몰된 육체, 갈기갈기 찢긴 넝마와 같은 모습으로 몸부림치고 있는 육체를 보았다. 바로 미시아를 출산한 게노베파의 육체였다. 천사의 눈에 미시아는 이제 갓 생겨나 환하게 빛나는, 텅 빈 공간으로 보였다. 곧이어 그 공간에 반쯤 의식이 깃든 한 영혼이 모습을 드러낸다. 아이가 눈을 뜨는 순간, 수호천사는 가장 높은 분께 감사를 드린다. 이어서 천사와 인간의 시선이 처음으로 마주치게 되고, 비록 육체 없는 천사지만, 천상의 존재들이 느끼는 나름의 전율을 맛보게 된다.

천사는 산파의 등 너머에 있는 다른 세상으로 미시아를 인도했다. 천사는 미시아의 생명이 깃들 공간을 깨끗이 만든 뒤에 그녀를 다른 천사들과 가장 높은 분께 선보였다. 그러고는 실체 없는 그의 입술이 이렇게 속삭였다. "자, 다들 보세요. 이 아이가 바로 내 작은 영혼입니다." 천사들만이 갖는 특별한 감정, 즉 애정 어린 연민이 미시아의 천사에게도 차오른다. 이것은 천사들에게 허락된 오직 하나뿐인 감정이다. 창조자는 천사들에게 본능도, 정서도, 욕구도 부여하지 않았다. 이런 감정을 느낄 수 있다면, 아마도 그들은 영적인 존재가 되지 못했을 것이다. 천사들이 가진 단 하나의 본능은 바로 연민이다. 창공처럼 무겁고, 무한한 연민……. 이것은 천사들이 가진 유일무이한 감정이다.

천사는 따뜻한 물로 아이를 씻기고 부드러운 플란넬 천으로 물기를 닦아주고 있는 산파 쿠츠메르카를 보았다. 그런 다음 산고(産苦)로 붉게 충혈된 게노베파의 눈동자를 보았다.

천사는 마치 흐르는 물을 바라보듯 눈앞에서 벌어지는 일들을 지켜보았다. 사건 자체에는 관심도 없었고, 흥미를 느끼지도 않았다. 어디서 비롯되었고 어디로 흘러가는지, 그 시작과 끝을 이미 알고 있었기 때문이다. 그는 사건들의 흐름을 보았다. 서로 유사하기도 하고 다르기도 한 사건들, 시간상 가깝기도 하고 멀기도 한 사건들, 하나에서 또 하나로 이어지기도 하고 서로 아무런 연관이 없기도 한 사건들의 흐름 말이다. 그러나 이 또한 그에게 특별한 의미는 없었다.

천사들에게 사건이란 시작도 끝도 없이 되풀이되는 꿈이나 영화 같은 것이다. 천사들은 여기에 관여할 수도 없고, 그럴 필요도 없다. 인간은 세상으로부터, 사건으로부터 배움을 얻으며, 세상과 자기 자신에 관해 깨우친다. 그리고 사건을 통해 자신을 되돌아보고, 한계와 가능성을 가늠하고, 스스로에게 명분을 부여한다. 천사는 굳이 외부에서 뭔가를 끌어올 필요가 없다. 천사는 자기 자신을 통해서 세상과 스스로에 대한 모든 지식을 깨우친다. 신이 창조한 천사는 그러했다.

천사는 인간과 같은 지성을 지니고 있지 않다. 그는 유추도 판단도 하지 않는다. 논리적으로 생각하지도 않는다. 어떤 인간들은 천사를 멍청하다고 여길 수도 있다. 그러나 천사는 애초에 자기 안에 있는 지혜의 나무에서 따 온 열매, 순수한 지식을 갖고 있다. 이 지식은 단순 명료한 직감을 통해서만 배가될 수 있다. 이것은 추론과 이에 수반되는 오류, 그 뒤에 찾아오는 온갖 두려움을 제거한 지식이며, 그릇된 인식이 빚어낸 편견을 배제한 지식이다. 그러나 다른 모든 신의 창조물이 그렇듯이 천사들 또한 변덕스럽다. 이는 미시아가 천사를 필요로 하는 순간에 그가 왜 그렇게 자주 자리를 비웠는지를 설명해준다.

천사가 미시아의 곁을 잠시 떠나 있던 바로 그때, 그는 지상으로부터 눈길을 돌려 다른 천사들과 함께 다른 세계들, 그러니까 더 높거나 더 낮은 다른 세상들을 바라보는 중이었다. 그리고 각각의 세상에 존재하는 사물들과 동식물들을 하나하나 관찰하고 있었다. 그는 존재들이 매달린 어마어마하게 큰 사다리와 예사롭지 않은 건물, 그리고 그 안에 존재하는 여덟 개의 세계를 보았다. 그리고 창조에 몰두하고 있는 조물주도 보았다. 물론 미시아의 천사가 신의 얼굴을 보았다고 단정한 그 누군가의 생각이 그릇된 것일 수도 있지만 말이다. 천사는 인간보다 더 많은 것을 보지만, 그렇다고 모든 걸 보는 것은 아니다.

생각 속에서 다른 여러 세계를 다녀온 천사는 미시아의 세계에 집중하기가 어려웠다. 그녀의 세계는 다른 인간들이나 동물들의 세계와 별반 다르지 않았다. 어두컴컴하고 고난으로 가득 찬 그 세계는 마치 개구리밥이 잔뜩 자라난 저수지같이 뿌옇고 애매했다.

크워스카의 시간

게노베파가 코페이카를 던져주었던 맨발의 소녀는 크워스카[*]
였다.

크워스카는 7월 혹은 8월 즈음에 태고에 나타났다. 사람들은
이 소녀를 크워스카라는 이름으로 불렀는데, 소녀가 들판에서
수확하고 남은 이삭을 주워다가 불에 구워 먹곤 했기 때문이었
다. 소녀는 가을이 되자 감자를 훔쳤고, 11월에 밭이 텅 비고 나
서 술집에 눌러앉았다. 누군가 가끔 소녀에게 보드카를 사주었
고, 돼지비계를 바른 빵 한 조각을 건네주기도 했다. 그러나 사
람들은 대가를 바라지 않고 공짜로 뭔가를 베푸는 걸 달가워하

---

[*] '크워스'는 '이삭', '곡식의 낟알'을 뜻한다.

지 않았고, 특히나 술집에선 더욱 그랬다. 그리하여 크워스카는 몸을 팔기 시작했다. 보드카로 가볍게 취기가 오르고 몸이 달궈지면, 남자들과 밖으로 나가서 소시지 몇 개에 그들과 관계를 맺곤 했다. 크워스카는 근방에서 유일하게 젊고 꽤 손쉬운 여자였기 때문에 남자들은 개떼처럼 주위를 맴돌았다.

크워스카는 몸집이 크고 가슴이 풍만했다. 밝은색 머리카락에 햇빛에도 끄떡없는 하얀 피부를 지녔다. 늘 당돌하게 상대방의 얼굴을 똑바로 마주 보았고, 심지어는 교구신부와 마주칠 때도 마찬가지였다. 초록빛 눈동자에 한쪽 눈은 약간 옆으로 치켜올라가 있었다. 풀숲에서 크워스카를 취한 남자들은 항상 그 뒤에 거북함을 느꼈다. 그들은 바지 앞섶을 여미고 붉게 달아오른 얼굴로 숨이 턱턱 막히는 술집으로 돌아갔다. 크워스카는 절대아래에 누우려 하지 않았다. 그녀는 늘 이렇게 말했다.

"왜 내가 당신 밑에 누워야 하죠? 나는 당신과 동등한데."

그녀는 나무 혹은 술집의 나무 벽에 기대는 걸 즐겼고, 그럴때면 치마를 등까지 걷어 올리곤 했다. 그녀의 엉덩이는 어둠 속에서 달처럼 빛났다.

이것이 바로 크워스카가 배운 세상이었다.

배움에는 두 가지 종류가 있다. 밖에서 배우는 것과 안에서 배우는 것. 흔히 사람들은 전자를 최선, 나아가 유일한 방법으로 여긴다. 그렇기에 장거리 여행, 혹은 보고 읽는 것을 통해서, 아니면 대학 교육이나 수업을 통해서 배움을 얻는다. 존재 바깥에서 벌어지는 일들을 통해 뭔가를 습득하는 것이다. 인간은 어리석은 존재이기에 배워야만 한다. 그렇기에 꿀벌처럼 부지런히 지식을 모아서 그것을 자신에게 덧붙여나가고, 그렇게 지식이 쌓이면 그것을 활용하거나 가공하기도 한다. 그러나 내면에 도사린 '어리석음', 다시 말해 학습을 필요로 하는 본성은 바뀌지 않는다.

크워스카는 외부의 것을 내면으로 동화시키면서 세상을 배웠다.

쌓이기만 하는 지식은 인간에게 아무런 변화를 가져다주지 못하거나 단지 변화를 일으키는 것처럼 보일 뿐이다. 그저 겉옷을 다른 옷으로 갈아입는 것과 마찬가지다. 하지만 지식을 자기 것으로 만들며 배우는 사람은 끝없는 변화를 체험하게 된다. 배워서 알게 된 것들이 존재 속으로 고스란히 스며들기 때문이다.

크워스카는 태고와 그 인근에 사는 냄새나고 더러운 사내들을 자기 것으로 만들면서 그들이 되어갔다. 그들과 똑같이 취했고, 그들처럼 전쟁을 두려워했고, 그들과 마찬가지로 흥분했다. 술집 뒤편 덤불에서 벌어지는 일들을 흡수한 것으로도 모자라 그들의 부인과 아이들, 왕풍뎅이 언덕 근처에 있는 습하고 퀴퀴한 그들의 오두막까지 송두리째 제 것으로 만들었다. 달리 보면,

그녀는 태고 전체를, 이곳에 깃든 모든 고통과 희망을 제 것으로 소화해버린 것이다. 이것이 바로 크워스카의 대학교였고, 부풀어 오르는 배는 졸업장이었다.

크워스카의 딱한 처지를 전해 들은 상속자의 부인 포피엘스키 여사는 그녀를 성으로 불러들였다. 부인은 커다랗게 부풀어 오른 크워스카의 배를 쳐다보았다.

"오늘내일 중에 곧 아이를 낳겠구나. 대체 어쩔 생각이니? 바느질과 요리를 가르쳐주마. 어쩌면 세탁실에서 일할 수 있을지도 몰라. 누가 알겠니, 일이 잘 풀리면 여기서 아이랑 함께 지낼 수도 있을지?"

그러나 그림이며 가구, 장식품들을 향하는 소녀의 낯설고도 무례한 시선을 보자 포피엘스키 부인은 망설였다. 그리고 그 시선이 자신의 때 묻지 않은 딸과 아들들에게 와닿자 부인은 어조를 바꾸었다.

"주변에 도움이 필요한 사람들을 돕는 게 우리 의무지만, 당사자가 원해야 도와줄 수 있단다. 마침 난 도움을 베푸는 일을 하고 있어. 예슈코틀레에서 보호소를 하나 운영하고 있는데, 그곳에 아이를 맡겨도 돼. 깨끗하고 친절한 곳이란다."

'보호소'라는 말이 크워스카의 주의를 끌었다. 크워스카는 포피엘스키 부인을 쳐다봤다. 부인은 확신을 얻었다.

"나는 수확 전에 사람들의 형편이 어려울 때, 입을 것과 먹을 것을 나눠주곤 해. 사람들은 네가 이곳에 있는 걸 원치 않아. 넌 분란만 일으키고, 미풍양속을 해치고 있어. 품행이 좋지 못하니까. 여기서 떠나줘야겠어."

"원하는 곳에 있을 자유는 내게 없는 건가요?"

"여긴 전부 내 소유야. 내 땅이고 내 숲이지."

크워스카는 활짝 웃으며 새하얀 이빨을 내보였다.

"전부 당신 거라고요? 작고 말라빠진 가여운 암캐 같으니라고……."

포피엘스키 부인의 얼굴이 굳어졌다.

"나가." 부인이 조용히 말했다.

크워스카는 뒤돌아 걸어 나갔다. 그녀의 맨발이 마룻바닥을 저벅거리며 디디는 소리가 들렸다.

"창녀나 다름없네." 성에서 청소부로 일하는 프라니오바가 크워스카에게 말했다. 프라니오바의 남편은 여름 내내 크워스카에게 미쳐 있었다. 그녀는 크워스카의 뺨을 때렸다.

크워스카가 휘청거리는 걸음으로 울퉁불퉁 자갈이 깔린 현관을 지나고 있을 때, 지붕에서 목수들이 그녀의 뒤에서 휘파람을 불었다. 그러자 크워스카는 치마를 걷어 올려 벌거벗은 엉덩이를 보여줬다.

크워스카는 공원을 벗어나 걸음을 멈추고는 어디로 가야 할지 잠시 망설였다.

오른쪽에는 예슈코틀레가, 왼쪽에는 숲이 있었다. 숲이 그녀를 끌어당겼다. 나무들 사이로 들어서니 모든 것이 전과는 다른 향기를 풍겼다. 좀 더 선명하고 강렬했다. 이따금 노숙하던 비디마치의 폐가 근처로 갔다. 불타버린 작은 마을의 잔재인 이 집은 이제는 무성한 수풀로 뒤덮여 있었다. 임신과 무더위로 인해 퉁퉁 부은 크워스카의 두 발은 바닥에 깔린 딱딱한 솔방울을 느끼지 못했다. 강가에서 첫 번째 산통이 왔다. 주체할 수 없는 낯선 고통이었다. 그녀는 점점 공황 상태에 빠져들었다. '난 죽었어, 이제 죽었다고. 도와줄 사람이 아무도 없으니까.' 크워스카는 공포에 사로잡혔다. 흑강의 중간쯤에서 멈춰 선 그녀는 한 발자국도 움직이고 싶지 않았다. 차가운 강물이 다리와 하복부를 씻겼다. 그녀는 물속에 몸을 담근 채, 멀리 양치식물 속으로 몸을 숨기는 토끼를 보았다. 토끼가 부러웠다. 나무뿌리 사이를 유영하는 물고기를 보았다. 물고기가 부러웠다. 바위 밑으로 슬쩍 기어들어가는 도마뱀을 보았다. 도마뱀도 부러웠다. 또 한 번 산통을 느꼈다. 이번엔 더욱 강렬했고 더욱 무서웠다. '죽는구나.' 그녀는 생각했다. '이렇게 죽나 보다. 애는 나오는데 아무도 도와주지 않으니.' 그녀는 강변에 있는 양치식물 속에 몸을 뉘고 싶었다. 냉기와 어둠이 필요했다. 하지만 온몸의 저항에도 불구하고 계속해서 발걸음을 옮겼다. 세 번째 산통이 찾아왔고. 크워스카는 시간이 얼마 남지 않았다는 사실을 알았다.

사면의 벽과 지붕 일부만 남아 있는 비디마치의 폐가 내부에는 쐐기풀이 가득 자라서 폐허를 뒤덮고 있었다. 축축한 악취가 풍기고, 벽면에는 달팽이들이 기어 다니고 있었다. 크워스카는 커다란 우엉 잎사귀를 뜯어다가 임시로 누울 자리를 만들었다. 통증이 점점 견딜 수 없이 잦은 간격으로 밀려왔다. 그러다 더는 참을 수 없는 지경에 이르자, 크워스카는 우엉 잎사귀와 쐐기풀 더미에 아이를 꺼내놓기 위해서 뭐든 해야만 한다는 것을 깨달았다. 이를 악물고 힘을 주기 시작했다. '고통이 들어온 곳으로 다시 빠져나가는 것뿐이야.' 이렇게 생각하며 크워스카는 바닥에 털썩 주저앉았다. 치마를 걷어 올렸다. 배와 허벅지가 벽처럼 가로막아서 확실하게 보이는 건 아무것도 없었다. 몸은 팽팽하게 긴장되었지만, 단단히 잠겨서 열리지 않았다. 그곳을 보려고 애써봤지만, 배에 막혀 보이지 않았다. 크워스카는 고통으로 인해 떨리는 손으로 아이가 나오는 그곳을 더듬어보았다. 부풀어 오른 외음부와 거친 음모가 손가락 끝에 느껴졌지만, 그녀의 살 굴은 손가락이 닿는 느낌을 감지하지 못했다. 크워스카는 마치 낯선 물건을 대하듯 자신의 몸을 만졌다.

통증이 점점 강렬해지면서 감각은 흐릿해졌다. 온갖 생각들이 부패한 천 조각처럼 갈기갈기 끊어졌다. 그녀의 말과 관념들이 뿔뿔이 흩어져 대지로 스며들었다. 출산으로 인해 부풀어 오른 몸이 그녀를 온전히 장악했다. 인간의 육신은 온갖 심상들에 의해 생존을 유지하기에 이 심상들이 반쯤 의식을 잃은 크워스카의 정신을 지배했다.

크워스카는 성당의 성화 앞 차가운 돌바닥에서 아이를 낳는 것처럼 느꼈다. 편안하고 안정적인 오르간 선율이 들려왔다. 그러자 자신이 오르간인 것처럼 여겨졌고, 내부에 엄청나게 많은 소리를 갖고 있어 원하면 모든 음을 자신으로부터 뽑아낼 수 있을 것만 같았다. 스스로가 강하고 전능하게 느껴졌다. 하지만 얼마 안 가 이 무소불위의 힘을 파리 한 마리가 산산조각 냈다. 커다란 보랏빛 파리가 귓가에서 윙윙거리며 일상의 소리를 냈다. 고통이 새로운 힘으로 크워스카를 덮쳤다. '죽을 것만 같아!' 크워스카가 신음했다. '죽지 않을 거야, 난 죽지 않아.' 또다시 신음을 내뱉었다. 눈꺼풀이 땀으로 축축해지는 바람에 눈이 따가웠다. 크워스카는 흐느끼기 시작했다. 두 손으로 지탱하며 절망적으로 힘을 주기 시작했다. 이렇게 죽을힘을 쓰고 나자 불현듯 안도감이 찾아왔다. 무언가 철퍼덕 떨어지면서 그녀에게서 빠져나왔다. 크워스카는 이제 열려 있었다. 그녀는 우엉 잎사귀에 고꾸라져서 아이를 찾았다. 하지만 거기에 아이는 없었고, 미적지근한 물만 고여 있었다. 크워스카는 다시 힘을 모아 처음부터 힘껏 밀어붙이기 시작했다. 두 눈을 질끈 감은 채 힘을 주었고, 숨을 한 번 고르고 나서 또다시 힘을 주었다. 그녀는 울면서 위쪽을 쳐다보았다. 낡아빠진 판자 사이로 구름 한 점 없는 하늘이 보였다. 그리고 거기에서 자신의 아이를 보았다. 아이는 불안정하게 일어서서 두 다리로 서 있었다. 크워스카가 지금껏 한 번도 본 적 없는, 형언할 수 없이 어마어마한 사랑이 담긴 눈길로 아이는 크워스카를 쳐다보았다. 남자아이였다. 아이가 땅바닥에서 나뭇가지를 주워 들자 그것은 작은 풀뱀으로 변했다. 크워스카는 행복감을 느꼈다. 그녀는 잎사귀 위에 누웠고, 컴컴한 우물 속으로 빨려 들어갔다. 생각이 돌아왔다. 그리고 우아하고 고요하게 그녀의 정신으로 흘러들었다. '그러니까 이 집에는 우물이 있구나. 우물 속에는 당연히 물이 있지. 나는 우물 속에서 살아야겠다. 그 안은 서늘하고 축축하니깐. 우물 속에서 아이들이 놀고, 달팽이들이 시력을 회복하고, 곡식이 익을 테니까. 거기엔 아이를 먹일 뭔가도 있을 거야. 그런데 아이는 어디에 있지?'

크워스카는 눈을 떴고, 두려움을 느꼈다. 시간이 멈췄고, 아이가 어디에도 없다는 사실이 섬뜩하게 느껴졌다.

또다시 고통이 찾아왔다. 크워스카는 비명을 지르기 시작했다. 어쩌나 크게 소리를 질렀는지 허물어진 집 벽이 흔들리고, 새들이 동요했다. 들판에서 써레질하며 건초를 긁어모으던 사람들이 고개를 들어 성호를 그었다. 크워스카는 갑자기 숨이 턱 막히는 것을 느끼며, 비명을 삼켰다. 이제 그녀는 속으로, 자신을 향해 비명을 질렀다. 그 비명은 배가 움찔거릴 정도로 강력했다. 두 다리 사이에서 뭔가 새롭고 낯선 것이 느껴졌다. 양팔을 짚어 몸을 들어 올려서 아이의 얼굴을 봤다. 아이의 눈이 고통스럽게 꼭 감겨 있었다. 한 번 더 힘을 주자, 마침내 아이가 나왔다. 크워스카는 해산의 고통에 몸을 떨면서도 아이를 안아보려 했다. 하지만 그녀의 두 손은 눈에 보이는 광경에 닿지 못했다. 그래도 그녀는 안도의 한숨을 내쉬었고, 어둠 속 어딘가로 깊이 빠져들었다.

크워스카가 정신을 차렸을 때, 그녀는 옆에 있는 아이를 보았다. 아이는 쪼그라든 채 죽어 있었다. 그녀는 아이를 가슴에 올려놓았다. 그녀의 가슴은 아이보다 컸고, 고통스럽게도 살아 있었다. 파리들이 그 위에서 맴돌았다.

오후 내내 크워스카는 죽은 아이에게 젖을 물리려 했다. 저녁이 되자 또다시 고통이 찾아왔고, 크워스카의 몸에서 태반이 나왔다. 그리고 다시 잠들었다. 꿈에서 크워스카는 아이에게 우유가 아닌 흑강 물을 먹이고 있었다. 아이는 악령이 되어 가슴팍에 앉아 사람의 생명을 빨아 먹고 있었다. 아이는 피를 원하고 있었다. 크워스카의 꿈은 점점 불안하고 고통스러워졌지만, 거기서 헤어 나올 수가 없었다. 꿈에서 나무처럼 커다란 여인이 나타났다. 크워스카는 그녀의 얼굴과 머리 모양, 옷차림을 하나하나 보았다. 그녀는 상점의 유대인 여인처럼 검은 곱슬머리에 놀랍도록 선명한 얼굴을 가지고 있었다. 크워스카의 눈에 그녀는 아름다웠다. 크워스카는 온몸으로 그녀를 열망했다. 그러나 그녀가 익히 알고 있는 복부의 아래쪽, 다리 사이에서 뿜어져 나오는 욕망이 아니라 몸 한가운데로부터, 심장 근처, 배 위쪽에서부터 터져 나오는 욕망이었다. 장대한 여인은 크워스카를 향해 몸을 기울여 뺨을 어루만졌다. 크워스카는 가까이에서 그녀의 눈을 바라보았고, 그 눈 속에서 지금껏 알지도 못했고 존재한다고는 생각조차 할 수 없었던 무엇인가를 보았다. "너는 내 것이야." 거대한 여인이 말하면서 크워스카의 목덜미와 부풀어 오른 가슴을 쓰다듬었다. 거대한 여인의 손길이 닿는 크워스카의 몸 구석구석은 신성해졌고, 불멸이 되었다. 크워스카는 한 곳 한 곳 부드럽게 어루만지는 그 손길에 온몸을 맡겼다. 그러자 커다란 여인이 크워스카를 들어 올려 가슴팍에 꼭 끌어안았다. 크워스카는 갈라진 입술로 젖꼭지를 찾아냈다. 짐승의 털과 캐모마일, 루타* 향기가 났다. 크워스카는 마시고 또 마셨다.

그러다 천둥이 크워스카의 꿈을 강타했다. 쓰러져가는 폐가에서 우엉 잎사귀 위에 여전히 누워 있는 자신의 모습이 보였다. 사방이 온통 잿빛이었다. 먼동인지 석양인지 분간이 되지 않았다. 어딘가 가까이에서 두 번째로 번개가 쳤고, 그 뒤를 따라오는 천둥소리는 불과 몇 초 만에 하늘에서 쏟아지는 폭우에 묻혔다. 빗물이 지붕의 판자 사이로 떨어져 내려와 크워스카의 피와 땀을 씻겨주고, 달아오른 몸을 식혀주며, 갈증을 달래주었다. 크워스카는 하늘에서 떨어지는 물을 그대로 받아 마셨다.

해가 떠오르자, 그녀는 오두막 밖으로 기어 나가서 땅을 팠다. 그러고는 뒤엉킨 나무뿌리를 땅에서 뽑아냈다. 장례를 치르려는 그녀를 도와주려는 듯, 흙은 보드라웠고 다루기 쉬웠다. 그녀는 고르지 않은 구멍 속에다 갓난아이의 시체를 눕혔다.

크워스카는 무덤을 덮은 흙을 오랫동안 쓰다듬었다. 마침내 고개를 들자 주위의 모든 것이 달라져 있었다. 이제 세상은 서로 나란히 존재하는 물체와 사물, 현상으로 이루어진 것이 아니었다. 크워스카의 눈에 비친 세상은 하나의 덩어리였다. 싹을 틔우고, 죽고, 다시 태어나기 위해 다양한 모습을 가진 한 명의 거대한 인간 혹은 한 마리의 거대한 짐승이었다. 크워스카 주위의 모

---

* 지중해 연안 원산 귤과의 여러해살이 풀.

든 것은 한 몸이었고, 그녀의 육신조차도 그 거대한 몸의 일부였다. 그 몸은 장대하고 전능하며, 상상할 수 없을 만큼 막강했다. 움직임 하나, 소리 하나마다 강력한 힘이 깃들어 있었다. 스스로의 의지만으로 무(無)에서 뭔가를 만들어낼 수도 있고, 뭔가를 무로 만들어버릴 수도 있는 그런 힘이었다.

크워스카는 머리를 돌려서 무너져 내린 벽에 등을 기댔다. 뭔가를 쳐다보는 것만으로도 보드카처럼 그녀를 취하게 했고, 머릿속을 흐릿하게 만들었다. 뱃속 어딘가에서부터 웃음이 터져 나왔다. 모든 것이 그럭저럭 예전과 같았다. 그리 크지 않은 초록빛 풀밭 사이로 모랫길이 이어지고, 소나무 숲이 우거져 있고, 그 가장자리에는 개암나무가 줄지어 자라고 있었다. 가벼운 미풍이 풀과 잎사귀들을 흔들었고, 어딘가에서는 메뚜기가 뛰놀고, 파리가 윙윙거렸다. 그저 그뿐이었다. 하지만 이제 크워스카는 어떤 방식으로 메뚜기가 하늘과 이어져 있는지, 숲길의 개암나무는 어떻게 생명을 유지하고 있는지를 알게 되었다. 그녀는 더 많은 것도 보았다. 모든 걸 관통하는 힘을 보았고, 그 힘이 작동하는 순리를 이해했다. 우리의 위아래에 펼쳐진 또 다른 시간과 또 다른 세계의 윤곽들도 보았다. 말로는 도저히 표현할 수 없는 것들 또한 보았다.

나쁜 인간의 시간

아직 전쟁이 일어나기 전, 태고의 숲에 나쁜 인간이 나타났다. 물론 이런 종류의 인간은 늘 숲에 살고 있을 법하지만 말이다.

봄이 되자 보데니차에서 반쯤 썩은 브로네크 말라크의 시신이 제일 먼저 발견되었다. 다들 그가 미국에 간 줄로만 알고 있었다. 타슈프에서 경찰이 출동해 현장을 둘러보고는 시신을 실어 갔다. 그 후에도 몇 차례나 경찰이 태고에 왔다 갔지만, 아무런 소득이 없었다. 살인자는 잡히지 않았다. 누군가 지나가는 말로 숲에 뭔가 이상한 것이 있다고 말했다. 알몸에다 원숭이처럼 털이 덮여 있고, 나무들 사이에서 빠르게 나타났다 사라졌다고 했다. 그러자 다른 이들도 숲에서 땅굴이나 모랫길에 남겨진 괴상한 발자국들, 널브러진 동물의 사체들과 같은 수상한 흔적들

을 봤다고 입을 모았다. 반은 사람이고 반은 동물의 울음소리 같
은 끔찍한 소리를 들은 이도 있었다.

사람들은 나쁜 인간이 어디서 왔는지 떠들어대기 시작했다.
그들에 따르면, 나쁜 인간이 되기 전에 그는 평범한 농부였는데,
자세히 알려지지는 않았지만, 여하간 끔찍한 범죄를 저지르고
말았다. 그 범죄가 어떤 범죄였든 간에 죄책감에 사로잡힌 그는
한순간도 잠들 수 없었고, 양심의 가책으로 고통받으며 도망 다
니다가, 결국 숲에서 위안을 얻게 되었다. 그렇게 정처 없이 숲
을 떠돌던 그는 결국 길을 잃고 말았다. 태양이 하늘에서 춤을
추는 것같이 보이면서 그만 방향을 잃은 것이다. 그는 북쪽으로
가는 길이 자신을 어딘가로 인도하리라고 생각했다. 그러다 북
쪽으로 가는 게 맞는지 의심이 들었고, 그래서 다시 동쪽으로 향
하는 길로 가면 숲이 끝날 거라 믿으며 동쪽으로 움직였다. 그렇
게 동쪽을 향해 걷고 있는데 의심이 들기 시작했다. 방향을 잃
은 채 혼란스러워하면서 그 자리에 멈춰 섰다. 그래서 마음을 바
꿔 이번엔 남쪽으로 가기로 했다. 그러나 남쪽으로 향하는 길조
차 의심스러워지자 곧장 서쪽으로 움직였다. 거기서 그는 자신
이 처음 출발했던 그곳, 거대한 숲 한가운데로 되돌아왔다는 것
을 깨달았다. 넷째 날, 그는 마침내 세상의 방향을 의심하게 되
었다. 다섯째 날이 되자 자신의 이성을 믿지 않기 시작했다. 여

섯째 날, 그는 자신이 어디서 왔고 왜 숲에 왔는지를 잊었고, 일곱째 날에는 자신의 이름을 잊었다.

그때부터 그는 숲에서 짐승처럼 변했다. 블루베리와 버섯으로 끼니를 때우다가 작은 동물들을 사냥하기 시작했다. 하루하루 시간이 흐를수록 그는 점점 더 큰 기억의 파편들을 지워나갔다. 나쁜 인간의 정신은 점점 단순해져갔다. 그는 매일 저녁 어떻게 기도했는지를 잊었다. 불을 어떻게 피우고 어떻게 이용하는지도 잊었다. 외투 단추를 어떻게 잠그는지, 신발 끈을 어떻게 매는지도 잊었고, 어릴 때부터 알던 노래들도, 어린 시절의 기억도 전부 잊었다. 주변 사람들, 어머니와 아내, 아이들의 얼굴도 잊었고, 치즈와 구운 고기, 감자, 감자 수프의 맛도 잊었다.

망각의 과정에 수년의 세월이 흘렀고, 나쁜 인간은 결국 숲에 왔던 애초의 그 남자와는 전혀 다른 존재가 되었다. 나쁜 인간은 이미 그 자신이 아니었고, 그 자신이 된다는 게 무슨 의미인지조차 잊었다. 몸에는 털이 자라기 시작했고, 이빨은 날고기를 먹으면서 마치 동물처럼 날카롭고 새하얗고 예리해졌다. 목에선 이제 쉰 소리와 그르렁거리는 짐승의 소리가 났다.

어느 날엔가 나쁜 인간은 숲에서 마른 나뭇가지를 모으고 있는 노인을 봤다. 인간의 존재는 그에게 낯설고 역겹기까지 했다. 그는 노인에게로 달려가 그를 죽였다. 한번은 짐수레를 타고 가는 소작농을 공격했다. 그는 농부와 말을 죽였다. 말은 먹어치웠지만, 인간은 건드리지 않았다. 죽은 인간은 살아 있는 인간보다 더더욱 역겨웠다. 그런 다음엔 브로네크 말라크를 죽였다.

나쁜 인간은 언젠가 우연히 숲의 경계에 도달하여 태고를 보았다. 집들이 늘어서 있는 풍경을 보자, 슬픔과 분노가 깃든 알 수 없는 감정이 일어났다. 그때 태고 사람들은 늑대 울음소리와도 같은 끔찍한 비명을 들었다. 나쁜 인간은 잠시 숲의 경계에 서 있다가 몸을 돌렸고, 두 손으로 불안정하게 땅을 짚었다. 의아하게도 이런 방법이 훨씬 빠르고 훨씬 편하게 움직일 수 있다는 사실을 깨닫게 되었다. 그의 눈은 이제 지면과 더 가까워져 더 많은 것을 더 자세히 볼 수 있게 되었다. 취약했던 후각은 지면의 냄새를 보다 예민하게 잡아낼 수 있게 되었다. 하나의 숲이 여러 개의 마을보다 나았고, 길이나 다리, 도시와 탑을 다 합한 것보다 나았다. 그리하여 나쁜 인간은 숲으로 영원히 돌아갔다.

게노베파의 시간

전쟁은 세상에 혼란을 가져왔다. 프시마의 숲은 불탔고, 카자크인들은 헤루빈 부부의 아들에게 총을 쏘았다. 남자들이 턱없이 부족했다. 들에는 수확할 사람도, 먹을거리도 없었다.

상속자 포피엘스키는 예슈코틀레에서 짐을 챙겨 몇 달간 사라졌다가 돌아왔다. 그동안 카자크인들이 그의 집과 지하실을 약탈했다. 그들은 백 년 묵은 포도주를 마셔댔다. 그 광경을 목격한 보스키 영감에 따르면, 포도주 하나는 너무 오래된 나머지 젤리처럼 굳어져서 검으로 잘라야만 할 정도였다.

게노베파는 방앗간을 휴업할 때까지 직접 관리하고 감독했다. 동이 트기 무섭게 일어나서 일일이 챙기고 살폈다. 일꾼들이 늦지 않게 왔는지도 점검했다. 모든 게 고유의 리드미컬하고 시끌

벅적한 방식으로 돌아가기 시작하면, 게노베파는 데운 우유처럼 따사로운 안도감이 밀려오는 것을 느꼈다. 모든 것이 안온했다. 그녀는 집으로 돌아와 잠든 미시아를 위해 아침을 준비했다.

1917년 봄, 방앗간이 문을 닫았다. 갈고 빻을 거리가 더는 없었기 때문이었다. 사람들은 비축해뒀던 곡식들을 모두 먹어치웠다. 태고 마을 사람들에게 익숙했던 소음이 사라졌다. 방앗간은 세상을 돌리고 움직이는 동력이었다. 이제는 강물 흐르는 소리만 들려올 뿐이었다. 하지만 강물의 힘은 이제 아무런 쓸모도 없게 되었다. 게노베파는 텅 빈 방앗간을 둘러보다가 흐느껴 울곤 했다. 그녀는 밀가루를 뒤집어쓴 채 귀신처럼 허연 모습으로 배회했다. 그러다 저녁이 되면, 집 앞 계단에 주저앉아 방앗간을 바라보았다. 밤마다 꿈을 꾸었다. 꿈에 등장한 방앗간은 책에서 본 것 같은, 새하얀 돛을 단 함선의 모습이었다. 나무로 지은 선체에서 기름으로 번들거리는 거대한 피스톤이 왔다 갔다 움직였다. 함선은 김을 내뿜으며 쌕쌕거렸다. 내부에서 뜨거운 열기가 뿜어져 나왔다. 게노베파는 함선을 갖기를 간절히 원했다. 그녀는 땀으로 범벅이 된 채 불안에 시달리며 꿈에서 깨어났다. 날이 밝을 무렵이면, 게노베파는 침대에서 일어나 식탁에 앉아 헝겊에 수를 놓았다.

1918년, 콜레라가 유행하고 마을의 경계선이 마구 파헤쳐졌을 때, 크워스카가 방앗간에 찾아왔다. 게노베파는 방앗간 주변을 맴도는 크워스카를 창문으로 지켜보았다. 그녀는 수척해 보였다. 삐쩍 말랐고 키가 컸다. 밝은 머리카락에는 희끗희끗 새치가 나 있었고, 더러운 수건을 등에 두르고 있었다. 옷은 낡고 다 해져 있었다.

게노베파는 그녀의 동태를 살피다가 크워스카가 창문을 들여다보자 뒤로 움찔 물러났다. 게노베파는 크워스카가 무서웠다. 모두가 크워스카를 두려워했다. 크워스카는 미쳤고, 어쩌면 병들었을지도 모른다. 게다가 입만 열면 욕을 지껄이곤 했다. 방앗간을 맴도는 그녀는 굶주린 암캐처럼 보였다.

게노베파는 예슈코틀레 성모화를 향해 성호를 긋고는 집 밖으로 나갔다.

크워스카가 그녀를 돌아보자 소름이 쫙 끼쳤다. 어쩜 저렇게 섬뜩한 눈빛을 가졌을까.

"방앗간에 들어가게 해줘." 크워스카가 말했다.

게노베파는 방에 가서 열쇠를 가져왔다. 그리고 아무 말 없이 문을 열어줬다.

크워스카는 게노베파보다 먼저 서늘한 그늘로 들어가더니 털퍼덕 무릎을 꿇고 떨어진 곡식 낟알들과 과거에는 밀가루였던 먼지 덩어리들을 주웠다. 그러고는 바싹 마른 손가락으로 그것들을 집어서 입속에다 쑤셔 넣었다.

게노베파는 살금살금 크워스카의 뒤를 따라갔다. 위에서 보니 크워스카의 구부정한 모습은 마치 누더기 덩어리 같았다. 크워스카는 낟알로 배를 채우고 나자 땅바닥에 주저앉아 울기 시작했다. 눈물이 더러운 얼굴을 타고 흘러내렸다. 크워스카는 두 눈을 꼭 감은 채 입가에는 미소를 짓고 있었다. 게노베파의 목구멍에서 뭔가가 치밀어 올랐다. 어디에 사는 거지? 가까운 사람들은 있나? 크리스마스 명절은 어떻게 보냈을까? 대체 뭘 먹으며 지내는 거지? 게노베파는 그녀의 쇠약한 몸을 보면서 전쟁 전의 모습을 떠올렸다. 그때는 아름답고 보기 좋은 몸매를 가졌었는데. 상처투성이인 데다 짐승처럼 억센 발톱이 난 맨발이 눈에 들어왔다. 게노베파는 크워스카의 회색빛 머리카락을 향해 손을 뻗었다. 바로 그때 크워스카가 눈을 번쩍 뜨고는 게노베파의 눈을 똑바로 마주 보았다. 아니, 눈이 아니라 게노베파의 영혼, 그 내면을 꿰뚫어 보았다. 게노베파는 손을 거두었다. 그것은 사람의 눈이 아니었다. 게노베파는 밖으로 뛰쳐나와 안도하는 심정으로 집과 마당의 접시꽃들을 바라보았고, 무화과나무 밑을 왔다 갔다 하는 미시아의 원피스 자락과 창문에 휘날리는 커튼을 바라보았다. 그녀는 집에서 빵 한 덩어리를 챙겨서 방앗간으로 돌아왔다.

그때 크워스카가 열린 문의 안쪽, 어둠 속으로부터 불쑥 모습을 드러냈다. 손에는 곡물이 가득 담긴 꾸러미를 들고 있었다. 게노베파의 등 뒤에 있는 무언가를 보자마자 크워스카의 낯빛이 환해졌다.

"예쁜아!" 울타리를 향해 다가가는 미시아를 바라보며 크워스카가 입을 열었다.

"네 아이는 어떻게 된 거니?" 게노베파가 물었다.

"죽었어."

게노베파는 손을 뻗어 크워스카에게 빵을 건네주었다. 크워스카는 빵을 받기 위해 게노베파에게 바짝 다가와서는 그녀의 입에다 자신의 입술을 갖다 댔다. 게노베파는 움찔하면서 뒷걸음질 쳤다. 크워스카가 웃음을 터뜨리며 꾸러미에 빵을 넣었다. 미시아가 울음을 터뜨렸다.

"울지 마, 예쁜아. 네 아빠가 한창 네게 오고 계시는 중이란다." 크워스카는 웅얼거리면서 마을 쪽으로 사라졌다.

게노베파는 입술이 벌게질 때까지 앞치마로 입술을 문질렀다.

그날 밤 그녀는 잠을 이룰 수가 없었다. 크워스카가 착각했을 리가 없다. 크워스카는 미래를 볼 줄 안다. 그건 누구나 아는 사실이다.

그렇게 해서 다음 날부터 게노베파의 기다림이 시작되었다.

그러나 그것은 이제까지와는 다른 기다림이었다. 이제 그녀는 매시간 남편을 기다렸다. 찐 감자가 식지 않도록 깃털 이불 속에 넣어두었다. 침대의 이부자리를 말끔히 정돈했고, 면도용 물그릇에 물도 채워놓았다. 미하우가 입을 옷가지를 챙겨 의자 위에 올려두었다. 마치 미하우가 담배를 사러 잠시 예슈코틀레에 간 것처럼, 금방 돌아올 사람을 기다리듯, 그렇게 그를 기다렸다.

게노베파는 여름과 가을, 겨우내 기다렸다. 집을 비우지도 않고, 성당에도 가지 않았다. 2월에 상속자 포피엘스키가 돌아와 방앗간에 일거리를 주었다. 빻을 곡물이 어디서 났는지는 알 길이 없었다. 그러곤 파종할 곡물을 소작농들에게 나눠주었다. 세라핀 부부에게서 아이가 태어났다. 종전 징조라고 다들 얘기했던 대로 여자아이였다.

게노베파는 새로운 인부들을 고용해야 했다. 이전에 일하던 인부들 대다수가 전쟁에서 돌아오지 않았기 때문이었다. 상속자는 게노베파를 도와 관리를 담당할 사람으로 니에지엘라를 추천했다. 니에지엘라는 빠릿빠릿하고 우직했다. 위층 아래층을 오가며 민첩하게 움직였고, 인부들에게 고함을 질러댔다. 게노베파가 방앗간에 들르면, 니에지엘라는 더 빨리 움직이고, 더 크게 소리쳤다. 그러면서 미하우의 풍성한 콧수염에는 비할 수 없는 볼품없는 콧수염을 자꾸만 만지작거렸다.

게노베파는 방앗간에 가는 것을 그다지 좋아하지 않았다. 곡물 반입에 착오가 생기거나 기계가 멈추는 등 꼭 필요한 일이 있을 때만 그곳에 들렀다.

하루는 니에지엘라를 만나러 방앗간에 갔다가 포대를 옮기고 있는 청년들을 보았다. 웃통을 벗은 채 온몸에 밀가루를 뒤집어쓴 그들은 거대한 브레첼 같아 보였다. 밀가루 포대가 머리를 가리고 있어 다들 비슷비슷해 보였다. 누가 세라핀이고, 누가 말라크인지 알 수가 없었다. 모두가 그저 남자일 뿐이었다. 벌거벗은 몸뚱이들이 그녀의 시선을 붙들고, 왠지 모를 불안을 일깨웠다. 그녀는 몸을 돌려 시선을 다른 곳으로 피해야만 했다.

어느 날 니에지엘라가 유대인 청년을 데려왔다. 아주 젊은 청년이었다. 열일곱도 채 안 된 듯했다. 짙은 색 눈동자에 검은 곱슬머리였다. 게노베파는 그의 입을 보았다. 크고 윤곽이 예쁘게 잡힌 입술은 여태껏 그녀가 아는 그 어떤 입술보다 짙은 빛깔이었다.

"한 명 더 뽑았어요." 니에지엘라가 말했다. 그러고는 젊은 청년더러 일꾼들의 무리에 합류하라고 지시했다.

게노베파는 니에지엘라와 대충 이야기를 마무리하고는 그가 자리를 뜨자 방앗간에 남아 있을 핑계를 찾아냈다. 그러고는 청년이 캔버스 천 셔츠를 벗어 차곡차곡 개킨 뒤에 계단 난간에다 걸어놓는 모습을 지켜봤다. 호리호리하지만 근육이 잘 잡힌 흉곽과 까무잡잡한 피부를 보자, 그녀의 가슴이 벅차올랐다. 저 아래에서 뜨거운 피가 돌고 심장이 뛰고 있겠지. 집으로 돌아왔지만, 그날부터 그녀는 곡물 또는 밀가루가 담긴 포대가 드나드는 문턱을 넘기 위해 이런저런 핑계를 만들어내곤 했다. 아니면 일꾼들이 밥을 먹는 점심시간에 일부러 방앗간을 찾았다. 그녀는 밀가루가 묻은 사내들의 등과 힘줄이 솟은 팔, 땀이 흥건한 바지를 쳐다보았다. 자신의 의지와는 상관없이 게노베파의 시선은 그중 한 사람만을 찾았다. 그러다 그를 발견하면, 갑자기 얼굴에 피가 쏠리며 붉게 물드는 것이 느껴졌다.

게노베파는 사람들이 그를 뭐라고 부르는지 귀담아들었다. 그의 이름은 엘리였다. 그는 그녀에게 공포와 불안, 수치심을 안겨주었다. 그의 시선에 그녀의 심장이 뛰고 호흡이 가빠졌다. 게노베파는 어떻게든 엘리를 무심하고 냉정하게 보려고 노력했다. 검은 곱슬머리, 강인한 콧날, 이상하리만치 어두운 빛을 띤 입술, 얼굴의 땀을 닦아낼 때마다 언뜻언뜻 보이는, 검은 털이 무성한 겨드랑이. 걸을 때면 그의 몸이 좌우로 흔들거렸다. 몇 번인가 그녀와 시선이 부딪칠 때마다 그는 인간에게 너무 가까이 다가온 동물처럼 놀라며 허둥대곤 했다. 그러다 마침내 두 사람은 좁은 문간에서 마주쳤다. 게노베파는 그에게 미소를 지어 보였다.

"우리 집으로 밀가루 포대를 날라다 줘." 그녀가 말했다.

그때부터 게노베파는 남편을 기다리지 않았다.

엘리는 자루를 바닥에 놓고는 캔버스 천으로 만든 모자를 벗었다. 그러고는 밀가루가 잔뜩 묻은 손으로 모자를 구겼다. 게노베파가 그에게 고맙다는 인사를 했는데도 그는 집에서 나가지 않았다. 그녀는 그가 입술을 깨무는 것을 보았다.

"과일 주스 마시고 싶니?"

그가 고개를 끄덕였다. 게노베파는 그에게 컵을 건네고는 주스를 마시는 모습을 바라보았다. 그는 소녀처럼 긴 속눈썹을 떨구고 바닥을 내려다보았다.

"네게 부탁이 있는데……."

"네?"

"밤에 장작을 패러 좀 와줘. 그렇게 해줄 수 있지?"

그는 고개를 끄덕이고는 집을 나섰다.

그녀는 오후 내내 기다렸다. 머리를 묶고는 거울 속에 비친 자신의 모습을 바라보았다. 그러다 그가 와서 장작을 패기 시작하자 그녀는 버터를 만들고 남은 우유와 빵을 갖다주었다. 그가 나무둥치에 앉아 우유와 빵을 먹었다. 게노베파는 자신이 왜 그런 이야기를 하는지도 알지 못한 채 전쟁에 나간 미하우 이야기를 엘리에게 들려주었다.

"전쟁은 벌써 끝났어요. 모두가 돌아오는 중이에요." 엘리가
말했다.

게노베파는 그에게 밀가루 한 포대를 주었다. 다음 날도 와달
라고 부탁했고, 그다음 날에도 다시 와달라고 청했다.

엘리는 나무를 패고, 오븐을 청소하고, 자잘한 집수리도 해주
었다. 그들 사이에 대화는 거의 없었고, 있다 해도 별로 대수롭
지 않은 내용이었다. 게노베파는 엘리를 훔쳐보았다. 그를 오래
쳐다볼수록 그녀의 시선은 점점 더 그에게서 옴짝달싹할 수 없
게 되었다. 그러다 이제는 그를 쳐다보지 않고는 견딜 수 없게
되었다. 그녀는 시선으로 그를 삼켰다. 밤이면 그녀는 미하우나
엘리, 아니면 다른 낯선 남자와 사랑을 나누는 꿈을 꾸었다. 그
녀는 스스로를 불결하게 여기며 잠에서 깨어났다. 자리에서 일
어나 대야에 물을 받고, 온몸을 씻었다. 꿈을 잊고 싶었다. 그러
고 난 뒤 창가에 서서 일꾼들이 방앗간에 출근하는 모습을 지켜
보았다. 엘리가 남몰래 그녀의 창문을 흘끗거리는 것을 그녀는
보았다. 그녀는 커튼 뒤로 재빨리 몸을 숨겼다. 달리기라도 한
것처럼 심장이 쿵쾅거리자 문득 자신에게 화가 났다. '저 아이
생각은 이제 절대 안 할 거야. 맹세해.' 이렇게 다짐하면서 그녀
는 일에 몰두했다. 정오 무렵에 니에지엘라에게 가면, 어떤 식으

로든 엘리와 마주치게 되어 있었다. 자신의 목소리에 스스로 놀라면서도 그녀는 엘리에게 집으로 와달라고 부탁했다.

"널 위해 바게트를 구웠어." 그녀가 식탁을 가리키며 말했다.

엘리는 수줍게 앉으며 모자를 벗어 앞에다 놓아두었다. 게노베파는 반대편에 앉아 그가 먹는 모습을 지켜보았다. 그는 조심스레 천천히 먹었다. 하얀 부스러기가 입가에 묻었다.

"엘리?"

"네?" 그가 그녀를 올려다봤다.

"맛있니?"

"네."

그가 식탁 너머 그녀의 얼굴을 향해 손을 뻗었다. 그녀가 벌떡 일어나 뒤로 물러섰다.

"만지지 마!" 그녀가 말했다.

청년은 고개를 떨궜다. 그의 손은 얼른 모자로 돌아갔다. 침묵이 흘렀다. 게노베파가 다시 의자에 앉았다.

"내 어디를 만지고 싶었니?" 그녀가 조용히 물었다.

그가 고개를 들어 그녀를 쳐다봤다. 그녀는 그의 눈에서 붉은색 반짝임을 본 듯했다.

"당신의 이곳을 만지고 싶어요." 그가 자신의 목덜미를 가리켰다.

게노베파는 목덜미에 자신의 손을 가져다 댔다. 그러자 손끝에서 따뜻한 체온과 박동하는 맥박이 느껴졌다. 두 눈을 감았다.

"다음에는?"

"다음에는 당신의 가슴……."

그녀는 숨을 깊게 들이쉬고는 고개를 뒤로 젖혔다.

"정확히 어디인지 말해줘."

"제일 부드럽고 제일 뜨거운 그곳……. 제발…… 허락해줘요……."

"안 돼!" 그녀가 말했다.

엘리가 벌떡 일어나서 그녀의 앞으로 다가왔다. 향긋한 빵 내음과 우유 향이 나는 그의 숨결이 느껴졌다. 마치 아기 같은 숨결이었다.

"넌 날 만지면 안 돼. 너의 신께 맹세해라, 절대로 날 만지지 않겠다고."

"나쁜 년." 그가 거친 욕설을 내뱉으며 구겨진 모자를 땅바닥에 던졌다. 문이 쾅 하고 거세게 닫히는 소리가 들렸다.

밤이 되자 엘리가 돌아왔다. 조심스레 문을 두드렸고, 게노베파는 그가 돌아왔다는 걸 알았다.

"모자를 두고 갔어요. 사랑해요. 당신이 원할 때까지 당신을 만지지 않겠다고 맹세할게요." 그가 속삭였다.

그들은 부엌 바닥에 나란히 앉았다. 장작불의 붉은 열기가 그들의 얼굴을 비췄다.

"미하우가 살아 있는지 확인하는 게 먼저야. 난 여전히 미하우의 아내니까."

"기다릴게요. 얼마나 기다려야 하는지만 알려줘요."

"나도 몰라. 하지만 나를 쳐다보는 건 괜찮아."

"가슴을 보여줘요."

게노베파의 어깨에서 나이트가운이 미끄러져 내려왔다. 벌거벗은 가슴과 배에 붉은 불빛이 드리웠다. 그녀는 엘리가 호흡을 삼키는 소리를 들었다.

"네가 날 얼마나 원하는지 보여줘." 그녀가 속삭였다.

청년이 바지춤을 풀었고, 게노베파는 부풀어 오른 성기를 보았다. 그녀는 꿈에서 맛보았던 바로 그 희열, 모든 행위와 시선들, 가쁜 호흡들이 어우러진 절정의 환희를 느꼈다. 그 환희는 통제 불가능하며 멈출 수 없는 것이었다. 지금 이 순간에 발현된 이 환희는 다시는 재현될 수 없기에 더욱 두렵고 무서웠다. 이미 실현되었고 흘러갔고 끝났고, 또 시작되었다. 그러므로 앞으로 일어나는 모든 일은 따분하고 혐오스러울 것이다. 한번 눈을 뜬 허기는 과거의 그 어느 때보다 맹렬할 테니.

상속자 포피엘스키의 시간

상속자 포피엘스키는 희망을 잃었다. 신에 대한 믿음을 저버리진 않았지만, 어쨌든 신이나 그 밖의 다른 모든 것들이 아무런 색채도 없고, 평면적인 것, 다시 말해 그가 소유한 성경책의 동판화 같은 것으로 전락했다.

상속자에게는 그럭저럭 모든 게 순조로운 듯했다. 코투슈프에서 페우스키 부부가 왔을 때도, 밤마다 휘스트*를 할 때도, 예술에 대해 이런저런 이야기를 나눌 때도, 지하 창고에 들를 때도, 장미를 꺾을 때도 별일 없었다. 옷장에서 라벤더 향기가 날 때도, 참나무 책상에 앉아 깃털 달린 황금 펜대를 손에 쥐고 있

* 카드 게임의 일종.

56

을 때도, 밤에 아내의 손이 그의 지친 등 근육을 어루만져줄 때도 그랬다. 그러나 집 밖 어딘가로 나설 때면, 그저 예슈코틀레의 지저분한 중앙광장이나 인근의 시골 마을에 가는 것뿐인데도 세상에 대한 신체적인 면역력을 잃곤 했다.

그는 부서진 집들과 썩은 울타리, 세월이 흐르며 닳은 중심가의 돌들을 바라보며 생각에 잠겼다. '난 너무 늦게 태어났어. 세상은 이미 종말로 치닫고 있는데. 모든 게 끝났다고.' 머리가 아프고 눈앞이 흐려졌다. 눈앞이 점점 어두워지면서 발이 시렸다. 형언하기 힘든 고통이 몸 전체를 관통하는 것만 같았다. 사방이 텅 비었고, 절망스러웠다. 도움의 손길은 어디에도 없었다. 그는 성으로 돌아와 집무실에 몸을 숨겼다. 그가 무너져 있는 동안 세상은 얼마간 정지해버렸다.

하지만 결국 세상 또한 무너지고 말았다. 상속자가 그 사실을 깨달은 건, 카자크인의 침입을 피해 서둘러 도망쳤다 돌아와 지하실을 둘러보던 중의 일이었다. 모든 것이 망가지고 깨지고 산산조각 나고 불타고 짓밟히고 파괴되어 있었다. 발목까지 흥건히 고인 포도주 웅덩이 속을 걸으며 그는 파손의 현장을 실감했다.

"파멸 그리고 혼돈, 파멸 그리고 혼돈." 그가 중얼거렸다.

상속자는 낯선 자들에게 약탈당한 자신의 집 침대에 누워 생각에 잠겼다. '세상의 악은 어디서 비롯된 걸까? 신은 선한 존재

인데, 어째서 악을 허락하는 거지? 그렇다면 신은 선하지 않은 걸까?'

나라 안에서 벌어진 온갖 변화들은 상속자의 우울증에 약이 되었다.

1918년에는 할 일이 많았다. 슬픔에는 일보다 더 좋은 약은 없다. 10월 내내 상속자는 조금씩 사회 활동에 나섰고, 11월이 되자 우울을 떨쳐내고 전혀 다른 사람이 되었다. 심기일전하여 거의 잠도 안 자고, 밥 먹을 짬도 없이 움직였다. 전국을 돌아다 녔다. 크라쿠프를 방문하여, 마치 오랜 잠에서 깨어난 숲속의 공 주처럼 그 도시를 새롭게 바라보았다. 그는 첫 번째 의회를 위해 하원 의원 선거를 준비했다. 몇 개의 협회와 두 개의 정당을 세 우고, 마워폴스카 지역의 '낚시터 저수지 소유자 연합'을 결성했 다. 다음 해 2월, 임시 헌법이 통과되었을 때, 상속자 포피엘스키 는 감기에 걸렸고, 또다시 방에 틀어박혀 창문을 향해 얼굴을 돌 린 채 침대에 누워 있었다. 세상으로 과감히 길을 떠났던 바로 그 장소로 되돌아온 것이다.

폐렴에 걸렸지만, 먼 장거리 여행에서 돌아오듯 천천히 건강 을 회복했다. 많은 책을 읽었고, 일기를 쓰기 시작했다. 누군가 와 이야기를 나누고 싶었지만, 주변에 있는 모든 이들이 따분하 고 재미없게 여겨졌다. 그리하여 그는 서재의 책들을 침실로 가져오라고 명령했고, 우편으로 새 책을 주문했다.

3월 초, 공원으로 첫 산책을 나섰다가 또다시 더럽고 우중충하고, 부패와 몰락의 기운이 가득한 세상을 보았다. 조국의 독립이나 헌법의 제정은 아무런 도움이 되지 않았다. 그는 공원에 난 샛길을 걷다가 눈이 녹은 자리에 모습을 드러낸, 어린아이의 빨간 장갑 한 켤레를 보았다. 이 광경이 무엇 때문에 그의 기억에 깊이 각인되었는지는 모를 일이었다. 고집스럽고 맹목적인 재생. 삶과 죽음에 대한 무감각. 비인간적인 삶의 구조.

모든 것을 새롭게 시작해보려던 작년 한 해 동안의 노력은 물거품이 됐다.

나이를 먹으면서 상속자 포피엘스키에게 세상은 더욱더 끔찍해져만 갔다. 젊은이는 성장을 거듭하고 앞으로 나아가기 위해 바쁘다. 어린 시절의 작은 침대에서 방과 집, 공원, 도시, 나라, 세계로 경계를 확장하기 위해 분주할 수밖에 없다. 성년기가 되면, 뭔가 더 원대한 것을 꿈꾸게 된다. 그러다 사십 줄에 들어서면, 전환점이 찾아온다. 젊음은 그 고유한 강렬함과 스스로의 에너지 속에서 지쳐간다. 어느 날 밤 혹은 어느 아침, 인간은 경계를 넘어 절정에 도달하게 된다. 그리고 그 뒤로는 아래를 향해, 즉 죽음을 향해 걸음을 내딛게 된다. 그때 한 가지 질문이 떠오른다. 과연 나는 지금 당당하게 어둠을 향해 내려가고 있는가,

아니면 어둠을 부정하고 그저 방의 불이 꺼진 것뿐이라 여기며 과거에 머물던 그곳으로 되돌아가는 중인가.

더러워진 눈 밑에서 모습을 드러낸 빨간 장갑은 상속자에게 깨달음을 주었다. 뭔가가 변화하고 나아질 것이라는 생각, 모든 것은 발전한다는 확고한 믿음, 모든 종류의 낙관주의는 결국 청춘이 품고 있는 가장 큰 기만이라는 사실을 알게 된 것이다. 그렇게 그가 언제나 독약처럼 은밀히 지니고 다니던, 절망으로 가득 찬 그릇이 그의 내부에서 산산이 부서졌다. 상속자는 주변을 둘러보았다. 더러움처럼 여기저기 퍼져 있는 고난과 죽음, 부패를 목격했다. 예슈코틀레 곳곳을 걸었다. 유대식 도살장과 고리에 걸린 신선하지 못한 고기, 셴베르트의 가게 아래 웅크리고 앉아 있는 얼어붙은 걸인, 아이의 관을 운반하는 작은 장례 행렬, 광장 옆 나지막한 집들 위를 낮게 유영하는 구름과 사방으로 내려앉아 모든 걸 지배하는 어스름을 보았다. 이 광경은 서서히, 그리고 부단히 거듭되는 분신(焚身)을 떠올리게 했다. 그 속에는 시간의 불길에 희생양으로 던져진 인류의 운명, 모든 생(生)이 깃들어 있다.

성으로 돌아오는 길에 성당 앞을 지나치게 된 상속자는 안으로 들어갔다. 하지만 별다른 게 없었다. 예슈코틀레 성모의 성화를 보았지만, 성당 안에는 상속자의 바람을 들어줄 만한 그 어떤 신도 없었다.

예슈코틀레 성모의 시간

　화려한 액자 속에 갇혀 있는 예슈코틀레 성모의 시야는 제한되어 있었다. 하필이면 옆쪽 통로에 걸려 있는 바람에 제대도, 성수대가 놓인 입구도 볼 수가 없었다. 기둥에 가려 강론대도 보이지 않았다. 기도하러 성당에 들어오는 이들의 모습을 하나둘씩 볼 수 있을 따름이고, 가끔은 성체를 받으러 제대로 향하는 신자들의 줄이 보이기도 했다. 미사 시간에는 열댓 명 정도 되는 남성과 여성, 늙은이와 어린아이들의 옆모습이 보였다.

　예슈코틀레 성모는 아픈 이들과 약자들을 돕고자 하는 순수한 의지의 발현이었다. 그리고 이 의지는 그림에 있는 신성한 기적의 힘 덕분이었다. 사람들이 그녀를 향해 서서 양손을 배 위에서 꼭 맞잡거나 심장 부근에 올려놓고서 입술을 움직이면, 예슈코틀레 성모는 이들에게 건강을 회복하는 힘과 능력을 주었다. 이러한 치유력은 예외 없이 모두에게 주어졌다. 자비심 때문이 아니라, 이것이 그녀의 본성이었기 때문이다. 건강을 회복하는 능력이 필요한 사람들에게 그것을 나누어주면, 다음에 무슨 일이 벌어질지 결정하는 것은 그들 자신의 몫이었다. 어떤 이는 스스로 그 힘을 강하게 작용하도록 만들어서 건강을 되찾았다. 그러고는 회복된 신체 부위를 본떠서 은이나 구리, 심지어 금으로 만든 작은 모형이나 갖가지 봉헌물 또는 성화를 장식하는 목걸이를 들고서 다시 성당을 찾았다.

하지만 구멍 난 그릇처럼 그 힘을 빠져나가게 만드는 이들도 있다. 그러면 그 힘은 땅으로 흡수된다. 그리고 그들은 기적에 대한 믿음을 잃게 된다.

예슈코틀레 성모화 앞에 나타난 상속자 포피엘스키도 그랬다. 성모는 그가 무릎을 꿇은 채 기도하려 애쓰는 모습을 지켜보았다. 그러나 상속자는 기도를 제대로 할 수가 없었다. 그래서 화를 내며 벌떡 일어나 성화 주변에 놓인 값비싼 봉헌물들과 성화의 선명한 색채를 뚫어지게 쳐다보았다. 예슈코틀레 성모는 그가 자신의 몸과 마음을 위해 선하고 유익한 힘을 필요로 한다는 걸 알았다. 그래서 그에게 그 힘을 주었고, 그 힘에 흠뻑 젖게 만들었다. 그러나 상속자 포피엘스키는 유리구슬처럼 빈틈없이 견고했다. 선한 힘은 그의 몸을 미끄러져 흘러내렸고, 차가운 바닥에 떨어져 미약한 진동만을 안겨주었다.

미하우의 시간

미하우는 1919년 여름에 돌아왔다. 이것은 기적이었다. 법과 질서를 파괴하는 전쟁이 판을 치는 세상에는 종종 기적이 일어나곤 한다.

미하우는 3개월 걸려 집으로 돌아왔다. 그가 떠나온 장소는 거의 지구 반대편에 있었다. 그곳은 낯선 바닷가에 자리한 도시 블라디보스토크였다. 그는 혼돈의 왕, 동쪽의 통치자로부터 벗어나 자유를 되찾았다. 하지만 태고의 바깥에 있는 것들은 그게 무엇이든 흐릿하고 꿈결처럼 느껴져, 마을 어귀의 다리에 발을 들여놓는 순간, 미하우는 아무런 생각도 들지 않았다.

미하우는 병들어 쇠약했고, 더러웠다. 검은 수염이 얼굴을 뒤덮었고, 머리에는 이가 득실댔다. 패전국의 찢긴 군복이 막대기에 걸린 것처럼 몸에 걸쳐져 있었다. 미하우는 차르의 독수리 문양이 새겨진 번쩍거리는 단추를 빵과 맞바꾸었다. 또한 열병과 설사에 시달렸으며, 자신이 떠나온 세계가 더는 존재하지 않을지도 모른다는 불안과 근심에 지칠 대로 지쳐 있었다. 하지만 다리 위에 서서 흑강과 백강이 끊임없이 활기차게 뒤섞이는 것을 보면서 미하우는 희망을 되찾았다. 강들은 예전 그대로였고, 다리도, 바위를 깨부술 듯 사정없이 내리쬐는 불볕더위도 그대로였다.

다리에서 미하우는 하얗게 페인트칠을 한 방앗간과 창가에 놓인 빨간 제라늄꽃을 보았다.

방앗간 앞에는 한 아이가 놀고 있었다. 머리를 굵게 땋은 조그만 여자아이였다. 서너 살쯤 된 듯했다. 아이의 주위에는 희끄무레한 빛깔의 암탉들이 의젓한 걸음으로 서성이고 있었다. '최악의 상황이 발생했군.' 미하우는 생각했다. 유리처럼 투명한 강물에 반사되어 어른거리는 햇빛이 눈을 강타하는 바람에 잠시 앞을 볼 수가 없었다. 미하우는 방앗간을 향해 걸었다.

그는 온종일 잠만 잤다. 꿈속에서 지난 5년 동안의 모든 날을 세고 또 세었다. 지치고 몽롱한 정신은 혼란스럽기 짝이 없었다. 꿈속의 미로에서 미하우는 길을 잃고 말았다. 그래서 날짜 세기를 처음부터 반복해야만 했다. 미하우가 잠들어 있는 동안, 게노베파는 먼지 때문에 뻣뻣해진 군복을 이리저리 들여다보고, 땀에 젖은 옷깃을 만져보고, 담배 냄새가 물씬 풍기는 주머니에 손을 넣어보았다. 그런 다음 울타리에 군복을 널어서 방앗간을 지나는 모두가 볼 수 있도록 했다.

다음 날 새벽, 잠에서 깨어난 미하우는 잠든 아이를 바라보았다. 그는 머릿속으로 자신이 본 것들을 명료하게 묘사했다.

'머리숱이 많고 갈색이네. 짙은 눈썹에 피부색이 어둡고, 귀가 작고, 코도 작군. 애들은 다 코가 작지, 손은…… 통통한 아기 손이네. 근데 손톱을 보니 동그랗구나.'

그런 다음 미하우는 거울 앞에 서서 자신의 모습을 관찰했다. 낯선 사내가 거기에 있었다.

그는 방앗간을 둘러보다 천천히 돌아가고 있는 거대한 돌 바퀴를 쓰다듬었다. 손으로 밀가루를 쓸어 모아 혀끝으로 맛을 보았다. 물에다 손을 담가보기도 하고, 울타리를 따라 걸으며 검지로 판자를 톡톡 쳐보기도 했다. 꽃향기를 맡고, 볏짚 절단기를 작동해보았다. 그러자 절단기가 삐걱삐걱 소리를 내면서 쐐기풀이 으스러졌다.

미하우는 방앗간 뒤편, 높이 자란 풀숲으로 들어가 소변을 보았다.

방에 돌아왔을 때, 미하우는 비로소 게노베파를 쳐다볼 용기가 생겼다. 그녀는 깨어 있었다. 그리고 그를 쳐다보며 말했다.

"미하우, 그 어떤 남자도 날 건드리지 않았어요."

미시아의 시간

미시아는 여느 다른 인간들처럼 불완전한 상태로 조각조각 나뉘어 태어났다. 보는 것, 듣는 것, 이해하는 것, 느끼는 것, 감지하는 것, 경험하는 것, 이 모든 것들이 그녀 안에서 제각각 분리되어 있었다. 앞으로 미시아의 전 생애는 이것들을 온전하게 하나로 결합했다가 다시 부서뜨리는 데 할애될 것이다.

미시아에게는 그녀 앞에 서서 그녀 전체를 비춰줄 수 있는 거울이 되어줄 사람이 필요했다.

미시아의 첫 번째 기억은 방앗간에 가다가 맞닥뜨린 누더기 차림의 남자에 관한 것이었다. 아버지는 휘청대며 걸어 다니다가 밤이 되면 종종 어머니 품에 안겨 흐느껴 울곤 했다. 그래서 미시아는 아버지를 대할 때, 자기와 대등한 상대로 여겼다.

그때부터 미시아는 어른이나 아이나 모든 면에서 다를 바가 없다고 생각했다. 아이든 어른이든 전부 일시적인 상태에 머물러 있기 때문이다. 미시아는 자신이 어떻게 변해가는지, 주변의 다른 사람들이 어떻게 변해가는지 주의 깊게 관찰했지만, 사실 이러한 변화의 목적이나 의도가 무엇인지, 어디로 향하고 있는지는 알지 못했다.

미시아는 스스로에 대한 기억의 단면들, 크고 작은 어린 시절 일부를 종이 상자에 넣어 보관해두었다. 아기 때 신던 양털 신발, 머리도 아니고 주먹이나 간신히 들어갈 정도로 작은 뜨개 모자, 아마포 배냇저고리, 처음 입었던 원피스와 같은 자질구레한 물건들이 상자에 담겼다. 여섯 살 먹은 자신의 발을 아기 때 신던 양털 신발에 대보면, 시간의 신비로운 법칙이 느껴졌다.

아버지가 돌아온 후부터 미시아는 세상을 보기 시작했다. 그전까지는 모든 것이 흐릿하고 뚜렷하지도 않았다. 아버지가 돌아오기 전의 시간에 대해서 미시아는 자신이 아예 존재하지도 않았던 것처럼 기억이 거의 없었고, 그저 단편적인 일들만 떠오를 뿐이었다. 당시 방앗간은 미시아에게 시작도 끝도 없고, 밑바닥과 꼭대기도 없는 하나의 거대한 덩어리처럼 보였다. 하지만 나중에는 방앗간을 다르게, 이성적으로 보게 되었다. 의미와 형상을 가진 구체적인 대상으로 인식하게 된 것이다. 다른 물체들도 마찬가지였다. 과거에 미시아가 '강'을 떠올릴 때면, 무언가 차갑고 축축한 것을 의미했다. 하지만 이제 그녀는 강이 이곳 어딘가에서 저곳 어딘가로 흘러가고 있으며, 다리의 앞과 뒤에도 똑같은 강이 존재하고, 다른 강들도 흐르고 있다는 사실을 안다……. 한때 '가위'는 복잡한 데다 다루기 힘든 도구였으며, 엄마가 그것을 마법처럼 능숙하게 다루는 모습이 신기하게만 여겨졌던 물건이었다. 하지만 아버지가 식탁에 앉은 후부터 미시아의 눈에 가위는 두 개의 날로 이루어진 간단한 도구로 보이기 시작했다. 그녀는 두 개의 납작한 막대기를 포개어 비슷한 도구를 만들어보기도 했다. 그 후로 꽤 오랫동안 그녀는 물건들을 과거의 상태로 보기 위해 노력했다. 하지만 아버지는 이미 미시아의 세상을 완전히 바꾸어놓고야 말았다.

미시아의 그라인더의 시간

　인간들은 동물이나 식물, 사물보다는 자신이 훨씬 치열하게 살고 있다고 생각한다. 동물들은 식물과 사물보다는 스스로가 더 치열하게 살고 있다고 여긴다. 식물들은 사물보다는 더 치열하게 살고 있다고 꿈꾼다. 그런데도 사물들은 여전히 존속하고 있다. 그리고 이러한 존속은 다른 무엇보다 더욱 강한 생명력을 의미한다.

　미시아의 그라인더는 누군가의 손에 의해 나무와 도자기, 놋쇠가 하나의 물체로 결합되어 만들어졌다. 나무와 도자기, 놋쇠는 '갈아낸다'는 관념을 물질로 형상화한 것이다. 커피콩을 갈고 나면, 거기에 끓는 물을 붓게 된다. 그라인더를 발명한 사람이 누구인지는 알려진 바가 없다. 창조란 단지 시간을 뛰어넘어 영구히 존재하는 어떤 것을 상기시키는 행위일 뿐이다. 무(無)로부터 무엇인가를 창조할 능력이 인간에게는 없다. 그것은 신의 영역이다.

그라인더의 둥그런 몸체는 흰 도자기로 되어 있고, 갈고 남은 알갱이들을 저장하는 나무 서랍이 달려 있다. 놋쇠 뚜껑이 몸체를 덮고 있고, 나무 조각으로 마감된 손잡이가 부착되어 있다. 뚜껑에 작은 구멍이 뚫려 있어 그 속에 커피콩을 집어넣게 된다.

그라인더는 어떤 공방에서 제작되어 누군가의 집으로 운반되었고, 오후가 되면 커피를 갈았다. 살아 있는 따뜻한 손이 그라인더의 손잡이를 잡았다. 그러고는 퍼케일 천 혹은 플란넬 천 아래에서 박동하는 심장 부근에 그라인더를 갖다 대곤 했다. 이후 전쟁이 발발하자 다른 식기들과 함께 부엌의 안전한 찬장에서 상자 속으로 옮겨진 뒤, 다시 여행 가방과 자루에 담겨, 갑작스레 닥친 죽음의 위기를 피하려고 공황 상태 속에서 피난길에 오른 사람들의 무리와 함께 기차에 실렸다.

다른 사물들이 그러하듯 그라인더는 세상의 모든 혼란을 자신의 내부로 흡수한다. 폭격당한 기차의 풍경, 고여 있는 핏물, 매년 다른 바람이 불어와 창문을 두드리는 버려진 폐가가 그라인더 속에 저장된다. 그라인더는 차갑게 식어버린 인체의 따뜻함과 익숙한 것을 내팽개칠 수밖에 없는 절망을 자신 안으로 빨아들인다. 사람들이 그라인더에 손을 갖다 댈 때마다 각자의 손길에는 헤아릴 수 없이 많은 감정과 생각들이 담겨 있다. 여느 사물들처럼 그라인더 또한 특별한 능력으로 이 모든 걸 흡수한다. 일시적인 것들, 덧없이 지나가는 것들을 자기 안에 붙잡아두는 것이다.

미하우는 동쪽의 먼 곳에서 그라인더를 찾아냈고, 전리품으로 군용 배낭 속에다 그것을 숨겼다. 그는 밤마다 병영에서 몰래 그라인더의 서랍을 열고, 냄새를 맡았다. 거기에는 안전함, 커피, 집의 향기가 났다.

미시아는 그라인더를 집 앞 벤치로 들고 나와 손잡이를 돌렸다. 그러면 그라인더는 그녀와 함께 놀이를 즐기는 것처럼 경쾌하게 돌아가곤 했다. 미시아는 벤치에서 세상을 구경했고, 그라인더는 빙글빙글 돌아가며 텅 빈 공간의 구석구석을 갈았다. 그러다 언젠가 게노베파가 그라인더에 검은 알갱이 한 줌을 넣고 갈려고 했다. 그러자 손잡이가 부드럽게 돌아가지 않았다. 그라인더는 알갱이를 잔뜩 삼킨 채 천천히 체계적으로 삐걱대며 돌아가기 시작했다. 놀이는 끝났다. 어찌나 엄숙하게 작동하는지, 감히 그 누구도 그라인더를 멈추게 할 수 없었다. 그라인더는 이제 온전히 가는 일에만 전념했다. 그러자 그라인더와 미시아, 세상 전체가 막 갈아낸 커피 향기 속에서 하나로 융합되었다.

사물에서 풍겨 나오는 그럴듯한 외형에 속지 않기 위해 두 눈을 감은 채로 사물을 유심히 들여다보면, 그리고 계속해서 호기심을 거두지 않는다면, 비록 잠시지만 사물의 진정한 실체를 볼 수 있다.

사물은 시간도 움직임도 없는 다른 현실 속에 몸을 담그고 있다. 단지 그 표면만 드러나 있고, 어딘가에 숨겨져 있는 나머지 속에 물질적 대상의 의미와 본질이 숨겨져 있다. 커피 그라인더가 바로 그러한 예다.

그라인더는 '갈아낸다'라는 관념으로부터 도려낸 형상의 조각이다.

그라인더는 간다. 고로 존재한다. 그러나 그라인더가 대체 무엇을 의미하는지는 아무도 모른다. 그라인더는 아마도 전체적이고 본질적인 변화의 법칙, 거기서 떨어져 나온 파편일 수도 있다. 그것 없이는 이 세계가 돌아갈 수 없거나, 아니면 전혀 다른 세계가 되었을지도 모르는 그런 법칙 말이다. 어쩌면 커피 그라인더는 현실의 축일지도 모른다. 모든 것이 그라인더 주위에서 돌고 진보해나가는 현실의 축. 그라인더는 이 세계에서 인간보다 더 중요한 존재일 수도 있다. 나아가 미시아의 그라인더는 '태고'라고 불리는 것의 기둥일지도 모른다.

교구신부의 시간

늦봄은 교구신부가 가장 증오하는 계절이다. 성 요한 대축일*이 다가올 즈음, 흑강은 뻔뻔하게도 그의 목초지에 범람했다.

천성적으로 성급한 성품에다 다혈질인 교구신부는 구체적이지도 않고 굼뜨며 주관도 생각도 없고 포착하기가 힘들고 겁도 많은 무언가가 자신의 목초지를 앗아 가는 것을 볼 때마다 분노에 휩싸였다.

물이 넘치기가 무섭게 벌거벗은 개구리들이 염치없이 나타나서는 쉼 없이 노골적으로 교미했다. 이들은 강변에서 끔찍한 소리를 냈다. 꽥꽥거리는 음습한 음성과 성욕이 가득한 쉰 소리에

---

*   세례자 요한 탄생 축일. 크리스마스 6개월 전인 6월 24일.

채울 수 없는 욕망으로 떨리는 괴성을 질러댔는데, 꼭 악마나 낼 법한 소리였다. 목초지에는 개구리 말고도 소름 끼치게 구불거리는 물뱀들이 나타나 교구신부의 심기를 불편하게 했다. 길고 미끌미끌한 몸이 신발을 건드릴 것만 같아 신부는 질색하며 몸을 떨었고, 그로 인해 위가 꼬여 경련이 일어날 정도였다. 뱀의 잔상은 머릿속에 오래도록 남았고, 꿈속을 헤집었다. 홍수가 나면 개구리 대신 물고기들이 득실댔지만, 교구신부로서는 차라리 그게 나았다. 물고기는 먹을 수라도 있으니 신성하고 좋은 징조로 받아들였다.

밤이 가장 짧았던 사흘 동안 목초지에 강이 넘쳐흘렀다. 땅을 침범한 후 강은 휴식을 취했고, 잔잔한 수면에 하늘을 비추었다. 그렇게 한 달 동안 강은 잠잠했다. 그동안 물속에서는 무성하게 우거진 풀들이 썩어갔다. 무더운 여름이면, 목초지에서는 썩은 악취가 풍겼다.

성 요한 대축일부터 신부는 마르가리타 성녀의 꽃과 로크 성인의 초롱꽃, 클라라 성녀의 약초에 흑강의 물이 제대로 스며드는지 매일 들러 지켜보았다. 가끔 파랗고 하얀 꽃송이들이 목까지 물에 잠겨서는 도움을 청하기 위해 자신을 부르는 것처럼 느껴졌다. 미사 중에 성체를 들어 올릴 때마다 들려오는 종소리와 비슷한 가느다란 음성이 신부의 귓가에 울려 퍼지곤 했다. 하지만 꽃들을 위해 그가 할 수 있는 일이라곤 아무것도 없었다. 신부는 얼굴을 붉히며 무기력하게 두 주먹을 꽉 쥐었다.

그는 기도했다. 모든 물의 성인인 성 요한 대축일부터 기도는 시작되었다. 그러나 교구신부가 보기에는 성 요한이 기도를 들어주지 않는 것만 같았다. 성 요한은 낮과 밤의 균형을 맞추는 일이라든지 젊은이들이 피워놓은 모닥불과 보드카, 강물에 던져진 화관, 한밤중에 관목 숲에서 바스락거리는 소리에 더 많은 신경을 쓰는 듯했다. 신부는 매년 빠짐없이 흑강이 목초지에 범람하는데도 아무런 신경도 쓰지 않는 성 요한에 대해 유감을 느끼기까지 했다. 그래서 그는 신에게 기도를 올리기 시작했다.

다음 해 요란한 홍수가 일어나자 신은 교구신부에게 다음과 같이 일렀다. "강을 목초지와 분리해라. 흙을 가져와 제방을 쌓아서 강이 지류를 벗어나지 않게 해라." 신부는 신께 감사드리며 둑을 쌓는 작업에 착수했다. 그는 두 번의 주일 미사 강론에서 신이 주신 선물을 강이 망가뜨리고 있다며 호통쳤고, 각 구역에서 남자 한 명이 일주일에 두 번씩 흙을 나르고 둑을 쌓도록 하는 규칙을 만들어, 자연의 무력에 함께 대항해야 한다고 설교했다. 태고에는 목요일, 금요일, 예슈코틀레에는 월요일, 화요일, 코투슈프에는 수요일, 토요일이 배정되었다.

태고 마을이 공사를 담당하기로 정해진 첫날, 일하러 나온 이는 말라크와 헤루빈, 단둘뿐이었다. 화가 잔뜩 난 교구신부는 마차를 타고 태고의 집들을 모두 돌아다녔다. 세라핀은 손가락이 부러졌고, 플로리안의 젊은 아들은 군대에 갔다. 흘리파와의 집에는 아이가 태어났으며, 시비아토시는 탈장을 했다.

그리하여 신부는 아무것도 해결하지 못했다. 그는 낙담해서 숙소로 돌아왔다.

밤에 기도하다가 신부는 다시 신에게 조언을 구했다. 신이 응답했다. "그들에게 대가를 지불해라." 이 답변에 교구신부는 약간 혼란을 느꼈다. 그러나 교구신부의 신은 때로는 교구신부와 매우 비슷했으므로, 곧 이렇게 덧붙였다. "수지가 맞지 않으니, 하루에 최대 10그로시*를 주어라. 아무리 목초를 모아봤자 15즈워티**만큼의 가치도 되지 않는다."

그리하여 교구신부는 다시금 마차를 타고 태고 마을로 가서 건장한 청년 몇 명을 둑을 쌓는 현장으로 데려왔다. 아들을 낳은 유제크 흘리파와와 손가락이 부러진 세라핀, 그리고 두 명의 농장 일꾼들이 작업에 투입되었다.

수레가 한 대밖에 없었으므로, 일은 더디게 진행되었다. 신부

* 　잔돈에 해당하는 폴란드 동전.
** 　폴란드의 기본적인 화폐 단위. 1즈워티는 100그로시.

는 봄 날씨가 계획을 방해할까 봐 걱정했다. 그는 할 수 있는 한 청년들을 열심히 재촉했다. 자신도 신부복을 걷어붙이고 나섰다. 하지만 질 좋은 가죽 신발이 더럽혀질까 신경을 써야만 했으니, 청년들 사이를 이리저리 뛰어다니거나 자루들을 손가락으로 찔러보고 말을 채찍질하는 게 고작이었다.

다음 날엔 손가락이 부러진 세라핀만 일하러 나왔다. 화가 난 신부는 또다시 마차를 타고 온 마을을 돌아다녔다. 하지만 일꾼들은 모두 집에 없거나 앓아누워 있었다.

이날은 교구신부가 태고 마을 청년 모두를 게으르고 나태하며 돈을 밝힌다고 증오한 날이었다. 그는 신의 종으로서 적합하지 않은 이런 감정에 대해 신에게 열심히 변명했다. 그리고 다시 한번 신께 조언을 구했다. "임금을 올려주어라." 신이 그에게 말했다. "올해에 목초로 벌어들이는 이득이 전혀 없다 해도 하루에 15즈워티씩 지급해라. 내년에는 손해를 메꿀 수 있을 테니." 현명한 조언이었다. 일은 진척되었다.

먼저 수레로 구르카 마을 너머로부터 모래를 실어 날라 온 뒤, 이 모래를 삼베 자루에 넣고, 마치 상처를 싸맨 붕대처럼 자루를 강변에 일렬로 죽 늘어놓았다. 이렇게 삼베 자루로 땅을 덮은 뒤에 거기에다 목초를 심었다.

교구신부는 자신의 성과를 기쁨에 찬 눈빛으로 바라보았다.

강은 이제 목초지와 완전히 나뉘었다. 강은 목초지가 보이지 않았고, 목초지는 강이 보이지 않았다.

이제 강은 할당된 구획에서 벗어나려 하지 않았다. 홀로 유유히 생각에 잠긴 채 흘러갔고, 사람들의 눈에 더는 투명하지 않았다. 강둑을 따라 목초지가 초록빛으로 물들었고, 나중에는 민들레가 만발했다.

교구신부의 목초지에서 꽃들은 끊임없이 기도한다. 마르가리타 성녀의 꽃과 로크 성인의 초롱꽃, 평범한 노란 민들레, 이 모든 꽃이 기도를 바친다. 기도를 지속하면서 민들레는 점점 물질적 속성을 잃어가고, 노란빛을 잃어가며, 선명함과 구체성을 잃어간다. 그리하여 6월이 되면 옅은 솜털로 변화한다. 그때 이들의 신실함에 감동한 신은 따뜻한 바람을 날려 보내어 민들레 솜털에 깃든 영혼을 하늘로 데려간다.

바로 이 따뜻한 바람이 성 요한 대축일에 비를 내렸다. 강의 수면은 1센티미터씩 부풀어 올랐다. 교구신부는 잠도 못 자고, 먹지도 못했다. 그는 둑길과 목초지를 따라 뛰어다니며 강물을 주시했다. 막대기로 수면 높이를 재면서 욕설과 기도를 동시에 읊조렸다. 강은 기대를 저버렸다. 물길이 넓게 흐르고 소용돌이가 일면서 강둑 일부분을 쓸어 갔다. 6월 27일, 교구신부의 목초지에 물이 스며들기 시작했다. 교구신부는 막대기를 든 채 새로 만든 둑 위를 이리저리 뛰어다니며, 물이 너무도 쉽게 틈새로 스며들고 마치 익숙한 길을 지나가듯 손쉽게 둑을 통과해버리는 광경을 절망적으로 지켜보았다. 다음 날 밤, 흑강은 모랫둑을 완전히 무너뜨리고 매년 그랬듯이 목초지를 향해 범람했다.

일요일에 신부는 강론대에서 강이 저지른 짓을 사탄의 행위와 비교했다. 사탄은 물과 같아서 매일, 매시간, 인간의 영혼을 삼키려 든다. 그러므로 인간은 둑을 쌓기 위해 끊임없이 노력해야만 한다. 사소하고 일상적인 종교적 의무를 소홀히 하는 것은 이 둑을 견고하지 못하게 만드는 것이다. 유혹하는 이의 집요함은 물의 집요함과 비교할 수 있을 것이다. 죄는 손쉽게 인간에게 흘러들고 스며들어 영혼의 날개를 적신다. 거대한 악은 인간을 덮쳐 소용돌이에 휩싸이게 하고 나락으로 떨어뜨린다. 신부는 이렇게 설교했다.

교구신부는 강론 후에 오래도록 불안에 휩싸여 잠을 이룰 수 없었다. 흑강에 대한 증오 탓에 도무지 잠이 오질 않았다. 식물도 동물도 아니고, 그저 물리적 지형일 뿐인 희뿌연 물줄기 따위를 증오할 수는 없다고 스스로를 타일렀다. 명색이 신부라는 자가 어떻게 이런 부조리한 감정을 느낄 수 있단 말인가? 고작 강을 증오하다니.

그러나 이것은 명백한 증오였다. 교구신부의 증오는 쓸려 나가버린 목초 때문이 아니었다. 흑강의 무자비함과 아둔한 고집, 그 이기심과 끝없는 무심함 탓이었다. 증오에 대해 생각만 해도 관자놀이에서 뜨거운 피가 끓어올라 온몸을 달구었다. 신부는 너무 답답한 나머지 강변을 서성이기 시작했다. 한밤중에 몇 시든 상관없이 자리에서 벌떡 일어나 옷을 입고, 숙소에서 나와 목초지로 갔다. 대기의 차가운 기운에 정신이 번쩍 들었다. 신부는 피식 웃음을 지으며 혼잣말을 했다. "땅이 움푹 파여 생긴 웅덩이 따위에게 어떻게 화가 날 수 있는 거지? 강은 그저 강일 뿐이야, 아무것도 아니라고." 그러나 강둑 위에 서면, 모든 것이 수포가 되었다. 흙으로 강을 메워버리고만 싶었다. 강물이 샘솟는 원천에서부터 바다로 흘러 들어가는 하구에 이르기까지 모조리. 신부는 누군가 자기를 보고 있지는 않는지 주위를 둘러보았다. 그러고는 오리나무 가지를 꺾어 뻣뻣하고 둥그런 강의 몸뚱이를 마구 내리쳤다.

엘리의 시간

"저리 가. 널 보고 나면 잠을 잘 수가 없어." 게노베파가 그에게 말했다.

"난 당신을 못 보면 살 수가 없어요."

그녀의 연회색 눈동자가 그를 응시했고, 그는 또다시 그녀의 눈길이 그의 영혼 한복판을 건드렸음을 느꼈다. 그녀는 땅바닥에 양동이를 내려놓으며 이마에 흘러내린 머리카락을 옆으로 쓸어 넘겼다.

"양동이를 들고 강가로 따라와."

"당신 남편이 뭐라면 어쩌죠?"

"그 사람은 지금 성에 있어."

"일꾼들은요?"

"넌 나를 돕는 거야."

엘리는 양동이를 들고서 그녀의 뒤를 따라 자갈길로 걸음을 옮겼다.

"남자가 다 되었구나." 게노베파가 뒤도 돌아보지 않은 채 말했다.

"우리가 서로를 못 볼 때, 당신은 내 생각을 하나요?"

"네가 내 생각을 하는 바로 그 순간, 나도 네 생각을 해. 매일 매일."

"맙소사, 당신은 왜 끝내지 않는 거죠?" 엘리는 길바닥에 양동이를 거칠게 내려놓았다. "나와 내 조상들이 대체 어떤 죄를 저질렀기에 이렇게 괴로워해야 하는 거죠?"

게노베파는 그 자리에 멈춰 서서 발끝을 내려다보았다.

"엘리, 신성모독은 하지 마라."

잠시 침묵이 흘렀다. 엘리는 양동이를 집어 들고는 계속 걸었다. 자갈길이 넓어져서 두 사람은 이제 나란히 걸어갈 수 있었다.

"엘리, 우리 더는 만나지 말자. 난 아이를 가졌어. 가을에 아기가 태어날 거야."

"그 아이는 분명 내 아이일 거예요."

"모든 게 저절로 밝혀질 테고, 정리될 거……."

"도시로, 키엘체로 도망가요, 우리."

"……모든 게 우릴 갈라놓고 있어. 너는 젊고, 나는 늙었어. 너는 유대인이고, 나는 폴란드인이야. 너는 예슈코틀레 출신이고, 나는 태고 출신이지. 너는 미혼이고, 나는 유부녀야. 너는 자유로운 상태지만, 나는 이미 정착했어."

두 사람은 나무다리로 들어섰고, 게노베파는 양동이에서 빨랫감을 꺼내기 시작했다. 그녀는 차가운 물에 빨래를 담갔다. 어두운 강물이 새하얀 비누 거품을 씻어 내렸다.

"상황을 이렇게 만든 건 당신이에요." 엘리가 말했다.

"알고 있어."

그녀는 빨랫감을 내버려둔 채 처음으로 그의 어깨에 머리를 기댔다. 엘리는 그녀의 머리카락 향기를 맡았다.

"널 처음 본 순간, 나는 널 사랑하게 됐어. 단번에. 이런 사랑은 절대 끝나지 않아."

"이게 사랑인가요?"

그녀는 대답이 없었다.

"내 방 창문에서 방앗간이 보여요." 엘리가 말했다.

플로렌틴카의 시간

사람들은 광기란 어떤 대단하고 극적인 사건이나 감당할 수 없는 고통 때문에 발생한다고 믿는다. 가령 실연을 당했다든지, 가장 가까운 사람이 죽었다든지, 아니면 신의 얼굴을 보았다든지 하는 구체적인 원인으로 인해 당사자가 미쳐가는 것이라 여긴다. 느닷없이 단번에 어떤 특별한 이유로 인해 광기가 엄습하여 마치 올가미처럼 이성에 족쇄를 채우고 감정을 뒤흔들어놓는다고 생각한다.

반면에 플로렌틴카는 별다른 사유도 없이 광기에 사로잡혔고, 이유 없이 미쳐버렸다. 한때 그녀에게도 광기의 원인이 될 만한 일들이 있었다. 술 취한 남편이 백강에서 익사했을 때, 아홉 자녀 중 일곱을 잃었을 때, 유산에 유산을 거듭했을 때, 유산하지 않은 아이를 지웠을 때, 두 번은 유산의 위험으로부터 가까스로 아이를 지켰을 때, 헛간이 모조리 불탔을 때, 그녀에게 남은 두 아이가 그녀를 버리고 세상 어딘가로 사라졌을 때 말이다.

플로렌틴카는 이미 나이를 먹었고, 온갖 풍파를 다 겪어낸 상태였다. 톱밥처럼 마르고 이도 다 빠져버린 그녀는 왕풍뎅이 언덕 인근의 나무 오두막에서 홀로 지냈다. 오두막의 한쪽 창문은 숲을 향해 나 있고, 다른 한쪽은 마을을 향하고 있었다. 플로렌틴카에게 남은 거라고는 그녀와 개를 먹여 살리는 두 마리의 소, 그리고 벌레 먹은 자두가 가득한 조그만 과수원뿐이었다. 여름이면 집 앞에 수국이 커다랗게 무리 지어 꽃을 피웠다. 플로렌틴카는 자신도 알지 못하는 사이에 점점 미쳐갔다. 처음에는 머리가 아프고 밤잠을 이루지 못했다. 달이 잠을 방해했다. 그녀는 이웃 아낙들에게 말하곤 했다. 달이 자신을 지켜보고 있다고, 그 빈틈없는 시선이 벽과 유리창을 뚫고서 자신을 향하고 있고 그 광채는 거울과 유리 속에서, 수면 위로 반사된 이미지 속에서 그녀를 향해 덫을 놓고 있다고.

언제부터인가 플로렌틴카는 밤마다 집 밖에 나와 달을 기다리곤 했다. 한결같은 바로 그 달이 형상만 바꿔가며 목초지 위로 떠올랐다. 플로렌틴카는 주먹을 휘두르며 달을 위협했다. 사람들은 하늘을 향해 치켜든 그녀의 주먹을 보며 말했다. "미쳤군."

플로렌틴카의 몸은 쪼그라들고 점점 왜소해져갔다. 끊임없이 잉태와 출산을 반복했던 여성으로서의 시간이 끝난 뒤, 그녀의 몸에 남은 거라고는 커다란 빵 한 덩어리가 들어 있는 듯 우스꽝스럽게 부풀어 오른 배뿐이었다. 여성성이 사라진 뒤, "아이 한 명에 이빨 한 개씩"이라는 속담이 일컫듯 그녀에게는 단 하나의 이빨도 남지 않았다. 모든 일은 대가를 치르게 마련이었다. 플로렌틴카의 가슴은 세월의 풍파로 인해 납작해지고 늘어져서 몸속으로 자꾸만 파고들어 갔다. 쪼글쪼글해진 피부는 크리스마스트리의 장신구를 싸는 박엽지를 떠올리게 했고, 그 아래로 플로렌틴카가 여전히 살아 있다는 증거인 가느다란 파란 정맥이 보였다.

남자보다 여자가, 아버지보다 어머니가, 남편보다 아내가 더 빨리 죽는 시절이었다. 여자는 인류가 은밀히 고여 있는 그릇과도 같은 존재였기 때문이다. 어린 새가 알을 깨고 나오듯 아이들은 여자들에게서 새 생명을 얻었다. 그런 다음 깨진 알은 스스로 붙어 다시 고유의 형태를 회복해야만 했다. 여자가 강할수록 더 많은 아이를 낳았고, 그로 인해 여자는 조금씩 약해졌다. 마흔다섯 살이 되던 해에 플로렌틴카는 끊임없이 반복되는 출산의 굴레에서 마침내 해방되었고, 결국 불임의 열반에 이르게 되었다.

플로렌틴카가 미쳐버린 뒤, 그녀의 뜰에는 고양이와 개들이 모여들었다. 그러자 사람들은 그녀를 양심의 도피처로 삼았고, 작은 새끼 고양이나 강아지를 물에 빠뜨리는 대신, 플로렌틴카의 마당, 수국 더미 아래에 던져놓았다. 두 마리의 소를 기르던 플로렌틴카의 두 손은 이제 한 무리의 버려진 동물들을 돌보느라 분주해졌다. 플로렌틴카는 언제나 동물들을 사람처럼 존중했다. 아침이면 동물들에게 "안녕하세요"라고 인사를 건네고, 우유가 담긴 그릇을 내려놓으며 "맛있게 먹어요"라고 말하는 것을 잊지 않았다. 그녀가 동물들을 가리켜 '개' 혹은 '고양이'라고 지칭하는 경우는 드물었다. 마치 물건을 일컫는 것처럼 들리기 때문이었다. 그녀는 "말라크 씨" 혹은 "흘리파와 씨"라고 이웃을 부르듯 "강아지 씨" 혹은 "고양이 씨"라고 동물들을 불렀다.

플로렌틴카는 자신이 미치광이라고는 조금도 생각지 않았다. 그저 달에게 박해받고 있는 평범한 피해자일 따름이었다. 그러던 어느 날 밤, 괴상한 일이 벌어졌다.

언제나처럼 보름달이 떴을 때, 플로렌틴카는 개들을 데리고 달에게 욕을 하러 언덕으로 올라갔다. 개들은 그녀와 가까운 곳, 풀밭에 앉았고, 그녀는 하늘에 대고 고함을 쳤다.

"내 아들은 어디에 있는 거야? 누가 걔를 꼬여낸 거야, 살찐 은색 두꺼비, 너야? 네가 우리 영감을 속여서 물속으로 끌고 들어간 거지! 오늘 네놈을 우물에서 봤어. 넌 현행범으로 나한테 딱 걸린 거야. 네가 우물에 독을 탄 거라고……."

세라핀의 집에 불이 켜졌고, 남자 목소리가 어둠을 가르며 들려왔다.

"조용히 좀 해, 이 미친 여자야! 잠 좀 자자."

"너희나 자, 죽을 때까지 잠이나 자라고! 이 시간에 퍼질러 자려면 대체 뭐 하러 태어난 거야?"

고성이 잠잠해지자 플로렌틴카는 땅바닥에 주저앉아 박해자의 은빛 얼굴을 바라보았다. 달에는 주름이 새겨졌고, 우주의 천연두라도 앓은 양 벌건 자국이 남아 있었다. 잔디에 누운 개들의 어두운 눈동자에 달의 형상이 비쳤다. 플로렌틴카는 커다랗고 털이 복슬복슬한 암캐의 머리에 손을 얹었다. 그때 그녀는 마음속에서 자신의 생각, 어쩌면 생각이 아닌 생각의 실루엣, 이미지, 인상을 보았다. 그것은 그녀의 생각 그 자체와는 확연히 달랐다. 그녀가 짐작하듯 어딘가 외부에서 비롯된 것이라서가 아니라, 그저 그 자체로 완전히 다른 무엇이었기 때문이었다. 그것은 단색에 또렷하고, 깊고, 감각적이고, 향기를 내뿜는 그런 것이었다.

그리고 그 속에는 하늘이 있었고, 두 개의 달이 나란히 떠 있었다. 차갑고도 상쾌한 강물이 흐르고 있었다. 매혹적이면서도 동시에 두려움을 불러일으키는 집들이 있었고, 기묘한 흥분을 자아내는 숲의 굴곡진 형세가 있었다. 풀밭에는 이미지와 기억들이 서려 있는 나뭇가지와 돌멩이, 잎사귀들이 뒹굴고 있었다. 땅 밑에는 따스하고 생동감 있는 통로가 있었다. 모든 게 달랐다. 단지 세상의 윤곽만이 같을 뿐이었다. 바로 그 순간 플로렌틴카는 자기에게 미쳤다고 했던 사람들의 말이 맞았다는 사실을 인간적인 이성으로 이해하게 되었다.

"나 지금 너랑 이야기하고 있는 거니?" 그녀는 무릎에 머리를 기대고 있는 암캐에게 물었다.

그녀는 그렇다는 것을 알고 있었다.

일행은 집으로 돌아왔다. 플로렌틴카는 저녁밥으로 주려고 남겨둔 우유를 사료 그릇에 부었다. 그리고 식탁에 앉았다. 우유에 빵 한 조각을 적셔서 이빨이 빠져나간 잇몸으로 우걱우걱 씹었다. 빵을 먹으며 개 한 마리를 쳐다보았다. 그리고 마음속에 떠오르는 그림 그 자체로만 개에게 말을 걸어보려 애썼다. 생각을 몰아내고, 그저 '나는 지금 여기에 있다, 나는 먹는다'와 같은 상태를 이미지로 '그려보았다'. 그러자 개가 고개를 번쩍 들었다.

그날 밤, 박해자인 달 때문인지, 아니면 자신의 광기 때문인지는 몰라도 플로렌틴카는 개와 고양이들과 대화를 나누는 법을 깨우쳤다. 마음속에 떠오른 그림을 전달하는 것, 그것이 대화였다. 동물들이 상상한 그림들은 인간의 언어처럼 구체적이거나 함축적이지 않았다. 거기에는 깊은 성찰이 없었다. 대신에 인간들이 하듯 상대와 거리를 두지 않고, 아무런 거리낌 없이 사물을 내면에서부터 바라보았다. 덕분에 세상이 훨씬 더 친근하게 보였다.

플로렌틴카에게 무엇보다 중요한 것은 동물들의 상상 속에 비친 두 개의 달이었다. 놀랍게도 동물들은 인간에겐 하나로 보이는 달을 두 개로 보았다. 왜 그런지 이해할 수 없었기에, 플로렌틴카는 결국 이해하는 것을 그만두었다. 두 개의 달은 서로 달랐지만, 어떤 면에서는 정반대이면서도 또 어떤 면에서는 동일하기도 했다. 하나는 부드럽고 약간 축축했으며 상당히 예민했다. 또 다른 달은 은처럼 단단하고 유쾌한 소리를 내며 환한 빛을 내뿜었다. 그러므로 플로렌틴카를 박해하는 고문관의 본성은 이중적이었고, 바로 이 같은 성향 덕분에 그녀에게는 더욱더 위협적일 수밖에 없었다.

미시아의 시간

열 살이 된 미시아는 반에서 키가 제일 작았으므로 맨 앞줄에 앉았다. 선생님은 의자 사이를 지나다니며 언제나 머리를 쓰다듬어주었다. 미시아는 학교에서 돌아오는 길에 인형에게 필요한 것들을 챙겨 오곤 했다. 밤 껍질은 인형의 접시가 되었고, 도토리 꼭지는 컵, 이끼는 베갯속이 되었다.

그러나 막상 집에 들어서고 나면 무엇을 하며 놀지 결정할 수가 없었다. 한편으로는 인형 놀이를 하며 드레스도 갈아입혀보고, 눈으로는 볼 수 없어도 인형이 꼭 필요로 할 것만 같은, 가상의 온갖 요리들을 먹여보고 싶기도 했다. 움직이지 않는 인형의 몸을 포대기로 감싸고 곤히 재우며 옛날이야기를 들려주고 싶기도 했다. 하지만 막상 시작하고 나면 금방 싫증을 느꼈다. 인형들은 더는 카르밀라도 아니었고, 유디타도, 보바스카도 아니었다. 미시아는 장밋빛 얼굴에 그려진 기다란 눈, 붉게 물든 뺨, 그 어떤 음식도 삼킬 수 없는, 입꼬리가 늘 올라가 있는 입을 보았다. 과거에 카르밀라라고 여겼던 인형에 대한 생각이 바뀌었다. 미시아는 손바닥으로 인형을 찰싹 때렸다. 그러자 헝겊에 싸인 톱밥의 감촉이 고스란히 느껴졌다. 인형은 불평하지도, 저항하지도 않았다. 그래서 미시아는 장밋빛 얼굴이 창문 쪽을 향하게끔 인형을 돌려 앉혀놓고는 갖고 노는 것을 그만두었다. 그러고는 엄마 화장대를 뒤지러 갔다.

부모님 침실로 살금살금 들어가서 두 개의 날개가 달린 삼단 거울 앞에 앉으면 짜릿한 일이 벌어졌다. 거울은 뒤통수나 구석의 그림자처럼 일반적으로 잘 보이지 않는 것들까지 모두 보여주었다. 미시아는 목걸이와 반지를 껴보고, 향수병을 열었으며, 꽤 오랜 시간 동안 립스틱의 비밀을 파헤쳤다. 어느 날, 특히 카르밀라들에게 실망한 그날, 미시아는 립스틱을 입술에 갖다 대고서 붉은 핏빛으로 칠했다. 립스틱의 붉은빛이 시간을 움직였다. 미시아는 몇십 년 후 죽음을 맞는 자신의 모습을 보았다. 미시아는 거칠게 립스틱을 닦아내고, 인형들에게로 돌아갔다. 톱밥으로 채워진 조잡하기 짝이 없는 인형의 작은 손을 들어 올리고는 손바닥으로 소리 없이 인형의 몸을 때렸다.

하지만 미시아는 언제나 엄마 화장대로 돌아왔다. 새틴 브래지어를 입어보고, 하이힐도 신어보았다. 엄마의 레이스 속치마는 미시아에게는 땅에 끌리는 우아한 드레스가 되었다. 미시아는 거울에 비친 자신의 모습을 바라보았다. 그러자 갑자기 그 모습이 우스꽝스러워 보였다. '차라리 카르밀라의 파티 드레스를 만드는 게 낫지 않을까?' 문득 이런 생각이 들었다. 미시아는 들뜬 채로 인형들에게 돌아왔다.

 어느 날, 엄마 화장대와 인형들 사이를 오가던 미시아는 주방 싱크대 서랍을 발견했다. 서랍 안에 모든 것이 있었고, 온 세계가 있었다.

 첫 번째, 사진이 있었다. 그중 하나에는 군복을 입은 아버지가 친구와 함께 있었다. 이들은 친한 사이처럼 서로를 얼싸안고 있었다. 아버지는 한쪽 귀에서부터 다른 쪽 귀까지 콧수염을 길렀고, 뒤로는 분수가 물줄기를 뿜어 올리고 있었다. 다른 사진에는 아빠와 엄마의 낯익은 얼굴이 있었다. 엄마는 흰 베일을 썼고, 아빠는 여전히 검은 콧수염을 달고 있었다. 미시아가 가장 좋아하는 사진은 짧은 단발머리에, 이마에 머리띠를 두른 엄마의 사진이었다. 이 사진에서 엄마는 진짜 숙녀처럼 보였다. 거기에는 미시아의 사진도 있었다. 그녀는 커피 그라인더를 무릎 위에 올려놓은 채 집 앞 벤치에 앉아 있었다. 머리 위로 라일락이 만개

했다.

두 번째, 서랍 안에는 미시아가 집에서 가장 귀중하게 여기는 물건이 있었다. 그녀는 이 물건에 '달의 돌'이라는 이름을 붙였다. 미시아의 아버지는 언젠가 들판에서 이 돌을 찾아와서는 이것은 여느 평범한 돌과는 다르다고 말해주었다. 거의 완벽한 원형으로 이루어진 돌의 표면에는 아주 작고 반짝이는 조각들이 섞여 있어서 마치 크리스마스트리의 장신구처럼 보였다. 미시아는 돌을 귀에 가져다 대고서 돌이 주는 신호를 기다렸다. 그러나 하늘에서 내려온 돌은 아무 말이 없었다.

세 번째, 서랍의 안쪽에는 수은주가 깨진, 오래된 온도계가 있었다. 덕분에 수은은 온도계 안에서 자유롭게 돌아다닐 수 있었고, 어떠한 눈금에도 막히지 않고, 온도에도 구애받지 않을 수 있었다. 하루는 수은이 시냇물처럼 온도계 안에서 졸졸 흘러 다니다가, 갑자기 겁에 질린 동물처럼 몸을 둥글게 말더니 꿈쩍도 하지 않았다. 온도계는 검은색으로 보일 때도 있고, 검지만 동시에 은빛이나 흰색을 띠기도 했다. 미시아는 수은을 가둔 온도계를 갖고 노는 것을 좋아했다. 그녀는 온도계에다 이스크라*라는 이름을 붙였다. 서랍을 열 때면 늘 나지막한 음성으로 이렇게 말

---

* 폴란드어로 '불꽃', '섬광'을 뜻한다.

했다. "안녕하세요, 이스크라 씨."

네 번째, 서랍에는 오래되어 망가진, 유행이 지난 모조품 장신구가 있었다. 거의 고물이나 다름없는 이 모든 것들은 성당의 자선 바자에서 어쩔 수 없이 사들인 것들이었다. 도금이 벗겨져 이제는 회색빛 금속이 훤히 드러난 사슬 목걸이, 짐승의 뿔에다 금줄로 세공한 브로치도 있었다. 계모의 명령으로 잿더미에서 콩을 골라내고 있는 신데렐라를 새들이 와서 도와주고 있는 삽화가 브로치 표면에 그려져 있었다. 낡은 종잇장들 사이에는 오래전 장터에서 샀다가 내팽개쳐진 반지의 유리알이 반짝거렸고, 다양한 모양의 크리스털 귀걸이도 빛을 내뿜었다. 미시아는 초록빛 반지 알을 통해서 창밖을 내다보았다. 세상이 시시각각 다르게 보였다. 아름다웠다. 초록빛 세상, 루비빛 세상, 푸른 세상, 노란 세상, 이 중에 어떤 세상에서 살고 싶은지 미시아는 선뜻 결정할 수가 없었다.

다섯 번째, 이 서랍 안에는 아이들이 손대지 못하도록 다른 물건들 틈새에 몰래 숨겨놓은 잭나이프가 있었다. 미시아는 그 칼이 무서웠다. 가끔은 그것을 사용하는 상상을 해보았다. 예컨대 누군가 아빠를 해치려고 할 때 아빠를 보호하기 위해서 말이다. 암적색 에보나이트 손잡이 속에 음흉하게 칼날을 숨기고 있었기에 칼 그 자체는 딱히 위험스러워 보이지는 않았다. 언젠가 미시아는 아버지가 손가락 하나로 단번에 칼집에서 칼을 움직여 빼내는 것을 보았다. '쉭' 하고 칼이 빠져나오는 소리가 마치 공격하는 소리처럼 들려서 무서웠다. 그래서 우연이라도 칼을 만지는 일이 없도록 원래 있던 자리인 서랍 오른쪽 모서리, 성화들 밑에다 깊숙이 넣어놓았다.

여섯 번째, 칼 위에는 조그만 크기의 성화들을 모아놓은 종이 뭉치가 있었다. 교구신부가 크리스마스캐럴을 부르러 오는 아이들에게 나눠주었던 걸 매년 차곡차곡 모아둔 것이다. 성화마다 예슈코틀레 성모나, 목동 모습으로 팔과 어깨가 훤히 드러난 셔츠를 입은 어린 예수가 그려져 있었다. 예수는 포동포동했고, 곱슬머리는 밝게 빛났다. 미시아는 그런 모습을 한 예수를 사랑했다. 수염을 기른 채 푸른색 왕좌에 기대앉아 있는 성부(聖父)가 그려진 그림도 있었다. 손에는 부러진 막대기를 들고 있었는데, 미시아는 이것이 무엇인지 오랫동안 알지 못했다. 나중에 성부가 번개를 들고 있다는 걸 알게 된 뒤로는 그를 두려워하게 되었다.

성화 뭉치 주변에는 작은 메달 한 개가 팽개쳐지듯 놓여 있었다. 평범한 메달과는 달리 코페이카로 만들어진 메달 한쪽에는 성모의 초상이 새겨져 있고, 반대쪽에는 독수리가 날개를 활짝 펴고 있었다.

일곱 번째, 던지기 놀이에 쓰이는 작고 예쁘게 생긴 돼지 뼈들이 서랍에서 달그락거리는 소리를 냈다. 미시아는 어머니가 족발을 고아 젤리를 만들 때, 뼈가 섞여 들어가지 않도록 옆에서 지켜보곤 했다. 날카로운 작은 뼈들은 깨끗이 씻어낸 다음, 화로에서 말렸다. 작은 뼈들은 매우 가벼웠다. 서로 다른 여러 돼지에서 나온 뼈들인데, 하나같이 비슷해 보이는 게 신기했다. 미시아는 이 뼈들을 손에 쥐는 것을 좋아했다. 크리스마스나 부활절에 잡는 돼지, 세상의 모든 돼지가 전부 이렇게 같은 모양의 뼈를 가지고 있다는 게 어떻게 가능한지, 미시아는 골똘히 생각에 잠기곤 했다. 가끔은 살아 있는 돼지들을 상상하며 미안함을 느끼기도 했다. 하지만 이들의 죽음에는 적어도 한 가지 긍정적인 측면이 있다. 던지기 놀이를 할 수 있는 뼈를 남겨주니까.

　여덟 번째, 서랍 속에는 오래되어 닳은 볼타전지들이 있었다. 처음에 미시아는 잭나이프 때와 마찬가지로 이것들을 아예 건드리지 않았다. 아버지는 여전히 충전할 수 있다고 말했다. 아주 작고 납작한 상자에 들어 있는 에너지에 대한 개념은 미시아에게 매우 흥미로웠다. 이것은 온도계에 갇힌 수은을 떠올리게 했다. 하지만 수은은 눈으로 볼 수 있고, 에너지는 볼 수가 없었다. 에너지는 어떻게 생겼지? 미시아는 전지를 들어 올려 잠시 손바닥에 올려놓고는 무게를 가늠해보았다. 제법 무거웠다. 이렇게 작은 상자라도 그 안에는 분명 많은 양의 에너지가 들어 있을 것이다. 양배추 절임을 유리병에 넣을 때처럼 사람들은 손가락 끝으로 에너지를 상자 속으로 열심히 밀어 넣었을 테지. 미시아는 노란 금속 조각에 혀를 대보았고, 미세한 따끔거림을 느꼈다. 전지에서 흘러나온, 눈에 보이지 않는 전기에너지 탓이었다.

아홉 번째, 미시아는 서랍에서 여러 가지 약들을 찾아냈고, 이것들은 절대로 입에 넣어서는 안 된다는 것을 알았다. 거기에는 엄마의 알약과 아빠의 연고가 있었다. 특히 엄마가 즐겨 복용하는, 종이봉투에 담긴 흰색 가루는 미시아에게 경이로움을 느끼게 했다. 그것을 먹기 전 엄마는 항상 화를 내고 짜증을 내며 두통을 호소했다. 하지만 그것을 삼키고 나면 안정을 되찾고, 혼자서 카드놀이를 시작하곤 했다.

그리고 열 번째로 그 서랍 속에는 솔리테어 게임*과 러미 게임**에 쓰는 카드들이 있었다. 카드의 한쪽 면에 녹색의 식물 문양이 있어 전부 다 똑같아 보였다. 하지만 미시아가 그걸 뒤집자 초상화들이 나타났다. 그녀는 왕과 왕비의 얼굴을 하염없이 들여다보았다. 그리고 그들 사이의 관계를 알아내보려 했다. 서랍이 닫혀 있을 때면, 그들이 은밀하고도 긴 대화를 시작하는 게

---

*   각 트럼프 카드를 순서대로 쌓는, 혼자 하는 게임.
**   특정 조합의 카드를 모으는 단순한 유형의 카드놀이.

아닌지, 가상의 왕국을 두고 서로 다투는 것이 아닌지 사뭇 의심스러웠다. 미시아가 가장 좋아하는 인물은 스페이드 여왕이었다. 미시아의 눈에 그녀는 가장 아름다웠지만, 가장 슬퍼 보였다. 스페이드 여왕에게는 나쁜 남편이 있었다. 그녀에겐 또한 친구가 없었다. 그래서 매우 외로웠다. 미시아는 엄마가 홀로 카드놀이를 할 때면 항상 스페이드 여왕을 찾았다. 엄마가 카드 점을 볼 때도 역시 그녀를 찾았다. 하지만 엄마는 너무 오랫동안 카드를 펼쳐만 놓고 물끄러미 들여다보기만 했다. 미시아는 탁자 위에서 아무런 일도 일어나지 않자 지겨워졌다. 그러면 그녀는 온 세상이 들어 있는 서랍을 뒤져보기 위해 다시 부엌으로 돌아갔다.

크워스카의 시간

　비디마치에 있는 크워스카의 오두막에는 뱀과 부엉이, 솔개 한 마리가 살았다. 동물들이 서로 마주치거나 길을 막는 경우는 전혀 없었다. 뱀은 부엌의 화덕 부근에서 지냈고, 크워스카는 우유가 든 사발을 늘 거기로 가져다주었다. 부엉이는 다락방에서 살았지만, 벽돌로 창문을 막은 자리에 생겨난 벽감 안에 항상 틀어박혀 있어 조각품처럼 보였다. 솔개는 이 집에서 가장 높은 지점인 지붕보에 주로 머물곤 했는데, 사실 솔개의 진짜 거주지는 하늘이었다.

　크워스카가 길들이는 데 가장 오랜 시간이 걸린 상대는 뱀이었다. 그녀는 매일같이 뱀에게 우유를 주면서 우유가 담긴 사발을 집 안에서 점점 가까운 곳에 놓았다. 그러다 어느 날 뱀이 그녀의 다리를 타고 기어 올라왔다. 크워스카는 뱀을 한 손으로 잡고는 풀과 우유 내음을 풍기는 따뜻한 살갗으로 뱀을 사로잡았다. 뱀은 크워스카의 어깨를 휘감고, 황금빛 동공으로 크워스카의 밝은 눈동자를 똑바로 응시했다. 그녀는 뱀에게 '금동이'라는 이름을 지어주었다.

금동이는 크워스카를 사랑하게 되었다. 그녀의 따뜻한 피부는 뱀의 차가운 육체와 심장을 따뜻하게 덥혀주었다. 뱀은 그녀의 체취를 갈망했고, 지상의 그 무엇과도 비교할 수 없을 만큼 보드라운 피부의 감촉을 탐했다. 크워스카가 자신을 손으로 들어 올리면, 그저 평범한 파충류에 불과한 스스로가 뭔가 다른 존재, 특별한 대상으로 탈바꿈하는 것만 같았다. 뱀은 들에서 잡은 쥐와 강변에서 주운 예쁜 조약돌과 나무껍질 조각을 그녀에게 선물로 가져오곤 했다. 한번은 그녀에게 사과를 갖다주었더니 여인이 함박웃음을 지으며 사과를 자신의 얼굴에 갖다 댔다. 그녀의 웃음에서 풍요의 체취가 물씬 풍겼다.

"이런 요물 같으니라고." 그녀가 뱀을 향해 다정하게 속삭였다.

때로 그녀는 뱀을 향해 옷가지를 던지기도 했다. 그러면 금동이는 드레스 자락을 자신의 몸에 둘둘 감고서 크워스카의 체취를 음미했다. 뱀은 크워스카가 어딜 가든지 모든 길목에서 그녀를 기다렸고, 그녀의 움직임을 따라다녔다. 그녀는 낮 시간에 뱀이 침대에 누워 있도록 허락해주었다. 그녀는 마치 은빛 사슬이라도 되는 양 뱀을 목에 두르고 다니거나 엉덩이에 감고 다녔다. 때로는 팔찌 대용으로 차기도 했다. 밤이 되어 그녀가 잠들면, 뱀은 그녀의 꿈을 몰래 엿보거나 그녀의 귓불을 남몰래 핥았다.

여인이 나쁜 인간과 사랑을 나눌 때, 금동이는 끔찍한 고통에 시달려야 했다. 뱀은 나쁜 인간이 인간에게도 동물에게도 낯선 존재임을 감지했다. 그녀가 사랑을 나눌 때면, 뱀은 나뭇잎 속에 몸을 파묻거나, 아니면 멀리 태양을 똑바로 응시하곤 했다. 금동이의 수호천사는 태양 속에 있었다. 뱀의 수호천사는 용이었다.

하루는 크워스카가 목에다 뱀을 두른 채 강변에 있는 약초를 캐기 위해 목초지를 지나갔다. 그러다 거기서 교구신부와 마주치게 되었다. 신부는 그녀와 뱀을 보자마자 놀라서 뒤로 움찔 물러섰다.

"마녀가 어딜!" 신부는 소리를 지르면서 지팡이를 휘둘렀다. "태고와 예슈코틀레 마을, 내 교구에는 얼씬도 하지 마라. 지금 목에다 악마를 두르고 돌아다니는 게야? 성서에서 뭐라고 했는지 모르는 게냐? 신께서 뱀에 대해 이렇게 말씀하셨거늘, 내가 너와 여자가 원수가 되게 하리니, 여자의 후손은 네 머리를 상하게 할 것이요, 너는 그의 발꿈치를 상하게 할 것이니라."

크워스카는 깔깔대며 웃더니, 치맛자락을 걷어 올리고는 벌거벗은 둔부를 드러내 보였다.

"썩 물러가라. 사탄아, 어서 물러가!" 교구신부가 고함을 치면서 몇 번이나 성호를 그었다.

1927년 여름, 크워스카의 오두막 앞에 안젤리카*가 돋아나기 시작했다. 크워스카는 기름지고 두껍고 단단한 싹이 대지를 뚫고 솟아 나오는 순간부터 목격했다. 그리고 이 식물이 서서히 거대한 잎사귀를 틔우는 광경을 지켜보았다. 안젤리카는 여름내, 매일, 매시간 무럭무럭 자라서 오두막 지붕에까지 이르렀고, 마침내 오두막 위에다 풍성한 차양을 드리우게 되었다.

"이 녀석아, 이제 어쩔 건데? 그렇게 막무가내로 밀치며 하늘로 솟구쳐 오르더니 이제 네 녀석의 씨앗이 땅이 아니라 초가지붕에서 싹트게 생겼구나." 크워스카가 비아냥거리듯 말했다.

안젤리카의 키는 2미터에 육박했고, 잎사귀들은 너무도 울창한 나머지 주변 식물들이 쬐어야 할 햇볕을 다 가렸다. 그러자 여름이 끝날 무렵에는 주위에 그 어떤 식물도 자라지 못했다. 성 미카엘 대축일**이 되자 꽃이 피었다. 열대야가 한창이던 며칠 동안 크워스카는 대기의 구석구석에 스며든 달콤하고도 쌉싸름

---

* 높이 1~2미터 정도 자라는 여러해살이 풀.

** 성 미카엘 대천사 축일은 9월 29일.

한 향기 때문에 잠을 이룰 수가 없었다. 달빛에 물든 은빛 밤하늘에 식물의 강인하고도 질긴 몸통과 날카로운 모서리들이 고스란히 투영되었다. 이따금 미풍이 안젤리카의 차양을 건드리면서 바스락거리는 소리를 냈고, 만개하여 시든 꽃들이 우수수 떨어져 내렸다. 바스락거리는 소리에 크워스카는 한쪽 팔꿈치에 기대어 몸을 일으켰고, 식물의 숨결에 귀를 기울였다. 방 전체가 유혹의 향기로 가득 찼다.

그러다 크워스카가 간신히 잠들었을 때, 금발의 젊은 남자가 그녀 앞에 모습을 드러냈다. 키가 컸고 체구가 건장했다. 팔뚝과 허벅지는 마치 윤기를 머금은 단단한 나무처럼 보였다. 달빛이 그를 환히 비추었다.

"창문을 통해 당신을 줄곧 지켜보았어." 그가 말했다.

"알아. 네 향기가 내 오감을 깨어나게 했으니까."

젊은이는 방 한가운데로 들어와서 크워스카를 향해 두 팔을 뻗었다. 그녀는 그의 두 팔 사이로 몸을 파묻고는 그 건장하고 단단한 가슴팍에다 얼굴을 문질렀다. 서로의 입술이 맞닿을 수 있도록 그가 그녀를 가볍게 들어 올렸다. 크워스카는 반쯤 감긴 눈꺼풀 너머에 있는 그의 얼굴을 보았다. 그 얼굴은 식물의 줄기처럼 거칠었다.

"여름 내내 널 원했어." 그녀가 설탕에 조린 과일 향기, 빗물이 스며든 대지의 향취를 풍기며 말했다.

"나도 널 원했어."

그들은 바닥에 누웠고, 마치 잔디처럼 서로를 쓰다듬고 어루만졌다. 그러고 나서 안젤리카는 크워스카를 자신의 골반에다 앉히고는 그녀의 안에 리드미컬하게 뿌리를 내리기 시작했다. 점점 더 깊숙이 그녀의 온몸을 관통하고 체액을 빨아들이면서, 그녀의 내면, 가장 깊숙한 곳까지 파고들었다. 그렇게 새벽이 되어 하늘이 회색빛으로 변하고 새들이 노래할 때까지, 식물은 그녀의 체액을 마시고 또 마셨다. 그 순간 안젤리카가 몸서리를 치며 전율했고, 그 차가운 몸통이 순식간에 마치 목재(木材)처럼 얼어붙었다. 지붕을 뒤덮은 차양이 바스락거리는 소리를 내면서 크워스카의 탈진한 나체 위에 가시로 뒤덮인 메마른 씨앗들을 뿌려댔다. 금발의 젊은이는 슬며시 집 밖으로 빠져나갔고, 크워스카는 머리카락에서 향기 나는 낟알들을 골라내느라 온종일을 보냈다.

미하우의 시간

미시아는 항상 예뻤다. 모래성을 쌓으며 집 앞에서 놀고 있는 그 아이를 처음 본 그 순간부터 그는 단번에 아이를 사랑하게 되었다. 그 조그만 아이는 작고 황량한 그의 영혼에 꼭 들어맞았다. 그는 아이에게 동쪽에서 전리품으로 가져온 커피 그라인더를 선물로 주었다. 그리고 모든 걸 다시 새로 시작할 수 있도록 어린 계집아이의 손에 그라인더와 함께 자기 자신도 송두리째 맡겼다.

그는 아이가 자라는 것을 지켜보았다. 처음으로 젖니가 생겼다가 그 조그만 입에는 다소 큰 새하얀 이빨들이 새로이 그 자리에 돈아나는 것도 보았다. 저녁마다 관능적인 희열을 느끼면서, 아이가 잠자리에 들기 전에 졸린 몸짓으로 머리를 빗질하고 땋는 모습을 바라보았다. 미시아의 머리카락은 처음에는 밤색이었다가 그다음에는 짙은 갈색으로 바뀌었지만, 핏방울이나 화염을 연상시키는 붉은 광채를 머금고 있었다. 미하우는 아이가 머리를 자르는 걸 절대 허락하지 않았다. 심하게 병을 앓다 땀에 젖은 머리카락이 베개에 엉겨 붙었을 때에도 자르지 못하게 했다. 그때 예슈코틀레에서 온 의사는 미시아가 죽을지도 모른다고 말했다. 그 순간 미하우는 기절했다. 의자에서 몸이 스르르 미끄러져 내려와서 곧바로 바닥으로 고꾸라졌다. 이 사건을 통해 미하우의 육체는 분명히 말하고 있었다. 만약 미시아가 죽는다면, 그도 죽을 거라고. 그것은 일말의 의심의 여지가 없는 기정사실이었다.

미하우는 자신이 느끼는 이와 같은 감정을 어떻게 표현해야 할지 알 수가 없었다. 사랑하는 사람은 끊임없이 뭔가를 주어야 한다고 생각했다. 그래서 아이를 깜짝 놀라게 할 만한 뭔가를 항상 선물했다. 아이를 위해 강가에서 빛나는 돌멩이들을 주워 왔고, 버드나무를 깎아 피리를 만들고, 달걀 껍데기를 벗겨 예쁘게 색칠했으며, 종이를 접어 새를 만들고, 키엘체에 가서 장난감들을 사다 주었다. 미하우는 어린 계집아이가 좋아할 만한 모든 걸 했다. 하지만 그가 바란 건 보다 고차원적이고 지속적이며 고귀한 것, 인간보다는 시간에게 더욱 익숙한 그런 것이었다. 시간

속에서 그의 사랑을 언제까지나 유지하게 할 수 있는 것, 그리고 시간 속에서 미시아를 영영 멈추게 만드는 것. 덕분에 그의 사랑은 영원한 것이 되었다.

만일 미하우가 힘 있는 권력자였다면 미시아를 위해 산꼭대기에 쉽게 파괴할 수 없는, 아름답고 거대한 성채를 지어주었을 것이다. 하지만 미하우는 그저 평범한 방앗간 주인이었기에 미시아에게 옷이나 장난감을 사주거나 종이 새를 접어주었다.

미시아는 인근에 있는 모든 아이 중에서 가장 많은 원피스를 갖고 있었다. 그래서 마치 왕궁에 사는 공주처럼 늘 예뻤다. 키엘체에서 구입한 진짜 인형들도 갖고 있었다. 그 인형들은 눈도 깜빡이고, 바닥에 엎어놓을 수도 있었으며, 갓난아기의 울음소리를 연상시키는 빽빽거리는 소리도 낼 수 있었다. 게다가 미시아는 인형들을 위해 제작된 유모차도 두 개나 갖고 있었다. 그중 하나는 개집을 해체해서 만든 것이었다. 미하우는 어딜 가든 미시아를 생각했고, 항상 아이를 그리워했다. 그리고 아이에게 결코 목소리를 높이지 않았다.

"필요하면 회초리도 들어야죠." 게노베파가 불만을 토로하기도 했다.

하지만 저 가녀리고 순진무구한 몸뚱이를 때린다는 생각만으로도 미하우는 과거에 기절했던 그때처럼 갑자기 온몸에 힘이 빠지곤 했다. 그래서 미시아는 성난 엄마를 피해 늘 아빠에게로 도망쳤다. 그러고는 밀가루 때문에 허예진 아빠의 재킷 뒤로 몸을 숨기곤 했다. 그러면 미하우는 아이의 때 묻지 않은 믿음에 새삼스레 놀라면서 그 자리에서 꼼짝달싹도 할 수가 없었다.

아이가 학교에 다니기 시작하자 미하우의 방앗간에는 짧은 휴식 시간이 생겼다. 아이가 학교에서 돌아오는 모습을 보기 위해 마을 어귀의 다리까지 마중을 나가기 위해서였다. 미루나무 사이로 작은 형상이 나타나는 순간, 미하우는 미시아의 등교로 인해 잃어버렸던 모든 것을 보상받았다. 그러고 나서 미하우는 아이의 공책을 들여다보면서 숙제를 도와주었다. 러시아어와 독일어를 가르쳐주기도 했다. 아이의 작은 손을 잡고 한 자 한 자 알파벳을 적었다. 연필도 깎아주었다.

그러다 뭔가가 바뀌기 시작했다. 1929년의 일이었다. 이지도르가 세상에 태어난 뒤로 삶의 리듬이 변했다. 언제가 미하우는 빨랫줄에 빨래를 널고 있는 미시아와 게노베파를 보았다. 둘 다 키도 엇비슷하고, 머리에는 하얀 두건을 쓰고 있었다. 빨랫줄에는 셔츠와 브래지어, 슬립 같은 속옷들이 걸려 있었다. 둘 중 하나씩은 치수가 조금씩 작았다. 그는 더 작은 쪽이 누구의 것인지 잠시 고민했다. 그러다 무언가를 깨닫고는 마치 어린 소년처럼 혼란스러워했다. 인형처럼 조그만 미시아의 옷가지들은 항상 미하우를 뭉클하게 만들었었다. 그런데 지금 이렇게 빨랫줄에 걸려 있는 옷가지들을 보니, 시간이 이토록 빨리 흐르고 있음에 분노가 치밀었다. 속옷들을 차라리 보지 않았더라면 좋았을 거라고 미하우는 생각했다.

바로 그 무렵, 아니면 그보다 조금 뒤였을까, 어느 날 저녁, 게노베파는 잠들기 전에 졸린 목소리로 미시아가 월경을 시작했다고 미하우에게 털어놓았다. 그러고는 미하우를 끌어안은 채로 나이 많은 여인들이 그러하듯 숨을 색색거리며 잠들었다. 미하우는 잠을 이룰 수가 없었다. 누운 채로 눈앞에 펼쳐진 어둠을 응시했다. 그러다 간신히 잠들었는데, 드문드문 서로 연결도 되지 않는 기이한 조각 꿈을 꾸었다.

꿈속에서 미하우는 목초지의 가장자리를 걸어가고 있었다. 길 양편에는 잘 익은 곡식들 혹은 황금빛의 기다란 풀들이 자라고 있었다. 거기에 크워스카가 걸어가고 있었다. 그녀는 낫을 들고 풀을 베어냈다.

"이것 좀 보라고. 이 풀들이 피를 흘리고 있어." 크워스카가 미하우에게 말했다.

그가 몸을 숙여 살펴보니 낫으로 베어낸 자리에 핏방울이 맺혀 있었다. 뭔가 비정상적이고 끔찍해 보였다. 갑자기 두려운 마음이 들었다. 얼른 여기서 벗어나고 싶어서 몸을 돌리는 순간,

잔디밭에 누워 있는 미시아가 보였다. 교복을 입은 미시아가 두 눈을 꼭 감고 있었다. 장티푸스에 걸려 죽었다고 미하우는 생각했다.

"아이는 살아 있어. 언제나 이런 식이지. 하지만 처음에는 일단 죽는 거야." 크워스카가 말했다.

크워스카는 미시아를 향해 몸을 기울이고는 귀에다 대고 무슨 말인가를 속삭였다. 그러자 미시아가 두 눈을 번쩍 떴다.

"이리 와. 얼른 집에 가자." 미하우는 미시아의 손을 잡고서 자기 쪽으로 끌어당기려 했다.

하지만 미시아는 낯설게 굴었다. 마치 아직 의식을 회복하지 못한 것처럼 보였다. 아이는 그를 쳐다보지도 않았다.

"안 돼요, 아빠. 처리해야 할 일들이 많아서요. 안 갈 거예요."

그 순간 크워스카가 손가락으로 그녀의 입을 가리켰다.

"이것 봐. 아이가 말할 때 입을 전혀 움직이지 않는군."

미하우는 꿈에서 깨달았다. 미시아가 죽음의 일부를 건드렸다는 걸. 그리고 그것은 비록 완전한 죽음은 아니지만, 진짜 죽음이나 마찬가지로 인간을 마비시킨다는 걸.

이지도르의 시간

1928년 11월은 비가 자주 오고 바람도 거세게 불었다. 게노베파가 두 번째 아이를 출산한 날도 역시 그랬다.

산파 쿠츠메르카가 출산 준비를 서두르기가 무섭게, 미하우는 세라핀네 집으로 미시아를 데려갔다. 세라핀이 탁자에 보드카 한 병을 올려놓았고, 잠시 후 다른 이웃들도 모여들었다. 미하우 니에비에스키의 자손을 위해 건배를 하며 술 한잔 나누기를 원하는 사람들이었다.

바로 그때 쿠츠메르카는 물을 데우고 시트를 준비했다. 게노베파는 단조로운 신음을 내뱉으며 산통을 잊기 위해 부엌을 왔다 갔다 하면서 발걸음을 세었다.

같은 시각, 늦가을 창공의 궁수자리에서 토성이 마치 거대한 빙산처럼 넓게 펼쳐졌다. 국경을 넘어갈 때마다 도움을 주는 강력한 명왕성도 게자리에서 나타났다. 그날 밤 명왕성은 화성과 여린 빛을 내뿜는 달을 모두 가렸다. 천사들의 예민한 청각은 여덟 개의 하늘이 빚어내는 조화로운 화음 속에서 찻잔이 바닥에 떨어져 산산조각 나는 소리를 연상케 하는 쨍그렁대는 소리를 감지했다.

그 순간, 크워스카는 방을 말끔히 비질해놓고, 구석 자리, 작년에 말려놓은 건초 더미 위에 쪼그리고 앉아 있었다. 그리고 아이를 낳기 시작했다. 불과 몇 분밖에 걸리지 않았다. 덩치가 크고 잘생긴 아기였다. 방은 온통 안젤리카 향기로 가득했다.

바로 그때, 니에비에스키 부부의 집에서는 갓난아이의 머리가 조금씩 보이기 시작했다. 하지만 게노베파가 정신을 잃고 말았다. 겁에 질린 쿠츠메르카는 창문을 열고 어둠을 향해 소리쳤다.

"미하우! 미하우! 다들 어디 있어요?"

하지만 강풍 때문에 그녀의 목소리는 들리지 않았다. 쿠츠메르카는 어떻게든 혼자서 난관을 헤쳐나가야 한다는 사실을 깨달았다.

"당신은 여자가 아니라 허수아비야!" 산파는 기절한 산모를 자극하기 위해 고함을 쳤다. "춤이나 출 몸이지, 아이를 낳을 몸이 아냐. 이러다 아이를 질식시켜 죽이겠어……."

산파는 게노베파의 얼굴을 때렸다.

"맙소사, 어서 힘을 줘! 힘을 주라고!"

"아들? 딸?" 의식이 혼미한 가운데 게노베파가 물었다. 그러다 극심한 산통 때문에 정신을 차리고 힘을 주기 시작했다.

"아들이건 딸이건, 그게 뭔 상관인데? 자, 조금만 더, 조금만……."

마침내 쿠츠메르카가 아기를 꺼내 들었다. 그 순간 게노베파는 또다시 의식을 잃었다. 쿠츠메르카가 아기를 보살폈다. 아기는 조용히 칭얼대기 시작했다.

"딸이에요?" 게노베파가 다시 의식을 차렸다. "딸? 딸 맞죠?"

"당신은 여자가 아니라 허깨비야!" 산파가 비웃었다.

여자들이 숨을 헐떡이며 집 안으로 들어섰다.

"어서 가서 미하우 씨에게 전하세요. 아들이 태어났다고." 쿠츠메르카가 지시했다.

아이 이름은 이지도르라 지었다. 게노베파는 상태가 좋지 못했다. 열이 심해서 아이에게 모유를 먹일 수가 없었다. 게노베파는 섬망 속에서 자꾸만 아이가 바뀌었다고 중얼거렸다. 그러다 의식을 회복하자마자 소리쳤다. "내 딸을 돌려줘요."

"아들이야." 미하우가 그녀에게 말했다.

게노베파는 오랫동안 갓난아기를 살펴보았다. 덩치가 크고 창

116

백한 사내아이였다. 푸른 정맥이 훤히 비치는 얇은 눈꺼풀을 갖고 있었다. 머리는 너무 크고 지나치게 단단해 보였다. 정서가 불안정해서 자주 울었고, 미세한 소리만 들려도 몸을 꿈틀대면서 무엇으로도 달래지 못하도록 빽빽 소리를 질러댔다. 마룻바닥이 삐걱대는 소리, 시계가 째깍거리는 소리만 들려도 잠에서 깼다.

"우유를 먹여서 그래요. 아이에겐 모유를 줘야 한다고." 쿠츠메르카가 말했다.

"젖이 안 나오는걸요. 젖이 없다고요." 게노베파가 절망에 빠져 신음했다. "젖먹이 유모를 빨리 찾아야겠어요."

"크워스카가 아이를 낳았어."

"크워스카는 싫어요." 게노베파가 말했다.

예슈코틀레에서 젖먹이 유모를 데려왔다. 쌍둥이 하나를 잃은 유대인 여자였다. 미하우는 하루에 두 번씩 말을 타고 가서 방앗간으로 유모를 데려왔다.

모유를 먹였음에도 불구하고, 이지도르는 여전히 울음을 멈추지 않았다. 게노베파는 아이를 품에 안고 밤새도록 부엌과 방 안을 서성거렸다. 우는 아이를 무시하고 그냥 누워 있으려고도 해봤지만, 그러면 미하우가 일어났다. 미하우는 미시아가 깨지 않도록 조심하면서 아이를 담요에 싸서 집 밖, 별빛이 가득한 밤하늘 아래로 데리고 나갔다. 그러고는 왕풍뎅이 언덕을 오르거나 고시치니에츠 마을을 지나 숲으로 향하기도 했다. 그러면 아이는 기분 좋은 흔들림과 소나무 향기 덕분에 스르르 잠들곤 했다. 하지만 미하우가 집에 도착해서 문턱을 넘는 순간, 아이는 또다시 울음을 터뜨렸다.

미하우는 이따금 잠든 척하면서 반쯤 눈꺼풀을 감은 채 아내를 지켜보았다. 게노베파가 요람 앞에 서서 갓난아기를 골똘히 바라보고 있었다. 그녀는 마치 인간이 아니라 물건을 바라보듯이 냉정하고도 무심한 시선으로 아이를 쳐다보았다. 그러면 아이는 그 시선의 의미를 느끼기라도 한 듯 더욱 시끄럽고 더욱 서럽게 울어대곤 했다. 엄마와 아이의 머릿속에 대체 무슨 생각이 담겨 있는지 미하우는 통 알 수가 없었다. 그러던 어느 날 밤, 게노베파가 미하우의 귀에 대고 속삭였다.

"이 애는 우리 애가 아니에요. 크워스카의 아이예요. 쿠즈메르카는 분명 내게 '딸'이라고 했어요. 똑똑히 기억해요. 그 후에 무슨 일인가가 벌어진 거예요. 크워스카가 쿠즈메르카를 구슬린 거죠. 깨어나보니 아들이었거든요."

미하우는 자리에서 일어나 등잔을 켰다. 그러고는 눈물로 흥건해진 아내의 얼굴을 보았다.

"게노베파, 그렇게 생각하면 안 돼. 이 애는 우리 아들 이지도르야. 나를 쏙 빼닮았다고. 우리 둘 다 아들을 원했었잖아."

118

그날 밤의 짤막한 대화 이후, 니에비에스키 부부의 집에는 알 수 없는 의혹의 기운이 감돌았다. 이제 두 사람 모두 아이를 유심히 관찰했다. 미하우는 자기와 닮은 구석을 찾아보았다. 게노베파는 몰래 아이의 발톱을 확인해보고, 등의 피부를 살펴보고, 귀의 모양을 비교해보았다. 게노베파는 아이가 커갈수록 자신들의 아이가 아니라는 더 많은 증거를 찾아냈다.

첫 번째 생일을 맞은 이지도르에게는 이빨이 하나도 없었다. 간신히 자리에 앉을 수 있게 되었고, 키는 거의 자라지 않았다. 아이의 키는 전부 머리로만 쏠리는 것 같았다. 얼굴은 여전히 자그마했지만, 눈썹에서부터 머리통까지는 가로세로로 자꾸만 커졌다.

1930년 봄에 부부는 아이를 데리고 타슈프로 가서 의사를 만났다.

"뇌수종(腦水腫)인 것 같아요. 머지않아 곧 죽게 될 거 같습니다. 방법이 없네요."

의사의 말은 지금껏 의심으로 인해 얼어붙었던 게노베파의 사랑을 일깨우는 마법의 주문이었다. 게노베파는 이지도르를 사랑했다. 마치 오갈 데 없는 강아지나 불구가 된 동물을 사랑하듯이. 그것은 인간에게 허락된, 가장 순수한 연민의 감정이었다.

상속자 포피엘스키의 시간

상속자 포피엘스키의 사업은 한동안 호황을 누렸다. 매년 물고기를 양식하는 저수지가 하나씩 불어났다. 그의 저수지에서 잡히는 잉어는 크고 기름졌다. 때가 되면 알아서 그물로 몰려와 몸을 던졌다. 상속자는 제방 산책을 몹시 좋아해서, 틈틈이 저수지 주변을 돌면서 물도 보고 하늘도 보곤 했다. 풍족한 물고기들은 그의 날카로운 신경을 누그러뜨렸고, 상속자는 저수지 속에서 의미를 발견했다. 저수지의 숫자가 늘어날수록 더 많은 의미가 생겨났다. 저수지로 인해 바빠진 포피엘스키의 정신은 갈수록 분주해지고, 할 일도 많아졌다. 계획을 세우고 고민하고 계산하고 새로운 걸 만들어내고 술수를 꾸며야만 했다. 저수지에 관해서라면 끊임없이 생각에 잠길 수 있었고, 덕분에 상속자의 정신은 수렁과도 같은 어둡고 차가운 세계에서 더는 헤매지 않게 되었다.

저녁이면 상속자는 가족을 위해 시간을 할애했다. 갈대처럼 마르고 가녀린 아내는 그가 보기에는 지극히 사소하고 대단치도 않은 문젯거리에 대해 끊임없이 토로했다. 하인과 만찬, 아이들의 학교, 자동차, 돈, 그리고 자신이 운영하는 보호소에 대해서. 저녁이면 아내는 거실에 그와 함께 앉아서 끊임없이 재잘댔는데, 그녀의 단조로운 음성은 라디오에서 흘러나오는 음악 소리를 죽이곤 했다. 과거에 아내가 등을 주물러주었을 때, 그는 행복했다. 하지만 지금 아내의 깡마른 손가락은 벌써 1년째 읽고 있는 책의 책장을 한 시간에 한 번씩 넘길 때만 움직인다. 이미 커버린 아이들은 상속자와 보내는 시간이 점점 줄었다. 비웃듯이 입을 삐죽 내밀고 다니는 큰딸은 함께 있는 것만으로도 마치 타인이나 적대 관계에 있는 사람처럼 상속자를 불편하게 만들었다. 무뚝뚝하고 소심한 둘째인 큰아들은 이제 상속자의 무릎에 앉으려 하지도 않았고, 그의 콧수염을 잡아당기지도 않았다. 사랑스러운 응석받이 막내아들은 점점 다루기 힘들어졌고, 근래에는 화를 내는 일도 잦았다.

1931년, 포피엘스키는 아이들과 함께 이탈리아에 갔다. 휴가에서 돌아왔을 때 상속자 포피엘스키는 자신에게 새로운 관심

분야가 생겼음을 깨달았다. 예술이었다. 화집을 모으기 시작했고, 그 후에는 점점 더 자주 크라쿠프를 방문하여 그림을 사 모으게 되었다. 한술 더 떠서 예술가들을 성으로 불러서 토론도 하고, 밤새도록 술도 마셨다. 먼동이 틀 무렵에는 손님들을 데리고 양어장으로 가서 올리브색으로 빛나는 잉어 떼들을 보여주곤 했다.

이듬해 포피엘스키는 크라쿠프 출신의 젊은 미래파* 화가인 마리아 셰르와 사랑에 빠졌다. 모든 맹목적인 사랑이 그러하듯 그의 인생에도 범상치 않은 우연의 일치와 공동의 지인들, 갑자기 여행을 가야만 하는 피치 못할 이유가 줄줄이 등장했다. 마리아 셰르 덕분에 상속자 포피엘스키는 현대미술을 좋아하게 되었다. 그의 애인은 미래파 그 자체였다. 어떤 면에서는 소름 끼칠 정도로 냉정했지만, 대부분은 에너지 넘치고 열정적이었다. 그녀의 육체는 마치 조각처럼 매끄럽고 탄탄했다. 그녀가 커다란 캔버스를 놓고 일할 때면, 이마에 땀이 흘러 밝은 고수머리가 눈썹에 엉겨 붙었다. 그녀는 상속자의 부인과 정반대되는 유형이었다. 그녀와 비교해보면 상속자의 아내는 마치 18세기 풍경

---

* 1920~1930년대의 예술 및 문학 운동. 현대 세계, 특히 현대 기계문명에 대한 자신감과 선호도를 적극적으로 표출하였다.

화 같았다. 세부적인 항목들로 가득 차 있고 조화로우며 정체되어 있었다.

1938년, 상속자 포피엘스키는 자신이 섹스에 눈을 떴다는 걸 깨달았다. 그것은 현대미술처럼, 마리아 셰르처럼 거칠고 열광적인 섹스였다. 그녀의 작업실 침대 옆에는 커다란 거울이 놓여 있었다. 거울은 마리아 셰르와 상속자 포피엘스키가 여자와 남자로 탈바꿈하는 과정을 생생히 비췄다. 구겨진 침대 시트와 양가죽, 물감이 묻은 알몸과 찡그린 얼굴, 벌거벗은 가슴과 배, 립스틱 자국으로 얼룩진 등이 거울 속에 고스란히 투영되었다.

새로 산 자동차를 타고 크라쿠프에서 성으로 돌아오면서 상속자 포피엘스키는 마리아와 함께 브라질로, 아프리카로 도망치는 계획을 꿈꾸었다. 하지만 막상 집 문턱을 넘어서면, 모든 것이 그 자리에 그대로 있으며 지속적이고 안전하고 확실하다는 사실에 기쁨을 느꼈다.

미칠 듯한 열정에 빠져 지낸 6개월의 시간이 흐른 뒤, 마리아 셰르는 미국으로 떠난다고 상속자에게 선언했다. 그곳에서는 모든 게 새롭고 활기와 에너지로 가득하다고 그녀는 말했다. 거기서 미래파 그림을 닮은, 자신만의 고유한 삶을 시작할 거라고도 했다. 그녀가 떠난 뒤 상속자 포피엘스키는 다양한 증상을 수반하는 기이한 질병을 앓았는데, 쉽게 말하면 일종의 관절염 같은 것이었다. 그는 한 달 동안 침대에 누워 지내면서 평화롭게 고통에 굴복했다.

그가 한 달이나 누워 있었던 건 비단 기력이 약해져서나 통증 때문만은 아니었다. 지난 몇 년 동안 그가 잊기 위해 애썼던 사실이 다시 떠올랐기 때문이었다. 세상이 머지않아 멸망한다는 사실, 현실이 마치 썩은 나무처럼 부서지리라는 사실, 내부에서부터 곰팡이가 피어나서 원료를 부식시키고 말 것이라는 사실, 그리하여 종국에는 모든 것이 아무런 의미도 갖지 못하게 되리라는 사실이 그를 괴롭혔다. 상속자의 몸은 이미 굴복했으니 무너져버릴 것이다. 자신의 의지도 마찬가지이리라. 결단을 내리고 행동에 옮길 때까지, 그 시간의 간극이 점점 팽팽하게 부풀어 올라서 도저히 견딜 수가 없었다. 상속자 포피엘스키의 목구멍은 점점 부어올랐고, 숨도 제대로 쉴 수가 없었다. 하지만 이 모든 건 그가 아직 살아 있으며, 그의 몸에서 여전히 어떤 과정이 벌어지고 있고 피가 돌고 있으며 심장이 뛴다는 의미였다. '병이 날 덮쳤군.' 상속자는 이렇게 생각하면서 침대에 누워 뭔가에 시선을 고정해보려고 안간힘을 썼다. 하지만 그의 시선은 너무나 끈적거렸다. 방 안의 사물들을 이리저리 훑고 지나가다가도 그 중 하나에 파리처럼 주저앉곤 했다. 철퍼덕! — 언젠가 그가 구해 오라고 시켜놓고 하나도 읽지 않은 책 더미에 그의 시선이 고정되었다. 철퍼덕! ─약병에 고정되었다. 철퍼덕! ─벽에 묻은 얼룩에. 철퍼덕! ─창문 너머 하늘 풍경에. 사람들의 얼굴을 쳐다보는 건 지치는 일이었다. 그들의 얼굴은 너무 많이 움직이고, 또 너무 자주 변하는 것만 같았다. 얼굴을 제대로 보기 위해서는 주의를 기울여 집중해야만 했는데, 상속자 포피엘스키에게는 이렇게 주의력을 발휘할 만한 기력이 남아 있질 않았다. 그는 눈을 돌렸다.

상속자 포피엘스키는 세상과 그 안에 있는 좋고 나쁜 모든 것들이 자신을 비껴가는 것만 같은 참담하고 섬뜩한 생각에 사로잡혔다. 사랑, 섹스, 돈, 황홀감, 먼 곳으로의 여행, 아름다운 그림, 지혜로운 책, 좋은 사람들. 이 모든 것들이 어딘가 구석으로 밀려났다. 상속자의 시간은 사라졌다. 그 순간 갑자기 극도의 절망에서 벗어나 어디론가 달려가고 싶다는 강렬한 충동을 느꼈다. 하지만 어디로? 무엇을 위해? 그는 베개에 몸을 던졌다. 터져 나오지 못한 울음 때문에 질식할 것만 같았다.

봄이 되자 구원의 희망이 또다시 그를 찾아왔다. 지팡이에 의지하기는 해도 어쨌든 걸어 다닐 수 있게 되면서, 그는 자신이 가장 좋아하는 양어장을 거닐며 스스로에게 첫 번째 질문을 던졌다. 나는 어디에서 온 걸까? 그는 불안하게 몸을 움직였다. 대체 나는 어디서 비롯되었으며, 내 시작은 어디에 있을까? 집으로 돌아와서 어렵사리 독서를 시작했다. 고대와 선사시대에 관한 책, 유적 발굴지와 크레타섬의 문화에 대한 책을 읽었다. 인류학과 문장학*에 관한 책도 읽었다. 하지만 이 모든 지식은 그를 어느 곳으로도 인도하지 못했다. 그래서 그는 자신에게 두 번째 질문을 던졌다. 대체 뭔가를 안다는 건 무슨 의미일까? 획득한 지식은 얼마나 유용한 걸까? 뭔가를 끝까지 다 안다는 건 가능한 일일까? 그는 생각하고 또 생각했다. 그리고 토요일마다 브리지 게임을 하러 오는 페우스키와 이러한 주제로 토론을 벌였다. 하지만 열띤 토론과 깊은 사색도 아무런 결론을 내려주지는 못했다. 때로는 입을 열고 싶지 않을 때도 있었다. 이미 페우스키가 무슨 말을 할지, 자기 자신이 무슨 말을 할지 알고 있었기에. 그는 자신들이 계속해서 같은 이야기를 주고받고 있으며, 마치 맡겨진 배역을 연기하듯 똑같은 문제를 반복해서 논의하고 있다는 걸 깨달았다. 불빛을 향해 다가가던 나방이 결국에는 불에 탈지도 모른다는 명백한 사실로부터 몸을 피하는 것처럼 말이다. 그리하여 그는 마지막으로 자신에게 세 번째 질문을 던졌다. 인간은 무엇을 성취할 수 있을까? 어떻게 살아가야 할까? 무엇을 하고, 또 무엇을 하지 말아야 할까? 그는 마키아벨리

* 가문의 문장(紋章)과 역사를 연구하는 학문.

의 《군주론》을 읽었다. 소로**와 크로포트킨***, 코타르빈스키****
도 읽었다. 여름 내내 그는 거의 방에서 나오지도 않은 채 독서
에 열중했다. 이 모든 상황이 심히 걱정스러웠던 포피엘스키 부
인은 어느 날 저녁, 그의 책상으로 다가와서 말했다.

"사람들이 말하기를 예슈코틀레에 사는 랍비가 치유사래요.
오늘 그를 찾아가서 우리 집에 좀 와달라고 부탁했어요. 그가 와
주겠다네요."

상속자는 부인의 순진함에 무장해제당해 미소를 지었다.

랍비와의 대화는 상속자가 상상했던 것과 완전히 달랐다. 랍
비는 폴란드어를 할 줄 몰랐기에 유대인 소년과 함께 왔다. 상속
자 포피엘스키는 이 괴상한 일행에게 자신의 고통에 대해 시시
콜콜 털어놓고 싶지 않았다. 그래서 노인에게 자신이 궁금해하
던 세 가지 질문을 던졌다. 사실 별다른 답변을 기대한 것도 아
니었다. 사팔뜨기 소년이 단순하고 분명한 폴란드어 문장을 복
잡하면서 쉰 소리가 나는 랍비의 언어로 통역했다. 그 순간 랍비

** 헨리 데이비드 소로(Henry David Thoreau, 1817~1862). 미국의 사상가, 문
　　필가. 저서에 《시민의 불복종》, 《월든》 등이 있다.
*** 표트르 크로포트킨(Pyotr Kropotkin, 1842~1921). 러시아의 지리학자, 무정
　　부주의자.
**** 타데우시 코타르빈스키(Tadeusz Kotarbiński, 1886~?). 폴란드의 논리학자,
　　철학자.

가 상속자를 놀라게 했다.

"질문을 모으고 있군요. 잘됐네요. 당신의 수집 목록에 추가할 만한 질문 하나가 내게 있거든요. 마지막 질문입니다. 우리는 어디로 가고 있는 걸까요? 시간의 목적은 무엇일까요?"

랍비가 일어섰다. 작별 인사를 하면서 상속자에게 매우 예의 바른 태도로 손을 내밀었다. 잠시 후 문간에서 그는 또다시 알 수 없는 이야기를 했다. 소년이 통역했다.

"어떤 종족의 시간은 이미 끝나가고 있어요. 이제부터 마땅히 당신의 소유가 되어야만 하는 뭔가를 당신에게 선물하려고 합니다."

상속자는 랍비의 신비스럽고도 근엄한 음성이 좋았다.

그날 저녁 몇 달 만에 처음으로 맛있게 저녁을 먹었고, 부인에게 농담도 했다.

"내 관절염을 치료하기 위해서라면 당신은 마법이나 술수도 가리지 않는구려. 당신도 봤듯이 아픈 관절에 가장 좋은 약은 질문에 대해 질문으로 대답하는 늙은 유대인인가 보오."

저녁 메뉴로 차게 식힌 잉어 젤리가 나왔다.

다음 날 사팔뜨기 소년이 상속자를 찾아와서 커다란 나무 상자 하나를 전해주었다. 상속자는 흥미로운 심정으로 상자를 열었다. 상자는 여러 칸으로 나뉘어 있었다. 그중 어떤 칸에 라틴어로 '이그니스 파투스(Ignis fatuus). **한 명의 게이머를 위한 유익한 게임**'이라고 제목이 적힌 오래된 책자 한 권이 들어 있었다.

벨벳이 깔린 다른 칸에는 자작나무로 만든 팔면 주사위 한 개가 들어 있었다. 주사위의 각 면에는 1부터 8까지 서로 다른 개수의 점이 찍혀 있었다. 상속자 포피엘스키는 이런 모양의 주사위를 처음 보았다. 나머지 칸에는 사람과 동물, 물건들을 본떠 만든 황동 모형이 들어 있었다. 상자 밑바닥에서 상속자는 여러 번 접힌 채 모서리가 닳아 있는 아마포 천 조각을 발견했다. 이 기이한 선물에 점점 놀라면서, 그는 바닥에 천을 펼쳐보았다. 책상과 책장 사이의 공간을 다 덮을 정도로 크기가 컸다. 그것은 게임판이었다. 거대한 원형 미로로 만들어진 루도*와 흡사했다.

---

* 주사위 놀이의 일종.

익사자 물까마귀의 시간

익사자는 '물까마귀'라 불리던 소작농의 영혼이다. 물까마귀는 어느 해 8월, 보드카로 피가 지나치게 묽어진 날, 저수지에 빠져 죽었다. 볼라에서 짐수레를 타고 돌아오던 길이었다. 달그림자에 놀란 말이 갑자기 수레를 넘어뜨렸다. 농부는 얕은 물속으로 곤두박질쳤고, 말들은 당황해서 달아났다. 저수지 제방 근처의 물은 8월의 무더위에 데워져서 따뜻했고, 그 속에 누워 있으니 기분이 꽤 좋았다. 물까마귀는 자신이 죽게 될 줄은 꿈에도 몰랐다. 술 취한 물까마귀의 폐 속으로 따뜻한 물이 흘러들어 가자, 그는 신음을 내뱉었다. 하지만 그 뒤로 의식을 회복하지 못했다.

술 취한 육신에 갇혀 우왕좌왕하던 그의 영혼, 무죄 선고를 받지 못해 신에게로 가는 길이 적힌 지도를 얻지 못한 그의 영혼은 마치 개처럼 버려져서 골풀 속에서 차갑게 식었다.

이런 영혼은 속수무책이며 무력하게 마련이다. 존재할 수 있는 다른 방법을 알지 못해 끈질기게 육신으로 돌아오곤 한다. 하지만 영혼은 자신이 탄생하여 늘 머물던 세계, 자신을 물질계로 떠밀어 보낸 그곳을 그리워했다. 그 세계를 기억하고 회상하고 탄식하고 그리워했지만, 어떻게 하면 그곳으로 돌아갈 수 있는지는 알지 못했다. 절망의 파도가 영혼을 휩쓸었다. 그럴 때면 썩은 육신을 버려둔 채 길을 찾아 떠나곤 했다. 교차로와 대로를 배회하고, 아스팔트 위에서 뭔가 기회를 잡아보려 했다. 다양한 모습으로 변신해보기도 했다. 물건이나 동물, 때로는 의식이 혼미한 사람들 속으로 들어가보기도 했다. 하지만 어느 곳에서도 정착할 수가 없었다. 물질계에서 그는 이방인이었고, 영혼계에서도 그를 원치 않았다. 영혼계로 입성하기 위해서는 지도가 필요했다.

일말의 희망도 없는 방랑을 되풀이한 끝에 영혼은 육신으로 돌아오거나 육신을 떠났던 장소로 되돌아오곤 했다. 차갑게 죽어버린 육신은 영혼에게 마치 타다 남은 집터의 잔해 같은 것이었다. 영혼은 죽은 심장과 맥 빠진 눈꺼풀을 움직이려 해봤지만, 힘도 투지도 충분치 않았다. 신의 법칙에 따라 죽은 육신은 "안 돼"라고 말했다. 그래서 인간의 몸은 증오스러운 집이 되었다. 죽음의 장소는 또한 영혼에게 증오스러운 감옥이었다. 익사자의 영혼은 갈대숲에서 바스락거렸고, 그림자 흉내를 내기도 했으며, 때로는 안개로부터 어떤 형상을 빌려 와서 사람들과 접촉을 시도하기도 했다. 영혼은 이해하지 못했다. 대체 사람들이 왜 자기를 피하는지, 어째서 사람들이 자기를 겁내는지.

그렇게 물까마귀의 영혼은 거듭되는 혼란 속에서도 자기가 물까마귀라고 생각하고 있었다.

때로는 물까마귀의 영혼 안에서 인간과 관련된 모든 것에 대한 실망감과 거부감이 싹텄다. 그리고 그 안에서 오래된 인간의 잔재, 심지어는 동물적인 생각, 어떤 기억이나 영상 같은 것이 뒤엉켰다. 그리하여 영혼은 다시 비극적인 순간이 벌어져서 물까마귀 혹은 다른 누군가가 죽음의 순간을 맞게 된다면 자신이 자유로워질 수 있다고 믿게 되었다. 그래서 영혼은 말들이 다시금 놀라게 되기를, 수레가 넘어지고, 어떤 인간이 또다시 물에 빠지기를 간절히 원했다. 그렇게 물까마귀의 영혼에서 익사자가 탄생했다.

익사자는 제방과 작은 다리가 있는 숲속의 저수지, 보데니차라 불리는 숲 전체와 파피에르니아에서부터 비디마치까지 펼쳐진 목초지를 자신의 거주지로 삼았다. 안개가 유난히 짙게 끼는 지역이었다. 무심하고 공허한 상태로 영혼은 자신의 영토를 헤매고 다녔다. 어쩌다 동물이나 인간과 맞닥뜨릴 때면 분노의 감정 때문에 잠시 살아났다. 그 순간 그의 존재는 의미를 획득하곤 했다. 그는 마주친 대상에게 어떻게든 악(惡)을 행하려 했다. 크든 작든 악임은 분명했다.

익사자는 자신의 새로운 가능성을 끊임없이 발견했다. 처음에는 스스로를 작은 돌풍이나 옅은 안개, 작은 물웅덩이처럼 무방비 상태의 미약한 존재라 여겼다. 하지만 시간이 흐른 뒤, 그는 자기가 생각만으로 누구보다 빨리 움직일 수 있다는 걸 알게 되었다. 머릿속에서 어떤 장소를 떠올리기만 해도 이미 그곳에 도달해 있었다. 그것도 눈 깜빡할 사이에. 그는 또한 안개가 그의 말에 복종하며, 원하는 대로 안개를 조정할 수 있다는 걸 알게 되었다. 안개에서 힘이나 형상을 빼앗아 올 수도 있고, 자욱한 먹구름을 움직여 해를 가리거나 수평선을 흐릿하게 만들고, 밤을 늘일 수도 있다는 걸 알게 되었다. 익사자는 스스로가 '안개의 왕'임을 깨닫게 되었고, 그 순간부터 자신이 '안개의 왕'이라고 생각하게 되었다.

안개의 왕은 물속에 있을 때 최상의 상태를 유지했다. 그는 여름 내내 유사(流砂)나 썩은 잎사귀로 만든 침대에 누운 채 수면 바로 아래에서 지냈다. 물 밑에서 찰랑거리는 물 밖을 내다보며 계절이 바뀌는 걸 보았고, 해와 달의 유랑을 보았다. 물 밑에서 내리는 비와 떨어지는 낙엽을 보았고, 여름철에 나방이 춤추는 모습과 멱을 감는 사람들, 야생 오리의 주황색 다리를 보았다. 이따금 뭔가가 나타나 꿈인지 뭔지 모를 상태에서 그를 깨우기도 했고, 그렇지 않을 때도 있었다. 하지만 그게 뭔지 조금도 궁금해하지 않았다. 그저 버텼다.

보스키 영감의 시간

보스키 영감은 평생 성의 지붕에서 지냈다. 성이 거대했기에 지붕의 규모 또한 컸고, 경사와 비탈, 모퉁이도 많았다. 지붕들은 아름답고 정교한 나무 널들로 덮여 있었다. 만약 성의 지붕을 똑바로 세운 뒤 땅 위에 펼쳐놓는다면, 보스키가 가진 밭을 다 덮고도 남았으리라.

땅을 경작하는 일은 아내와 아이들에게 맡겼다. 보스키에게는 딸 셋과 영리하고 유능한 아들 파베우가 있었다. 매일 아침 보스키 영감은 지붕에 올라가서 썩은 널들을 교체했다. 그의 일은 끝이 없었고, 시작도 없었다. 특정한 지점을 정해 거기서부터 일을 시작하지도 않았고, 구체적인 방향에 따라 작업을 진행하지도 않았기 때문이었다. 그저 무릎을 꿇은 채 지붕널의 너비와

길이를 쟀고, 여기저기를 분주히 왔다 갔다 할 뿐이었다.

정오가 되면 아내가 쌍단지에 점심을 날라 왔다.

단지 하나에는 주르*, 또 다른 단지에는 감자만 담겨 있든지, 아니면 돼지비계 조각을 곁들인 메밀과 버터밀크, 혹은 삶은 양배추와 감자가 담겨 있었다. 보스키 영감은 음식을 가지러 지붕에서 내려오지 않았다. 아내가 쌍단지를 양동이에 집어넣은 뒤, 위에서 내려온 줄에 매달아 지붕으로 올려 보냈다.

보스키는 지붕 꼭대기에 앉아 천천히 음식을 씹어 먹으며 세상을 둘러보았다. 그는 목초지와 흑강, 태고 마을의 지붕들과 사람들의 형상을 내려다보았다. 그 형상들이 어찌나 작고 연약해 보이는지, 보스키 영감은 문득 입김을 불어서 마치 쓰레기처럼 세상에서 전부 쓸어버리고 싶은 마음이 들었다. 이런저런 생각에 잠겨 그는 음식을 입안에 쑤셔 넣었고, 햇볕에 거칠게 탄 얼굴에는 미소라고 할 수도 있는, 찡그린 표정이 피어올랐다. 사방에 흩어져 있는 모든 사람을 입김으로 단번에 날려버리는 공상에 빠질 수도 있는 이 시간을 보스키는 하루 중에 가장 좋아했다. 때로는 전혀 다른 상상을 할 때도 있었다. 그의 숨결이 허리

---

* 폴란드에서 중세 시대부터 먹던 음식으로, 발효된 호밀에 생소시지, 감자, 달걀을 섞어 만든 시큼한 맛이 나는 수프.

케인이 되어 집들의 지붕을 날려버리고, 나무들을 쓰러뜨리고, 과수원을 풍비박산 내버리는 상상. 평야에 물이 범람하고, 사람들은 자신과 재산을 지키기 위해 허겁지겁 배를 만든다. 땅에는 분화구가 생겨나고 거기서 불길이 솟구쳐 오른다. 불과 물이 치열한 다툼을 벌이면서 하늘 위로 수증기가 솟아오른다. 모든 게 뿌리부터 흔들리면서 결국 낡은 집의 지붕처럼 와르르 무너져버린다. 사람들은 이제 존재의 가치를 상실했다. 보스키가 온 세상을 파괴해버렸으니까.

그는 음식물을 꿀꺽 삼키고는 한숨을 쉬었다. 환영은 어느 틈에 증발했다. 그는 담배를 말면서 주변을 둘러보았다. 성에 딸린 저택과 정원, 해자를 보았고, 물고기를 양식하는 저수지와 백조도 보았다. 성으로 다가오는 마차와 자동차들을 보았다. 여자들의 모자와 남자들의 대머리를 보았다. 말을 타고 귀가하는 상속자와 항상 종종걸음으로 걷는 그의 부인도 보았다. 작고 가냘픈 몸매를 가진 상속자의 딸과 마을에서 다들 두려워하는 그녀의 개도 보았다. 무수히 많은 사람의 끝없는 움직임, 그들의 만남과 작별의 몸짓을 보았고, 집을 나서고 돌아오는 광경, 서로에게 말을 건네고 귀를 기울이는 모습을 보았다.

하지만 이들이 그에게 무슨 의미란 말인가? 그는 직접 말아 피우던 담배를 비벼 껐다. 그의 시선은 고집스럽게도 다시 나무

지붕널이 있는 곳으로 돌아갔다. 민물의 돌조개처럼 널들이 끈 질기게 그 자리에 붙어 있게 하기 위해, 그것들을 음미하고 보살 피기 위해. 그 순간 이미 그는 어느 곳을 잘라내고 어디를 손질 해야 할지 생각하고 있었다. 그렇게 그의 점심시간은 끝났다.

아내는 줄에 끼워져 내려온 쌍단지를 주섬주섬 챙겨서 목초 지를 지나 태고 마을로 돌아갔다.

파베우 보스키의 시간

보스키 영감의 아들 파베우는 '중요한' 인물이 되고 싶었다. 뭔가를 빨리 시작하지 않으면, 자신도 아버지처럼 '중요하지 않은' 인물로 전락해서 평생 지붕 위에 올라가 지붕널이나 맞추며 살게 될 것만 같아 두려웠다. 그래서 열여섯 살이 되자 못생긴 누이들이 장악한 집을 나와 예슈코틀레의 유대인 상점에 일자리를 구했다. 유대인의 이름은 아바 코지에니츠키였는데, 목재를 사고 파는 일을 했다. 처음에 파베우는 평범한 목수와 짐꾼으로 일했다. 그러다 아바의 눈에 들어서, 얼마 안 가 나무 몸통에 등급을 매기고 표시하는, 꽤 중요한 일을 맡게 되었다.

파베우 보스키는 나무 등급을 매기면서도 언제나 미래를 바라보았다. 과거에는 아무런 관심이 없었다. 미래를 만들어가고,

앞으로 일어날 일들에 영향을 끼칠 수 있다는 생각만으로도 짜릿한 흥분을 느꼈다. 이따금 지금 눈앞에서 벌어지고 있는 모든 일에 대해 의문을 품을 때도 있었다. 만약 그가 포피엘스키처럼 성에서 태어났다면, 과연 자신의 처지는 어땠을까? 지금과 비슷한 생각을 했을까? 니에비에스키 씨네 미시아가 마음에 들었을까? 여전히 응급의료원이 되기를 꿈꾸었을까? 어쩌면 의사나 대학교수처럼 더 높은 목표를 품지 않았을까?

젊은 보스키에게 무엇보다 확실한 수단은 지식이었다. 지식과 교육은 누구에게나 열린 가능성을 보장했다. 물론 포피엘스키나 그와 비슷한 부류의 사람들은 교육의 혜택을 누리기가 훨씬 쉬울 것이다. 불공평하다. 하지만 달리 생각해보면, 그에게도 배움의 길은 열려 있었다. 생계를 유지하고 가족을 부양해야 하므로 보다 많은 노력과 시간이 요구되긴 했지만.

그래서 그는 일을 마치면, 지역 도서관에 가서 책을 빌려 왔다. 지역 도서관이 보유하고 있는 도서는 빈약했다. 백과사전이나 일반 사전들도 턱없이 부족했다. 서가는 《왕들의 딸들》이나 《지참금 없이》와 같은, 여자들이나 읽는 책들로 채워져 있었다. 그는 빌려 온 책들을 누이들이 보지 못하도록 이불 속에 숨겼다. 자신의 물건에 누이들이 손대는 게 싫었다.

누이 셋은 다들 덩치가 크고 몸집이 단단했으며 피부가 거칠었다. 하지만 머리통은 유독 작았다. 모두가 좁은 이마에 숱이 많은 금발이었다. 누이들의 머리카락은 마치 지푸라기 같았다. 그래도 인물이 제일 나은 건 스타시아였다. 그녀가 미소를 지을 때면, 햇볕에 그은 까무잡잡한 얼굴에서 새하얀 치아가 반짝였다. 미모를 깎아 먹는 건 오리 다리처럼 생긴 통통한 다리였다. 인물로 따졌을 때, 두 번째는 토시아였다. 그녀는 코투슈프에 사는 농장 주인과 이미 약혼한 사이였다. 마지막으로 조시아는 키가 크고 힘이 셌다. 꽤 오래전부터 키엘체에 가서 가정부로 일하기로 되어 있었다. 파베우는 누이들이 집을 떠난다는 사실이 기뻤다. 누이들이 싫듯이 집도 지긋지긋했지만, 어쨌든 누이들이 집에 없다고 생각하니 좋았다.

파베우는 오래된 오두막의 틈바구니로, 마룻바닥으로, 손톱 사이로 파고드는 때와 먼지가 진저리 났다. 외양간에 드나들 때마다 옷에 배는 쇠똥의 악취가 끔찍했다. 돼지 사료로 쓰이는 삶은 감자 냄새도 싫었다. 집 안의 모든 물건과 머리카락, 피부에 그 냄새가 스며들었다. 부모가 즐겨 쓰고, 때로는 자신의 말투에서 튀어나오기도 하는, 천박한 시골 사투리를 증오했다. 아마포와 원목, 나무 숟가락, 성당의 자선 바자에서 산 성화, 누이들의 두꺼운 다리도 참을 수 없었다. 때로는 이러한 증오심을 턱 언저리 어딘가에서 꾹꾹 눌러 담기도 했는데, 그럴 때마다 그는 자신이 가진 위대한 힘을 느꼈다. 그는 알았다. 앞으로 자신이 바라는 모든 걸 갖게 되리라는 걸, 자신이 계속 앞으로 나아가리라는 걸, 그리고 아무도 자신을 멈추지 못하리란 걸.

게임의 시간

천 위에 그려진 미로는 '세계'라고 명명된 여덟 개의 원, 혹은 구체(球體)로 이루어져 있었다. 중앙으로 다가갈수록 길은 더욱 복잡하고 빽빽해지고, 그 속에는 알 수 없는 골목들과 어딘가로 향하는 작은 통로들이 점점 더 늘어났다. 바깥쪽 영역은 그 반대였다. 마치 방랑을 권장하는 듯 중앙에서 멀어질수록 점점 밝고 널찍해졌으며, 미로 속의 통로들도 덜 조밀하고 더 넓어졌다. 미로의 한복판, 가장 어둡고 가장 복잡하게 얽혀 있는 구역이 바로 '첫 번째 세계'였다. 누군가가 미숙한 손길로 지워지지 않는 카피 펜슬을 가지고 이 세계에다 '태고'라고 적어놓았다. 포피엘스키는 의아했다. '어째서 태고일까? 코투슈프나 예슈코틀레, 키엘체, 크라쿠프도 아니고, 파리나 런던도 아니고?' 길과 교차로,

분기점과 들판의 복잡한 시스템은 그다음의 원형 공간, 즉 '두 번째 세계'로 들어가는 유일한 통로와 우회적으로 연결되었다. 중앙의 혼잡도와 비교해볼 때 확실히 이 구역은 여유가 있었다. 거기서 두 개의 출구가 '세 번째 세계'로 이어졌고, 상속자 포피엘스키는 각각의 세계가 바로 이전의 세계보다 두 배씩의 출구를 갖고 있다는 걸 곧바로 알아차렸다. 미로의 마지막 영역에서부터 모든 출구를 만년필촉으로 일일이 세어보았다. 총 128개였다.

책자〈이그니스 파투스. 한 명의 게이머를 위한 유익한 게임〉은 라틴어와 폴란드어로 쓰인 일종의 게임 설명서였다. 상속자가 책장을 휙휙 넘겨가며 훑어보니 모든 게 복잡하기 짝이 없었다. 설명서는 주사위를 던졌을 때 나올 수 있는 모든 경우의 수와 경로, 그리고 게임판의 말로 사용되는 각각의 모형들과 여덟 개의 세계에 대해 상세히 적고 있었다. 하지만 거기 적힌 내용은 뭔가 앞뒤가 맞지 않고 비논리적이어서, 결국 이 게임은 미친 사람이 만든 게 틀림없다는 생각이 뇌리를 스치고 지나갔다.

이 게임은 여행의 일종이다. 여행길에서 가끔 선택의 기회가 나타날 것이다. 선택은 저절로 이루어지는 것이지만, 게이머는 때로 자신의 의지로 선택한 것 같은 느낌에 빠지기도 하리라. 이러한 사실은 어쩌면 그를

두렵게 만들지도 모른다. 자신이 지금 어떤 상황에 놓여 있느냐, 그리고 무엇과 마주하게 되느냐에 대해 스스로 책임을 질 수밖에 없기 때문이다.

게이머는 얼음판 위에 갈라져 있는 금을 보듯 자신의 길을 본다. 그 길은 마치 어지러운 속도로 사방을 향해 뻗어나가고, 구부러지고, 이리저리 방향을 바꾸는 선(線)과 같다. 아니면 예기치 못한 방법으로 대기 속에서 자신의 길을 찾아 나서는 번개와도 같다. 신을 믿는 게이머는 그 길을 가리켜 '신의 판결' 혹은 '신의 손가락'이라 말한다. 전능하고 위대한 창조주의 손끝이 여행자를 이끌어준다고 생각하는 것이다. 그렇지만 신을 신봉하지 않는 자라면 '우발적인 사고' 또는 '우연의 일치'라고 말할 것이다. 게이머는 종종 '나의 자발적인 선택'이라고 주장하기도 하지만, 분명 작은 목소리로 혹은 확신 없이 말할 것이다.

이 게임은 탈출을 위한 지도이다. 미로의 중앙에서부터 시작된다. 게임의 목적은 모든 영역을 통과하여 여덟 개의 세상의 속박으로부터 자유로워지는 것이다.

상속자 포피엘스키는 게임판의 말에 대한 설명과 게임을 시작하기 위한 전략이 적힌 대목을 대충 건너뛰고는 '첫 번째 세계'의 특징을 기술한 부분으로 넘어갔다. 그가 읽은 내용은 다음과 같다.

태초에 신은 없었다. 시간도, 공간도 없었다. 단지 빛과 어둠만이 있었
다. 그리고 그것은 완벽했다.

어쩐지 이 구절은 어디선가 읽은 것만 같은 느낌이 들었다.

빛이 스스로 움직였고, 타올랐다. 빛의 기둥이 갈라져서 어둠으로 흩
어졌고, 거기서 오랫동안 움직이지 않던 질료(質料)를 발견했다. 그 속에
서 신이 눈을 뜰 때까지 빛의 기둥은 온 힘을 다해 그 질료를 강타했다. 신
은 의식이 명료하지 않았고, 자신이 누구인지 알지 못했다. 사방을 둘러
보니 자기 말고는 아무도 눈에 띄지 않았기에 자기가 신이라는 걸 깨달았
다. 스스로를 부를 수 있는 이름도 없었고, 자신의 존재에 대한 자각도 없
었기에, 신은 자기 자신에 대해 알기를 원했다. 처음으로 자신을 상세히
살펴보다가 문득 '신'이라는 단어가 떠올랐다. 안다는 건 이름을 붙이는
일이라고 신은 생각했다.

신의 입에서 말이 흘러나와 수천 개의 조각으로 부서져서 세상의 씨앗
이 된다. 그때부터 세상은 점점 커져만 가고, 신은 마치 거울을 들여다보
듯 세상 속에 자신의 모습을 투영한다. 세상 속에 비친 자신의 모습을 살

146

펴보면서 신은 점점 더 스스로에 대해 많은 것을 보게 되고, 더욱더 잘 알게 된다. 이러한 인식은 그를 풍요롭게 만들어주었고, 그 덕분에 세상도 더욱 풍요로워진다.

신은 시간의 흐름을 통해 자신에 대해 알게 된다. 잡을 수 없고 끊임없이 변하는 것만이 신과 가장 닮았기 때문이다. 신은 바닷속에 잠겨 있다가 이제 막 모습을 드러낸 바위를 통해 자신을 보고, 태양을 사랑하는 식물들을 통해, 그리고 여러 세대의 동물들을 통해 자신을 본다. 인간이 처음 나타나자 신은 계시를 경험한다. 그리고 처음으로 밤과 낮을 가르는 가녀린 선을, 밝음이 어둠이 되고 어둠이 밝음이 되는 그 미세한 경계를 명명하게 된다. 그때부터 신은 인간의 눈으로 자신을 들여다보게 된다. 서로 다른 수천 개의 자신의 얼굴을 보게 되고, 가면과 다름없는 그 얼굴들을 마치 배우처럼 썼다 벗었다 하면서, 일순간 가면이 되기도 한다. 인간의 입으로 스스로에게 기도를 하면서 그는 자기 안에서 모순을 발견한다. 그리하여 거울 속에 비친 상(像)은 현실이 되었고, 현실이 상 속에 투영되었다.

신이 물었다. "나는 누구인가? 신인가, 인간인가? 혹은 신이면서 인간인가, 아니면 신도, 인간도 아닌가? 내가 인간을 창조했는가, 아니면 그들이 나를 만들어냈는가?"

인간이 그를 유혹하자 그는 은밀히 연인의 침대로 들어간다. 거기서 사랑을 발견한다. 노인의 침대로 남몰래 들어가서 무상(無常)을 발견한다. 죽어가는 자의 침대로 숨어들어 가서 죽음을 발견한다.

'한번 해본다고 손해 볼 건 없잖아?' 상속자 포피엘스키가 생각했다. 그는 책자의 첫머리로 돌아가서 게임판 위에다 말들을 세우기 시작했다.

미시아의 시간

미시아는 보스키 영감 댁의 키가 큰 금발 청년이 성당에서 자꾸만 자기를 쳐다보는 걸 느꼈다. 미사가 끝나고 성당을 나서니, 그녀를 보기 위해 그가 밖에 서 있었다. 그리고 또다시 그녀를 뚫어지게 응시했다. 미시아는 그의 시선이 불편한 옷을 걸친 듯 껄끄러웠다. 맘대로 움직이거나 깊게 숨을 내쉬기가 겁났다. 그는 그녀를 당황하게 했다.

성탄 자정미사부터 부활절까지 겨우내 같은 일이 반복되었다. 날씨가 따뜻해지자 미시아는 매주 가벼운 옷차림으로 성당에 갔다. 그러자 파베우 보스키의 시선이 더욱 강렬해졌다. 성체성혈 대축일*이 되자 그 시선은 미시아의 훤히 드러난 어깨와 목덜미를 훑었다. 그즈음 미시아에게는 그의 시선이 마치 고양이 털의 감촉이나 새의 깃털 혹은 민들레 솜털처럼 부드럽고 기분 좋게 느껴졌다.

바로 그 일요일에 파베우 보스키는 미시아에게 다가와서 집까지 바래다주어도 되겠냐고 물었다. 미시아가 수락했다.

집까지 가는 길에 그는 이야기를 멈추지 않았는데, 그녀는 그가 한 말들에 놀랐다. 그는 그녀가 스위스 손목시계처럼 자그마하다고 말했다. 미시아는 자신이 자그마하다는 생각을 단 한 번도 해본 적이 없었다. 그는 또 그녀의 머리카락이 값비싼 황금의 색깔 같다고 말했다. 미시아는 자신의 머리카락이 갈색이라고 늘 생각하고 있었다. 그는 또 그녀의 살갗에서 바닐라 향기가 풍긴다고 말했다. 미시아는 그날 자기가 케이크를 구웠다는 사실을 털어놓을 용기가 없었다.

미시아는 파베우 보스키와 이야기를 나누며 모든 걸 새롭게 발견했다. 집에 도착하고 나니 아무 일도 손에 잡히지 않았다. 하지만 그 순간 미시아가 생각한 건 파베우가 아니라 자기 자신이었다. '나는 예쁜 소녀구나. 내 발은 중국 여인의 발처럼 작구나. 내 머리카락은 아름답구나. 나는 아주 여성스럽게 웃는구나.

---

* 기독교에서 예수 그리스도의 몸(성체)과 피(성혈)로 이루어진 성체성사의 제정과 신비(성변화)를 기념하는 대축일. 전통적으로 삼위일체 대축일 후 첫 번째 목요일에 지켜지는데, 통상 5월 중순부터 6월 중순 사이.

나한테서 바닐라 향기가 나는구나. 누군가가 나를 애타게 보고
싶어 할 수도 있구나. 나는 여자로구나.'

여름방학이 시작되기 직전에 미시아는 아버지에게 말했다.
타슈프에 있는 사범 고등학교에 더는 다니지 않겠노라고. 계산
과 필기에 재능이 없는 것 같다고. 미시아는 소꿉친구인 라헬라
센베르트와 여전히 친하게 지냈지만, 대화가 전과 달라졌다. 둘
은 고시치니에츠의 오르막길을 넘어 숲으로 향했다. 라헬라는
미시아에게 학교를 그만두지 말라고 충고했다. 수학 수업을 도
와주겠다고 약속까지 했다. 미시아는 라헬라에게 파베우 보스
키에 대해 털어놓았다. 라헬라는 절친한 벗답게 미시아의 이야
기에 귀를 기울였다. 하지만 그녀는 다른 의견을 내놓았다.

"나는 의사, 아니면 적어도 그와 비슷한 지위를 가진 사람과
결혼할 거야. 그리고 아이는 몸매가 망가지지 않도록 둘 이상은
안 낳을 거야."

"나는 딸 하나만 낳을 거야."

"미시아, 고등학교만이라도 졸업하는 게 어때?"

"난 당장 결혼하고 싶어."

미시아는 파베우와 함께 같은 길을 산책했다. 숲에서 두 사람
은 손을 맞잡았다. 파베우의 손은 크고 뜨거웠다. 미시아의 손은
작고 차가웠다. 고시치니에츠에서 두 사람은 숲길 가운데 하나

로 접어들었다. 파베우가 갑자기 멈춰 서더니 크고 억센 손으로 미시아를 자기 쪽으로 끌어당겨 안았다.

그에게선 비누와 햇볕의 향기가 났다. 그 순간 미시아는 갑자기 약해지고 고분고분해지고 무기력해졌다. 빳빳이 풀을 먹인 흰 셔츠를 입은 남자가 그녀에게는 거대해 보였다. 그녀의 키는 그의 가슴팍에 닿을까 말까 한 정도였다. 미시아는 생각을 놓아버렸다. 그것은 위험하기 짝이 없는 선택이었다. 그녀가 다시 정신을 차렸을 때, 가슴은 벌거벗겨져 있었고, 파베우의 입술이 배 근처를 맴돌고 있었다.

"안 돼요." 그녀가 말했다.

"당신은 나와 결혼해야만 해."

"알아요."

"당신에게 청혼할 거야."

"좋아요."

"언제 할까?"

"되도록 빨리."

"그가 동의할까? 당신 아버지 말이야."

"동의하고 말고 할 게 없어요. 난 당신에게 시집가고 싶고, 그러면 된 거예요."

"하지만……."

"사랑해요."

미시아는 헝클어진 머리를 매만졌다. 두 사람은 고시치니에츠의 오르막길로 되돌아갔다. 마치 거기서 내려온 적이 없는 것처럼.

미하우의 시간

미하우는 파베우가 마음에 들지 않았다. 잘생겼지만 그게 다였다. 파베우의 떡 벌어진 어깨와 반바지 밑으로 드러난 단단한 다리 근육과 반짝이는 부츠를 보면서 미하우는 자신이 늙었고, 바짝 마른 달걀 껍데기처럼 쭈글쭈글해졌다는 사실을 뼈아프게 실감했다.

파베우는 자주 집에 드나들었다. 그는 항상 다리를 꼰 채로 탁자 옆에 앉았다. '랄카'*라는 이름의 암캐는 꼬리를 축 늘어뜨린 채, 파베우가 신고 온, 광택 나는 개가죽 부츠의 갑피 냄새를 맡으며 킁킁거렸다. 파베우는 코지에니츠키와 함께 목재 일을 하

---

* '인형'이라는 뜻.

면서 자기가 벌어들이는 수입에 대해서, 현재 다니고 있는 응급 의료원 양성 학교에 대해서, 그리고 미래의 거창한 계획들에 대해서 이런저런 이야기를 늘어놓았다. 그는 게노베파를 바라보면서 줄곧 미소를 지었다. 그 덕분에 하얗고 고른 치아가 똑똑히 보였다. 게노베파는 그를 좋아했다. 파베우는 게노베파에게 자질구레한 선물을 가져오곤 했다. 그러면 그녀는 홍조 띤 얼굴로 선물 받은 꽃을 꽃병에 꽂았다. 초콜릿 상자를 싼 셀로판지에서 바스락거리는 소리가 났다.

'여자들이란 단순하기 짝이 없군.' 미하우는 생각했다.

자신의 소중한 미시아가 파베우 보스키의 야심만만한 인생 계획에서 마치 물건처럼 취급당하고 있다고 미하우는 생각했다. 모든 게 철저히 계산된 결과임에 틀림없었다. 그녀는 하나밖에 없는 딸이었으니까. 이지도르는 예외로 취급받았으니 실제로 미시아는 외동딸이나 마찬가지였다. 지참금을 두둑이 가져올 테니까, 미시아네 집이 더 부유하니까, 여느 여자아이들과는 달랐으니까, 항상 잘 차려입고 우아하고 연약한 아이였으니까.

미하우는 이따금 아내와 딸에게 보스키 영감이 어떤 사람인지 일깨우려 애썼다. 평생 그가 한 말은 고작해야 백 마디나 이백 마디에 불과할 것이며, 성의 지붕에 앉아 일생을 보낸 사내라고 말했다. 그리고 파베우의 누이들에 대해서도 시시하고 못생겼다고 덧붙였다.

"보스키 영감님은 좋은 분이에요." 게노베파가 말했다.

"아니, 그럼 자기 형제자매에 대해서도 책임을 져야 하나요?" 미시아가 일부러 이지도르를 향해 시선을 돌리면서 덧붙였다. "집집마다 저런 아이가 한 명쯤은 있게 마련이잖아요."

일요일 오후에 잘 차려입은 딸이 파베우와 춤추러 나갈 때면, 미하우는 신문을 읽는 척했다. 미시아는 거울 앞에서 한 시간도 넘게 치장을 했다. 엄마의 짙은 연필로 눈썹을 그리고, 몰래 입술에 립스틱을 바르는 모습을 미하우는 훔쳐보았다. 거울에 옆모습을 비춰보면서 브래지어를 착용한 옷매무새를 확인하고, 열일곱 살 생일 선물로 받은 제비꽃 향수를 귓불 뒤에 찍어 바르는 모습도 보았다. 게노베파가 이지도르와 함께 창밖을 내다보며 미시아를 배웅할 때, 미하우는 꼼짝도 하지 않았다.

"파베우가 결혼에 대해 이야기했어요. 청혼하고 싶다네요."

어느 일요일, 게노베파가 말을 꺼냈다.

미하우는 끝까지 들으려고 하지도 않았다.

"안 돼. 미시아는 아직 너무 어려. 키엘체로 보냅시다. 타슈프의 고등학교보다 더 좋은 학교로."

"미시아는 공부에는 전혀 관심이 없어요. 결혼하고 싶어 한다고요. 보면 모르겠어요?"

미하우는 고개를 저었다.

"아니야, 아니야, 아니야. 저 애는 아직 너무 어려. 남자와 아이가 다 뭐야? 인생을 좀 더 즐겨야지……. 게다가 결혼하면 어디서 살려고? 파베우는 어디서 일할 건데? 아직 학교에 다니고 있잖아. 안 돼. 좀 더 기다려야 해."

"기다린다고요? 나중에 다 늙어서 허겁지겁 결혼식을 올릴 때까지요?"

그 순간 미하우는 집을 생각해냈다. 딸을 위해 좋은 토지에 크고 편안한 집을 지어줘야겠다. 거기에 과수원도 일구고, 마당도 가꾸어야지. 미시아가 어디론가 떠날 필요가 없는 집, 모두 함께 살 수 있는 그런 집. 모두에게 충분하도록 많은 방을 만들고, 그 안에는 동서남북으로 다 통하는 창문을 내리라. 사암으로 기초를 다지고, 진짜 벽돌로 벽을 세우고, 바깥쪽에는 가장 질 좋은 나무를 대어 집 안이 따뜻해지도록 하리라. 1층과 2층으로 이루어진 그 집은 다락방과 지하실, 유리를 덮은 현관도 갖추게 될 것이다. 성체성혈 대축일에 들판으로 가는 행렬을 미시아가 구경할 수 있도록 발코니도 있어야겠군. 이런 집에서 살게 되면, 미시아는 아마도 아이를 많이 낳을 수 있을 것이다. 가정부를 위한 방도 따로 만들어야겠다. 미시아에게는 집안일을 도울 사람이 필요할 테니까.

다음 날 이른 시각에 집을 나선 미하우는 마땅한 집터를 찾기 위해 태고 마을 구석구석을 둘러보았다. 왕풍뎅이 언덕이나 백강 유역의 초원이 어떨까 생각해보았다. 온종일 곰곰이 따져보고 계산했다. 이런 집을 지으려면 최소한 3년은 족히 걸릴 것이다. 그러면 미시아의 결혼도 그만큼 늦출 수 있으리라.

플로렌틴카의 시간

부활절 전야 토요일에 플로렌틴카는 개 한 마리를 데리고 부활절 바구니를 축성받기 위해 성당에 갔다. 바구니에는 자신과 개들의 식량인 우유가 담긴 병 하나만 달랑 들어 있었는데, 집에 남아 있는 게 그것뿐이기 때문이었다. 그녀는 갓 딴 고추냉이 잎사귀와 빙카*로 우유병을 덮었다.

예슈코틀레에서는 성당의 구석 자리에 마련된 예슈코틀레 성모의 제단에 부활 바구니를 봉헌하고, 축성을 청하는 관습이 있었다. 바구니를 준비하는 아낙들도, 축성을 해주는 성모도 모두 여자였다. 다들 음식은 여자의 소관이라 여겼기 때문이다. 남자

---

*   협죽도과의 상록 관목으로 폴란드를 비롯한 중부 유럽이 원산지.

인 신은 전쟁이나 재난, 정복, 원정과 같은 더 중요한 일들을 처리하느라 바빴기에 먹거리는 여자들이 주관했다.

신자들은 구석에 있는 예슈코틀레 성모의 제단 앞에 바구니를 놓아두고는 의자에 앉아서 신부가 성수를 뿌려주기를 기다렸다. 다들 아무 말 없이 서로 띄엄띄엄 떨어져 앉았다. 부활절 전야 토요일의 성당은 마치 동굴이나 공습을 피하기 위한 참호처럼 어둡고 조용했다.

플로렌틴카는 '숫염소'라는 이름의 개와 함께 구석의 제단으로 다가갔다. 그리고 여러 바구니 사이에 자신의 바구니를 내려놓았다. 다른 바구니들에는 소시지와 케이크, 사워크림을 곁들인 고추냉이 소스, 알록달록한 부활절 달걀들, 잘 구워진 흰 빵들이 소복이 담겨 있었다. 플로렌틴카도, 개도 허기를 달래기 힘들었다!

플로렌틴카는 예슈코틀레 성모화를 유심히 바라보았다. 그리고 성모의 매끄럽고 윤기 나는 얼굴에 피어오른 온화한 미소를 보았다. 숫염소는 누군가의 바구니를 킁킁거리더니 거기서 소시지 조각을 끄집어냈다.

플로렌틴카가 조용히 속삭였다. "당신은 여기 이렇게 벽에 걸린 채 웃고 있네요. 개들이 당신의 제물을 훔쳐 먹고 있는데도 말이죠. 때로 인간은 개를 이해하기 힘들 때가 있죠. 인자하신

성모님, 당신은 틀림없이 인간이나 동물이나 똑같이 다 이해하시겠죠. 어쩌면 달의 생각도 읽을 줄 아시겠네요…….”

플로렌틴카는 한숨을 내쉬었다.

“당신의 남편에게 기도하러 갔다 올게요. 그동안 제 개를 좀 봐주세요.”

그녀는 기적의 성화 앞에 놓인 철책에 개를 묶었다. 코바늘로 뜬 레이스를 덮어놓은 철책 주변에는 바구니들이 그득했다.

“곧 돌아올게요.”

그녀는 첫 번째 열, 잘 차려입은 예슈코틀레 여인들 사이에 자리를 잡고 앉았다. 그러자 여인들이 눈에 띄지 않게 그녀로부터 비켜 앉더니, 뭔가를 알고 있다는 듯 서로 의미심장한 눈빛을 주고받았다.

그러는 사이 성당 관리인이 구석에 있는 예슈코틀레 성모의 제단으로 다가갔다. 처음에 그는 제단 앞에서 뭔가가 꿈틀거리는 것을 보았다. 하지만 꽤 오랫동안 그는 자신의 두 눈이 무엇을 보고 있는지 알아차리지 못했다. 커다랗고 불결하고 흉측한 개가 부활절 바구니들을 뒤지고 있다는 사실을 깨달은 순간, 그는 경악을 금치 못했고 피가 거꾸로 솟구쳐 오르는 것만 같았다. 신성모독을 목격한 그는 몸을 부르르 떨면서 무례한 짐승을 성당에서 쫓아내기 위해 제단으로 돌진했다. 관리인은 개의 목줄을 잡고, 분노로 손을 떨며 매듭을 풀었다. 바로 그때였다. 성화에서 조용한 여인의 음성이 들려왔다.

"개를 내버려두어라! 태고 마을의 플로렌틴카가 부탁해서 나는 지금 개를 보살피는 중이다."

집의 시간

집의 기초는 이상적인 사각형 모양으로 땅에 묻혔다. 그 측면들은 사방위에 꼭 들어맞았다. 미하우와 파베우 보스키, 일꾼들은 우선 돌로 토대를 쌓고, 그다음에는 나무 기둥을 세웠다.

지하실이 만들어지자 다들 이곳을 가리켜 '집'이라 부르기 시작했다. 하지만 실제로 완전한 집이 탄생한 건, 지붕을 얹고 그 위를 화관으로 장식하고 난 뒤*였다. 벽이 사방을 틀어막아 공간이 생겨야 비로소 집이라고 할 수 있기 때문이다. 벽에 갇힌 공간이야말로 집의 영혼이다.

---

* 폴란드에서는 집을 지을 때, 무사히 공사를 마치고 안전하게 잘 지을 수 있도록 행운을 빌기 위해 지붕 위에 화관을 걸어놓는 풍습이 있다.

그렇게 그들은 두 해에 걸쳐 집을 지었다. 1936년 여름, 그들은 지붕에서 화관을 걷어냈다. 그리고 집 앞에서 기념사진을 찍었다.

집에는 몇 개의 지하 저장고가 있었다. 그중 하나에는 두 개의 창문이 있었다. 지하 창고 겸 여름용 부엌으로 쓰기 위해 만든 곳이었다. 두 번째 저장고에는 창문이 하나였는데 벽장과 세탁실, 그리고 감자를 보관하는 창고로 사용할 예정이었다. 세 번째 저장고에는 창문이 아예 없었다. 만약의 경우를 대비해서 대피소로 만들어진 곳이었다. 미하우는 이 세 번째 저장고 밑에 하나의 저장고를 더 파도록 지시했다. 작고 서늘한 이 네 번째 저장고에는 얼음과 그 밖의 뭐든 필요한 것을 보관할 생각이었다.

돌로 만든 토대 위에 세워진 1층은 제법 높았기에 나무 난간이 달린 계단을 통해 올라가도록 설계했다. 출입구는 두 개였다. 하나는 도로와 연결되어 있었는데, 현관을 지나 커다란 통로를 통과하여 방들로 이어지는 구조였다. 두 번째 출입구는 복도를 통해 주방으로 연결되었다. 주방에는 커다란 창문 하나가 나 있고, 그 맞은편에는 미하우가 타슈프까지 가서 직접 사 온 푸른색 타일을 바른 화덕이 있었다. 주방 문은 모두 세 개였는데 하나는 안방으로, 또 하나는 계단으로, 나머지 하나는 작은 골방으로 통했다. 1층은 각각의 방들이 사슬처럼 이어진 일종의 커다란 고리 모양으로 설계되었다. 그래서 만약 방문을 전부 열면, 원을 그리며 걸어 다닐 수 있었다.

통로에 있는 계단을 오르면 2층이 나오는데, 거기에는 마무리 공사를 기다리고 있는 네 개의 방이 있었다.

이 모든 것들 위에 하나의 층이 더 있었는데 바로 다락이었다. 나무로 만든 좁은 계단을 통해 거기에 오를 수 있었다. 어린 이지도르가 특히 다락을 좋아했다. 그곳 창문들이 동서남북 사방으로 통해 있었기 때문이다.

집의 외벽은 마치 물고기 비늘처럼 촘촘하게 나무판자로 덮여 있었다. 보스키 영감의 아이디어였다. 보스키 영감은 성의 지붕에 버금가는 아름다운 지붕을 만들어 올렸다. 집 앞에는 라일락 나무가 한 그루 있었다. 나무는 집을 짓기 전부터 그곳에 있었다. 1층 유리창에 나무의 형체가 아른아른 비쳤다. 그들은 라일락 나무 아래에 작은 벤치를 놓아두었다. 태고 마을 사람들은 그곳에서 발걸음을 멈추고, 집을 바라보며 감탄했다. 인근에 이토록 아름다운 집을 지은 이는 아무도 없었다. 상속자 포피엘스키가 말을 타고 와서 보고는, 파베우 보스키의 등을 두드렸다. 파베우는 그를 결혼 피로연에 초대했다.

일요일에 미하우는 교구신부를 찾아가서 집을 축성해달라고 부탁했다. 신부는 현관에 서서 감탄의 눈길로 집을 둘러보았다.

"딸에게 아름다운 집을 지어주셨군요." 신부가 말했다.

미하우가 어깨를 으쓱해 보였다.

마지막으로 가구가 들어왔다. 대부분은 보스키 영감이 직접 만든 것들이었지만, 더러는 키엘체에서 짐마차에 실려 온 것도 있었다. 커다란 괘종시계라든지 거실 찬장, 정교하게 조각된 다리를 가진 둥그런 떡갈나무 탁자가 그랬다.

집 주위를 둘러보는 미시아의 눈길이 슬프게 변했다. 평평한 회색 토양은 휴경지에서 흔히 볼 수 있는 마른 잔디로 덮여 있었다. 그런 미시아를 보면서 미하우는 나무를 잔뜩 사들였다. 그러고는 훗날 과수원을 만들기에 충분할 정도로 많은 나무를 하루만에 집 둘레에 심었다. 사과나무, 배나무, 자두나무, 호두나무. 과수원의 한가운데는 이브가 아담을 유혹했던 금단의 열매를 잉태한 쌍둥이 레닛* 나무를 심었다.

---

* 사과의 일종으로 크기가 아담하며 껍질에 황금빛이 돈다.

파푸가 부인의 시간

스타시아 보스키는 엄마가 죽고 자매들도 시집간 뒤, 아버지와 단둘이 남았다. 파베우는 미시아와 결혼했다.

보스키 영감과 함께 사는 건 쉬운 일이 아니었다. 그는 항상 불만에 차 있었고, 성미가 급했다. 점심 식사가 늦어지면, 뭔가 무거운 걸 집어 들고 스타시아를 때리기도 했다. 그러면 스타시아는 블랙커런트 덤불로 달려가서 쪼그리고 앉아 울었다. 아버지의 화를 돋우지 않기 위해 울음소리를 죽이려 애쓰면서.

미하우 니에비에스키가 딸에게 줄 집을 짓기 위해 땅을 샀다는 이야기를 아들에게서 들은 날, 보스키는 잠을 이룰 수가 없었다. 그렇게 며칠이 지난 뒤, 그는 지금껏 모은 돈을 모두 긁어모아서 미하우네 땅 바로 옆 땅을 샀다.

보스키 영감은 그곳에다 스타시아를 위해 집을 짓겠다고 결심했다. 성의 지붕에 앉아서 오랫동안 고민한 결과였다. '미하우니에비에스키가 딸에게 집을 선물하는데, 나라고 못 할 게 뭐가 있지? 나도 얼마든지 내 집을 지을 수 있잖아?' 그는 깊은 생각에 잠겼다.

그렇게 해서 보스키는 집을 짓기 시작했다.

우선 땅에다 나무 막대기로 직사각형을 표시하고, 다음 날에는 기초를 파기 시작했다. 상속자 포피엘스키에게 휴가를 받았다. 보스키의 인생에서 첫 번째 휴가였다. 인근에서 크고 작은 돌들을 주워 오고, 새하얀 석회암 덩어리들을 가져와서 파놓은 구덩이에 차곡차곡 쌓았다. 이렇게 하는 데 한 달이 걸렸다. 파베우가 찾아와서 파놓은 구덩이들을 보며 탄식했다.

"아버지, 대체 뭘 하시는 거예요? 돈은 또 어디서 나셨고요? 설마 제 코앞에다 닭장을 지어놓고 바보짓 하시려는 건 아니죠?"

"이놈이 머리가 어떻게 된 거 아냐? 네 누이를 위해 집을 짓는 중이다."

파베우는 어떤 수를 써도 아버지를 설득하지 못하리라는 사실을 깨달았다. 그는 결국 아버지를 돕기 위해 짐수레에 널빤지를 실어 날랐다.

두 집은 거의 동시에 완성돼갔다. 하나는 크기가 크고 맵시가 좋았으며 창문이 많고 방들도 널찍했다. 다른 하나는 작고 찌그러진 데다 창문도 작았다. 하나는 숲을 배경으로 탁 트인 공간에 세워졌고, 다른 하나는 고시치니에츠와 볼라로 가는 길의 틈바구니, 블랙커런트 덤불과 야생 라일락 속에 처박혀 있었다.

보스키가 집을 짓느라 바빠지자 스타시아는 좀 편해졌다. 오전에는 가축들에게 사료를 주고, 점심을 준비했다. 우선 밭에서 모래 토양을 헤집어 감자를 캤다. 그때마다 덤불 속에서 누더기에 싸인 보석이나 달러 뭉치가 든 깡통을 발견하는 장면을 떠올려보곤 했다. 알감자의 껍질을 벗길 때면, 자신이 유능한 치료사고, 감자는 자신을 찾아온 환자라고 상상했다. 환자들의 몸에서 더러운 병균을 말끔히 씻겨주고 제거하는 모습을 그려보았다. 감자를 끓는 물에 던져 넣으면서는 미(美)의 묘약을 달이는 상상을 했다. 이 묘약을 마시면, 그녀의 인생도 영원히 달라질 것이다. 고시치니에츠의 의사나 키엘체에서 온 변호사가 그녀를 보고는 선물 공세를 펼치면서 마치 공주에게 그러듯이 그녀를 사랑하게 될 것이다.

점심 준비가 항상 오래 걸리는 건, 바로 이런 이유 때문이었다.

상상이란 따지고 보면 창작의 일부이며, 물질과 영혼을 연결하는 일종의 다리와 같다. 특히 빈번하게, 집중적으로 할수록 더욱 그렇다. 이런 경우, 상상은 물질의 파편으로 탈바꿈하기도 하고, 삶의 기류에 융합되기도 한다. 그러는 와중에 뭔가가 뒤틀리면서 변화가 찾아올 때도 있다. 그래서 인간의 모든 욕망은, 그것이 충분히 강하기만 하면, 이루어진다. 물론 기대했던 바가 전부 다 이루어지는 건 아니지만.

하루는 스타시아가 집 앞에 나와 설거지를 하고 남은 물을 버리고 있는데, 낯선 사내와 맞닥뜨리게 되었다. 모든 게 그녀가 꿈꾸던 장면과 똑같았다. 그가 그녀에게 다가오더니 키엘체로 가는 길을 물었고, 그녀는 대답을 해주었다. 몇 시간이 지난 뒤, 그 남자가 돌아와서 스타시아와 다시 만났다. 이번에는 어깨에 지게를 메고 있었는데, 스타시아를 도와주면서 아까보다 긴 이야기를 나누었다. 사실 그는 변호사도, 의사도 아니었다. 키엘체에서 타슈프까지 전화선 가설을 하는 우체국 소속 노동자였다. 스타시아의 눈에 그는 쾌활하고 자신감이 넘쳐 보였다. 수요일에는 함께 산책하고, 토요일에는 어딘가에 놀러 가기로 약속했다. 뜻밖에도 보스키 영감은 그를 마음에 들어 했다. 이 낯선 방문객의 성은 파푸가*였다.

그날부터 스타시아의 인생은 다르게 흘러갔다. 스타시아는

---

*   '앵무새'라는 뜻.

꽃송이처럼 활짝 폈다. 예슈코틀레에도 자주 가고, 셴베르트 씨네 가게에서 이런저런 것들을 사들이기도 했다. 파푸가 그녀를 마차에 태우고 다니는 것을 모두가 보았다. 1937년 가을, 스타시아는 아이를 가졌고, 두 사람은 크리스마스에 결혼식을 올렸다. 이제 막 지어진 작은 집의 거실에서 소박한 결혼 피로연이 열렸다. 다음 날 보스키 영감은 나무판자를 세워서 거실을 막았다. 이렇게 해서 집은 둘로 나누어지게 되었다.

여름이 되자 스타시아는 아들을 낳았다. 전화선 공사는 이미 태고 마을의 경계선으로부터 훌쩍 떨어진 곳에서 진행되었다. 파푸가는 일요일에만 집에 왔다. 그는 항상 피로했고, 까칠하게 굴었다. 아내의 애정 표현이 그를 짜증 나게 했고, 점심 준비가 너무 오래 걸려 화가 났다. 얼마 안 있어 격주 일요일마다 집에 왔고, 그러다 '모든 성인의 날'에는 아예 나타나지도 않았다. 자기 부모님 묘소에 가봐야 한다고 했다. 스타시아는 그의 말을 믿었다.

크리스마스이브에 저녁상을 차려놓고 그를 기다리던 스타시아는 유리창에 비친 자신의 모습을 보았다. 밤은 창유리를 거울로 바꿔놓았다. 그때 그녀는 깨달았다. 파푸가는 영원히 돌아오지 않으리라는 사실을.

미시아의 수호천사의 시간

미시아가 첫아이를 출산할 때, 수호천사는 그녀에게 예루살렘을 보여주었다.

미시아는 새하얀 시트가 덮인 침대에 누워 있었다. 양잿물로 문질러 닦은 침실 마룻바닥에서는 독특한 냄새가 풍겼고, 백합 무늬가 그려진 그로그랭* 커튼이 햇빛을 가려주었다. 예슈코틀레에서 의사와 간호사가 오고, 게노베파도 왔다. 파베우는 뭔가를 계속해서 소독하고 있었고, 아무도 본 적 없는 미시아의 수호천사도 그 자리에 있었다.

미시아의 머릿속은 온통 뒤죽박죽이었다. 그녀는 지쳤다. 갑

---

* 비단 또는 인조견으로 이랑 무늬가 도드라지게 짠 천.

작스럽게 밀려오는 통증에 어찌할 바를 몰랐다. 그러다 깜빡 잠이 들기도 하고, 가수면 상태에서 백일몽을 꾸기도 했다. 그녀는 자신이 마치 커피 알갱이처럼 조그맣다고 느끼면서 성보다 더 큰 커피 그라인더의 깔때기 속으로 빨려 들어가는 것을 느꼈다. 검은 심연 속으로 끝없이 추락하다가 알갱이를 가는 기계의 날카로운 톱니바퀴에 몸이 닿았다. 아팠다. 그녀의 몸이 산산조각 나서 먼지가 되었다.

수호천사는 미시아의 생각을 눈으로 보았고, 비록 통증이 어떤 것인지는 이해하지 못했지만, 그녀의 몸에 연민을 느꼈다. 그래서 잠깐이나마 미시아의 영혼을 완전히 다른 곳으로 데려갔다. 그는 미시아에게 예루살렘을 보여주었다.

미시아는 황갈색 사막 위에서 파도처럼 넘실거리는 거대한 자국들을 보았다. 이 모래 바다 속, 완만하게 파인 분지 안에 도시가 있었다. 도시는 둥그런 모양이었다. 네 개의 성문이 나 있는 성벽이 도시를 빙 둘러싸고 있었다. 첫 번째 성문은 우유, 두 번째는 꿀, 세 번째는 포도주, 네 번째는 올리브유로 만들어져 있었다. 그리고 각각의 문과 이어진 도로들이 중심부를 향하고 있었다. 첫 번째 도로에는 황소들이 차에 실려 왔고, 두 번째 도로에는 사자들이, 세 번째 도로에는 매들이, 네 번째 도로에는 사람들이 실려 왔다. 미시아는 어느새 도시 한복판에 와 있었다.

자갈이 깔린 작은 시장이 있는 곳에 구세주의 집이 있었다. 미시아는 문 앞에 멈춰 섰다.

누군가가 안에서 문을 두드렸고, 미시아가 의아해하며 물었다. "누구세요?"

"나다." 목소리가 대답했다.

"나오세요." 미시아가 말했다.

그러자 예수님이 그녀를 향해 걸어 나오더니 그녀를 와락 끌어안았다. 미시아는 예수님이 걸치고 있는 천 조각의 향기를 맡았다. 미시아는 리넨 셔츠에 코를 비벼대면서 자신이 얼마나 사랑받고 있는지 느꼈다. 예수님도, 그리고 온 세상도 그녀를 사랑하고 있었다.

이 모든 광경을 줄곧 지켜보던 미시아의 수호천사가 예수님의 품에서 그녀를 떼어놓더니 아이를 낳는 여인의 몸으로 되돌려놓았다. 미시아는 심호흡을 했다. 그리고 아들을 출산했다.

크워스카의 시간

그해 가을 첫 보름달이 떠 있는 동안, 크워스카는 비누풀, 컴프리, 고수, 치커리, 마시멜로와 같은 약초 뿌리를 캤다. 대부분은 태고 마을의 저수지 근처에 서식했다. 크워스카는 딸과 함께 밤마다 숲과 마을을 누비고 다녔다.

하루는 두 사람이 왕풍뎅이 언덕을 지나가던 길에 등이 굽은 한 여인이 개들에 둘러싸여 있는 모습을 보았다. 은색 달빛을 받아 개와 사람의 정수리가 모두 하얗게 빛났다.

크워스카는 루타를 자기 쪽으로 끌어안으면서 여인이 서 있는 곳으로 걸어갔다. 그들이 노파에게 다가가자 개들이 불안해하며 으르렁거렸다.

"플로렌틴카!" 크워스카가 조용히 말을 걸었다.

여인이 그들을 향해 고개를 돌렸다. 눈동자가 물에 헹구어낸 듯 희끄무레했고, 얼굴은 시든 사과를 떠올리게 했다. 깡마른 등 위로 숱이 거의 다 빠진, 반백의 땋은 머리가 축 늘어져 있었다.

두 사람은 노파의 옆에 나란히 앉았다. 그러고는 노파와 함께 크고 둥글고 자기만족에 빠진 달을 바라보았다.

"저 달이 내 아이들을 데려가고, 남편을 기만하고, 이제는 내 감각까지 뒤흔들어놓았어."

플로렌틴카가 불평했다.

크워스카는 깊게 한숨을 쉬면서 달의 얼굴을 쳐다보았다.

개들 가운데 한 마리가 갑자기 울부짖었다.

크워스카가 입을 열었다.

"꿈을 꾸었어요. 달이 내 방 창문을 두드리더니 말했죠. '크워스카, 너는 엄마가 없고, 네 딸은 할머니가 없잖니, 안 그래?' 그래서 내가 대답했죠. '네.' 그러자 달이 말했어요. '마을에 착하고 외로운 노파가 있다. 언젠가 내가 그 노파에게 나도 모르게 상처를 주었지. 그 여인에겐 자식도, 손주도 없단다. 그녀에게 가서 날 용서해달라고 이야기해주렴. 나도 이제 늙어서 심신이 많이 허약해졌다.' 그러고는 이렇게 덧붙였어요. '왕풍뎅이 언덕에 가면 그녀를 만날 수 있을 거야. 한 달에 한 번, 내가 온전히 모습을 드러내는 밤이 되면, 그녀가 거기에서 내게 저주를 퍼붓곤

하거든.' 그래서 달에게 물었어요. '무엇 때문에 그녀가 용서해 주기를 바라는 거죠? 인간의 용서가 당신에게 무슨 소용이 있나요?' 그러자 달이 대답했죠. '인간들의 고통이 내 얼굴에 검은 주름을 새기거든. 이러다 언젠가는 인간의 아픔 때문에 사그라들고 말 거야.' 달이 이렇게 말했어요. 그래서 내가 여기에 온 거랍니다."

플로렌틴카는 크워스카의 눈을 뚫어질 듯 응시했다.

"그게 사실이야?"

"사실이에요. 진짜라니까요."

"달이 내가 용서해주기를 바랐다고?"

"네."

"네가 내 딸이 되고, 저 애가 내 손녀가 되길 원했다고?"

"나한테 그렇게 말했어요."

플로렌틴카가 하늘을 향해 고개를 들어 올렸다. 그러자 창백한 눈에서 뭔가가 빛났다.

"할머니, 이 큰 개는 이름이 뭐예요?" 어린 루타가 물었다.

플로렌틴카가 눈을 깜빡이며 대답했다.

"숫염소란다."

"숫염소요?"

"그래. 쓰다듬어보렴."

루타는 조심스럽게 손을 뻗어 개의 머리를 만져보았다.

"이 개는 내 사촌이란다. 아주 지혜롭지."

플로렌틴카가 말했다. 크워스카는 플로렌틴카의 두 뺨에 눈물이 흐르는 것을 보았다.

"달은 태양의 가면일 뿐이에요. 밤에 세상을 지켜보기 위해 가면을 쓰는 거죠. 달은 기억이 짧아서 한 달 전에 벌어진 일을 기억하지 못한답니다. 모든 게 뒤죽박죽되거든요. 그만 달을 용서해주세요, 플로렌틴카!"

플로렌틴카가 깊은 한숨을 내쉬며 조용히 말했다.

"용서할게. 달도, 나도 이렇게 늙었는데 아등바등 싸울 필요가 뭐가 있겠어?"

그러고는 하늘을 향해 소리쳤다. "널 용서하마, 이 늙은 멍청이야!"

크워스카가 너털웃음을 터뜨렸다. 웃음소리가 점점 커지는 바람에 꾸벅꾸벅 졸던 개들이 놀라서 풀쩍 뛰어올랐다. 플로렌틴카도 함께 웃었다. 그러고는 자리에서 벌떡 일어나 두 팔을 쭉 펴고는 하늘을 향해 들어 올렸다.

"달아, 내가 널 용서하마. 네가 나한테 저지른 모든 악행을 다 용서하마."

플로렌틴카가 크고 날카로운 음성으로 소리쳤다.

그 순간 흑강 부근에서 느닷없이 한 줄기 바람이 불어와서 노파의 땋은 머리를 헝클어놓았다. 마을의 집 한 군데에 불이 켜지고, 남자의 목소리가 들려왔다.

"조용히 좀 해, 이 여자야! 잠 좀 자자."

"너희나 자, 죽을 때까지 잠이나 자라고! 이 시간에 퍼질러 자려면 대체 뭐 하러 태어난 거야?" 크워스카가 플로렌틴카의 어깨 너머에서 소리를 질렀다.

루타의 시간

크워스카가 딸에게 말했다.

"마을에 가면 안 돼. 거기 가면 큰일 난다. 어떤 때 보면, 거기 있는 사람들은 죄다 술 취한 사람들 같다니까. 어찌나 굼뜨고 게으른지. 뭔가 나쁜 일이 벌어지면 그제야 정신을 차린다고."

하지만 루타는 자꾸만 태고 마을에 끌렸다. 거기에는 방앗간과 방앗간 주인과 그의 부인이 있었고, 가여운 농장 일꾼들이 있었고, 펜치로 이빨을 뽑곤 하는 헤루빈이 있었다. 자신과 별반 다르지 않은 아이들, 적어도 생김새는 비슷한 아이들이 뛰어다녔다. 그리고 초록색 창문이 달린 집들이 있었고, 루타가 보기에 이 세상에서 가장 하얀 물건인 속옷들이 담장 위에 널려 있었다.

엄마와 함께 마을을 지나갈 때면, 루타는 모두 자신들을 바라

180

보는 걸 느꼈다. 여자들은 햇빛을 피하는 척하며 눈을 가렸고, 남자들은 슬그머니 침을 뱉었다. 엄마는 사람들에게 아무런 신경도 쓰지 않았지만, 루타는 그들의 시선이 두려웠다. 그래서 어떻게든 엄마 옆에 바싹 붙어서 엄마의 큼직한 손을 꼭 붙잡았다.

여름철 저녁 무렵에 나쁜 사람들은 집에 틀어박혀 연애에 몰두하느라 바빴다. 루타는 이 시각에 마을 어귀에 가서 회색빛 작은 집들과 굴뚝에서 뿜어져 나오는 흐릿한 연기를 바라보는 걸 즐겼다. 시간이 흘러 좀 더 나이를 먹은 뒤에는 용기를 내어 남몰래 창가로 다가가서 집 안을 들여다보기도 했다. 세라핀의 집에는 마룻바닥을 기어 다니는 아기들이 있었다. 루타는 아이들이 나무토막을 집어 들어 혓바닥으로 맛을 보고 통통한 손으로 이리저리 돌려보는 모습을 넋을 잃고 바라보곤 했다. 아이들은 입안에 다양한 물건들을 집어넣고, 그게 마치 설탕이라도 되는 듯 핥기도 하고, 탁자 밑에 벌렁 드러누워 나무로 만든 탁자의 네모난 바닥 면을 오랫동안 경이로운 눈빛으로 올려다보기도 했다.

그러다 아이들이 잠자리에 들고 나면, 루타는 사람들이 모아들인 물건들을 구경했다. 식기와 냄비, 포크와 나이프 세트, 레이스 커튼, 성화, 벽시계, 태피스트리 조각, 화초, 사진 액자, 패턴이 들어간 식탁보, 알록달록한 침대보, 바구니, 그 밖에 사람들의 집을 제각각 다르게 만들어주는 자질구레한 물건들을 찬찬히 살펴보았다. 루타는 마을의 모든 물건에 관해 알았고, 누구의 것인지도 알았다. 그물 문양의 새하얀 커튼은 플로렌틴카만 갖고 있었고, 말라크 부부의 집에는 니켈 나이프와 포크, 수저 세트가 있었다. 젊은 헤루빈 부인은 코바늘뜨기로 아름다운 베 갯잇을 만들었다. 세라핀네 집에는 나룻배에서 민중을 가르치는 예수를 그린 커다란 성화가 걸려 있었다. 장미가 수놓인 초록색 침대보는 파베우 보스키의 집에만 있었다. 그들은 숲 근처에 새집을 짓고 난 뒤, 진귀한 물건들을 사다 나르기 시작했다.

루타는 그 집이 마음에 들었다. 근방에서 가장 크고 아름 다웠기 때문이다. 피뢰침을 세운 경사진 지붕에도 창문이 나 있었다. 잘 만든 발코니와 유리 현관, 그리고 주방으로 통하는 또 다른 출입문도 있었다. 루타는 커다란 라일락 나무 위에다 앉을 자리를 마련해놓고, 저녁마다 거기 올라가서 파베우 보스키의 집을 살폈다. 루타는 그들이 부드러운 새 양탄자를 사 와서 가장 큰 방에다 까는 걸 보았다. 그렇게 깔아놓으니 마치 숲길처럼 보였다. 루타는 라일락 나무 위에 앉아서 시계추가 왔다 갔다 하는 커다란 괘종시계를 들여놓는 것도 지켜보았다. 스스로 움직이는 걸 보니 괘종시계는 살아 있는 존재임이 틀림없었다. 미시아의 맏아들이 갖고 노는 장난감들도 보았고, 그들이 둘째 딸을 위해 사들인 요람도 보았다.

　보스키 부부의 새집에 놓여 있는 물건들 하나하나에 대해서 속속들이 알고 난 뒤에 루타는 비로소 자신과 비슷한 또래의 사내아이를 발견하게 되었다. 라일락 나무의 키가 살짝 작아서 다락방에서 소년이 무엇을 하는지는 알 수가 없었다. 루타는 이 아이가 이지도르이고, 다른 아이들과는 좀 다르다는 걸 알게 되었다. 하지만 그래서 좋은 것인지 나쁜 것인지는 알 수 없었다. 사내아이는 머리통이 컸고, 입을 잘 다물지를 못해 턱으로 계속 침이 흘렀다. 키가 컸고, 저수지의 갈대처럼 비쩍 말랐다.

　어느 날 저녁 이지도르가 라일락 나뭇가지에 앉아 있는 루타의 다리를 와락 붙잡았다. 루타는 이지도르의 손을 뿌리치고 도망쳤다. 하지만 며칠 뒤, 다시 그곳으로 가보니 이지도르가 그녀를 기다리고 있었다. 루타는 나뭇가지 사이에 옆자리를 만들어 이지도르를 앉혔다. 두 사람은 저녁 내내 거기에 함께 앉아 있었고, 아무 말도 하지 않았다. 이지도르는 자기네 새집에서 무슨 일이 벌어지고 있는지 보았다. 말소리는 안 들리지만 입술을 움직이며 떠들고 있는 사람들도 보았다. 그들이 이 방에서 저 방으로, 주방으로, 식료품 저장실로 분주하게 돌아다니는 광경도 보았다. 어린 안테크가 소리 없이 우는 것도 보았다.

　루타도, 이지도르도 나무 위에서 말없이 함께 앉아 있는 걸 좋아했다.

그들은 이제 매일 만났다. 두 사람은 사람들의 눈을 피해 사라지곤 했다. 담장에 난 구멍을 통과해 말라크 씨네 밭에도 갔고, 숲과 연결되는 볼라로 가는 길도 함께 걸었다. 루타는 길가에서 캐롭이나 명아주, 오레가노, 수영과 같은 약초를 캤다. 그러고는 이지도르에게 냄새를 맡아보라며 불쑥 들이밀었다.

"이건 먹을 수 있는 거야. 이것도 먹을 수 있어. 이것도 그래."

그들은 길가에 서서 흑강을 바라보았다. 초록빛 골짜기 한가운데 암석이 길게 갈라져 반짝이는 틈바구니도 보았다. 그러고 나서 그들은 젖버섯이 떼로 자라는 어두운 잡목림을 지나 숲으로 들어갔다.

"너무 멀리 가지는 말자."

이지도르는 처음에 반대했지만, 얼마 안 있어 루타의 판단에 모든 걸 맡겼다.

숲속은 마치 미하우가 메달을 보관해놓은 벨벳 깔린 상자 속처럼 늘 따뜻하고 부드러웠다. 솔잎이 떨어져 있는 숲길은 완만하게 패어 있어서 어디에 누워도 사람의 몸에 편안하게 꼭 들어맞았다. 거기 누워서 위를 올려다보면, 삐죽삐죽 높이 솟은 솔잎 너머로 파란 하늘이 보였다. 은은한 솔향기가 났다.

루타는 아이디어가 많았다. 그들은 숨바꼭질도 하고, 나무 흉내를 내거나 꼬리잡기를 했다. 나뭇가지를 쌓아서 이런저런 형체도 만들었다. 손과 같이 작은 것도 만들어보고, 때로는 숲속 풍경의 일부를 재현해보기도 했다. 여름에는 꾀꼬리버섯 때문에 온통 노랗게 변한 빈터에서 묵묵히 자라고 있는 버섯 품종들을 관찰하기도 했다.

루타는 동식물보다 버섯을 더 좋아했다. 진정한 버섯 왕국은 햇볕이 절대로 닿지 않는 땅속에 있다고 그녀는 말했다. 벌을 받아 왕국에서 추방당했거나 아니면 사형선고를 받은 버섯들만 지면 위로 돋아난다는 것이다. 지상으로 오면, 결국 햇볕에 말라 죽든지, 인간의 손에 채집되거나 짐승의 발에 밟혀 최후를 맞이할 수밖에 없다. 반면 진정한 지하의 버섯은 불멸의 존재라고 주장했다.

해마다 가을이면, 루타의 눈동자는 노란색으로 변하고, 눈매는 마치 새처럼 날카로워졌다. 그러면 루타는 버섯 채집에 나섰다. 평소보다 말수가 더 적어져서, 가끔 이지도르는 그녀가 곁에 없는 것처럼 느낄 때도 있었다. 그녀는 어떤 토양에서 버섯이 나오는지, 어디쯤에서 버섯이 세상을 향해 촉수를 내미는지 정확히 알고 있었다. 그물버섯이나 껄껄이그물버섯을 발견하면, 땅에서 캐는 순간까지 옆에 바짝 엎드려서 오랫동안 버섯을 들여다보았다. 루타가 가장 좋아하는 건 붉은 광대버섯이었다. 그녀는 광대버섯이 가장 좋아하는 빈터가 어디인지 훤히 꿰고 있었다. 고시치니에츠의 반대편, 자작나무 숲에 가장 많은 광대버섯이 자라고 있었다. 태고 마을 전역에서 신의 현존이 두드러지게 느껴지던 그해에 광대버섯은 7월 초부터 모습을 드러내더니, 붉은 갓들로 자작나무 빈터를 뒤덮었다. 루타는 버섯들을 건드리지 않게 조심하면서 빈터를 폴짝폴짝 뛰어다녔다. 그러다가 버섯 사이에 벌렁 드러누워 그것들의 붉은 드레스 자락 속을 들여다보았다.

"조심해. 독버섯이야." 이지도르가 경고를 보냈지만, 루타는 그냥 웃기만 했다.

루타는 이지도르에게 다양한 종류의 광대버섯들을 보여주었다. 붉은색만 있는 게 아니었다. 흰색이나 녹색을 띤 광대버섯도 있었고, 심지어는 송이버섯의 일종이면서 다른 버섯인 척하는 경우도 있었다.

"우리 엄마는 이 버섯들을 먹어."

"거짓말 마. 치명적인 독버섯인데 어떻게 먹어?" 이지도르가 화냈다.

"우리 엄마한텐 아무런 해도 못 끼쳐. 나도 언젠가는 먹을 수 있게 될 거야."

"알았어, 알았어. 하지만 이 흰 놈은 조심해야 해. 제일 독성이 강하거든."

이지도르는 루타의 용기가 감탄스러웠다. 하지만 버섯을 보는 것만으로는 만족할 수가 없었다. 버섯에 대해 더 많은 것을 알고 싶었다. 그래서 미시아의 요리책을 뒤져 버섯에 관해 적힌 대목을 발견했다. 한쪽 면에는 식용버섯이, 다른 면에는 먹을 수 없는 독버섯이 그려져 있었다. 루타와 그다음에 만날 때 이지도르는 스웨터 속에 몰래 책을 숨겨 갖고 와서 루타에게 버섯 그림들을 보여주었다. 하지만 그녀는 믿지 않았다.

"여기 뭐라고 쓰여 있는지 읽어보라니까."

이지도르가 손가락으로 광대버섯 그림 아래 쓰여 있는 설명을 가리켰다.

"아마니타 무스카리아(Amanita muscaria). 붉은 광대버섯."

"여기에 그런 말이 쓰여 있는지 어떻게 알아?"

"철자를 조합하면 알 수 있지."

"철자라니?"

"아(A)."

"아(A)? 그게 다야? 단지 '아'라고?"

"이건 '엠(M)'이야."

"엠."

"아, 이건, 그러니깐 반쪽짜리 엠 같은 거야. 엔(N)."

"철자를 가르쳐줘, 이지도르."

그래서 이지도르는 루타에게 읽는 법을 가르치게 되었다. 처음에는 미시아의 요리책을 사용했고, 다음에는 오래된 달력을 가져왔다. 루타는 금방 배웠지만, 싫증도 빨리 냈다. 가을이 될 때까지 이지도르는 자기가 읽을 줄 아는 거의 모든 걸 루타에게 가르쳤다.

하루는 이지도르가 젖버섯이 그득한 잡목림에서 루타를 기다리며 달력을 들여다보고 있는데, 갑자기 흰 종이에 커다란 그림자가 어른거렸다. 고개를 번쩍 든 이지도르는 겁에 질렸다. 루타의 뒤에 그녀의 엄마가 서 있었다. 그녀는 맨발에 덩치가 컸다.

"무서워 마라. 난 널 잘 알고 있단다." 루타의 엄마가 말했다.

이지도르는 아무런 대꾸도 하지 않았다.

"너는 똑똑한 아이야. 그리고 마음씨도 착하지. 언젠가 아주 먼 곳으로 여행을 떠날 수 있을 거야."

루타의 엄마가 이지도르의 옆에 무릎을 꿇고 앉아 머리를 쓰다듬어주면서 말했다.

그러다 그녀가 갑자기 이지도르를 와락 끌어안았다. 이지도르는 놀랍고 두려운 나머지 머릿속이 하얘졌고, 마치 잠든 것처럼 생각을 멈췄다.

잠시 후 루타의 엄마가 자리를 떴다. 루타가 나뭇가지로 땅바닥을 쿡쿡 찌르며 말했다.

"엄마는 널 좋아해. 너에 대해 항상 물어보거든."

"너희 엄마가 나에 대해 묻는다고?"

"넌 모를 거야. 우리 엄마가 얼마나 힘이 센지. 커다란 바윗덩이도 들어 올릴 수 있어."

"남자보다 힘센 여자는 없어." 이지도르가 정신을 차리고 대꾸했다.

"우리 엄마는 모든 비밀을 다 알고 있어."

"만약 네 말이 사실이라면, 너희 식구는 숲속의 다 쓰러져가는 오두막이 아니라 예슈코틀레 시내에 살고 있겠지. 그리고 너희 엄마는 신발을 신고 다니고, 드레스도 입고, 모자도 쓰고, 반지도 꼈겠지. 그럼 진짜 중요한 인물처럼 보일 텐데 말야."

루타가 고개를 숙였다.

"비밀이긴 한데, 너한테만 보여줄게."

그들은 비디마치를 가로질러 어린 떡갈나무를 지나 자작나무 숲 근처까지 갔다. 지금껏 이지도르는 여기까지 와본 적이 없었다. 아마도 집에서 한참 멀리 온 것이 틀림없었다.

루타가 갑자기 걸음을 멈췄다.

"여기야."

이지도르는 깜짝 놀라 주위를 둘러봤다. 주변에 자작나무들이 서 있었다. 바람이 자작나무 잎사귀들을 스치며 살랑거리는 소리가 들렸다.

"여기가 태고의 경계야." 루타가 말하며 손을 앞으로 뻗었다.

이지도르는 이해가 되지 않았다.

"여기에서 태고가 끝나. 더 가봐도 아무것도 없어."

"어떻게 아무것도 없다는 거야? 그럼 볼라나 타슈프, 키엘체는 뭐야? 여기 어딘가에 키엘체로 이어지는 길이 있잖아."

"키엘체는 어디에도 없어. 볼라와 타슈프는 태고 안에 있고. 여기서 모든 게 끝나는 거야."

이지도르가 웃음을 터뜨렸다. 그리고 발꿈치를 세워 빙그르 돌았다.

"대체 무슨 헛소리를 하는 거야? 키엘체에 다녀오는 사람들이 얼마나 많은데. 우리 아빠도 키엘체에 갔다 오곤 해. 키엘체에서 미시아 누나를 위한 가구도 배달되었었고. 파베우 매형도 얼마 전에 키엘체에 갔었어. 우리 아빠는 심지어 러시아에도 갔었다고."

"그들의 눈에는 그저 모든 게 그런 것처럼 보였을 뿐이야. 여행을 떠나 이 경계에 다다르는 순간, 움직일 수 없게 되는 거지. 그들은 아마도 계속 나아가고 있다고, 더 가면 키엘체나 러시아가 있을 거라는 꿈을 꾸고 있을 거야. 한번은 엄마가 화석처럼

190

굳어 있는 사람들을 내게 보여준 적이 있어. 그 사람들은 키엘체로 가는 길 위에 서 있었지. 눈을 뜬 채, 꿈쩍도 하지 않았어. 끔찍해 보였지. 다들 죽은 사람들 같았어. 그러다가 어느 정도 시간이 지나면, 깨어나서 꿈을 기억으로 받아들이고는 집으로 돌아가는 거야. 전부 이런 식인 거지."

"그렇다면 내가 뭔가 보여줄게!" 이지도르가 소리쳤다.

그는 몇 발자국 뒤로 물러서더니 루타가 경계라고 말한 그곳을 향해 달려가기 시작했다. 그러다 갑자기 멈춰 섰다. 왜 그런지 자신도 알지 못했다. 뭔가 이상했다. 두 손을 앞으로 내밀자 손가락 끝이 사라졌다.

이지도르는 몸 안에서 자신이 둘로 쪼개지는 것만 같았다. 둘 중 하나는 손가락 끝이 사라진 두 팔을 앞으로 뻗은 채 그 자리에 서 있었다. 나머지 한 소년은 그 옆에서 아무것도 모르고 서 있었다. 자신의 옆에 있는 첫 번째 소년도 보지 못했고, 손가락 끝이 사라졌다는 건 더욱 보지 못했다. 이지도르는 동시에 두 명의 소년이 되었다.

"이지도르, 집에 가자." 루타가 말했다.

이지도르는 정신을 차리고 두 손을 주머니에 집어넣었다. 그의 이중성이 서서히 사라졌다. 그들은 집으로 향했다.

"이 경계는 타슈프를 지나고, 볼라를 지나고, 코투슈프를 지나 계속 이어져 있어. 하지만 정확히 아는 사람은 아무도 없어. 이 경계는 기성품처럼 준비된 사람들을 만들어낼 수 있어. 우리는 그들이 어딘가에서부터 여기로 온다고 느끼지. 내가 가장 무서운 건, 이곳을 벗어날 수 없다는 사실이야. 마치 솥 안에 갇혀 있는 것처럼 말야."

집으로 향하는 길에 이지도르는 한마디도 하지 않았다. 고시치니에츠에 접어들자 비로소 입을 열었다.

"배낭을 꾸리고 음식을 준비해서, 경계를 따라가봐야겠어. 잘 살펴보면, 어딘가에 구멍이 있을 거야."

루타는 담벼락의 개미구멍을 훌쩍 뛰어넘더니 숲을 향해 몸을 돌렸다.

"걱정 마, 이지도르. 우리에게 다른 세상은 필요 없잖아."

이지도르는 문틈으로 루타의 드레스 자락이 휘날리는 것을 보았다. 그리고 소녀는 사라졌다.

신의 시간

    시간을 초월한 신이 시간과 시간의 변형된 형태 속에 현존한다는 건 이상한 일이다. 신이 '어디에' 있는지 모를 땐(사람들은 종종 이런 질문을 하곤 한다), 변화하고 움직이고 본래의 모습을 유지하지 않고 흔들리고 사라지는 모든 것들을 주시하면 된다. 예를 들어 넘실대는 수평선이나 태양의 광환(光環)*, 지진, 대륙의 융기, 해빙, 빙산의 이동, 바다로 흐르는 강물, 움트는 새싹, 산을 조각하는 바람, 엄마의 뱃속에 있는 태아의 생장, 눈가의 주름, 무덤 속 시신의 부패, 포도주의 숙성, 비가 온 뒤에 돋아나는 버섯과 같은 것들 말이다.

---

*   일식이나 월식 때 해나 달 둘레에 생기는 왕관 형상의 빛.

신은 모든 과정 안에 있다. 신은 모든 변형 속에서 박동한다. 어떤 때는 있고, 어떤 때는 조금만 있고, 때로는 아예 없을 때도 있다. 신은 그가 거기에 없는 순간에도 현존하기 때문이다.

스스로가 과정의 일부인 인간은 끊임없이 변하고 안정적이지 못한 상태를 두려워한다. 그래서 있지도 않은 불변의 대상을 고안해내고는 영원히 변치 않는 것은 완벽하다고 떠들어댔다. 그리하여 신의 불변성은 기정사실화되었고, 사람들은 신을 이해할 수 있는 능력을 그렇게 상실하고 말았다.

1939년 여름, 신이 주위의 모든 곳에 있었기에 수상쩍고 예사롭지 않은 일들이 일어났다.

처음에 신은 가능한 모든 것들을 창조했다. 하지만 실제로 신은 전혀 일어날 수 없거나 좀처럼 일어나지 않는 것들, 다시 말해 불가능한 것들의 신이었다.

크워스카의 집 근처, 햇볕에 자두만 하게 익은 블루베리 속에서 신이 모습을 드러냈다. 크워스카는 제일 잘 익은 블루베리를 따서 그 진청색 껍질을 손수건으로 문질러보고는 거기에 비친 다른 세계를 보았다. 그 속에 비친 하늘은 거의 새까맣게 보일 정도로 어두웠고, 안개에 휩싸여 희뿌예진 태양은 멀리 있었으며, 숲은 마치 헐벗은 나무 막대기를 땅에 박아놓은 듯 황량해보였고, 술에 취해 비틀거리는 땅에는 사방에 구덩이가 잔뜩 파여 있었다. 사람들은 그 구덩이로 미끄러져 들어가 어두운 심연으로 추락했다. 크위스카는 불길함을 예언하는 블루베리 한 알을 삼켰다. 혀에 신맛이 느껴졌다. 그 순간 크위스카는 올해엔 그 어느 해보다 단단히 겨울 채비를 해야 한다는 걸 감지했다.

매일 새벽, 먼동이 틀 무렵에 크위스카는 자는 루타를 깨워 함께 숲으로 갔다. 숲은 그들에게 온갖 종류의 풍요를 허락해주었다. 바구니엔 버섯이, 사각 용기에는 산딸기와 블루베리가 그득했다. 어린 개암나무 열매, 월귤나무 열매, 층층나무 열매, 매자나무 열매, 귀룽나무 열매, 딱총나무 열매, 산사나무 열매, 그리고 바다갈매나무 열매도 땄다.

신은 크위스카를 육체적으로도 괴롭혔다. 어느 날 갑자기 그녀의 가슴이 신비한 기적의 모유로 가득 차올랐는데, 그 안에 신이 현존했다. 이 사실을 알게 된 사람들이 몰래 크위스카를 찾아와서는 젖가슴 밑에 환부를 대었고, 그녀는 그곳을 향해 새하얀 모유 줄기가 솟구쳐 나오도록 했다. 그녀의 모유는 어린 크라스니의 눈병을 낫게 했고, 프랑크 세라핀의 손에 난 사마귀도, 플로렌틴카의 종기도, 예슈코틀레에서 온 유대인 아이의 피부병도 낫게 했다.

이렇게 병을 고친 모두가 전쟁에서 죽었다. 신은 바로 이렇게 현현하곤 한다.

상속자 포피엘스키의 시간

신은 어린 랍비 소년이 전해주고 간 게임을 통해 상속자 포피엘스키에게 나타났다. 상속자는 벌써 여러 차례 게임을 시작해보려고 했지만, 게임과 관련된 모든 주의사항을 이해하기 힘들었다. 설명서를 하도 여러 번 읽어서 거의 외울 지경이었는데도 그랬다. 게임을 시작하려면 주사위를 던져서 반드시 숫자 1이 나와야 했다. 그런데 상속자가 주사위를 던질 때마다 8이 나왔다. 이것은 모든 가능성의 원칙에 어긋나는 것이었으므로 상속자는 자신이 속았다는 생각이 들었다. 괴상하기 짝이 없는 팔면체 주사위도 다 속임수인 것만 같았다. 게다가 정정당당하게 게임에 임하려면, 다음 날까지 기다렸다가 주사위를 던져야만 했다. 게임의 규칙이 그랬다. 하지만 다음 날이 되면 또다시 실패

했다. 그렇게 봄이 다 지나갔다. 상속자의 즐거움은 조바심으로 변했다. 불안하기 짝이 없던 1939년 여름, 마침내 숫자 1이 나왔다. 상속자 포피엘스키는 한숨을 내쉬었다. 드디어 게임이 시작되었다.

더 많은 시간과 평정심이 요구되었다. 그는 게임에 빠져들었다. 심지어 게임을 하지 않는 낮에도 고도의 집중력이 필요했다. 저녁이 되면, 포피엘스키는 서재에 틀어박혀 게임판을 펼쳐놓고, 팔면체 주사위를 손에 쥔 채 주먹 안에서 오랫동안 굴리곤 했다. 그러고는 게임 설명서에 적힌 권고 사항을 열심히 수행했다. 이토록 많은 시간을 할애해야 한다는 게 짜증스러웠지만, 그래도 멈출 수가 없었다.

"전쟁이 일어날 거래요." 아내가 말했다.

"문명 세계에서 전쟁은 없어." 그가 대답했다.

"문명 세계에서라면, 정말 없을 수도 있겠죠. 하지만 여기서는 전쟁이 일어날 거라네요. 페우스키 가족도 미국으로 피난 갔어요."

상속자 포피엘스키는 '미국'이란 말에 늘 과민하게 반응했었다. 하지만 게임을 시작한 후에는 모든 게 달라졌다.

8월에 상속자의 이름이 징병자 명단에 올랐지만, 건강 상태 때문에 면제받았다. 9월에 상속자와 부인은 정규 방송이 독일어로 바뀔 때까지 계속해서 라디오를 들었다. 부인은 밤에 몰래 공원에 가서 은붙이들을 파묻었다. 상속자는 밤새도록 게임에 몰두했다.

"싸우지도 못하고 돌아왔대요. 파베우 보스키는 손에 무기를 쥐어보지도 못했다네요. 펠릭스, 우리가 진 거예요." 상속자의 아내가 울음을 터뜨렸다.

상속자는 생각에 잠겨 건성으로 고개를 끄덕였다.

"펠릭스, 우리가 전쟁에서 졌다고요!"

"날 좀 내버려둬." 이렇게 말하며 상속자는 서재로 들어갔다.

상속자는 게임에서 매일 새로운 뭔가를 찾아냈다. 그가 예상치 못했고 미처 생각지도 못했던 것들이 날마다 발견되었다. 대체 어떻게 이런 일이 가능한 것일까?

게임 초반, 지시 사항 하나는 꿈이었다. 다음 판으로 넘어가기 위해서 상속자는 자신이 개가 되는 꿈을 꾸어야만 했다. '이런 해괴한 일이!' 상속자는 떨떠름한 기분이었다. 하지만 잠자리에 누울 때마다 꿈에 개가 되기를 바라면서 열심히 개를 떠올렸다. 잠들기 전 공상 속에서 그는 자신이 사냥개가 되어 물새를 잡고 공유지를 뛰어다녔다. 하지만 그의 꿈은 제멋대로였다. 꿈속에서 인간이 아닌 다른 존재가 되는 건 쉬운 일이 아니었다. 그러다 저수지에 관한 꿈을 꾸면서 약간의 진전이 이루어졌다. 상속자 포피엘스키는 자신이 올리브색 잉어가 되는 꿈을 꾸었다. 희미하게 바랜 햇빛이 내리쬐는 초록빛 물속을 헤엄치고 있었다. 아내도, 성도 없었고, 가진 게 아무것도 없었으며, 그 무엇에도 연연하거나 아랑곳하지 않았다. 아름다운 꿈이었다.

독일군이 성에 나타난 바로 그날 새벽, 상속자는 마침내 자신이 개가 되는 꿈을 꾸었다. 예슈코틀레 시내를 뛰어다니며 자신도 알지 못하는 뭔가를 찾으러 돌아다녔다. 셴베르트 씨의 가게를 뒤져서 먹거리와 마실 거리를 찾아내고는 허겁지겁 그것들을 입안에 쑤셔 넣었다. 말똥 냄새와 덤불 속을 걸어가는 사람들의 행렬이 그를 끌어당겼다. 신선한 피가 암브로시아*와 같은 냄새를 풍기며 코를 자극했다.

상속자는 이상히 여기며 꿈에서 깨어났다. '비이성적이고 터무니없는 꿈이군.' 이렇게 생각하면서도 한편으로는 게임이 계속 진행될 수 있다는 생각에 기뻤다.

독일인들은 깍듯하게 예의를 차렸다. 그로피우스 대위와 그의 부하였다. 상속자는 현관으로 나가서 그들을 맞이했다. 그는 그들과 거리를 유지하려 애썼다.

그로피우스 대위는 상속자의 찌푸린 표정에 대해 언급하였

---

*   그리스 로마 신화에서 신들이 먹는다는 귀한 음식.

다. "당신을 이해합니다. 하지만 우리는 지금 침략자, 그러니까 정복군으로서 당신 앞에 서 있는 것입니다. 그래도 우리는 문명인들입니다."

그들은 나무를 사고 싶어 했다. 상속자 포피엘스키는 나무 공급에 신경을 쓰겠다고 약속하면서도 머릿속으로는 계속해서 게임을 생각하고 있었다. 점령한 자와 점령당한 자의 대화는 이렇게 끝났다. 상속자는 다시 게임으로 돌아갔다. 마침내 개가 되어 다음 판으로 넘어갈 수 있다는 사실이 사뭇 기뻤다.

다음 날 밤, 상속자는 게임 설명서를 읽는 꿈을 꾸었다. 졸음에 겨워 가물가물한 시야에서 단어들이 자꾸만 사방으로 흩어졌다. 꿈에서 본 대목은 술술 읽히지 않았다.

두 번째 세계는 젊은 신이 창조했다. 그는 경험이 부족했기에 이곳의 모든 것은 희미하고 흐릿했으며, 사물들은 빠르게 먼지로 변했다. 전쟁은 영원히 지속되었다. 사람들은 태어나고, 절망적으로 사랑하고, 어디에나 만연한 급작스러운 죽음으로 너무 빨리 죽어버렸다. 삶이 더 많은 고통을 안겨다 줄수록 사람들은 더욱 살기를 원했다.

태고는 존재하지 않았다. 아니, 처음부터 만들어지지도 않았다. 배고픈 군대의 무리가 태고를 세울 영토를 동쪽에서 서쪽으로 끊임없이 끌어당겼기 때문이다. 그래서 이름조차 없었다. 땅은 폭격으로 온통 구멍이 났다. 흑강과 백강은 병들어 탁한 물만 소용돌이쳤고, 구별할 수 없을 만큼 서로 똑같아졌다. 굶주린 아이들이 돌멩이를 집어 들면 부서져 산산조각 났다.

이러한 세상에서 카인이 벌판에서 아벨을 만났다. 그가 말했다. "법도 없고, 법관도 없어! 저승도 없고, 정의로운 자를 위한 상도, 악한 자를 위한 벌도 없지. 이 세상은 신의 자비로 만들어진 게 아니고, 연민으로 다스려지지도 않아. 그렇다면 어째서 네 제물은 받아들여지고, 내 제물은 내쳐진 거지? 대체 죽은 양 따위가 신에게 무슨 소용이라고?" 아벨이 대답했다. "내 제물은 받아들여졌어, 나는 신을 사랑하니까. 네 제물은 버려졌어, 너는 신을 증오하니까. 너 같은 인간은 애초에 존재해선 안 돼." 그리고 아벨은 카인을 죽였다.

쿠르트의 시간

쿠르트는 베어마흐트* 소속 군인들을 실은 트럭에 앉아서 태고 마을을 바라보았다. 쿠르트에게 태고는 낯선 적국의 여느 마을들과 다를 게 없었다. 여름휴가 때 들르는 평범한 다른 시골 마을들과도 비슷비슷해 보였다. 그들은 좁은 도로와 초라한 집들, 우스꽝스럽게 기울어진 담장과 새하얀 외벽들을 지나갔다. 쿠르트는 시골에 대해 별로 아는 게 없었다. 대도시 출신이었기에 도시를 좋아했다. 그곳에 그는 아내와 딸을 두고 왔다.

독일군은 농가에 임시 숙소를 마련하지 않았다. 대신 헤루빈의 과수원을 몰수해서 그곳에 막사를 짓기 시작했다. 막사 하나

---

* 2차 세계대전 당시 나치 독일 국방군.

에는 쿠르트가 담당하는 주방이 들어설 예정이었다. 그로피우스 대위는 쿠르트를 지프에 태우고 예슈코틀레와 성, 코투슈프, 인근 마을을 부지런히 돌아다녔다. 그들은 나무와 젖소, 달걀을 자신들이 정한 가격으로 사들이거나 아니면 한 푼도 값을 치르지 않았다. 그럴 때마다 쿠르트는 정복당한 적국의 현실을 두 눈으로 직접 목격했다. 그는 지하 창고에서 막 끄집어낸, 크림색 껍질에 닭똥이 덕지덕지 묻은 달걀 바구니를 보았고, 농민들의 적대적이고 못마땅한 시선도 보았다. 뼈만 앙상하게 남은 젖소들을 보았고, 이곳 사람들이 그 젖소들을 얼마나 정성껏 돌보는지도 보았다. 인분 속에서 몸을 긁고 있는 암탉과 다락방에 말려놓은 사과들, 한 달에 한 번 마을 사람들이 굽는 둥그런 호밀 빵과 푸른 눈에 맨발로 뛰어다니는 어린아이들을 보았다. 빽빽거리는 아이들의 외침에 두고 온 딸이 생각났다. 하지만 한편으로이 모든 것이 낯설기도 했다. 어쩌면 원시적이고 자극적인 저들의 언어 때문일 수도 있고, 익숙하지 않은 생김새 때문일 수도 있으리라. 이따금 그로피우스 대위는 한숨을 쉬면서 이 나라를 죄다 쓸어버리고 새로운 질서를 세워야 한다고 말했다. 쿠르트는 대위의 말이 옳다고 생각했다. 그러면 이곳은 훨씬 깨끗하고 아름다워질 것이다. 어떤 땐 모래 위에 세워진 이 고장과 마을 사람들, 젖소와 달걀 바구니들을 다 내버려두고, 하루빨리 집으로 돌아가는 게 상책이라는 짜증스러운 생각에 사로잡힐 때도 있었다. 밤이면 매끄럽고 새하얀 아내의 육체가 꿈에 나왔다. 꿈 속에서는 모든 것이 저마다 자신의 체취를 풍겼고 안전했으며, 이곳과는 근본적으로 달랐다.

"쿠르트, 저길 좀 봐." 보급품을 조달하기 위해 부대를 나서며 대위가 말했다. "이곳에 얼마나 노동력이 풍부한지, 땅과 영토는 또 얼마나 많은지 보란 말이야. 쿠르트, 저 풍요로운 강을 좀 보라고. 원시적인 방앗간이 있는 자리에 수력발전을 일으키고 전기를 끌어오는 거야. 공장을 세우고 노동력을 동원할 수도 있어. 저들을 봐, 쿠르트. 나쁜 사람들이 아니야. 심지어 난 슬라브인들이 좋다고. 이 종족 이름이 라틴어로 '스칼부스(scalvus)', 그러니까 '노예'라는 거 알고 있어? 이 민족의 뼛속에는 노예근성이 흐르고 있다는 거지."

쿠르트는 그의 말에 귀를 기울였다. 집이 그리웠다.

그들은 손에 잡히는 모든 걸 닥치는 대로 약탈했다. 이따금 그들이 방에 들어서면, 마을 사람들이 어딘가에다 허겁지겁 식료품을 숨긴 것만 같은 낌새를 보일 때가 있었다. 그러면 그로피우스 대위는 권총을 뽑아 들고 불같이 화를 내며 고함을 질렀다.

"베어마흐트의 필요에 따라 압수!"

쿠르트는 그때마다 자신이 강도가 된 것만 같았다.

그는 밤마다 기도했다. "부디 동쪽으로 더는 진군하지 않게 해주십시오. 여기에 남았다가 왔던 길로 다시 집에 돌아가게 해주십시오. 전쟁이 빨리 끝나게 해주십시오."

쿠르트는 낯선 땅에 서서히 익숙해졌다. 어느 곳에 어떤 농부가 사는지 대충 알게 되었고, 이곳의 잉어 맛에 길들여졌듯이 그들의 괴상한 성(姓)도 친숙해졌다. 그는 동물을 좋아했다. 그래서 주방에서 남은 음식이 있으면, 수척한 들개를 열 마리도 넘게 키우는 늙고 깡마른 이웃 여인의 집에 가져다주라고 명령했다. 언젠가부터 노파는 그를 볼 때마다 반가워하면서 말없이 이빨 빠진 미소를 지어 보였다. 숲 어귀의 새집에 사는 아이들도 쿠르트를 찾아오곤 했다. 남자아이가 여자아이보다 조금 더 나이를 먹은 듯했다. 둘 다 거의 백색에 가까운, 밝은 금발이었다. 여자아이가 통통한 손을 위로 번쩍 들어 올리면서 어눌하게 소리쳤다.

"하이, 히틀러!"

쿠르트는 아이들에게 사탕을 주었다. 보초를 서던 군인들도 함께 웃었다.

1943년 초, 그로피우스 대위가 동부전선으로 발령받았다. 아마도 밤마다 기도를 열심히 하지 않은 게 분명했다. 쿠르트는 진급했지만, 조금도 기쁘지 않았다. 진급은 위험한 일이고, 집에서 멀어졌다는 의미였다. 보급품 조달이 갈수록 어려워졌다. 쿠르트는 날마다 부대원들을 데리고 인근 마을을 돌아다녔다. 그리고 그로피우스 대위의 음성으로 외쳤다.

"베어마흐트의 필요에 따라 압수!"

SS부대가 예슈코틀레에서 유대인들을 소탕하는 것을 그의 부대원들도 도왔다. 쿠르트는 유대인들을 트럭에 태우는 것을 감시했다. 그들이 더 나은 곳으로 간다는 사실을 확신하고 있었음에도 불쌍하다는 생각이 들었다. 지하실이나 다락방에 숨어 있는 유대인 도피자들을 수색하고, 공유지에서 공포에 질린 여인들을 쫓아가 아이를 잡은 손을 떼어놓는 것은 결코 유쾌한 일이 아니었다. 쿠르트는 유대인들에게 총을 쏘라고 명령했다. 다른 방도가 없었다. 때로는 직접 총을 발사하기도 했다. 회피하고 싶은 생각은 없었다. 유대인들은 트럭에 타려고 하지 않았다. 도망치고 비명을 질렀다. 쿠르트는 기억하지 않으려 안간힘을 썼다. 전쟁 중이었으니까. 밤마다 기도했다. "여기서 동쪽으로 더 가지 않도록 해주십시오. 전쟁이 끝날 때까지 이곳에서 버틸 수 있게 해주십시오. 부디 저를 동부전선으로 가지 않게 해주십시오." 그리고 신은 그의 기도를 귀 기울여 들었다.

1944년 봄, 쿠르트는 부대를 이끌고 코투슈프로 기지를 옮기라는 명령을 받았다. 마을 하나의 거리만큼 서쪽으로 이동한 것이었고, 마을 하나의 거리만큼 집에 가까워진 것이었다. 볼셰비키*들이 몰려오고 있다고 했지만, 쿠르트는 믿지 않았다. 부대원들이 군수품을 트럭에 싣고 막 떠나려고 할 때, 러시아가 공습을 감행했다. 타슈프의 독일군 주둔지가 폭격당했다. 몇 개의 폭탄이 저수지 부근에 떨어졌다. 그중 하나는 개들과 함께 사는 노파의 헛간을 부쉈다. 놀란 개들이 왕풍뎅이 언덕에서 미친 듯이 뛰어다녔다. 쿠르트의 병사들이 총을 쏘기 시작했다. 쿠르트는 그들을 만류하지 않았다. 총을 쏜 건 그들이 아니었다. 낯선 나라에서 느끼는 공포와 고향을 향한 향수가 방아쇠를 당긴 것이다. 죽음에 대한 두려움에 그들은 총을 쏘았다. 공포에 질려 이성을 잃은 개들이 화물이 가득 실린 트럭을 향해 달려들었고, 고무 타이어를 물어뜯었다. 군인들이 정조준하여 개들을 쏘았다. 총을 맞은 개들의 몸이 마치 공중제비를 넘는 것처럼 풀쩍 뛰어올랐다가 바닥에 널브러졌다. 짙은 붉은색 핏줄기가 뿜어져 나와 총을 맞지 않은 개들을 향해 흩뿌려졌다. 집 안에서 낯익은 얼굴의 노파가 뛰어나와 살아 있는 개들을 도망치게 하려고 애쓰는 모습을 쿠르트는 보았다. 노파는 상처 입은 개들을 끌어안고서 허겁지겁 과수원으로 옮겼다. 그녀의 회색빛 앞치마가 피로 붉게 물들었다. 노파는 쿠르트가 이해할 수 없는 언어로 소리를 질렀

---

*   1917년 혁명 후 정권을 잡은 러시아 사회민주노동당의 일원.

다. 지휘관으로서 그는 이 어이없는 총격을 멈추게 해야만 했다. 하지만 그 순간 쿠르트의 머릿속에는 자신이 세상의 종말을 목격하는 증인이며, 세상을 죄와 부패로부터 깨끗하게 만드는 사명을 수행하는 천사들 가운데 하나라는 엉뚱한 생각이 들었다. 그러니 뭔가를 끝내고 새롭게 시작하도록 해야만 했다. 끔찍한 일이지만, 그래도 꼭 해야만 하는 일이었다. 지금 이 세상은 죽음을 선고받았다. 그러니 무엇으로도 돌이킬 수 없다고, 그는 생각했다.

그리하여 쿠르트는 자신과 마주칠 때마다 늘 반가워하면서 말없이 이빨 빠진 미소를 지어 보이던 노파를 향해 총을 쏘았다.

인근 부대들이 모두 코투슈프에 총집결했다. 공습 피해를 입지 않은 건물마다 관측소가 설치되었다. 쿠르트에게 주어진 임무는 태고 마을을 살피는 것이었다. 덕분에 몸은 떠나왔지만, 쿠르트는 여전히 태고에 머물러 있었다.

이제 그는 어느 정도 떨어진 위치에서 태고를 주시하게 되었다. 그는 높은 곳에서 숲과 강을 내려다보면서 드문드문 흩어진 집들의 집합체로서 태고를 바라보았다. 밝은 금발의 두 아이가 사는 숲 어귀의 새집도 보다 자세히 관찰할 수 있게 되었다.

늦은 여름, 쿠르트는 망원경으로 볼셰비키들을 목격했다. 물샐 틈 없는 고요 속에서 콩알 정도 크기의 트럭들이 불길하게 모습을 드러냈다. 그리고 그 속에서 깨알처럼 작은 크기의 셀 수 없이 많은 군인이 쏟아져 내렸다. 쿠르트의 눈에 이 광경은 마치 작지만 치명적인 곤충들이 떼 지어 습격하는 것처럼 보였다. 그는 몸서리를 쳤다.

8월부터 이듬해 1월까지 쿠르트는 하루에도 수차례씩 태고를 바라보았다. 이 기간에 그는 태고에 있는 나무 한 그루 한 그루와 각각의 웅덩이와 모든 집에 대해 꿰뚫게 되었다. 그는 왕풍뎅이 언덕과 고시치니에츠에서 자라는 보리수들을 보았다. 사람들이 차를 타고 마을을 떠나 숲 저편으로 사라지는 모습도 보았다. 밤이면 늑대 인간처럼 출몰하는 강도들도 보았다. 나날이 매시간, 더 많은 숫자의 볼셰비키 부대가 집결하고, 더 많은 무기와 군수품들이 실려 오는 것을 보았다. 이따금 그들은 서로에게 총을 쏘아댔다. 상대에게 해를 끼치기 위해서가 아니었다. 아직 때는 오지 않았으니까. 그들이 서로에게 총을 쏘는 건 자신의 존재를 서로에게 상기시키기 위해서였다.

땅거미가 지고 나면, 쿠르트는 지도를 그렸다. 태고를 종이에 옮기는 이 작업이 즐거웠다. 이상하게도 태고가 그리워지기 시작했기 때문이다. 심지어 세상이 이 모든 혼돈으로부터 깨끗이 해방되고 나면, 자신의 두 여자, 그러니까 아내와 딸을 이곳으로 데려와 잉어를 키우고 방앗간을 운영해야겠다는 생각을 했다.

신은 쿠르트의 생각을 지도처럼 훤히 읽었고, 그의 소원을 들어주는 일에 익숙했기에, 태고 마을에 쿠르트가 영원히 남을 수 있도록 자비를 베풀었다. 무작위로 쏟아지는 총탄들 가운데 하나를 쿠르트를 위해 지정한 것이다. 신도들의 표현을 빌리자면, 신의 손길이 총알을 인도하였다.

태고 사람들이 1월 봉기로 인한 사상자의 시체를 수습할 용기를 내기도 전에 봄이 왔다. 독일군의 시체 더미 속에서 어떤 게 쿠르트의 시신인지 아무도 알지 못했다. 쿠르트는 교구신부의 목초지 인근에 있는 오리나무 밑에 묻혔고, 오늘날까지 거기에 누워 있다.

게노베파의 시간

　게노베파는 흑강에서 흰 속옷을 빨고 있었다. 너무 추워 양손이 얼얼하고 감각이 없었다. 태양을 향해 양손을 번쩍 들어 올렸다. 손가락 사이로 멀리 예슈코틀레가 보였다. 그녀는 로크 성인의 경당(經堂)을 지나 시내 쪽으로 향하고 있는 네 대의 군용 트럭을 보았다. 트럭들은 성당 근처의 밤나무 저편으로 자취를 감췄다. 게노베파가 양손을 다시 물속에 담그자마자 어디선가 총소리가 들려왔다. 강의 거센 물살이 그녀의 손에서 침대 시트를 빼앗아 갔다. 산발적으로 들리던 총성은 어느 틈에 연타로 바뀌었고, 게노베파의 심장도 덩달아 쿵쾅거리기 시작했다. 그녀는 강물에 휩쓸려 떠내려가는 새하얀 시트를 건지기 위해 양동이를 내던지고 강둑을 따라 달렸다. 하지만 시트는 순식간에 모퉁이를 돌아 자취를 감췄다.

예슈코틀레 상공에서 연기가 피어오르고 있었다. 게노베파는 여전히 멀리 있는 자신의 집을, 한쪽에 내팽개쳐진 속옷이 담긴 양동이를, 화염에 휩싸인 예슈코틀레를 무력하게 바라보았다. 그녀는 미시아와 아이들을 떠올려보았다. 양동이를 챙기러 뛰어가는데, 입술이 바짝바짝 탔다.

"예슈코틀레의 성모님, 예슈코틀레의 성모님……."

그녀는 몇 번을 되뇌면서 절망적인 심정으로 강 건너편에 있는 성당을 바라보았다. 성당은 전과 다름없는 모습으로 그 자리에 서 있었다.

공유지로 트럭들이 들어왔다. 군인들이 트럭 하나에서 내려 2열로 줄을 맞춰 섰다. 또 다른 트럭의 덮개가 열리면서 다음 차례의 군인들이 내렸다. 밤나무 그늘에서 민간인들의 행렬이 모습을 드러냈다. 그들은 어디론가 뛰어가기도 하고, 넘어졌다 일어나기도 하고, 함께 짐을 지거나 차를 밀기도 했다. 군인들은 민간인들을 차에 억지로 태웠다. 모든 일이 하도 순식간에 벌어져서 목격자인 게노베파도 사건의 개요를 제대로 파악할 수가 없었다. 석양빛에 눈이 부셔서 눈 주위에 손차양을 만들었다. 그러자 단추를 풀어헤친 채 개버딘 셔츠를 입고 있는 늙은 슐로모와 밝은색 머리카락을 가진 게르츠네와 킨델네 자식들이 보였다. 푸른 드레스를 입은 셴베르트 부인과 갓난아기를 품에 안은 그 딸도 있었다. 사람들의 부축에 의지해서 간신히 걷고 있는 몸집이 작은 랍비도 있었다. 그 속에서 게노베파는 어린 아들의 손을 잡고 걸어가고 있는 엘리의 얼굴을 똑똑히 보았다. 잠시 후 약간의 소동이 벌어지면서 군인 행렬이 사람들에 의해 뚫렸다. 그러자 사람들이 사방으로 흩어져 도망치기 시작했고, 이미 트럭에 태워진 이들은 거기서 뛰어내렸다. 게노베파는 눈을 가늘게 뜬 채, 총구에서 화염이 뿜어져 나오는 것을 보았다. 곧이어 울려 퍼진 요란한 기관총 소리에 귀가 먹먹해졌다. 그녀가 절대로 눈을 떼지 못했던 한 남자의 형상이 다른 수많은 사람과 마찬가지로 비틀거리더니 바닥에 고꾸라졌다. 게노베파는 양동이를 집어 던지고는 강물 속으로 들어갔다. 물살이 치맛자락을 휘어 감고, 다리를 잡아당겼다. 얼마 후 지쳤다는 듯 총소리가 멈추었다.

흑강 건너편에 도달한 게노베파가 망연자실한 채로 강둑에 서 있을 때, 사람들로 꽉 찬 트럭 한 대가 출발했다. 두 번째 트럭으로 사람들이 조용히 올라탔다. 게노베파는 그들이 서로에게 손을 내밀며 탑승을 돕는 모습을 보았다. 군인 한 명이 쓰러져 있는 사람들을 향해 총을 쏴서 확인 사살을 했다. 두 번째 트럭도 출발했다.

땅바닥에 누워 있던 사람 하나가 벌떡 일어나더니 강 쪽으로 달려가려 했다. 게노베파는 그녀가 미시아와 동갑내기 친구이자 셴베르트네 식구인 라헬라임을 알아챘다. 품에는 갓난아기가 안겨 있었다. 군인 한 명이 무릎을 꿇더니 침착하게 그녀를 조준했다. 라헬라는 한동안 비틀거리다가 쓰러졌다. 군인이 달려가 그녀를 발로 밀어서 돌아 눕히는 것을 게노베파는 보았다. 군인은 아기를 싼 새하얀 포대기를 향해 총을 한 방 더 쏘고는 트럭으로 돌아갔다.

게노베파는 다리가 후들거려서 그 자리에 무릎을 꿇고 앉아야만 했다.

트럭들이 모두 떠난 뒤, 게노베파는 간신히 자리에서 일어나서 공유지를 가로질러 갔다. 다리가 돌처럼 무거워서 의지대로 움직여지질 않았다. 물에 젖은 치맛자락이 자꾸만 그녀를 땅바닥으로 끌어당겼다.

엘리는 잔디밭에 웅크린 채 쓰러져 있었다. 게노베파는 수년만에 처음으로 가까이서 그를 보았다. 그녀는 엘리 옆에 주저앉았다. 그날 이후 게노베파는 다시는 걷지 못했다.

셴베르트 가족의 시간

다음 날 저녁, 미하우는 파베우를 깨워서 어딘가로 갔다. 미시아는 잠을 잘 수가 없었다. 멀리서 누구의 것인지 알 수 없는 불길한 총소리가 들리는 듯했다. 엄마는 눈을 뜬 채 침대에 누워 꼼짝도 하지 않았다. 미시아는 엄마가 숨을 쉬고 있는지 확인해 보았다.

아침이 되자 남자들은 사람들을 데리고 집에 돌아왔다. 그리고 그들을 지하실로 데려간 뒤 문을 잠갔다.

"저들이 우리 모두를 죽일 거야. 우리를 벽 앞에 일렬로 세워 놓고는 집을 불태울 거야." 침대에서 파베우가 미시아의 귀에 대고 속삭였다.

"셴베르트 씨의 사위와 그의 누이동생, 그리고 그녀의 아이들이야. 살아남은 사람은 이들이 전부야." 파베우가 말했다.

아침에 미시아는 음식을 챙겨서 지하실로 내려갔다. 그녀는 문을 열면서 "안녕하세요?"라고 인사했다. 미시아는 일행을 보았다. 통통한 몸집의 여자, 십대 소년과 소녀. 미시아는 그들을 알지 못했다. 하지만 셴베르트 씨의 사위이자 라헬라의 남편은 잘 알았다. 그는 미시아에게 등을 돌린 채 계속해서 벽에다 머리를 부딪치고 있었다.

"이제 우리는 어떻게 되는 거죠?" 여자가 물었다.

"저도 몰라요." 미시아가 대답했다.

그들은 부활절이 될 때까지 가장 비좁고 어두운 네 번째 저장고에서 지냈다. 딱 한 번, 여자가 딸과 함께 목욕하러 지상에 올라온 적이 있었다. 미시아는 여인이 기다란 검은 머리를 빗는 것을 도와주었다. 미하우는 저녁마다 지하실로 내려가서 음식을 전해주고, 지도도 마련해주었다. 부활절 축일 다음 날 밤, 미하우는 그들을 타슈프로 데려갔다.

며칠 뒤, 이웃인 크라스니가 울타리를 사이에 두고 미하우와 이런저런 이야기를 나누었다. 그들은 러시아군이 멀지 않은 곳에 있다는 이야기를 나누었다. 미하우는 레지스탕스 전투에 참여한 크라스니의 아들에 대해 아무것도 묻지 않았다. 전시에 이런 이야기는 입에 올리는 게 아니라는 걸 다들 알고 있었으니까.

대화를 마치고 집으로 돌아가던 크라스니가 갑자기 몸을 돌리며 말했다.

"소식을 들었는데, 타슈프로 가는 길가에 사살당한 유대인들의 시체 몇 구가 놓여 있다는군."

미하우의 시간

1944년 여름, 타슈프에서 러시아인들이 왔다. 그들은 온종일 고시치니에츠를 통과해 이곳에 도착했다. 사방이 먼지로 뒤덮여 있었다. 그들의 트럭, 탱크, 화기(火器), 화물차, 라이플 소총, 군복, 머리와 얼굴까지 전부. 다들 땅속에 있다가 막 빠져나온 사람들 같았고, 동쪽의 통치자로부터 명을 받아 지금껏 잠들어 있다가 이제 막 깨어난 동화 속 군대 같았다.

사람들은 길가에 늘어서서 행렬의 선두 그룹을 열렬히 환영했다. 하지만 군인들의 얼굴에서는 아무런 반응도 읽을 수가 없었다. 그들의 시선은 환영하는 사람들의 얼굴을 무심히 훑어볼 뿐이었다. 군인들의 제복은 괴상했다. 밑단이 해진 외투 자락 안쪽에서 예기치 못한 색깔들, 예를 들어 자홍색 바지나 검정 조끼, 전리품으로 획득한 금빛 손목시계가 언뜻언뜻 보였다.

미하우는 게노베파가 앉아 있는 바퀴 달린 안락의자를 현관 앞으로 옮겼다.

"아이들은 어디에 있어요? 미하우, 애들을 데려와줘요." 게노베파가 중얼거렸다.

미하우는 울타리 밖으로 나가 안테크와 아델카를 움켜잡았다. 그의 심장이 강하게 뛰었다.

미하우가 보았던 건, 지금 이 전쟁이 아니라 그때 그 시절의 전쟁이었다. 예전에 자신이 횡단했던 광활한 대지가 또다시 눈앞에 펼쳐졌다. 이것은 꿈이리라. 모든 게 후렴구처럼 되풀이되는 것은 오직 꿈속에서만 가능하니까. 그는 언제나 똑같은 꿈을 꾸었다. 광대하고 고요하며, 마치 군대의 끝없는 행렬이나 고통 속에 잠잠해진 폭발처럼 끔찍한 꿈이었다.

"할아버지, 폴란드군은 언제 오나요?"

아델카가 질문하면서 막대기에 헌 옷을 묶어 만든 깃발을 높이 들어 올렸다.

그는 손녀에게서 깃발을 빼앗아 라일락 나무 쪽으로 던졌다. 그러고는 아이들을 데리고 집으로 들어갔다. 미하우는 주방 창가에 앉아 아직도 독일인들이 주둔하고 있는 코투슈프와 파피에르니아 쪽을 바라보았다. 그는 볼라로 가는 길이 여전히 최전방이라는 사실을 깨달았다.

이지도르가 주방으로 뛰어들어 왔다.

"아빠, 이리 좀 와보세요! 장교들이 왔는데, 아빠와 얘기하고 싶어 해요. 어서요!"

미하우의 몸이 뻣뻣이 굳었다. 그는 이지도르가 이끄는 대로 계단을 내려가 집 앞으로 나갔다. 거기서 그는 미시아와 게노베파, 이웃인 크라스니네 가족들, 태고 곳곳에서 모여든 아이들의 무리를 보았다. 집 앞의 공터 한가운데에는 무개차 한 대가 서 있고, 그 안에 두 명의 남자가 타고 있었다. 세 번째 남자는 차에서 내려 파베우와 이야기를 나누고 있었다. 늘 그랬듯이 파베우는 모든 걸 이해하는 듯한 인상을 풍겼다. 장인을 보자마자 파베우는 활기를 되찾았다.

"이분은 저희 아버지세요. 당신들의 말을 할 줄 아시죠. 여러분의 군대에서 싸우셨었거든요."

"우리 군에서요?" 러시아인이 놀라며 물었다.

그의 얼굴을 보는 순간, 미하우는 얼굴이 화끈거렸다. 심장이 흉부가 아닌 목구멍 어딘가에서 박동하는 것만 같았다. 무슨 말인가 해야 한다는 건 알고 있었지만, 혓바닥이 굳어버렸다. 뜨거운 감자를 삼켰을 때처럼 미하우는 입안에서 이리저리 혀를 굴려보았다. 뭔가 단어를 연결해서 입을 떼보려고 안간힘을 썼지만, 가장 쉬운 단어도 떠오르지 않고, 아무 말도 입 밖에 낼 수가 없었다.

젊은 장교가 흥미로운 눈빛으로 그를 바라보았다. 군인용 외투의 밑단 아래로 검은 연미복이 삐죽 튀어나와 있었다. 옆으로 길게 찢어진 그의 눈에 기쁨의 광채가 서렸다.

"그러니까 아버님, 요즘 어떻게 지내세요? 잘 지내시나요?" 그가 러시아로 물었다.

옆으로 찢어진 눈을 한 장교, 이 길, 먼지를 뒤집어쓴 병사들의 행렬, 심지어 "요즘 어떻게 지내세요?"라는 인사까지 이 모든 것들이 과거에 언젠가 겪었던 일인 듯했다.

"나는 미하우 유제포비치 니에비에스키요."

미하우가 떨리는 음성으로 대답했다.

이지도르의 시간

길게 찢어진 눈을 한 그 장교는 이반 무크타였다. 그는 우울한 인상에 핏발 서린 눈을 한 중위의 부관이었다.

"중위께서 이 집이 마음에 든다고 하십니다. 이제 이 집은 그분의 숙소로 사용될 거예요."

그가 쾌활한 음성의 러시아어로 말하며, 중위의 짐들을 집으로 옮겨 왔다. 그러면서 아이들을 웃기는 익살스러운 표정을 지어 보였으나 이지도르는 웃지 않았다.

이지도르는 그를 찬찬히 뜯어보면서 처음 보는 낯선 사람이라고 생각했다. 독일인들은 나쁜 사람들이었지만, 태고 사람들과 별반 다르지 않았다. 만약 군복을 입지 않았다면, 구별하지 못할 수도 있었다. 예슈코틀레에서 온 유대인들도 마찬가지였

222

다. 피부가 좀 더 그을었고, 눈동자가 짙은 색이었지만, 역시 생김새는 비슷했다. 그런데 이반 무크타는 어딘지 모르게 달랐고, 그 누구와도 닮지 않았다. 동그랗고 통통한 얼굴은 마치 햇살이 화창한 날, 흑강의 조수(潮水)처럼 기이한 색깔을 띠고 있었다. 이반의 머리카락은 때로는 짙은 푸른빛으로 보였고, 입술은 오디를 떠올리게 했다. 무엇보다 괴상한 건 눈이었다. 마치 잎사귀의 기공(氣孔)처럼 가느다란 눈은 옆으로 길게 찢어진 눈꺼풀 속에 파묻혀 있었는데, 검은빛에 날카롭기 짝이 없었다. 그 눈빛이 무엇을 나타내는지 아는 사람은 한 명도 없을 것이다. 이지도르는 그의 눈을 쳐다보기가 힘들었다.

이반 무크타는 상관인 중위에게 괘종시계가 있는 가장 크고 화려한 1층 방을 배정했다.

이지도르는 이 러시아인을 살필 수 있는 좋은 방법을 발견했다. 라일락 나무 위로 올라가 그의 방을 몰래 들여다보는 것이다. 우울한 인상의 중위는 탁자 위에 지도를 펼쳐놓고 들여다보거나 접시에 몸을 기울인 채 꿈쩍도 하지 않았다.

대신, 이반 무크타는 집 안 곳곳에서 모습을 드러냈다. 중위에게 아침상을 전달하고 나면, 구두를 닦았고, 주방에서 미시아의 일을 도왔다. 장작을 패고, 닭에게 사료를 주고, 잼을 만들기 위해 블랙커런트를 따 오고, 아델카와 놀아주고, 우물에서 물을 길어 왔다.

"이반 씨, 정말 친절하시군요. 하지만 저 혼자 할 수 있어요."

처음부터 미시아가 못을 박았지만, 얼마 못 가서 그의 도움이 싫지 않은 듯했다.

이반은 불과 몇 주 만에 폴란드어를 익혔다.

이제 이지도르의 주된 임무는 이반 무크타로부터 시선을 떼지 않고 그를 살피는 것이었다. 온종일 그를 지켜보면서 길게 찢어진 눈을 한 이 러시아인이 끔찍하게 위험한 존재로 돌변할까 봐 두려워했다. 미시아와 이반이 연애할까 봐 신경 쓰이기도 했다. 누나의 인생에 위험이 닥쳤으므로 이지도르는 어떻게든 주방에서 머물기 위한 핑계를 찾느라 바빴다. 때로 이반 무크타가 이지도르에게 다가가서 말을 걸어보려고도 했지만, 그럴 때마다 이지도르는 과민 반응을 보이면서 침을 흘리고, 평소보다 두 배는 많은 에너지를 쏟아가며 말을 더듬었다.

"태어날 때부터 저랬어요." 미시아가 한숨을 쉬었다.

이반 무크타는 식탁에 앉아 많은 양의 차를 마셨다. 설탕은 그가 직접 가져왔다. 가루 설탕을 갖고 올 때도 있었고, 각설탕을 입에 물고 와서 곧바로 차를 들이켤 때도 있었다. 그때마다 그는 재미난 이야기를 늘어놓았다. 이지도르는 몸짓으로 무관심을 표시하려 안간힘을 썼지만, 이 러시아인에게는 이야기를 재미있게 늘어놓는 재주가 있었다……. 이지도르는 주방에서 뭔가 중요한 일을 하느라 바쁜 듯 굴었다. 하지만 한 시간 동안이나 물을 마시거나 불을 피울 수는 없는 노릇이었다. 미시아는 눈치가 남달랐기에 남동생을 향해 감자가 든 그릇을 밀어놓으면서 손에 작은 칼을 쥐여주었다. 어느 날이었다. 이지도르가 심호흡을 크게 하고는 더듬더듬 말했다.

"러시아인들은 신이 없다고 말해요."

이반 무크타가 유리잔을 내려놓고는 예의 꿰뚫어 보기 힘든 눈빛으로 이지도르를 물끄러미 바라보았다.

"신이 있느냐 없느냐의 문제가 아니란다. 신을 믿느냐 믿지 않느냐, 이게 쟁점이지."

이지도르가 공격적으로 턱을 앞으로 내밀며 말했다. "나는 신이 있다고 믿어요. 만약 진짜로 신이 있다면, 내가 신을 믿는 건 상당히 의미 있는 일이 되겠죠. 하지만 신이 없다고 해도, 내가 그를 믿는 건 별문제가 아니잖아요."

"아주 그럴듯한 생각이구나." 이반 무크타가 이지도르를 칭찬했다. "하지만 믿음에 아무런 대가도 필요 없다는 건 틀린 생각이야."

미시아가 나무 숟가락을 들고 거칠게 수프를 휘저으며 헛기침을 했다.

"당신은요? 어떻게 생각하시죠? 신은 있나요, 없나요?"

"그건 말이지, 이런 거란다." 이반은 자신의 얼굴 높이에서 손가락 네 개를 펼쳐 보였다. 그 순간 이지도르의 눈에는 이반이 자기를 향해 윙크하는 것처럼 보였다. 이반이 첫 번째 손가락을 내밀었다. "신은 지금도 있고, 과거에도 있었다." 이번에는 두 번째 손가락이 합세했다. "아니면, 신은 현재 없고, 과거에도 없었다." 세 번째 손가락이 나타났다. "아니면, 신은 과거에는 있었지만, 지금은 없다." 이제 이지도르의 앞으로 네 개의 손가락이 모두 내밀어졌다. "신은 아직까진 없었지만, 앞으로 나타날 것이다."

"이지도르, 가서 나무를 좀 주워 오렴."

남자들이 추잡한 농담을 주고받을 때, 미시아는 늘 이지도르에게 이렇게 말하곤 했다.

이지도르는 나무를 가지러 가면서도 계속해서 이반 무크타에 대해서 생각했다. 이반 무크타는 아마도 할 말이 훨씬 많을 것이다.

며칠 후, 이지도르는 간신히 이반과 둘이서만 있을 수 있게 되었다. 마침 이반이 집 앞 벤치에 앉아 총을 닦고 있었다.

"당신이 사는 그곳은 어떤가요?" 이지도르가 용기 내어 물었다.

"이곳과 똑같아. 단지 숲만 없을 뿐이지. 그리고 거기에는 강이 하나만 있어. 하지만 매우 크고, 또 멀리 있지."

이지도르가 다른 이야기를 꺼냈다.

"당신은 늙었나요, 젊은가요? 대체 나이가 몇 살인지 통 짐작할 수가 없어서요."

"먹을 만큼 먹었단다."

"그럼, 예를 들어 일흔 살 정도 된 건가요?"

이반이 큰 소리로 웃으면서 총을 내려놓았다. 그는 아무 대답도 하지 않았다.

"이반, 신이 없을지도 모른다는 가능성에 대해서는 대체 어떻게 생각하게 된 거죠? 어디서 그런 생각이 떠오른 거예요?"

이반이 담배를 말더니 한 모금 깊게 빨면서 얼굴을 찡그렸다.

"주위를 둘러보렴. 뭐가 보이니?"

"길이 보이고, 그 너머에 들판과 자두나무가 보여요. 그 사이에 풀밭이 있고……." 그러면서 이지도르는 자신에게 묻고 있는 러시아인을 마주 보았다. "음, 그리고 좀 더 가면 숲이 있고, 여기서는 안 보이지만, 거기엔 틀림없이 버섯이 있을 테고……. 음, 그리고 하늘이 보이네요. 아래쪽은 푸른빛이고, 저 멀리 윗부분에는 하얀 실타래가 소용돌이치고 있어요."

"그렇다면 신은 어디에 있니?"

"신은 보이지 않아요. 하지만 하늘 아래 어딘가에 있어요. 모든 것에 관여하고 다스리고 법을 만들고 자신에게 맞도록 모든 걸 조정하죠."

"좋아, 이지도르. 겉보기와는 달리 네가 영리하다는 건 알겠구나. 그리고 상상력이 풍부하다는 것도 알겠고." 이반이 갑자기 목소리를 낮추더니 천천히 말하기 시작했다. "네가 방금 말한 그곳, 그러니까 하늘 아래에 아예 신이 없다고 상상해보렴. 돌보고 지켜주는 그 누구도 없이 이 세상은 그저 하나의 거대한 혼돈 그 자체이거나, 아니면 좀 더 나쁘게 가정해서 그저 자극이나 충동으로 작동하는 기계, 그러니까 망가진 볏짚 절단기와 같은 거라고 생각해보는 거야……."

이지도르는 이반 무크타가 시키는 대로 다시 한번 주위를 둘러보았다. 그는 자신의 사고력을 최대한 강하게 만들고, 눈에서 눈물이 흘러내릴 정도로 두 눈을 크게 부릅떴다. 그러자 짧은 순간에 모든 게 완전히 달라 보였다. 텅 빈 공간이 사방에 펼쳐졌다. 그 죽은 공간에 존재하는 모든 것들, 그 속에서 살아 있는 모든 것들은 무력하고 외로워 보였다. 사건들은 우연의 결과로 일어나고, 그 우연이 실패하게 되면 자동으로 법칙이 작동했다. 자연의 주기적이고 기계적인 법칙. 역사의 피스톤과 톱니바퀴. 내부에서부터 썩어버린 개연성이 재가 되어 흩날렸다. 냉기와 슬픔이 사방에 만연했다. 모든 피조물이 뭔가를 끌어안고, 뭔가에 들러붙고, 사물을 그리고 서로를 의지하기를 간절히 갈망했지만, 결과는 고통과 절망뿐이었다.

이지도르가 목격한 이 모든 것의 속성은 일시적이었다. 겉은 알록달록한 껍데기에 싸여 있지만, 모든 것은 몰락과 부패, 파멸 속으로 융합되었다.

이반 무크타의 시간

이반 무크타는 이지도르에게 중요한 모든 것을 보여주었다.

그 시작은 신이 없는 세상을 보여주는 것이었다.

그러고 나서 독일군에게 총살당한 레지스탕스 대원들이 묻혀 있는 숲으로 이지도르를 데려갔다. 죽은 남자들 가운데 대부분을 이지도르는 알고 있었다. 그날 이후 이지도르는 고열에 시달렸고, 서늘한 누나의 침실에 드러누웠다. 미시아는 이반 무크타가 이지도르를 만나는 걸 원치 않았다.

"당신은 이지도르에게 그 모든 끔찍한 것들을 보여주는 게 재미있는 모양인데요, 이지도르는 아직 어린아이라고요."

하지만 결국에는 아픈 아이의 침대맡에 이반이 앉는 걸 허락했다. 이반은 자신의 다리 위에다 총을 올려놓았다.

"이반, 죽음에 대해 말해줘요. 죽고 나면 무슨 일이 벌어지는지 이야기해주세요. 그리고 내게도 영원히 죽지 않는 영혼이 있는지 말해주세요."

이지도르가 졸랐다.

"네 안에는 절대로 꺼지지 않는 불꽃이 있어. 내 안에도 있지."

"모두에게 불꽃이 있나요? 독일인들도?"

"응. 모두에게 있단다. 이제 얼른 자라. 몸이 다 나으면, 숲에 있는 우리 부대에 데려가주마."

"그만 가세요." 미시아가 주방에서 방 안을 살피며 말했다.

이지도르가 건강을 되찾자 이반은 약속을 지켰다. 그는 숲에 조성된 러시아군 기지에 이지도르를 데려갔다. 그리고 망원경으로 코투슈프에 있는 독일인들을 자세히 볼 수 있게 해주었다. 망원경을 통해 본 독일군은 러시아군과 전혀 다르지 않아서 오히려 이상했다. 군복 색깔도 비슷했고, 군모나 외투도 비슷했다. 그렇기에 우울한 인상의 중위가 준 명령서를 가죽 가방에 넣고 이동하던 이반을 향해 독일군들이 총을 쏜 이유가 무엇인지 도무지 이해할 수가 없었다. 그들은 함께 걷고 있던 이지도르에게도 총을 쐈다. 이지도르는 이 사실에 대해서 아무에게도 말하지 않겠다고 맹세해야만 했다. 만약 아버지가 이 사실을 알게 되면, 큰일이 벌어질 것이다.

이반 무크타는 이지도르가 절대 그 누구에게도 말할 수 없는 뭔가를 하나 더 보여주었다. 이반이 말하지 말라고 시켜서라기보다는 떠올리기만 해도 부끄러운 일이기 때문에 이지도르는 입을 다물었다. 누군가에게 발설하기엔 제법 큰 일이었지만, 그렇다고 도저히 생각을 떨칠 수 없을 정도로 큰 일은 아니었다.

"세상의 모든 것은 서로 결합되게 마련이란다. 지금까지 쭉 그래왔지. 결합의 필요성이야말로 그 무엇보다 강렬한 욕구란다. 주위를 둘러보면 금방 알 수 있지."

이반은 샛길에서 걸음을 멈추더니 그 자리에 무릎 꿇고 앉았다. 그러고는 서로 꼭 붙은 채로 죽어 있는 벌레 두 마리를 손가락으로 집어 올렸다.

"이것은 곤충이야. 그러니까 우리가 통제할 수 없는 대상이지."

이반 무크타가 갑자기 바지 단추를 끄르더니 성기를 꺼내어 흔들었다.

"이것은 결합을 위한 도구야. 여자 다리 사이에 있는 구멍에 딱 들어맞는 도구지. 세상에는 질서란 게 있단다. 그래서 모든 대상에겐 자기와 꼭 맞는 다른 대상이 있게 마련이야."

이지도르의 얼굴이 홍당무처럼 새빨개졌다. 무슨 말을 해야 할지 알 수가 없어 샛길을 향해 시선을 던졌다. 그들은 왕풍뎅이 언덕을 넘어 들판에 도착했다. 독일인들의 사정거리에서 이미 벗어난 곳이었다. 쓰러져가는 건물 근처에서 염소 한 마리가 풀을 뜯고 있었다.

"지금처럼 여자들이 부족한 경우에 도구는 손이나 다른 군인의 엉덩이, 아니면 땅에 파인 작은 구멍이나 동물에게 맞춰질 수밖에 없어. 여기 서서 보려무나."

이반 무크타는 서둘러 말하면서 모자와 지도가 들어 있는 원통을 이지도르에게 맡겼다. 그리고 염소에게 달려가서 총을 등에 옮겨 메고는 바지를 벗어 던졌다.

이지도르는 이반이 염소의 둔부에 몸을 밀어붙이면서 엉덩이를 규칙적으로 움직이는 것을 보았다. 이반의 움직임이 빨라질수록 이지도르의 몸은 더욱더 굳어져서 꼼짝도 할 수가 없었다.

이반이 돌아와서 모자와 지도를 달라고 하자 이지도르는 울음을 터뜨렸다.

"왜 우는 거니? 동물이 가여워서?"

"집에 가고 싶어요."

"물론이지. 어서 가렴! 누구나 집에 돌아가고 싶어 하지."

소년은 몸을 돌려 숲을 향해 달렸다. 이반 무크타는 손바닥으로 이마에 맺힌 땀방울을 닦고는 모자를 썼다. 그리고 구슬프게 휘파람을 불면서 계속해서 걸어갔다.

루타의 시간

크워스카는 숲에 있는 사람들이 무서웠다. 그래서 그들이 낯선 언어로 재잘거리며 숲의 고요를 뒤흔들어놓을 때면, 숨어서 몰래 그들을 지켜봤다. 그들은 두꺼운 옷을 입고 있었는데, 폭염에도 절대 벗지 않았다. 그들은 부지런히 무기를 날랐다. 아직 비디마치까지 당도하진 않았지만, 크워스카가 보기에 머지않아 그렇게 될 것 같았다. 크워스카는 그들이 서로를 죽이기 위해 총질을 하는 걸 목격했다. 그러자 크워스카는 그들로부터 루타와 함께 도망칠 방법을 궁리하기 시작했다. 크워스카와 루타는 플로렌틴카의 집에서 자주 묵었지만, 마을에 올 때마다 늘 불안했다. 밤이 되면 금속으로 만든 덮개가 하늘을 덮었는데, 아무도 그 덮개를 열어젖히지 못하는 꿈을 꾸곤 했다.

그러다 한동안 크워스카 모녀는 태고 마을에 들르지 않았다. 그래서 볼라로 향하는 길이 러시아군과 독일군의 경계선이 되었다는 사실을 알지 못했다. 게다가 쿠르트가 플로렌틴카를 총살했고, 그녀의 개들도 군용 트럭의 바퀴에 깔리고 총을 맞아 모조리 죽었다는 사실도 몰랐다. 크워스카는 군복 입은 사내들이 들이닥칠 경우를 대비하여 루타와 함께 몸을 숨기기 위해 집 앞에 참호를 파기 시작했다. 그런데 구덩이 파는 일에 몰두하느라 그만 방심하고 말았다. 루타 혼자서 마을에 가는 걸 허락해버린 것이다. 크워스카는 밭에서 훔친 감자와 블랙커런트가 담긴 바구니를 루타의 손에 쥐여주었다. 루타가 길을 떠난 뒤, 크워스카는 끔찍한 실수를 저질렀다는 사실을 불현듯 깨달았다. 루타는 비디마치에서 플로렌틴카의 집까지 항상 다니던 길로 걸어갔다. 파피에르니아를 통과하고 나자, 숲의 가장자리를 따라 쭉 뻗은, 볼라로 가는 도로에 접어들었다. 고리버들 바구니 안에는 플로렌틴카를 위한 음식이 담겨 있었다. 낯선 사람들이 오는지 살피게 하려고 플로렌틴카의 집에서 개 한 마리를 데려오는 것이 루타의 임무였다. 크워스카가 루타에게 말했다. 만약 숲에서 사람을 만나면, 그게 태고 사람이든 낯선 사람이든 상관없이 무조건 숲속으로 도망치라고.

　루타가 나무에 대고 오줌을 싸고 있는 한 사내를 보았을 때,

마침 개에 대한 생각에 정신이 팔려 있었다. 루타는 발걸음을 멈추고 천천히 물러서기 시작했다. 그 순간 누군가가 갑자기 그녀의 팔을 뒤에서 낚아채더니 아프게 비틀기 시작했다. 그러자 오줌을 싼 사내가 그녀에게 다가와 주먹으로 얼굴을 쳤다. 어찌나 세게 때렸는지 루타는 맥없이 바닥에 쓰러지고 말았다. 두 사내는 총을 내려놓고, 그녀를 강간했다. 처음에는 한 사내가, 그다음에는 다른 사내가 그녀를 범했다. 그러고 나자 세 번째 사내가 합류했다.

루타는 독일군과 러시아군의 경계선인, 볼라로 가는 길에 쓰러져 있었다. 옆에는 블랙커런트와 감자가 든 바구니가 내팽개쳐져 있었다. 그렇게 쓰러져 있는 루타를 또 다른 정찰대가 발견했다. 사내들은 아까와는 다른 색깔의 군복을 입고 있었다. 그들은 또다시 그녀를 향해 차례차례 몸을 숙였고, 역시 차례대로 다음 사람에게 총을 맡겼다. 그러고 나서 쓰러진 그녀를 내려다보며 담배를 피웠다. 그들은 바구니와 음식을 가져갔다.

크워스카는 너무 늦게 루타를 발견했다. 드레스의 치맛자락은 배가 훤히 드러나도록 치켜 올라가 있었고, 온몸이 상처투성이였다. 피범벅이 된 배와 허벅지에는 피 냄새를 맡은 파리 떼가 득실거렸다. 아이는 의식을 잃은 상태였다.

엄마는 아이를 안고 가서 집 앞에 파놓은 구덩이 속에다 뉘었다. 그리고 우엉잎을 덮어주었다. 짙은 우엉 향기가 첫째 아이를 잃은 그날을 떠올리게 했다. 크워스카는 어린 소녀 옆에 누워서 아이의 숨소리에 귀를 기울였다. 그러고는 일어나서 떨리는 손으로 약초를 뒤섞기 시작했다. 안젤리카 향기가 났다.

미시아의 시간

8월의 어느 날, 러시아인들이 미하우에게 태고 마을 사람들을 전부 모아 숲으로 피신하라고 말했다. 머지않아 태고 마을이 최전선이 될 것이기에 위험하다는 것이다.

미하우는 그들이 하라는 대로 했다. 오두막을 일일이 돌아다니며 정보를 전했다.

"태고 마을이 머지않아 최전선이 될 거예요."

미하우는 서두르던 와중에 그만 깜빡 잊고 플로렌틴카의 집에 들렀다. 텅 빈 개밥 그릇들을 보고 나서야 플로렌틴카가 이곳에 없다는 사실이 떠올랐다.

"당신들은 어떻게 되는 거요?" 미하우가 이반 무크타에게 물었다.

"우리는 지금 전쟁 중이오. 여기가 우리 전선입니다."

"아내가 아파요. 걷지를 못합니다. 저와 아내는 여기에 남겠습니다."

이반 무크타는 어깨를 으쓱해 보였다.

미시아와 스타시아가 짐수레에 올라탔다. 여인들은 아이들을 꼭 끌어안고 있었다. 미시아는 하도 울어서 두 눈이 퉁퉁 부어 있었다.

"아빠, 우리와 함께 가요. 제발요. 부탁이에요."

"우리는 집을 지키도록 하마. 아무 일도 없을 거야. 나는 이보다 더한 상황에서도 살아남았단다."

그들은 미하우를 위해 젖소 한 마리를 남겨두고, 또 한 마리는 짐수레에 묶었다. 이지도르는 남은 소들을 모두 외양간에서 데리고 나와 목에 감긴 고삐를 끌러주었다. 하지만 소들은 꿈쩍도 하지 않았다. 파베우가 할 수 없이 막대기를 집어 들고 소들의 엉덩이를 때렸다. 그 순간 이반 무크타가 입술을 모아 요란하게 휘파람 소리를 냈다. 깜짝 놀란 소들이 스타시아 파푸가의 텃밭을 가로질러 들판으로 달려갔다. 얼마 뒤 짐수레를 타고 가던 일행은 벌판에 서 있는 소들을 보았다. 소들은 갑작스럽게 얻은 자유를 어떻게 누려야 할지 몰라 망연자실한 듯 보였다. 미시아는 숲으로 가는 내내 울음을 그치지 않았다.

고시치니에츠에 다다르자 짐수레는 숲을 향해 내리막길을 달렸다. 일행이 탄 수레의 바퀴는 이미 이 길로 지나간 다른 마차들이 새겨놓은 바큇자국에 꼭 들어맞았다. 미시아는 아이들과 함께 짐수레에서 내려 그 뒤를 따라 걸었다. 길가에 살구버섯과 그물버섯이 잔뜩 피어 있었다. 미시아는 자주 걸음을 멈추고, 무릎을 꿇고 앉아 이끼와 잔디가 묻은 채로 버섯을 땅에서 캐냈다.

"버섯의 제일 아래 부분은 남겨놓아야 해. 땅속에 파묻힌 가장 아래쪽 말이야. 그러지 않으면 더는 자라지 않게 돼." 이지도르가 걱정했다.

"안 자라도 그만이지." 미시아가 대답했다.

밤에도 기온이 따뜻했으므로 사람들은 집에서 가져온 시트를 깔고 땅바닥에서 잤다. 남자들은 종일 감자를 캐고, 나무를 베었다. 여자들은 마을에서 지낼 때처럼 음식을 준비하고, 감자를 찍어 먹을 소금을 서로에게 나눠주곤 했다.

보스키네 식구들은 소나무 숲에서 지냈다. 그들은 삼베 기저귀를 솔가지에 널어놓았다. 보스키네 옆에는 말라크 자매들이 자리를 잡았다. 동생의 남편은 국내 최대 규모의 레지스탕스 부대인 국내군에 자원했고, 언니의 남편 또한 레지스탕스 조직인 엥드루시아에 가입하여 독일에 맞서는 중이었다. 파베우는 이지도르와 함께 땅을 파서 여자들을 위한 대피호를 지었다.

사전에 아무런 약속도 없었지만, 사람들이 마련한 숲속 은신처 구조는 태고 마을과 똑같았다. 심지어 크라스니네와 헤루빈네 사이에는 공터를 남겨두었다. 태고에서 그 자리에는 플로렌틴카의 집이 자리하고 있었다.

9월 초순의 어느 날, 크워스카가 딸을 데리고 숲속의 임시 거주지를 찾아왔다. 아이가 심하게 아파 보였다. 다리를 질질 끌며 간신히 걷고 있었고, 온몸이 멍투성이인 데다 열도 심했다. 숲에서 의사 역할을 담당하고 있는 파베우 보스키가 의료 가방을 들고 모녀에게 갔다. 가방에는 요오드와 붕대, 지사제, 설파제*가 들어 있었다. 하지만 크워스카는 파베우가 딸과 접촉하는 것을 원치 않았다. 그녀는 다른 여인들에게 뜨거운 물을 달래서 약초를 우렸다. 미시아는 모녀에게 담요를 가져다주었다. 크워스카가 이곳에 머물기를 원하는 것처럼 보였기에 남자들은 땅속에 급히 작은 대피호를 지어주었다.

저녁이 되어 숲이 고요해지면, 모닥불을 조그맣게 피워놓고 모두가 둘러앉아 촉각을 곤두세웠다. 이따금 주변 어딘가에서 요란한 천둥소리가 들리면서 어둠 속에서 화염이 타오를 때가 있었다. 그러고 나면 숲의 기운에 짓눌린 듯한 낮고 음산한 으르

---

*　화농성 질환과 거의 모든 세균성 질환의 치료에 쓴다.

렁거림이 들려왔다.

몇몇 용감한 사람들은 이따금 마을에 다녀오기도 했다. 집 앞 텃밭에 영글어 있는 감자나 밀가루를 가지러 간 이들도 있었지만, 때로는 미래가 불투명한 숲속에서의 삶이 견딜 수 없어서 무작정 뛰쳐나가는 경우도 있었다. 이미 나이가 꽤 들어서 목숨에 연연치 않는 세라핀의 아내가 가장 자주 마을에 다녀왔다. 가끔은 며느리 한 명이 동행하기도 했다. 미시아는 세라핀의 며느리로부터 소식을 전해 들었다.

"너희 집이 아예 사라졌어. 그 자리엔 돌무더기만 잔뜩 쌓여 있던걸."

나쁜 인간의 시간

태고 마을 사람들은 숲으로 피난을 떠난 뒤, 땅에 구덩이를 파서 만든 대피호에서 지냈다. 그러자 나쁜 인간은 숲속에서 지낼 만한 곳을 찾을 수가 없었다. 수풀에서, 공터에서, 어디서나 사람들이 느닷없이 출몰했다. 그들은 토탄(土炭)을 캐고, 버섯과 땅콩을 찾아다녔다. 서둘러 지은 야영지를 벗어나서 외진 곳을 어슬렁거리는 사람의 대부분은 산딸기 덤불이나 잔디밭에서 용변을 보려는 자들이었다. 나쁜 인간은 의아한 눈길로 사람들이 초라한 대피호를 짓는 과정을 지켜보았고, 그걸 짓는 데 얼마나 시간이 걸리는지도 알게 되었다.

그는 이제 온종일 사람들을 주시했다. 사람들을 오래 지켜보면 볼수록 그들에 대한 두려움과 증오심도 커졌다. 그들은 소란스러웠고 부정직했다. 쉬지 않고 입을 움직여대면서 아무 뜻도 없는 소리만 뱉어냈다. 그것은 울음도, 비명도, 탄성도 아니었다. 그들의 언어는 아무것도 의미하지 못했다. 사람들은 사방에 흔적과 체취를 남겼다. 무례하고 경솔했다. 불길한 천둥이 울려 퍼지고 밤하늘에 붉은빛이 감돌면, 사람들은 절망과 공황 상태에 사로잡혔다. 그들은 어디로 도망쳐야 할지, 어디에 몸을 숨겨야 할지 알지 못했다. 나쁜 인간은 그들의 공포를 감지할 수 있었다. 나쁜 인간이 파놓은 덫에 걸릴 때면, 그들은 생쥐처럼 악취를 풍겼다.

사람들에게서 스며 나오는 체취는 나쁜 인간을 불쾌하게 만들었다. 하지만 이따금 낯설긴 해도 기분 좋은 향기도 있었다. 구운 고기나 삶은 감자, 우유, 양가죽이나 모피, 치커리로 만든 커피나 재, 호밀의 냄새가 그랬다. 고약하기 짝이 없는 냄새도 있었는데, 그것은 동물이 아니라 순전히 인간에게서만 풍기는 냄새였다. 회색 비누나 석탄산, 양잿물, 총, 윤활유나 유황 냄새가 그랬다.

나쁜 인간은 숲 가장자리에 서서 마을을 바라보았다. 태고는 텅 비어 있었고, 썩은 고기처럼 차가워 보였다. 지붕이 무너진 집도 있었고, 유리창이 깨진 집도 있었다. 거기에는 새도 없고, 개도 없었다. 아무것도 없었다. 이 광경이 나쁜 인간의 마음에 들었다. 사람들이 숲으로 왔기에 나쁜 인간은 마을로 갔다.

게임의 시간

게임 설명서인 〈이그니스 파투스. 한 명의 게이머를 위한 유익한 게임〉에서 세 번째 세계에 대한 설명은 다음과 같이 시작된다.

하늘과 땅 사이에는 여덟 개의 세계가 있다. 그 세계들은 마치 빨랫줄에 널린 솜이불처럼 허공에서 펄럭이고 있다.

신은 아주 오래전에 세 번째 세계를 창조했다. 바다와 화산으로부터 시작해서 식물과 동물을 만들며 끝났다. 하지만 창조란 것이 숭고함과는 거리가 먼, 그저 힘겨운 노동과 고난의 연속이었기에 신은 지쳤고, 의욕을 상실했다. 새로 탄생한 세상이 그에겐 따분했다. 동물들은 그의 조화를 이해하지 못했고, 신을 칭송하거나 그의 업적에 감탄할 줄 몰랐다. 먹고 번식하는 게 다였다. 어째서 하늘은 푸른색이고 바다는 마르지 않는 것인지, 동물들은 신에게 묻지 않았다. 고슴도치는 자신의 가시를 신기하게 여기지 않았고, 사자도 자신의 이빨에 관심이 없었다. 새들은 자기의 날개에 대해 궁금해하지 않았다.

이런 세상이 꽤 오랫동안 지속되자 신은 극도로 지겨워졌다. 그래서 신은 땅으로 내려와서 마주치는 동물들 모두에게 강제로 손과 손가락을 만들어주었고, 얼굴과 섬세한 피부, 이성과 호기심을 느낄 줄 아는 감각을 부여했다. 그렇게 신은 동물을 인간으로 탈바꿈시켰다. 하지만 동물들은 인간이 되고 싶은 생각이 추호도 없었다. 동물들이 보기에 인간은 괴물처럼, 야수처럼 끔찍한 존재였다. 그리하여 동물들이 모의하길, 신을 잡아다가 물에 빠뜨려 죽이기로 했다. 계획은 실행되었다.

그리하여 세 번째 세계에는 신도 인간도 없었다.

미시아의 시간

미시아는 치마와 스웨터를 두 벌씩 껴입고, 스카프로 머리를 둘둘 감았다. 그리고 아무도 깨어나지 않게 살금살금 대피호를 빠져나왔다. 멀리서 울리는 단조로운 총성이 숲의 공기를 무겁게 짓누르고 있었다. 배낭을 메고 막 길을 떠나려는데, 아델카가 서 있었다. 아이는 엄마에게 쪼르르 달려왔다.

"엄마랑 같이 갈래."

미시아는 화가 났다.

"대피호로 들어가. 어서. 금방 다녀올게."

하지만 아델카는 미시아의 치마를 꽉 움켜쥐고는 울음을 터뜨렸다. 잠시 망설이던 미시아는 대피호로 돌아가서 딸의 양가죽 외투를 가져왔다.

모녀는 숲의 가장자리에 도착했다. 여기 오면 태고 마을을 볼 수 있을 거라 기대했는데, 그곳에 태고는 없었다. 깜깜한 하늘에는 단 한 줄기의 연기도 피어오르지 않았고, 불빛 하나 깜빡이지 않았으며, 개들도 짖지 않았다. 그저 서쪽 어딘가, 코투슈프 인근에 낮게 깔린 구름이 갈색 빛을 뿜어내고 있을 뿐이었다. 미시아는 부르르 몸을 떨었다. 문득 꽤 오래전에 꾸었던 꿈이 떠올랐다. 언젠가 바로 이런 풍경을 꿈에서 본 적이 있었다. 그녀는 자신이 지금 꿈을 꾸고 있다고 생각해보았다. '나는 지금 대피호의 침상에 누워 있는 거야. 아무 데도 가지 않았어. 지금 이건 그저 꿈이야.' 이번에는 훨씬 일찍 잠들었다고 생각해보았다. 그러자 미시아는 자신이 새 2층 침대에 누워 있는 것만 같았다. 옆에는 파베우가 자고 있다. 전쟁은 일어나지 않았다. 그녀는 긴 악몽을 꾸는 중이다. 독일인들, 러시아인들, 최전선, 숲, 대피호. 확실히 효과가 있었다. 미시아는 이제 두렵지 않았다. 그래서 고시치니에츠의 언덕을 향해 올라갔다. 젖은 돌멩이들이 신발 밑에서 뽀드득거렸다. 그 순간 미시아는 자신이 지금보다 더 일찍 잠들었을지도 모른다는 희망을 품었다. 커피 그라인더의 손잡이를 돌리다가 그만 지겨워져서 방앗간 앞에 있는 벤치에서 잠든 것이라고. 미시아는 지금 너덧 살이다. 아이인 그녀가 어른이 된 자신의 모습과 전쟁에 관한 꿈을 꾸는 중이다.

"그만 깨어나고 싶어." 그녀가 큰 소리로 외쳤다.

아델카가 의아해하며 미시아를 쳐다보았다. 그 순간 미시아는 깨달았다. 유대인을 향한 무차별 포격, 플로렌틴카와 레지스탕스 대원들의 죽음, 저들이 루타에게 한 짓, 폭격, 피난, 어머니의 마비된 다리에 관한 꿈을 꾸는 아이는 이 세상에 단 한 명도 없다는 것을.

미시아는 고개를 들어 위를 올려다보았다. 하늘이 마치 통조림통의 뚜껑처럼 보였다. 그리고 그 속에 신이 사람들을 가두어 놓은 것만 같았다.

모녀는 거무스름한 형체를 지나갔다. 미시아는 그것이 자기네 헛간임을 짐작했다. 그녀는 길의 한옆으로 걸어가서 어둠 속에서 팔을 뻗었다. 그러고는 담장의 거친 판자를 손으로 더듬었다. 어디선가 숨죽인 듯한, 희미하고도 괴상한 소리가 들려왔다.

"누군가 아코디언을 연주하고 있네." 아델카가 말했다.

모녀는 대문 앞에 섰다. 미시아의 심장이 쿵쾅거렸다. 그녀의 집이 거기에 서 있었다. 비록 눈으로 볼 수는 없지만, 충분히 느껴졌다. 미시아의 앞에 사각형의 거대한 덩어리가 서 있었다. 그녀는 그 형체의 내부를 채웠던 공간의 기운과 무게를 고스란히 느꼈다. 그녀는 더듬거리며 문을 열고는 현관으로 들어섰다.

음악 소리는 안쪽에서 흘러나오는 것이었다. 현관에서 거실을 향해 들어가는 문은 그들이 집을 떠날 때와 마찬가지로 판자로 막혀 있었다. 그래서 주방 쪽 출입문을 통해 안으로 들어갔다. 음악이 좀 더 또렷하게 들렸다. 누군가가 아코디언으로 구슬픈 유랑의 노래를 연주하고 있었다. 미시아는 성호를 긋고는 아델카의 손을 꼭 잡으며 문을 열었다.

음악이 멈췄다. 미시아는 연기와 어슴푸레한 어둠에 파묻힌 주방을 보았다. 창문 위쪽에는 커튼처럼 담요가 드리워져 있었다. 벽 아래 마룻바닥과 식탁 위, 심지어 서랍장 위에도 군인들이 앉아 있었다. 그중 몇몇이 모녀를 향해 총구를 겨누었다. 미시아는 천천히 양손을 들어 올렸다.

식탁에 앉아 있던 우울한 인상의 중위가 자리에서 일어났다. 그러고는 팔을 뻗어 미시아의 손을 잡아끌더니 반가워하며 흔들었다.

"우리 주인 여자야." 그가 러시아어로 말했다. 미시아는 무릎을 어정쩡하게 굽히고는 목례를 했다.

군인 무리 중에는 이반 무크타도 있었다. 머리에는 붕대가 감겨 있었다. 미시아는 무크타로부터 부모님이 지금 젖소와 함께 방앗간에서 지낸다는 소식을 들었다. 미시아의 부모님을 제외하면, 태고에는 이제 아무도 살지 않는다고 했다. 이반은 미시아를 위층으로 데려가서 남쪽 방의 방문을 열었다. 미시아는 앞에 펼쳐진 춥고 깜깜한 겨울 하늘을 보았다. 남쪽 방은 사라졌다. 하지만 이상하게도 미시아에게는 그 사실이 대수롭지 않게 여겨졌다. 집이 아예 사라진 줄 알았던 마당에 방 하나쯤 잃었다고 무슨 큰일이겠는가.

계단에서 이반 무크타가 미시아에게 말했다. "미시아 씨, 부모님을 하루빨리 여기서 모시고 나가 숲속으로 피신하세요. 당신들의 대축일인 크리스마스가 지나자마자 최전선이 이쪽으로 이동하게 될 거예요. 그러면 여기서 끔찍한 전투가 벌어질 겁니다. 누구에게도 이 사실을 발설하면 안 됩니다. 군사기밀이거든요."

"고맙습니다." 미시아가 대답했다. 그러고 나서 잠시 후에야 비로소 미시아는 이반이 한 이야기가 얼마나 무서운 것인지 실감하게 되었다. "세상에, 그럼 우린 어떻게 되는 거죠? 대체 무슨 수로 숲속에서 겨울을 나죠? 이반 씨, 이 전쟁은 왜 일어나게 된 건가요? 누가 전쟁을 일으킨 거죠? 당신들은 무엇 때문에 학살을 하러 나섰고, 사람들을 죽이는 건가요?"

이반 무크타는 슬픈 표정으로 그녀를 바라볼 뿐, 아무 말도 하지 않았다.

미시아는 술 취한 군인들에게 감자 깎는 칼을 나누어주었다. 그리고 지하 저장고에 숨겨놓았던 돼지비계를 꺼내 와서 얇게 썬 감자를 한 접시 튀겨주었다. 감자튀김은 러시아 군인들에겐 낯선 음식이었다. 처음에는 미심쩍은 눈길로 쳐다보기만 하던 군인들이 감자튀김을 맛보더니 점점 맛있게 먹었다.

"이게 감자라는 사실을 못 믿겠다네요." 이반 무크타가 설명했다.

그들은 식탁에 새 보드카병들을 올려놓았다. 아코디언 연주도 계속되었다. 미시아는 계단 아래에 아델카를 눕히고 재웠다. 거기가 제일 안전해 보였기 때문이다.

여자와 함께 있으니 군인들은 기분이 좋아졌다. 처음에는 바닥에서 춤을 추다가 나중에는 일부가 탁자 위로 올라갔다. 나머지 사람들은 음악의 리듬에 맞춰 박수를 쳤다. 보드카가 목구멍을 타고 넘어가자 그들은 더욱 열정적으로 돌변했다. 발을 구르고, 소리를 지르고, 총을 바닥에 내려놓고 빙그르르 돌리기도 했다. 그때 밝은색 눈동자의 젊은 장교 하나가 권총집에서 총을 꺼내더니 천장을 향해 몇 방을 쐈다. 천장의 회반죽이 유리잔으로 후드득 떨어져 내렸다. 순간 귀가 멍해진 미시아가 손으로 머리를 감싸 쥐었다. 갑자기 사방이 고요해졌다. 그제야 미시아는 비명을 지르고 있는 자신의 목소리를 들을 수 있었다. 계단 아래서 잠들었던 아이가 울면서 미시아의 고함에 동참했다.

우울한 인상의 중위가 밝은색 눈동자의 장교를 나무라면서 그의 권총집을 만졌다. 이반 무크타가 미시아 옆에 무릎 꿇고 앉왔다.

"미시아, 두려워하지 말아요. 이건 그냥 장난이에요."

그들은 방 전체를 미시아에게 내주었다. 그러고는 문이 제대로 잠겼는지 두 번이나 확인했다.

아침에 미시아가 방앗간으로 향하는데, 밝은색 눈동자의 젊은 장교가 다가와서 러시아어로 뭔가 사과하는 듯한 말을 했다. 그러고는 손가락에 낀 반지와 사진 몇 장을 보여주었다. 늘 그렇듯이 어디선가 슬며시 이반 무크타가 나타났다.

"모스크바에 아내와 아이가 있대요. 어젯밤 놀라게 해서 죄송하답니다. 불안하고 초조한 마음을 이기지 못해 그런 거예요."

미시아는 어떻게 해야 좋을지 몰랐다. 그녀는 갑작스러운 충동으로 그 남자에게 다가가 그를 꼭 안았다. 젊은 장교의 군복에서 흙냄새가 났다.

"이반 씨, 절대 죽으면 안 돼요." 무크타와 작별하며 미시아가 말했다.

그는 고개를 끄덕이며 웃어 보였다. 두 눈은 마치 검정 펜으로 선을 그어놓은 듯했다.

"나 같은 사람은 절대 안 죽어요."

미시아도 미소를 지어 보였다.

"그럼 우리 또 만나요." 그녀가 말했다.

미하우의 시간

처음에 그들은 젖소와 함께 주방에서 지냈다. 미하우는 물이 담긴 양동이를 놓아두곤 했던 출입문 뒤편에 안락의자를 가져다 놓고, 게노베파가 누울 자리를 만들었다. 낮에는 위험을 무릅쓰고 헛간으로 가서 건초를 가져와 소를 먹이고, 소의 배설물을 밖에다 내다버렸다. 게노베파는 안락의자에 앉아 미하우를 지켜봤다. 하루에 두 번, 미하우는 팔걸이와 등받이가 없는 의자에 앉아 힘닿는 대로 소젖을 짜서 양동이에 담았다. 우유의 양은 그리 많지 않았다. 두 사람에게 필요한 딱 그만큼이었다. 하지만 미하우는 생크림용으로 우유를 남겨서 따로 보관했다. 언젠가 숲에 가게 되면, 손주들에게 주기 위해서였다.

낮은 짧았다. 마치 병들어 끝까지 버티기 힘든 환자 같았다.

일찌감치 어둠이 내리면, 두 사람은 탁자 근처에 앉았다. 섬유 램프의 희미한 불빛이 탁자 위에서 깜빡였다. 창문은 침대보로 가려놓았다. 미하우는 주방 화덕에 불을 붙이고, 화덕 문을 살짝 열어놓곤 했다. 불빛은 그들에게 위안이 되었다. 게노베파는 불빛 쪽으로 돌아 뉘어달라고 미하우에게 부탁했다.

"난 움직일 수가 없어요. 살아도 죽은 거나 마찬가지죠. 난 당신에게 끔찍한 짐이에요. 당신이 이렇게까지 고생해야 할 이유가 없는데……."

이따금 그녀는 뱃속 깊은 곳에서 억지로 쥐어짜낸 듯한 음산한 목소리로 말하곤 했다.

그럴 때마다 미하우가 그녀를 달랬다.

"난 당신을 돌보는 게 좋아."

밤이 되면 미하우는 게노베파를 요강에 앉히고, 씻기고, 침대로 안고 갔다. 그리고 팔다리를 곧게 펴주었다. 미하우가 보기에 게노베파는 자신의 몸 어딘가, 깊숙한 곳에 갇혀 있는 것만 같았다. 미하우를 바라보는 시선 또한 육체의 깊숙한 안쪽에서 비롯되는 것 같았다. 한밤중에 그녀가 속삭였다. "날 안아줘요."

그들은 전장의 총성을 함께 들었다. 대부분은 코투슈프 부근에서 들려오는 소리였다. 하지만 때로는 사방이 흔들릴 때도 있었다. 그건 포탄이 태고 마을에 떨어졌다는 뜻이었다. 밤이 되면 이따금 괴상한 소리가 들렸다. 쩝쩝거리는 소리, 중얼거림, 그러고 나면 인간의 것인지 짐승의 것인지 알 수 없는 빠른 걸음 소리가 들려왔다. 미하우는 무서웠지만, 겉으로 드러내지 않았다. 심장이 너무 빨리 뛸 때는 옆으로 돌아누웠다.

얼마 후 미시아와 아델카가 왔다. 미하우는 더는 이곳에 남겠다며 고집 피우지 않았다. 세상의 물레방아는 멈추었고, 작동법도 쓸모가 없어진 상태였다. 일행은 눈길을 헤치며 고시치니에츠를 통과하여 숲으로 갔다.

"마지막으로 한 번만 태고를 보게 해줘요."

게노베파가 부탁했지만, 미하우는 못 들은 척했다.

익사자 물까마귀의 시간

물속에 잠겨 있던 익사자 물까마귀가 깨어나서 고개를 내밀고 세상의 표면을 살펴보았다. 그는 세상이 파도치는 것을 보았다. 대기가 세찬 돌풍에 휩쓸려 요동치고, 부풀어 오르고, 하늘을 향해 총을 쏘듯이 솟구쳐 올랐다. 물은 거세게 용솟음치면서 탁하게 변했다. 그러다 갑자기 뜨거운 열기와 불길이 물을 강타했다. 위에 있던 것들이 아래로 가라앉고, 아래 있던 것들이 수증기가 되어 위로 밀려 올라갔다.

뭔가 해보고 싶은 충동과 호기심이 익사자를 자극했다. 그래서 그는 강물 위에서 떠다니던 안개와 연기의 무리를 온 힘을 다해 끌어당겼다. 그러자 회색빛 안개와 연기가 그의 뒤를 따랐고, 볼라로 가는 길을 통과해 태고 마을로 향했다.

익사자는 보스키네 집 담장 근처에서 수척해진 개 한 마리를 보았다. 그는 별생각 없이 개를 향해 몸을 숙였다. 그러자 겁먹은 개가 낑낑거리면서 꼬리를 말더니 도망쳤다. 이 모습에 익사자 물까마귀는 짜증이 났다. 그는 안개와 연기의 무리를 과수원 쪽으로 보냈다. 평소처럼 지붕의 굴뚝에다 연기를 집어넣어 사람들을 난처하게 만들고 싶었기 때문이다. 하지만 굴뚝은 차갑게 식어 있었다. 물까마귀는 세라핀네 집 근처를 배회했고, 인적이 없다는 걸 깨달았다. 태고 마을에는 이제 아무도 없었다. 바람에 밀려 헛간 문이 열렸다 닫혔다 하는 소리만 허공을 메웠다.

익사자 물까마귀는 인간의 장비와 물건들 사이에서 뛰놀고 싶었다. 그렇게 하면 세상이 그의 현존에 반응을 보일 거라 기대했기 때문이다. 그는 공기 흐름을 조정해서 안개처럼 뿌연 자신의 몸 앞에 바람을 멈춰 세우고, 물에다 무늬를 만들며 놀고, 사람들의 이목을 끌거나 그들을 겁주고, 동물들을 놀라게 하고 싶었다.

그러다 잠시 멈추었다. 숲속 어딘가에서 인간의 육체가 내뿜는 미세한 온기가 느껴졌기 때문이다. 그는 너무 기쁜 나머지 빙글빙글 돌았다. 그러고는 볼라로 향하는 길로 되돌아가서 아까 마주쳤던 개를 또다시 겁먹게 했다. 마침 하늘에 낮은 구름이 깔려 있어서 익사자의 힘이 더욱 세졌다. 해는 아직 뜨지 않았다.

숲 어귀에서 뭔가가 그를 멈춰 세웠다. 정체를 알 수가 없었다. 그는 잠시 망설이다가 강 쪽으로 방향을 틀고는 교구신부의 목초지를 통과해 그보다 멀리 있는 파피에르니아로 향했다.

듬성듬성 자란 소나무 숲이 박살 나서 연기를 내뿜고 있었다. 땅에는 거대한 구멍들이 패어 있었다. 아마도 어제 세상의 종말이 이곳을 강타한 것이 틀림없었다. 키가 자라 무성해진 풀숲에 차갑게 식은 인간들의 시체 수백 구가 널브러져 있었다. 그들의 피가 붉은 수증기가 되어 회색빛 하늘을 향해 피어오르는 바람에 동쪽 하늘이 거의 진홍색 빛깔로 물들었다.

익사자는 이 죽음의 현장에서 뭔가가 꿈틀거리는 것을 보았다. 태양이 지평선의 구속에서 벗어나면서 영혼들 또한 군인들의 시체에서 풀려나기 시작한 것이다.

영혼들은 혼란스럽고 얼빠진 상태로 육신에서 빠져나왔다. 그러고는 마치 투명한 풍선이나 그림자처럼 약하게 꿈틀거렸다. 익사자 물까마귀는 너무 기쁜 나머지, 마치 살아 있는 인간처럼 강렬한 기쁨을 표출했다. 그는 영혼들을 빙글빙글 돌게 하고, 그들과 춤을 추고, 그들을 놀라게 하고, 자기 쪽으로 끌어당겨보려 애썼다. 영혼은 정말 많았다. 수백, 아니 수천이었다. 영혼들이 일어나서 불안정한 몸짓으로 땅 위로 떠올랐다. 물까마귀는 그들 사이를 헤집고 들어가서 코를 킁킁거리기도 하고, 쓰다듬어보기도 하고, 그들을 돌려보기도 했다. 그는 마치 어린 강아지처럼 즐겁게 뛰어놀려는 각오가 되어 있었지만, 영혼들은 그가 아예 존재하지도 않는 듯 아무런 관심도 주지 않았다. 잠시 새벽바람의 얇은 막 사이에서 이리저리 흔들리던 영혼들은 곧 끈을 놓친 풍선처럼 하늘로 솟구쳐 올라 어딘가로 사라졌다.

익사자는 영혼들이 떠난다는 사실을 받아들이지 못했고, 죽음을 맞는 이런 장소가 따로 있다는 것도 이해하지 못했다. 그는 영혼을 쫓아가려 애썼지만, 그들은 익사자 물까마귀와는 다른 법칙을 따르는 존재였다. 익사자가 관심을 끌기 위해 아무리 몸부림쳐도 그들은 쳐다보지도, 귀 기울이지도 않았다. 영혼들은 본능에 따라 오직 한 방향으로만 움직이는 올챙이 같았다.

숲은 영혼들 때문에 잠시 하얗게 변했다가 일순간에 텅 비었다. 익사자 물까마귀는 또다시 혼자가 되었다. 화가 났다. 그래서 빙글빙글 돌다가 나무를 들이받았다. 깜짝 놀란 새 한 마리가 날카로운 비명을 내지르며 강을 향해 푸드덕 날아갔다.

미하우의 시간

　러시아인들은 파피에르니아에서 전사자들의 시체를 파내어 짐수레에 태워 마을로 실어 왔다. 그리고 헤루빈네 밭에 거대한 구덩이를 파고는 거기에 병사들의 시체를 묻었다. 장교들은 그 옆에 안장되었다.

　태고 마을로 돌아온 모든 이들이 한자리에 모였다. 신부도, 추모사도, 꽃 한 송이도 없이 서둘러 치러지는 장례식을 보기 위해서였다. 미하우도 참석했는데, 그만 부주의하게도 우울한 인상의 중위의 눈에 띄고 말았다. 우울한 중위는 미하우의 등을 툭툭 치면서 장교들의 시체를 보스키 부부의 집 앞으로 운반하라고 명령했다.

　"안 되오. 이곳은 파헤치지 마시오." 미하우가 부탁했다. "당신

네 군인들을 위한 무덤을 만들 땅은 충분하지 않소? 왜 하필 내 딸의 정원이오? 양파와 꽃들을 뽑을 필요가 없지 않소? 공동묘지로 가시오. 내 다른 곳을 보여드리겠소……."

예전에는 항상 예의 바르고 친절했던 우울한 표정의 중위가 미하우를 거칠게 밀쳤다. 그러자 병사 하나가 총을 뽑아 미하우를 겨누었다. 미하우는 뒤로 물러섰다.

"이반은 어디에 있어요?" 이지도르가 중위에게 물었다.

"**죽었다.**" 중위가 러시아어로 대답했다.

"아니에요." 이지도르가 말했다. 그러자 중위가 잠시 이지도르를 쳐다보았다.

"**왜 아니라는 거지?**"

이지도르가 뒤돌아 달아났다.

러시아인들은 침실 창문 아래에 여덟 명의 장교를 묻었다. 매장을 끝내고 그들이 떠나자마자 눈이 내렸다.

그날부터 아무도 정원 쪽으로 나 있는 침실에서 자려고 하지 않았다. 미시아는 솜이불을 개켜서 2층으로 올라갔다.

봄이 되자 미하우는 나뭇가지로 십자가를 만들어 창문 앞에다 세웠다. 그리고 나서 막대기로 땅에다 줄을 그어 열을 만들고, 거기에 금어초를 심었다. 꽃들이 하늘을 향해 조그만 입을 벌린 채 알록달록 왕성하게 피어났다.

1945년 여름의 막바지, 전쟁이 거의 끝날 무렵에 군용 지프 한 대가 집 앞에 멈춰 섰다. 폴란드 장교와 민간인 옷차림의 한 사내가 타고 있었다. 그들은 장교들의 시체를 파 갈 거라고 했다. 얼마 후 군인들을 태운 트럭과 짐차가 와서 땅에서 파낸 시체들을 실었다. 흙과 금어초가 시체들의 피와 수분을 죄다 빨아먹었는지, 온전하게 남아 있는 건 모직 군복뿐이었다. 썩은 시체 더미 속에서도 여태껏 보존되어 있었다. 병사들은 수건으로 입과 코를 틀어막은 채 시체를 짐차에 실었다.

태고 마을 사람들은 고시치니에츠의 언덕에 서서 담장 너머 풍경을 지켜보고 있었다. 하지만 짐차가 예슈코틀레를 향해 출발하자 다들 말없이 뒤로 물러났다. 가장 용감한 건 암탉들이었다. 돌길을 덜컹거리며 달리는 짐차를 맹렬하게 쫓아갔다. 그러고는 짐칸에서 땅바닥으로 떨어지는 것들을 게걸스럽게 집어삼켰다.

미하우는 라일락 나무 아래서 구토를 했다. 그때부터 그 누구도 그 닭들이 낳은 달걀을 먹지 않았다.

게노베파의 시간

　게노베파의 육체는 잉걸불에 달구어진 점토 항아리처럼 딱딱하게 굳었다. 식구들은 그녀를 바퀴 달린 안락의자에 앉혔다. 이제 그녀는 모든 걸 다른 사람의 처분에 맡기는 신세가 되었다. 누군가가 그녀를 침대에 눕히고, 씻기고, 밖으로 데리고 나갔다가 다시 집 안에 들여놓았다.

　게노베파의 육체와 게노베파 본인은 따로 놀았다. 그녀는 육체 안에 갇혀서 도저히 빠져나올 수가 없었고, 귀도 먹먹했다. 움직일 수 있는 건 손가락 끝과 안면 근육 정도였지만, 웃을 수도 울 수도 없었다. 입에서 흘러나오는 소리는 거칠고 딱딱해서 마치 돌멩이를 내뱉는 것 같았다. 그런 식의 말들은 아무런 힘도 없었다. 이따금 오빠인 안테크를 때리는 아델카를 야단치려 해

보았지만, 손녀는 게노베파의 위협에 별다른 반응을 보이지 않았다. 안테크가 할머니의 치맛자락 뒤로 급히 몸을 피했지만, 게노베파는 손주를 위해 아무것도 할 수가 없었다. 손주를 숨겨주기는커녕 감싸주지도 못했다. 그저 덩치 크고 힘센 아델카가 오빠의 머리카락을 잡아당기는 광경을 무기력하게 바라볼 뿐이었다. 게노베파는 손녀에게 분노가 치밀어 올랐지만, 곧 가라앉혔다. 화를 내본들 아무 소용이 없다는 걸 잘 알고 있기 때문이었다.

미시아는 엄마에게 많은 이야기를 했다. 미시아는 게노베파의 안락의자를 주방 화덕 앞 따뜻한 자리에 옮겨다 놓고는 쉼 없이 재잘거렸다. 게노베파는 그녀의 이야기에 별로 귀를 기울이지 않았다. 딸이 말하는 내용은 따분했고 갈수록 재미없어졌다. 누가 죽었고, 누가 살아남았으며, 누가 미사를 빼먹었다는 이야기, 에슈코틀레에 사는 친구들의 근황, 완두콩을 병조림하는 새로운 방법, 라디오 뉴스와 그에 대한 미시아 본인의 논평, 터무니없는 의혹과 질문들……. 게노베파는 오히려 미시아가 살림을 어떻게 하고 있으며, 집에 무슨 일이 있는지가 더 궁금했다. 그래서 게노베파는 셋째 아이를 가져서 부풀어 오른 딸의 배를 눈여겨보았고, 미시아가 국수 반죽을 하다가 도마에서 바닥으로 떨어뜨린 눈송이 모양의 작은 밀가루 반죽, 우유 단지에 빠진 파리 한 마리, 열판 위에 내려놓는 바람에 시뻘겋게 달구어진 부지갱이, 복도까지 들어와서 신발 끈을 풀어젖히는 암탉들을 주시했다. 이 모든 것이야말로 미시아 자신에게서 흘러나오는 구체적이며 실체가 분명한 일상의 삶이었다. 이 큰 집의 살림을 미시아가 혼자서 도맡을 수 없다는 사실을 게노베파는 파악했다. 어느 날 게노베파는 간신히 몇 마디 말을 쥐어짜내어 집안일을 도울 도우미를 고용하라고 딸에게 권유했다. 미시아는 루타를 데려왔다.

루타는 아름다운 소녀로 자랐다. 루타를 보자마자 게노베파의 심장이 저릿하게 아파왔다. 미시아와 루타가 나란히 서 있을 때면, 게노베파는 유심히 둘을 쳐다보면서 비교했다. 서로 저렇게나 닮았는데, 지금껏 아무도 몰랐단 말인가? 미시아와 루타는 하나의 뿌리에서 나온 두 개의 다른 버전이었다. 한 명은 좀 작고 어두운 피부를 가졌고, 나머지 한 명은 키가 크고 살집이 좀 더 있을 뿐이었다. 눈동자와 머리카락은 한 명은 짙은 밤색이고, 다른 한 명은 벌꿀을 연상시키는 옅은 갈색이었다. 그 밖에는 모든 게 똑같았다. 적어도 게노베파의 눈에는 그랬다.

게노베파는 루타가 마룻바닥을 문질러 닦고, 칼로 양배추 꼭지를 따고, 강판에 치즈를 가는 모습을 지켜보았다. 그녀를 보면 볼수록, 확신은 더욱 커졌다. 대청소와 묵은 빨래를 하는 날, 미하우마저 바쁠 때가 있었다. 그러면 미시아는 아이들에게 할머니를 숲으로 데려가라고 했다. 아이들은 안락의자를 조심스럽게 밀면서 집을 나섰다. 라일락 나무를 지나서 집에서 안 보이는 곳에 이르면, 아이들의 태도가 바뀌었다. 뻣뻣하면서도 위엄이 가득한 게노베파를 실은 안락의자를 신나게 밀면서 고시치니에츠 오르막을 달렸다. 그러고는 바람에 머리카락이 헝클어진 채 팔걸이에 무기력하게 손을 걸쳐놓은 할머니를 그 자리에 남겨두고, 버섯과 산딸기를 따기 위해 빈터로 달려갔다.

바로 그런 날 중 하루였을 것이다. 고시치니에츠의 숲에서 크워스카가 걸어 나오는 것을 게노베파는 곁눈질로 보았다. 고개를 움직일 수가 없었으므로 그냥 기다렸다. 크워스카가 게노베파의 곁으로 다가오더니 신기한 듯이 안락의자 주변을 맴돌았다. 그러다 게노베파 앞에 무릎 꿇고 앉아서 그녀의 얼굴을 빤히 들여다보았다. 허공에서 잠시 두 여인의 시선이 부딪쳤다. 언젠가 눈밭을 맨발로 걸어 다니던 소녀의 모습은 이제 크워스카에게서는 찾아볼 수 없었다. 살도 찌고 덩치도 커졌다. 숱 많고 탐스러웠던 땋은 머리는 이제 백발이 되었다.

"네가 아이를 바꿔치기했어." 게노베파가 말했다.

크워스카는 와락 웃음을 터뜨리면서 자신의 따뜻한 손을 게노베파의 무기력한 손등에 올려놓았다.

"여자아이를 데려가고, 남자아이를 두고 갔잖아. 루타는 내 딸이야."

"젊은 여자는 다 나이 많은 여자의 딸이지. 게다가 당신한테
는 이제 딸도 아들도 필요 없잖아."

"내 몸은 마비되었어. 움직이지를 못해."

크워스카는 게노베파의 무감각한 손을 들어 올리고는 입을
맞추었다.

"일어나 걸어라." 크워스카가 말했다.

"안 돼." 게노베파가 속삭이듯 대답했다. 그러면서 자신이 움
직인다는 사실도 자각하지 못한 채 옆으로 고개를 저었다.

크워스카는 웃으며 태고 마을 쪽으로 사라졌다.

그날의 만남 이후로 게노베파는 말하고 싶은 욕구를 상실했
다. "응", "아니", 딱 이 두 마디만 했다. 언젠가 파베우가 미시아
에게 "정신에도 마비가 온 것 같다"고 속삭이는 것을 게노베파
는 들었다. 그녀는 생각했다. '그래, 다들 편할 대로 생각하라지.
내 정신에도 마비가 왔지만, 그래도 나는 여전히 어딘가에 존재
한다고.'

아침 식사 후에 미하우는 게노베파를 집 앞으로 데리고 나갔
다. 담장 옆 잔디밭에 게노베파의 안락의자를 세워놓고, 그는 벤
치에 앉았다. 담배를 마는 종이를 꺼내어 꽤 오랫동안 손가락으
로 담배를 바스러뜨렸다. 게노베파는 눈앞에 펼쳐진 고시치니

에츠를 바라보았다. 그리고 바닥에 깔린 매끈한 자갈들을 내려다보았다. 그것들은 마치 언젠가 땅속에서 파낸 시체 수천 구의 정수리 같았다.

"안 추워?" 미하우가 물었다.

게노베파가 고개를 저었다.

미하우는 담배를 다 피우고 나서, 안락의자에 앉아 있는 게노베파를 내버려둔 채 자리를 떴다. 게노베파는 스타시아의 정원을 바라보았다. 그리고 초록색과 노란색 얼룩 사이를 굽이치는 들판의 모랫길을 쳐다보았다. 그러고 나서 발과 무릎, 사타구니를 내려다보았다. 이것들도 모랫길이나 들판, 정원처럼 먼 곳에 있고, 자신의 것이 아니었다. 그녀의 몸은 인간이라는 연약한 재료로 만들어진, 부서진 조각상 같았다.

아직도 손가락이 움직이고, 벌써 몇 달째 꿈쩍도 안 하는 창백한 손의 끝마디에 여전히 감각이 남아 있다는 것이 이상했다. 그녀는 양손을 무감각한 무릎 위에 올려놓고 치맛자락을 서투르게 만지작거렸다. "나는 몸이다." 게노베파가 스스로에게 말했다. 게노베파의 몸 안에서 암세포나 곰팡이처럼 사람들이 죽임을 당하는 영상이 자라났다. 누군가를 죽인다는 건 움직일 수 있는 권리를 빼앗는다는 뜻이다. 삶이란 결국 움직임이니까. 죽임을 당한 몸은 움직이지 않는다. 인간은 몸이다. 그리고 인간이 경험하는 모든 것들의 시작과 끝은 몸 안에 있다.

어느 날, 게노베파가 미하우에게 말했다.

"추워요."

미하우는 그녀에게 모직 숄과 장갑을 가져다주었다. 그녀는 손가락을 움직여보았다. 이제는 아무것도 느껴지지 않았다. 그래서 손가락이 움직이고 있는지, 그렇지 않은지조차 인식하지 못했다. 게노베파가 고시치니에츠를 향해 시선을 들어 올리자, 죽은 사람들이 되돌아오는 광경이 보였다. 체르니차에서 예슈코틀레까지 이어지는 긴 행렬이 고시치니에츠를 지나고 있었다. 그것은 마치 쳉스토호바로 향하는 거대한 성지순례 행렬처럼 보였다. 하지만 성지순례에는 떠들썩한 소란이나 단조로운 성가의 선율, 애절한 성인 호칭 기도, 돌에 신발 밑창이 끌리는 소리가 수반되게 마련인데, 이곳은 고요하기만 했다.

일행은 수천 명이 넘었다. 줄도 제대로 안 맞추고 삐뚤빼뚤 걸었다. 다들 얼음처럼 차가운 침묵 속에서 빠른 발걸음으로 움직였다. 몸에서 피를 죄다 뽑아내기라도 한 듯 모두가 잿빛이었다.

게노베파는 일행 중에 엘리가 있는지 찾아보았다. 팔에 갓난아기를 안은 셴베르트네 딸이 있는지도 살펴보았다. 하지만 죽은 사람들이 어찌나 빨리 움직이는지 제대로 살필 시간이 없었다. 한참 뒤에야 세라핀 부부의 아들이 눈에 띄었다. 마침 바로 옆을 지나갔기에 볼 수 있었던 것이다. 세라핀네 아들의 이마에는 커다란 갈색 구멍이 뚫려 있었다.

"프라네크!" 게노베파가 속삭이듯 그를 불렀다.

그가 고개를 돌렸다. 발걸음을 늦추지 않은 채로 그녀를 쳐다보았다. 그가 그녀를 향해 한 손을 내밀었다. 그의 입술이 움직였지만, 게노베파는 아무런 말도 들을 수가 없었다.

게노베파는 온종일, 날이 저물 때까지 그들을 지켜보았다. 하지만 행렬은 전혀 줄어들지 않았다. 게노베파가 두 눈을 감아보아도 그들은 여전히 앞으로 나아가고 있었다. 신 또한 그들을 응시하고 있다는 걸 게노베파는 알았다. 그리고 신의 얼굴을 보았다. 흉터가 가득한, 검고 끔찍한 얼굴이었다.

상속자 포피엘스키의 시간

 1946년에 상속자 포피엘스키는 여전히 성에 살고 있었다. 하지만 다들 이런 생활이 오래가지 못하리라는 걸 알고 있었다. 아내는 아이들을 크라쿠프로 데려갔다. 그리고 본격적인 이사를 준비하면서 양쪽 집을 왔다 갔다 했다.

 상속자는 주변에서 일어나는 일들에 대해 무관심해 보였다. 그저 게임을 했다. 밤낮으로 서재에만 틀어박혀 있었다. 잠도 소파에서 잤다. 옷도 안 갈아입고, 면도도 하지 않았다. 아내가 크라쿠프에 있는 아이들에게 갈 때는 먹지도 않았다. 사나흘씩 아무것도 입에 대지 않을 때도 있었다. 창문도 열지 않고, 말도 안 했으며, 산책도 안 하고, 심지어 아예 아래층에 내려가지도 않았다. 재산의 국유화 문제를 의논하기 위해 지역 관공서에서 공무원이 한두 번 다녀갔다. 그들은 공식적인 직인이 찍힌 법원의 명령서가 잔뜩 들어 있는 커다란 가방을 들고 와서는 거칠게 문을 두드리고, 문 앞의 작은 종을 신경질적으로 잡아당겼다. 그제야 상속자는 창가로 가서 아래를 내려다보며 양손을 비벼댔다.

오랫동안 말을 하지 않아서 그의 목에서는 쉰 소리가 났다. "모든 것에 동의합니다. 자, 그럼 이만 저는 다음 판으로 넘어가야겠어요."

이따금 서재에 꽂혀 있는 수많은 책이 상속자 포피엘스키에게 요긴하게 쓰일 때가 있었다. 게임은 상속자에게 다양한 지식과 정보를 요구했지만, 아무런 문제가 되지 않았다. 모든 게 서재에 다 있었기 때문이다. 게임에서 중요한 역할을 하는 건 꿈이었기에 상속자 포피엘스키는 바라는 대로 꿈꾸는 법을 깨우쳤다. 그뿐 아니라 꿈을 조정하는 법도 터득하게 되었다. 이제 그는 실제 삶과는 달리 꿈에서는 하고 싶은 걸 뭐든 다 할 수 있었다. 의식적으로 주어진 주제에 부합되는 꿈을 꾸고 난 뒤에는 마치 담장에 뚫린 구멍을 통과해서 몸이 빠져나가듯, 꿈의 반대편, 즉 현실 세계에서 의식적으로 눈을 떴다. 감각을 되찾기까지는 약간의 시간만 있으면 되었다. 그러고 나면 또다시 다음 임무를 수행했다.

게임은 그가 필요로 하는 모든 것을, 아니 심지어 더 많은 것을 제공했다. 그러니 그가 굳이 서재를 나서야 할 이유가 무엇이겠는가.

이번에 관청에서 나온 공무원들은 그에게서 숲과 공터, 경작지, 저수지와 목초지를 몰수했다. 게다가 그들은 신생 사회주의 국가의 국민으로서 벽돌 공장, 제재소, 증류주 공장, 방앗간이 더는 상속자 포피엘스키의 소유가 아니라는 내용이 명시된 공문을 보내왔다. 결국엔 성도 국가에 귀속되었다. 그들은 친절하게도 재산 양도를 마무리할 수 있는 최종 시한까지 지정해주었다.

상속자의 부인은 처음에는 울음을 터뜨렸고, 그러다 기도를 했으며, 결국에는 짐을 꾸렸다. 그녀는 제대 위의 양초처럼 말랐고, 밀랍인형처럼 낯빛이 창백했다. 갑자기 하얗게 센 머리카락이 땅거미가 진 겨울의 성안에서 역시 창백하게 빛났다.

상속자 포피엘스키의 부인은 정신 나간 남편을 원망하지 않았다. 그저 남은 물건 중에 어떤 것을 챙겨 가고, 어떤 것을 남겨두어야 할지 혼자서 결정해야만 할까 봐 걱정스러울 뿐이었다. 첫 번째 자동차가 왔을 때, 오랫동안 면도를 하지 않아 부스스한 데다 창백하기 짝이 없는 상속자 포피엘스키가 양손에 가방을 하나씩 들고 아래층으로 내려왔다. 하지만 그 안에 무엇이 들어 있는지는 절대 보여주지 않았다.

상속자의 부인은 위층으로 올라가서 서재를 유심히 살펴보았다. 그녀가 보기에 사라진 물건은 하나도 없었다. 선반 위에는 비어 있는 공간이 전혀 없었고, 그림이나 장식품도 그대로였다. 그녀는 일꾼들을 불렀다. 그들은 판지를 이어 붙인 상자에 닥치는 대로 책을 던져 넣었다. 그러다 일을 좀 더 빨리 끝내기 위해, 아예 책장의 칸별로 놓여 있는 책들을 모조리 쓸어 담았다. 날지도 못하는 책날개들이 상자 속으로 곤두박질쳐서 힘없이 쌓였다. 그러다 결국 상자가 동이 나자 일꾼들은 작업을 멈추고, 채워진 상자들만 차에 싣고 떠났다. 나중에 확인해보니 그들이 가져간 건 A부터 L에 해당하는 모든 책이었다.

그동안 상속자 포피엘스키는 자동차 옆에 서서 흡족한 표정으로 신선한 공기를 음미했다. 몇 달 동안 방에만 틀어박혀 있다가 차가운 바깥 공기를 마시니 정신이 몽롱해지면서 흥분이 고조되었다. 웃고, 큰 소리로 기뻐하고, 춤추고 싶었다. 산소가 걸쭉한 핏속으로 퍼져나가면서 꽉 막혔던 동맥을 팽창시켰다.

고시치니에즈를 통과하여 키엘체로 달리는 자동차 안에서 그가 부인에게 말했다. "모든 게 제대로 돌아가고 있어. 지금 벌어지는 모든 일이 다 좋은 거라고."

그러고 나서 상속자 포피엘스키가 미소를 머금고 한마디 덧붙였다. "드디어 클로버 8을 제거했어."

운전사와 일꾼, 그리고 상속자의 부인이 서로 걱정스러운 표정을 주고받았다.

게임의 시간

게임 설명서인 〈이그니스 파투스. 한 명의 게이머를 위한 유익한 게임〉에서 네 번째 세계에 대한 설명에는 다음과 같은 내용이 적혀 있다.

신은 신성한 고통 속에서 자신에게 위안을 주었던 열정을 되새기며 네 번째 세계를 창조했다.

인간을 창조하고 나자 신은 정신이 번쩍 들었다. (적어도 본인은 각성한 듯한 느낌을 받았다.) 그래서 천지창조를 멈췄다. 이보다 더 완벽한 피조물이 또 어디에 있겠는가? 이제 그는 자신의 신성한 시간 속에서 자신이 만든 작품에 감탄했다. 신의 눈길이 인간의 내면으로 점점 깊숙이 파고들수록 인간에 대한 신의 사랑은 더욱 열렬하게 타올랐다.

하지만 인간은 감사할 줄 몰랐다. 땅을 경작하고 자손을 번식하느라 분주한 나머지, 신에게 관심을 두지 않았다. 그러자 신의 마음속에서 슬픔이 솟아났고, 거기서 어둠이 배어 나왔다.

신은 아무런 대가도 바라지 않고 인간을 짝사랑했다.

다른 여느 사랑과 마찬가지로 신의 사랑 또한 고통스러웠다. 그러는 동안 인간은 점점 성숙해졌고, 성가신 연인에게서 벗어나야겠다고 결심했다. 인간이 말했다.

"제가 떠날 수 있게 허락해주세요. 제 방식대로 세상에 대해 파악할 수 있도록 해주세요. 부디 제가 길을 떠날 수 있게 도와주세요."

신이 인간에게 말했다.

"나 없이 혼자서는 감당하지 못할 것이다. 가지 마라."

"날 좀 내버려두세요."

인간이 말했다. 신은 애석해하면서 인간을 향해 사과나무 가지를 기울였다.

신은 혼자 남아서 인간을 그리워했다. 어느 날 신은 자신이 천국에서 인간을 추방하는 꿈을 꾸었다. 인간에게 버려졌다는 사실이 그만큼 고통스러웠기 때문이다.

　"내게 돌아와라. 세상은 끔찍한 곳이야. 널 죽일 수도 있어. 지진과 화산 폭발, 화재와 홍수를 보렴."
　신은 비를 머금은 먹구름에서 천둥을 내렸다.

　"그만 좀 내버려두세요. 내가 알아서 할 거예요."
　인간이 신에게 대답하고는 사라졌다.

파베우의 시간

파베우가 말했다.

"어떻게든 살아야지. 애들도 키워야 하고, 돈도 벌어야 하잖아. 공부도 계속해서 높은 곳으로 올라가야지."

그리고 그렇게 했다.

파베우는 아우슈비츠 수용소에서 살아남은 유대인 아바 코지에니츠키와 함께 다시 나무 장사를 시작했다. 그들은 벌목용 숲을 사들여서 목재를 만들어 운송도 했다. 파베우는 오토바이를 사서 인근 마을들을 돌아다니며 주문을 받았다. 돼지가죽으로 만든 서류 가방도 하나 장만해서 그 안에 영수증 철과 카피 펜슬 몇 자루를 넣고 다녔다.

이윤이 제법 쏠쏠했으므로 그의 주머니는 늘 현금으로 채워졌다. 파베우는 학업을 계속하기로 결심했다. 의사 면허는 가능성이 별로 없었지만, 간호조무사나 응급의료원 자격을 취득하는 것은 가능했다. 파베우 보스키는 밤마다 파리 떼의 번식이나 조충류(條蟲類)의 복잡한 먹이사슬에 대해 파고들기 시작했다. 식품 속에 함유된 비타민 함량이나 폐결핵 또는 장티푸스와 같은 전염병의 확산 경로에 대해서도 공부했다. 몇 년간의 교육 과정을 이수하고 난 뒤, 파베우는 무지와 미신으로부터 자유로워진 현대 의학과 위생학이 인간의 삶을 바꿔놓을 거라고 확신하게 되었다. 폴란드의 시골에서도 살균된 냄비들을 사용하고, 앞마당도 전부 리졸로 소독하게 될 날이 올 거라고 기대했다. 그래서 파베우는 인근에서는 처음으로 자신의 집에 욕실 겸 치료실을 겸하는 공간을 만들었다. 그곳은 정말 티 하나 없이 깨끗했다. 에나멜을 씌운 욕조, 깨끗이 문질러 닦은 수도꼭지, 뚜껑 달린 철제 휴지통, 솜과 충전제를 보관하는 유리그릇을 구비했고, 맹꽁이자물쇠가 부착된 유리문이 달린 찬장에 의료 기구와 약품을 보관했다. 후속 과정을 이수한 뒤에는 간호사 자격증을 취득했고, 치료실에서 환자들에게 주사를 놓을 수 있게 되었다. 주사를 놓기 전에 일상생활에서 위생과 청결을 유지하는 방법에 대해 짧은 강연을 하는 것도 물론 잊지 않았다.

얼마 뒤 숲이 국유화되는 바람에 아바와의 사업이 실패했다.

아바는 외국으로 떠났다. 작별 인사를 하러 보스키를 찾아왔고, 두 사내는 형제처럼 서로를 부둥켜안았다. 파베우 보스키는 인생에서 새로운 국면이 시작되었음을 깨달았다. 이제는 모든 걸 혼자서 감당해야 했다. 주변 환경 또한 완전히 바뀌었다. 주사를 놓는 일만 해서는 가족을 먹여 살릴 수가 없었다.

그래서 파베우는 지금까지 취득한 모든 자격증을 가죽 가방에 넣고는 오토바이를 타고 타슈프로 가서 새 일자리를 구했다. 그는 살균 소독과 채변 검사를 전문으로 하는 지역 보건소에 일자리를 얻었다. 이 시점부터, 특히 당에 가입하고 난 뒤부터 파베우의 지위는 천천히, 하지만 돌이킬 수 없이 상승했다.

그가 하는 일은 엔진 소리가 요란한 오토바이를 타고 인근 마을들을 돌아다니면서 가게나 음식점들이 위생과 청결을 유지하는지 검사하는 것이었다. 서류와 시험관이 잔뜩 든 가죽 가방을 든 그가 나타나면, 음식점이나 가게의 주인들은 마치 세상의 종말을 알리는 전령이 찾아온 것처럼 대했다. 파베우는 원하기만 하면 당장이라도 음식점이나 가게의 문을 닫게 할 수 있었다. 그는 중요한 인물이었다. 그래서 점주들은 그에게 선물을 주었고, 보드카를 권했으며, 가장 신선한 고기로 만든 족발 요리를 안주로 대접했다.

그러다 파베우는 우클레야를 만나게 되었다. 그는 타슈프에서 제과점을 운영했는데, 그 밖에도 비공식적으로 몇 개의 다른 사업체를 운영했다. 우클레야는 당장에 파베우를 서기관과 변호사들이 사는 세상, 연회와 사냥, 술과 접대부가 넘쳐나는 세상으로 이끌었다. 그 세상은 파베우에게 인생에서 가능한 많은 것을 얻어낼 수 있다는 용기와 확신을 심어주었다.

이렇게 해서 우클레야는 아바 코지에니츠키의 빈자리, 그러니까 모든 남자가 인생에서 필요로 하는 벗이자 멘토로 정해진 그 자리를 차지했다. 우클레야가 없었다면, 파베우는 그저 아무도 이해하지 못하는 외로운 전사(戰士)에 불과했을 것이다. 잠시 눈을 돌리기만 해도 살금살금 기어 나오는 어둠과 혼돈으로 가득 찬 이 세상에서.

버섯균의 시간

버섯균은 숲 곳곳에서 자란다. 아니, 어쩌면 태고 마을 전역에 퍼져 있을지도 모른다. 보드라운 지표면 아래에서, 잔디와 바위 밑에서 그것들은 가느다란 실과 줄이 뒤엉킨 타래를 만들어내고 모든 걸 휘감으려 든다. 버섯균은 사실 놀라운 힘을 갖고 있기에, 느리지만 끊임없이 전진하는 특유의 동력으로 흙덩어리도 관통하고 나무뿌리도 휘감으며 커다란 바위도 짓누른다. 버섯균은 곰팡이와 비슷해서 희고 섬세하며 차갑다. 지하의 정교한 레이스 자락, 헴스티치*가 된 축축한 균사, 세상의 미끄러운 탯줄이다. 버섯균은 목초지를 뒤덮고, 사람이 다니는 길을 침범

---

* 씨줄을 몇 올 단위로 뽑아 날줄을 감치는 자수법.

하고, 담벼락을 기어오르고, 때로는 뜻하지 않게 괴력을 발휘하여 인간의 몸을 공격하기도 한다.

버섯균은 식물도, 동물도 아니다. 천성적으로 햇볕에 친화적이지 않기에 태양으로부터 아무런 힘도 흡수하지 못한다. 따뜻한 것이나 살아 있는 것들은 버섯균의 관심을 끌지 못한다. 천성적으로 따뜻하지도 않고, 생기도 없기 때문이다. 버섯균이 존재하는 건 땅속에 배어들어 있는 즙 또는 썩거나 죽은 것들의 찌꺼기에 남아 있는 즙을 빨아 마시기 때문이다. 버섯균은 죽음의 생이고, 부패의 생이며, 모든 죽은 것들의 생이다.

버섯균은 1년 내내 차갑고도 축축한 자손들을 낳는다. 여름과 가을에 세상에 나오는 버섯들은 가장 아름다운 아이들이다. 사람들이 오가는 길가에는 가느다란 자루가 돋보이는 큰낙엽버섯이 돋아나고, 거의 완벽에 가까운 형상의 먼지버섯과 황토색 어리알버섯이 초록빛 잔디에 새하얀 빛깔로 수를 놓는다. 비단그물버섯과 구멍장이버섯은 부러진 나무들을 당당히 뒤덮는다. 숲은 노란색 살구버섯과 올리브빛 무당버섯, 스웨이드 빛깔의 그물버섯으로 가득 찬다.

버섯균은 아이들을 선별하거나 차별하지 않는다. 모든 버섯에게 생장 에너지와 홀씨를 퍼뜨릴 수 있는 능력을 부여한다. 그리고 어떤 버섯에게는 향기를, 또 어떤 버섯에게는 사람들의 눈을 피해 몸을 숨길 수 있는 재능을, 또 어떤 버섯에게는 숨 막히게 아름다운 자태를 허락해준다.

땅속 깊은 곳, 보데니차 숲의 한가운데에 흰색의 커다란 균사체가 박동하고 있다. 바로 버섯균의 심장이다. 여기서 버섯균이 생성되어 세상의 모든 곳으로 퍼져나간다. 이곳의 숲은 어둡고 습하다. 무성하게 자란 검은 덩굴딸기가 나무 그루터기를 휘감고 있고, 모든 것은 이끼로 뒤덮여 있다. 사람들은 보데니차의 땅속에 버섯의 심장이 박동하고 있다는 사실을 몰랐지만, 본능적으로 이곳을 피해 다녔다.

마을 사람 중에서 오직 루타만 이 사실을 알고 있었다. 이곳에서 매년 돋아나는 가장 아름다운 광대버섯들을 보고서 그녀는 이 사실을 눈치챘다. 광대버섯은 버섯균의 경호원들이다. 루타는 광대버섯들이 잔뜩 돋아난 땅바닥에 누워서 눈처럼 새하얀 속치마를 연상시키는, 거품과도 같은 갓 속을 훔쳐보곤 했다.

언젠가 루타는 버섯균의 일생에 대해 들은 적이 있었다. 그것들은 마치 숨죽인 한숨과도 같은 지하의 바스락거림이었다가, 나중에 균사체가 실을 뽑아내면 흙덩이를 두드리는 작은 울림으로 바뀌게 된다. 루타는 인간의 시간으로 치면, 80년에 한 번씩 박동하는 버섯균의 심장 소리를 들었다.

그때부터 루타는 보데니차의 습지에 자주 와서 축축한 이끼

위에 드러눕곤 했다. 그렇게 한동안 꼼짝 않고 있으면, 버섯균이 어쩐지 다르게 느껴졌다. 버섯균은 시간을 느리게 흘러가도록 만들기 때문이다. 루타는 몽유 상태에 빠져서 모든 걸 완전히 다른 방식으로 보았다. 바람 한 점 한 점의 미세한 흐름, 곤충들의 느리고 우아한 날갯짓, 물 흐르듯 부드러운 개미의 움직임, 나뭇잎의 표면에 내려앉아 있는 햇살의 입자들을 보았다. 새들의 지저귐이나 동물들의 비명과 같은 각종 고음들이 쿵쿵거리고 으르렁거리는 저음으로 탈바꿈하면서 마치 안개처럼 땅 위를 미끄러져 내려갔다. 루타가 느끼기로는 이렇게 몇 시간도 넘게 누워 있었던 것 같았지만, 실은 순간의 시간이 흘렀을 뿐이었다. 버섯균은 이런 식으로 시간을 자신의 것으로 소유했다.

이지도르의 시간

루타는 보리수 아래서 그를 기다렸다. 바람이 불었고, 나무들이 우두둑 갈라지면서 신음과도 같은 소리를 냈다.

"곧 비가 올 거야." 인사 대신에 루타가 말했다.

그들은 고시치니에츠를 따라 말없이 걷다가 보데니차 뒤쪽에 있는 자신들의 숲으로 방향을 틀었다. 이지도르는 반 발자국 뒤에서 걸으며, 훤히 드러난 소녀의 어깨를 몰래 훔쳐보았다. 소녀의 피부는 거의 투명해 보일 정도로 얇았다. 그는 그 살갗을 만져보고 쓰다듬고 싶었다.

"옛날에 내가 너한테 경계선을 보여주었던 거 기억나?"

이지도르가 고개를 끄덕였다.

"나중에 제대로 탐구해보기로 했었는데 말이야. 하지만 난 어떤 땐 그 경계선을 믿을 수가 없어. 이방인들을 함부로 태고에 들어오게 했잖아……."

"학문적인 관점에서 보면, 그런 경계선이 존재한다는 건 불가능해."

루타가 깔깔거리며 웃더니 이지도르의 팔을 잡았다. 그러고는 낮은 소나무들이 우거진 숲으로 그를 끌고 갔다.

"그럼 다른 걸 보여줄게."

"뭘? 대체 보여줄 게 얼마나 더 남았는데? 그냥 한꺼번에 다 보여줘."

"그렇게 하고 싶지만 불가능해."

"죽은 거야, 살아 있는 거야?"

"둘 다 아니야."

"동물이야?"

"아니."

"식물?"

"아냐."

이지도르가 그 자리에 멈춰 서서 걱정스럽게 물었다.

"그럼 사람이야?"

루타는 아무런 대답도 하지 않고, 그의 손을 놓았다.

"안 갈래." 이지도르가 말하며 그 자리에 쪼그리고 앉았다.

"싫으면 관둬. 강요하고 싶은 맘 없으니까."

루타는 그의 옆에 무릎 꿇고 앉아서 여름철 수많은 개미 떼가 지나간 흔적을 들여다보았다.

"너는 때로는 아주 영리한데, 때로는 바보 같아."

"바보 같을 때가 더 많지." 이지도르가 슬퍼하며 말했다.

"너한테 숲속에 있는 뭔가 신기한 걸 보여주고 싶었어. 엄마가 그랬거든. 그게 바로 태고의 중심이라고. 근데 넌 보고 싶어 하지 않는구나."

"알았어. 가보자."

숲에서는 바람 소리는 들리지 않았지만, 대신 후텁지근했다. 이지도르는 루타의 목덜미에 맺힌 작은 땀방울을 보았다.

"좀 쉬자. 여기 누워서." 이지도르가 뒤에서 말을 걸었다.

"곧 비가 내릴 거야, 어서 가자."

이지도르는 잔디 위에 누워서 깍지 낀 손을 머리 뒤에 괴었다.

"세상의 중심 따위는 별로 보고 싶지 않아. 그냥 여기에 너랑 함께 눕고 싶어. 이리 와."

루타는 망설였다. 몇 발자국 물러났다가 다시 돌아왔다. 이지도르는 눈을 찌푸려서 가늘게 떴다. 그러자 루타가 흐릿한 형체로 보였다. 그 형체가 다가오더니 잔디에 누웠다. 이지도르는 손을 뻗어 루타의 다리에 가져다 댔다. 손가락 끝에서 솜털의 미세한 감촉이 느껴졌다.

"나는 네 남편이 되고 싶어. 루타. 너랑 사랑을 나누고 싶다고."

그러자 루타가 다리를 옆으로 치웠다. 이지도르는 눈을 뜨고 루타의 얼굴을 마주 보았다. 그녀는 어딘지 모르게 차갑고 단호해 보였다. 이지도르가 알던 루타가 아니었다.

"나는 내가 사랑하는 사람과는 절대 그 짓을 안 할 거야. 증오하는 사람들과만 할 거야. 갈래. 원하면 따라와." 루타가 말하며 자리에서 일어섰다.

이지도르도 서둘러 일어나서 루타의 뒤를 따라갔다. 늘 그렇듯 반 발자국 뒤에서 걸었다.

"넌 변했어." 이지도르가 조용히 말했다.

"변한 게 당연하지. 그게 뭐가 이상해? 세상은 악랄해. 너도 봤잖아. 도대체 어떤 신이 이따위 세상을 만든 거지? 신이 사실은 악마이든지, 아니면 악을 용납해준 거겠지. 그것도 아니면 스스로 모든 걸 망쳐버렸거나."

"그런 말 하면 안 돼……."

"난 해도 돼." 루타가 말하며 앞으로 달려갔다.

주위가 갑자기 고요해졌다. 이지도르의 귀에는 바람 소리도, 새소리도, 벌레 울음소리도 들리지 않았다. 마치 거대한 솜이불이나 눈 더미, 깃털이 쌓여 있는 곳에 떨어진 것처럼 사방이 비어 있고, 먹먹했다.

"루타!" 이지도르가 외쳤다.

저 멀리 나무들 틈바구니에서 그녀의 뒷모습이 살짝 보였지만, 금방 사라졌다. 이지도르는 그쪽을 향해 뛰어갔다. 그는 어쩔 줄 몰라 초조하게 주위를 둘러보았다. 그 순간 이지도르는 깨달았다. 루타가 없으면 집으로 돌아갈 방법이 없다는 사실을.

"루타!" 이지도르가 좀 더 크게 외쳤다.

"여기 있어." 루타가 대답하며 나무 뒤에서 나타났다.

"태고의 중심을 보고 싶어."

루타는 산딸기와 야생 머루가 열린 덤불 속으로 이지도르를 끌고 들어갔다. 식물들이 이지도르의 스웨터를 자꾸만 잡아당겼다. 잠시 후 커다란 떡갈나무 사이 작은 공터가 눈앞에 펼쳐졌다. 바닥에는 도토리가 잔뜩 깔려 있었다. 오래된 것도 있고, 올해 영근 것도 있었다. 거의 가루가 되어 부서졌거나 싹이 돋아난 것도 있었으며, 신선한 초록빛을 머금은 것도 있었다. 공터 한가운데는 높다랗고 길쭉한, 새하얀 사암 덩어리 하나가 세워져 있었다. 그리고 그 오벨리스크 위에 널찍하고 견고한 돌 하나가 놓여 있었다. 중절모를 연상시키는 형상이었다. 이지도르는 돌로 만든 중절모 아래에서 얼굴 윤곽을 발견했다. 얼굴을 좀 더 자세히 보기 위해 가까이 다가갔다. 그 순간 이지도르는 똑같은 얼굴이 양쪽 구석에 각각 한 개씩 더 놓여 있는 것을 발견했다. 그러니까 그곳에는 모두 세 개의 얼굴이 있는 셈이었다. 순간 이지도르는 이것이 미완성임을 분명히 깨달았다. 뭔가 아주 중요한 게 빠져 있는 듯한 느낌이었다. 그리고 이 모든 것들을 어디선가 본 듯한 생각이 들었다. 지금 이 공터도, 공터의 중앙에 서 있는 사암도, 세 개의 얼굴도 낯익었다. 이지도르는 서둘러 루타의 손을 잡았지만, 그렇다고 안심이 되지는 않았다. 루타는 이지도르를 자기 쪽으로 끌어당겼다. 둘은 손을 잡은 채 도토리를 밟으며 공터를 빙글빙글 돌았다. 바로 그 순간, 이지도르는 네 번째 얼굴을 언뜻 본 것만 같았다. 나머지 세 개와 똑같은 형상이었다. 이지도르의 걸음이 점점 빨라졌고, 그러다 결국 그는 루타의 손을 뿌리쳤다. 돌을 향해 시선을 고정한 채로 점점 빠르게 달리기 시작했기 때문이다. 하지만 그의 눈에 들어오는 건, 여전히 자신을 마주 보고 있는 한 개의 얼굴과 양옆에 있는 두 개의 옆모습뿐이었다. 이제야 그는 뭔가 부족한 듯한 이 알 수 없는 느낌이 어디서 비롯되었는지, 그리고 만물의 근저에 깔린 슬픔, 모든 사물과 현상에 깃들어 있는 슬픔이 어디서 생겨났는지 이해하게 되었다. 한꺼번에 모든 걸 파악하고 아우른다는 건 언제나 불가능한 일이었다.

루타가 마치 이지도르의 생각을 읽기라도 한 듯 말했다. "네 번째 얼굴은 볼 수가 없어. 그게 바로 태고의 중심이거든."

그들이 고시치니에츠에 도착했을 때 비가 쏟아지는 바람에 두 사람 모두 흠뻑 젖었다. 루타의 드레스가 그녀의 몸에 달라붙었다.

"우리 집에 들러서 옷을 말려." 이지도르가 제안했다.

루타는 이지도르의 정면에 서 있었다. 그녀의 등 뒤로 태고의 전경이 보였다.

"이지도르, 난 우클레야와 결혼할 거야."

"안 돼." 이지도르가 말했다.

"여길 떠나서 도시로 가고 싶어. 여행도 하고 싶고, 귀걸이와 하이힐도 갖고 싶어."

"안 돼." 이지도르가 같은 말을 되풀이하면서 몸을 떨기 시작했다. 물방울이 그의 얼굴을 타고 흘러내리는 바람에 태고의 풍경이 일그러졌다.

"그렇게 할 거야." 루타가 말하면서 몇 발자국 뒤로 물러섰다.

이지도르의 다리가 휘청거렸다. 이대로 넘어질까 봐 이지도르는 겁이 났다.

"고작 타슈프로 가는 건데, 뭐. 여기서 멀지 않잖아!"

이렇게 외치며 루타는 숲으로 돌아갔다.

크워스카의 시간

나쁜 인간은 밤이면 비디마치에 왔다. 땅거미가 질 무렵 숲에서 나타났는데, 마치 어둠의 장벽에서 떨어져 나온 것처럼 보였다. 피부는 시커멓고, 얼굴엔 절대 지워지지 않는 나무 그림자가 드리워져 있었다. 머리카락에서는 거미줄이 반짝였고, 턱수염에서는 집게벌레와 왕풍뎅이가 기어 다녔다. 이 모습은 크워스카에게 혐오감을 불러일으켰다. 그에게서는 뭔가 괴이한 냄새가 났다. 사람 같지 않은 냄새, 나무나 파리 냄새 같기도 하고, 멧돼지 털이나 토끼털에서 나는 냄새 같기도 했다. 나쁜 인간이 자신의 몸 안에 들어오는 것을 허락할 때마다 크워스카는 자신이 사람과 교접하는 것이 아님을 알았다. 비록 사람 꼴을 갖추고, 사람의 언어를 두세 마디 구사하긴 하지만, 그는 사람이 아니었다. 이 같은 사실을 인식하자 두려움에 휩싸이기도 했지만, 한편으로는 흥분되기도 했다. 자신이 암토끼나 암돼지, 엘크*와 같이 다른 그 무엇도 아닌 순수한 암컷, 그러니까 세상의 수많은 여느 암컷들과 다름없는 바로 그 암컷으로 탈바꿈했다는 사실, 자신의 안에는 암컷의 속성이 깃들어 있다는 사실에 짜릿했다. 나쁜 인간은 절정의 순간이면, 온 숲에서 다 들릴 만큼 길고 날카로운 울부짖음을 뱉어냈다.

그는 새벽녘에 그녀의 곁을 떠났는데, 그때마다 약간의 음식물을 훔쳐 갔다. 크워스카는 몇 번이나 그의 뒤를 따라 숲으로 가서 은신처를 알아내려 했다. 만약 은신처를 발견하게 되면, 그를 좌지우지할 수 있는 큰 힘을 가질 수 있다고 믿었기 때문이다. 인간이든 동물이든 자신이 몸을 숨기는 장소에는 취약한 본성을 드러내는 뭔가를 남겨놓게 마련이니까.

하지만 커다란 보리수가 서 있는 곳에 이르면, 꼭 나쁜 인간을 놓치고 말았다. 잠시 시선을 떼는 순간, 나무들 사이로 보이던 굽은 등을 가진 나쁜 인간의 뒷모습이 어느 틈에 사라졌다. 어느 순간, 그는 마치 땅속으로 꺼져버린 것처럼 자취를 감췄다.

결국 크워스카는 자신에게서 풍기는 인간의 냄새, 특히 여자

---

*   유럽이나 아시아에 사는 큰 사슴.

의 향기가 문제임을 알게 되었다. 바로 이 냄새 때문에 그녀가 뒤를 밟을 때마다 나쁜 인간이 눈치챘던 것이다. 그래서 어느 날 크워스카는 버섯과 나무뿌리, 솔잎과 낙엽들을 긁어모아서 돌항아리에 담았다. 그리고 거기에 빗물을 붓고 며칠을 기다렸다. 나쁜 인간이 그녀를 찾아왔다가 이튿날 새벽, 돼지비계를 입에 물고 숲으로 향하자, 그녀는 재빨리 옷을 벗고 돌항아리에 보관해둔 혼합물을 온몸에 바른 뒤, 살금살금 그의 뒤를 따라갔다.

그녀는 나쁜 인간이 목초지의 가장자리, 잔디밭에 앉아서 돼지고기를 먹는 것을 지켜보았다. 다 먹고 난 뒤, 나쁜 인간은 땅바닥에 대고 양손을 문질렀다. 그리고 키가 높이 자란 풀숲으로 들어갔다. 그곳에서 그는 겁먹은 눈빛으로 사방을 둘러보며 코를 킁킁거렸다. 심지어 무슨 소리가 들리기라도 한 듯 땅바닥에 바짝 엎드리기도 했다. 잠시 후 크워스카의 귀에 짐수레 한 대가 볼라로 향하는 길을 덜컹거리며 지나가는 소리가 들려왔다.

나쁜 인간은 파피에르니아 숲으로 들어갔다. 크워스카 또한 풀숲으로 따라 들어가서 몸을 바짝 숙인 채 그의 흔적을 쫓아 열심히 따라갔다. 하지만 숲을 거의 벗어나 가장자리에 이르자 그의 모습은 보이지 않았다. 나쁜 인간이 그랬듯 코를 킁킁대며 냄새를 맡아보았지만, 아무것도 느낄 수가 없었다. 그녀는 속수무책이 되어 커다란 떡갈나무 밑을 맴돌았다. 그런데 갑자기 옆으로 나뭇가지 하나가 떨어졌다. 잠시 후 두 번째, 세 번째 나뭇가지가 떨어졌다. 크워스카는 그제야 실수를 깨달았다. 그녀는 고개를 들었다. 나쁜 인간이 떡갈나무 가지 위에 앉아서 위협적으로 이빨을 드러내고 있었다. 밤의 연인은 그녀를 겁먹게 했다. 그는 절대 사람처럼 보이지 않았다. 그는 그녀를 향해 경고를 보내듯 으르렁거렸다. 크워스카는 빨리 이곳을 벗어나야 한다는 걸 직감했다.

그녀는 곧장 강으로 가서 자신의 몸에 깃든 대지와 숲의 냄새를 씻어냈다.

루타의 시간

우클레야의 바르샤바*는 될 수 있는 한 가장 가까운 곳까지
다가가서 멈췄다. 그래도 우클레야는 차에서 내려 몇 미터를 걸
어가야만 했다. 트럭이 지나다녀서 움푹 팬 바큇자국에 발이 걸
려 넘어질 뻔할 때마다 그는 욕을 했다. 거의 반쯤 무너진 크워
스카의 오두막에 간신히 도착한 우클레야는 화를 내며 침을 뱉
었다.

"이보시오, 아주머니. 좀 나와보시오. 용건이 있소!" 그가 소리
쳤다.

---

* 사회주의 시절 폴란드에서 생산된 차종. 폴란드의 수도인 바르샤바에서 착안하
여 상품명을 지었다.

크워스카가 집 밖으로 나와서 시뻘건 우클레야의 눈을 똑바로 마주 보았다.

"당신한테 이 아이를 내줄 순 없어."

우클레야는 잠시 자신감을 잃었지만, 금방 기운을 되찾고는 침착하게 말을 이었다.

"벌써 내 것인데, 뭘. 단지 이 아이가 엄마로부터 축복을 받아야 한다고 하도 고집을 부려서 그렇지. 그러니 결혼을 허락해주시오."

"당신한테 주진 않을 거야."

우클레야는 자동차를 향해 몸을 돌리면서 소리를 버럭 질렀다. "루타!"

자동차 문이 열리고 루타가 내렸다. 머리에 쓴 작은 모자 아래로 짧게 잘라 웨이브를 넣은 머리카락이 흘러내렸다. 폭이 좁은 치마에 굽 높은 구두를 신으니 훨씬 더 마르고 키가 커 보였다. 하이힐을 신은 루타는 모래가 깔린 길을 걸으며 자꾸만 비틀거렸다. 크워스카는 그런 루타를 애처로운 눈길로 바라보았다.

"이봐요, 부인, 어서 딸을 축복하쇼. 우리는 시간이 별로 없다니까."

그는 루타를 가볍게 앞으로 떠밀었다.

"루타, 어서 집으로 들어가자." 크워스카가 말했다.

"싫어요, 엄마. 난 이 남자와 결혼할 거예요."

"이 사람은 너에게 해를 끼칠 거야. 난 이 사람에게 널 빼앗기게 될 거고. 그는 늑대 같은 인간이야."

우클레야가 웃음을 터뜨렸다.

"루타, 어서 들어가자……. 이건 다 바보 같은 짓거리야."

하지만 루타는 우클레야를 향해 거칠게 몸을 돌리면서 손가방을 그의 발밑에 내던졌다.

"엄마가 허락해줄 때까지 안 갈 거야!" 루타가 화를 내며 소리쳤다. 그러고는 엄마에게 다가갔다. 크워스카가 그녀를 껴안았고, 그들은 우클레야가 더는 참지 못할 지경에 이를 때까지 그렇게 서 있었다.

"루타, 돌아가자. 어머니를 설득할 필요 없어. 싫은 건 싫은 거니까. 아휴, 어머님이 어찌나 예의 바르신지……."

바로 그때 크워스카가 딸의 머리 너머로 우클레야를 쳐다보며 말했다.

"이 아이를 데려가도 되는데, 대신 한 가지 조건이 있어."

"뭐요?" 우클레야가 관심을 보였다. 그는 협상을 즐겼다.

"10월부터 4월 말까지는 네가 이 아이를 데리고 있고, 5월부터 9월까지는 내가 데리고 있는 거야."

우클레야는 이해가 잘 안 되는 듯 놀란 얼굴로 크워스카를 쳐다보았다. 그러고는 손가락으로 달을 세어보더니, 이 제안은 공평치 않을뿐더러 자기에게 이롭다는 결론에 이르게 되었다. 그가 크워스카보다 한 달이나 더 루타를 가질 수 있게 된 것이다. 그는 야비하게 웃었다.

"좋아요, 그렇게 합시다."

루타는 엄마의 손을 꼭 잡고서 자신의 뺨에다 갖다 댔다.

"고마워요, 엄마. 모든 게 다 잘될 거예요. 거기서는 내가 원하는 모든 걸 다 가질 수 있어요."

크워스카는 루타의 이마에 입을 맞췄다. 그들이 떠날 때 크워스카는 우클레야를 쳐다보지도 않았다. 자동차는 출발하기 전에 잿빛 연기를 내뿜었다. 덕분에 비디마치의 나무들은 생애 처음으로 배기가스를 맛보았다.

미시아의 시간

　베드로 성인과 바오로 성인의 축일*이 있는 6월이 되면, 파베우는 친척이나 직장 동료, 서기관들, 변호사들을 초대해서 잔치를 벌였다. 하지만 생일에는 오직 우클레야만 초대했다. 생일은 절친한 벗들과 함께하는 날이라고 파베우는 생각했다. 그리고 그에게 벗은 한 명뿐이었다.

　아이들은 바르샤바의 둔탁하게 웅웅거리는 소리가 들리면 겁에 질려 계단 밑에 있는 아지트로 몸을 숨겼다. 우클레야는 자신도 모르게 아이들을 무섭게 만들었다. 그는 아이들을 위해 커다란

---

*　'파베우'라는 이름은 성서의 '바오로'에서 비롯된 것이다. 가톨릭 국가인 폴란드에서는 통상 성서 속에 등장하는 인물이나 성인의 이름을 따서 아이의 이름을 짓고, 그 이름을 가진 성인이나 복자(福者)의 축일을 생일처럼 기념하고 축하한다.

보온병에 아이스크림을 넣어 왔고, 널빤지 상자에는 웨이퍼**를 가득 담아 왔다.

푸른색 임부복을 입은 미시아는 우클레야와 루타를 거실 탁자로 안내했다. 하지만 그들은 곧바로 자리에 앉지 않고 서성거렸다. 문간에서 이지도르가 루타를 붙잡았다.

"나한테 새 우표가 생겼어." 이지도르가 말했다.

"이지도르, 손님을 귀찮게 하면 안 돼." 미시아가 이지도르를 나무랐다.

"모피를 입으니 너무 예쁘다. 백설 공주 같아." 이지도르가 루타에게 속삭였다.

미시아가 음식을 내왔다. 젤리에 족발을 넣어 딱딱하게 군힌 술안주와 두 종류의 샐러드가 나왔다. 차가운 훈제 고기 한 접시와 마요네즈 소스에 버무린 달걀 요리도 있었다. 주방에서는 비고스***가 한창 끓고 있었고, 닭 다리도 지글지글 소리를 내며 익는 중이었다. 파베우가 술잔에 보드카를 따랐다. 남자들은 서로 마주 앉아서 타슈프와 키엘체의 가죽 시세에 대해 이야기를 나누었다. 그러다가 우클레야의 음담패설이 시작되었다. 보드카

** 얇고 바삭하게 구운 과자. 흔히 아이스크림과 함께 먹는다.
*** 절인 양배추에 잘게 썬 소시지나 삶은 달걀, 돼지고기 등을 함께 넣고 푹 끓여서 만든 폴란드 전통 요리.

가 목구멍을 타고 넘어가자 육체의 갈증을 달래기에는 술잔이 너무 작게 느껴졌다. 얼굴이 벌겋게 달아오르고 옷자락을 풀어 헤쳤음에도 불구하고, 남자들은 여전히 말짱해 보였다. 하지만 결국에는 그들의 눈동자가 안쪽에서부터 얼어붙기라도 한 듯 초점을 잃고 뿌옇게 흐려졌다.

"내가 도와줄게요." 루타의 말에 미시아가 칼을 건네주었다. 루타의 커다란 손이 케이크를 자르자 새빨간 손톱이 마치 핏방울처럼 새하얀 크림 위에서 반짝거렸다.

남자들이 노래를 부르기 시작했다. 미시아는 불안한 표정으로 루타를 쳐다보았다.

"아이들을 재워야겠어. 이 케이크를 탁자에 좀 내다 줄래?" 미시아가 부탁했다.

"올 때까지 기다릴게요, 미시아. 그동안 설거지를 할게요."

"루타! 이리 와. 이 창녀 같으니!" 거실에서 술 취한 우클레야의 고함이 들려왔다.

"가자." 미시아가 재빨리 케이크를 담은 쟁반을 들면서 말했다.

루타는 칼을 놓고 마지못해 미시아의 뒤를 따라갔다. 두 여자는 남편들 옆에 앉았다.

"내가 우리 여편네에게 뭘 사줬는지 좀 보라고. 이 보디스* 말이야!"

우클레야는 고래고래 소리를 지르며 루타의 블라우스 자락을 끌어당겼다. 그러자 주근깨가 나 있는 그녀의 가슴골과 레이스가 달린 새하얀 브래지어가 훤히 드러났다. "프랑스제라고!"

"그만해." 루타가 목소리를 낮춰 말했다.

"뭘 그만하라는 거야? 너한테 이러면 안 된다는 거야? 넌 내 거야. 네 몸뚱이와 네가 가진 모든 게 다 내 거라고."

우클레야는 흥겨워 어쩔 줄 모르는 파베우를 쳐다보면서 반복해서 말했다.

"넌 내 거야! 네가 걸친 이 모든 것이 다 내 것이라고! 겨울엔 넌 계속해서 내 소유야. 여름이 되면 엄마한테로 달아나겠지만."

파베우가 우클레야를 향해 가득 채운 술잔을 내밀었다. 여자들이 다시 주방으로 돌아갔지만, 남자들은 개의치 않았다. 루타는 탁자에 앉아 담뱃불을 붙였다. 그때 기회를 엿보며 루타를 주시하던 이지도르가 우표와 엽서가 든 상자를 가져왔다.

"이것 좀 봐." 이지도르가 들뜬 목소리로 말했다.

루타는 엽서를 손에 들고서 한 장씩 넘기며 들여다보았다. 붉은 립스틱을 바른 입술로 새하얀 입김을 내뿜자 담배에 신비로운 붉은 자국이 새겨졌다.

---

*   몸통에 꼭 맞고 가슴부터 허리까지 끈을 조여 입는 일종의 조끼.

"원하면 네게 줄 수도 있어." 이지도르가 말했다.

"아니야. 여기 와서 함께 보는 게 더 좋아, 이지도르."

"여름이 되면, 우리 더 많은 시간을 함께 보낼 수 있는 거지, 안 그래?"

이지도르는 마스카라를 두껍게 칠한, 루타의 딱딱한 속눈썹에 커다란 눈물방울이 맺혀 있는 것을 보았다. 미시아가 잔에다 보드카를 따라서 루타에게 건네주었다.

"미시아, 난 정말 운이 없는 거 같아요."

루타가 말했다. 그러자 속눈썹에 갇혀 있던 눈물방울이 뺨을 타고 흘러내렸다.

아델카의 시간

아델카는 아버지의 친구들, 특히 담배와 먼지 냄새를 풍기는 옷을 입고 다니는 사내들이 죄다 싫었다. 그중에서 가장 비중이 큰 거물은 우클레야였다. 덩치가 크고 뚱뚱해서 그런 모양이었다. 하지만 비디나 씨가 아버지에게 다녀갈 때면, 우클레야조차도 작고 예의 바른 사내로 돌변해서 목소리를 낮추고 조심조심 말하곤 했다.

비디나는 기사가 운전하는 차를 타고 왔다. 기사는 집 앞에 차를 세우고 그 안에 앉아 저녁내 비디나를 기다렸다. 비디나는 초록빛 사냥꾼 제복을 입고 깃털 달린 중절모를 쓰고 다녔다. 파베우를 만나면 반갑다며 오랫동안 등을 두드렸고, 미시아의 손등에다 거칠게 입을 맞췄다. 미시아는 아델카에게 막내인 비테크를 돌보라고 이르고는 식료품 저장고에 내려가서 가장 좋은 식재료를 꺼내 왔다. 말린 소시지와 햄을 써는 미시아의 손에서 칼날이 번쩍였다. 파베우는 비디나에 대해 자랑스럽게 말했다.

"요즘 같은 세상에는 이런 사람과 알고 지내는 게 얼마나 좋은 일인데."

아버지와 알고 지내는 사람들은 사냥 애호가들이었다. 그래서 그들은 숲에 다녀오는 길이면 죽은 토끼나 꿩을 잔뜩 싣고 파베우의 집에 들르곤 했다. 그들은 자리에 앉기 전에 거실 탁자에 자신들이 잡은 사냥감들을 자랑스럽게 내려놓고, 보드카 반 잔을 급히 들이켰다. 집 안에서 비고스 향기가 진동했다.

이런 저녁이면 연주를 해야만 한다는 걸 아델카는 알고 있었다. 안테크에게도 아코디언을 챙기도록 말해놨다. 아빠가 화가 나면 이 세상에 그보다 무서운 게 없다는 걸 아델카는 누구보다 잘 알고 있었다.

분위기가 무르익어 마침내 때가 되면, 엄마는 남매에게 방에 가서 악기를 가져오라고 시켰다. 남자들이 담배를 피우기 시작하자 잠시 침묵이 흘렀다. 아델카가 첫 음을 내자 안테크가 거기에 맞춰 연주를 시작했다. 구슬픈 멜로디의 러시아 노래 '만주의 언덕 위에서'가 시작되자 파베우는 바이올린을 가져와서 연주에 가세했다. 미시아는 문간에 서서 흐뭇한 눈빛으로 식구들을 바라보았다.

"막내에겐 콘트라베이스를 사줘야겠어." 파베우가 말했다.

비테크는 사람들이 자기를 쳐다보자 엄마 뒤로 숨었다.

아델카는 연주하는 내내 거실 탁자에 놓여 있는 죽은 동물들만 생각했다. 그것들은 모두 눈을 뜨고 있었다. 새의 눈은 마치 반지의 유리알 같았다. 하지만 토끼의 눈은 훨씬 더 끔찍했다. 아델카의 느낌으로는 마치 자신의 행동 하나하나를 주시하는 것만 같았다. 새들은 마치 순무 다발처럼 몇 마리를 한데 모아서 다리를 끈으로 묶어놓았다. 토끼는 한 마리씩 따로따로 놓여 있었다. 아델카는 동물들의 털을 쓰다듬으며 그 밑에 가려진 총상을 찾아보려 애썼다. 하지만 둥글게 엉겨 앉은 딱지만 발견되었다. 죽은 토끼의 코에서 핏방울이 뚝뚝 흘러내려 마룻바닥에 떨어졌다. 토끼 주둥이는 고양이와 비슷했다. 아델카는 토끼 머리가 탁자 위에 편히 놓일 수 있도록 위치를 고쳐주었다.

어느 날 아델카는 총을 맞아 죽은 꿩들 사이에서 처음 보는 새 한 마리를 발견했다. 꿩보다 몸집이 좀 작았고, 눈부시게 아름다운 푸른색 깃털을 갖고 있었다. 이 푸른빛이 아델카를 황홀하게 만들었다. 아델카는 깃털을 갖고 싶었다. 그걸로 무엇을 할지도 모르면서 그저 무작정 소유하고 싶었다. 그래서 조심조심 털을 뽑기 시작했다. 하나씩 둘씩 깃털을 뽑다 보니 어느새 아델카의 손에는 한 뭉치의 깃털 다발이 들려 있었다. 아델카는 머리를 묶는 새하얀 리본으로 그 깃털 다발을 묶고는 엄마에게 보여주러 갔다. 그런데 주방에는 아빠가 있었다.

"이게 뭐야? 너 무슨 짓을 한 게냐? 대체 네가 어떤 일을 저질렀는지 알기나 해?"

아델카가 찬장 근처로 물러섰다.

"비디나 씨의 어치에 손을 대고, 깃털을 뽑다니! 그분이 특별히 잡은 새인데."

미시아는 파베우 옆에 서 있었다. 주방 출입문 너머로 무슨 일인지 궁금해하는 손님들의 얼굴이 보였다.

아버지는 아델카의 팔을 와락 움켜잡고는 거실로 데려갔다. 파베우가 화를 내며 아델카를 밀치는 바람에 아델카는 누군가와 이야기를 나누고 있던 비디나의 앞에 서게 되었다.

"무슨 일이지?" 비디나가 멍한 표정으로 물었다. 그의 눈은 뿌옇게 변해 있었다.

"이 아이가 감히 어치의 깃털을 뽑았습니다." 파베우가 소리쳤다.

아델카가 깃털 다발을 앞으로 내밀었다. 양손이 부들부들 떨리고 있었다.

"비디나 씨에게 어서 깃털을 돌려드려라." 파베우가 다시 한

번 아델카를 향해 고함을 쳤다.

"미시아, 어서 가서 완두콩을 가져와. 저 아이를 단단히 혼내야겠어. 애들은 엄하게 키워야 해……. 그리고 늘 강하게 통제해야 한다고."

미시아는 마지못해서 파베우에게 완두콩이 든 주머니를 건네주었다. 파베우는 거실 한구석에다 완두콩을 뿌리고는 딸에게 그 위에 무릎 꿇고 앉으라고 명령했다. 아델카가 무릎을 꿇었다. 잠시 사방이 조용해졌다. 아델카는 자신을 쳐다보는 모두의 시선을 느꼈다. 차라리 이 자리에서 죽는 게 낫겠다는 생각이 들었다.

"아, 그놈의 어치는 잊어버려. 술이나 따르라고, 파베우."

비드나가 침묵을 깨고 입을 열었다. 그러자 다시 왁자지껄한 여흥이 시작되었다.

파베우의 시간

파베우는 등을 대고 똑바로 누워 있었다. 그는 자신이 잠들지 못하리라는 걸 알았다. 창문 너머는 뿌연 회색빛이었다. 머리가 깨질 듯 아팠고, 목이 타들어갈 것처럼 갈증이 났다. 하지만 너무 지친 나머지, 일어나 주방으로 갈 만한 기력이 남아 있질 않았다. 그는 누워서 엊저녁의 일들을 떠올려보았다. 흥청망청한 술잔치, 처음 몇 차례의 건배(이후의 건배는 아예 기억이 나질 않았다), 우클레야의 저속한 농담들, 춤과 노래, 여인들의 못마땅한 표정과 불평의 말들. 그러다 문득 자신이 올해 마흔한 살이 되었다는 걸 깨달았다. 이렇게 인생의 첫 장이 막을 내린 것이다. 그동안 그는 꽤 높은 자리에 올랐고, 지금은 또 이렇게 심한 숙취에 시달리며 등을 대고 똑바로 누운 채 시간이 흐르는 것을 바라보고 있다. 파베우는 오늘과는 다른 날, 그리고 다른 밤을 떠올려보았다. 마치 영화를 뒤에서부터 앞으로 틀어놓은 것처럼 다양한 장면이 눈앞에 펼쳐졌다. 하지만 그 영화는 그의 삶처럼 우스꽝스럽고 그로테스크하며 별다른 의미가 없었다. 파베우는 각 장면의 세세한 항목들까지 찬찬히 들여다보았지만, 여전히 하찮고 무의미해 보였다. 이렇게 그는 과거를 전부 돌아보았다. 그 시간 속에는 아무것도 건질 게 없었다. 자부심을 가질 만한 일도 없고, 자신을 기쁘게 하거나 긍정적인 생각을 일깨우는 것도 없었다. 이 기괴한 이야기 속에서 구체적이고 지속적이며 확실히 손에 잡히는 건 결국 하나도 없었던 것이다. 그저 끊임없는 투쟁과 채울 수 없는 야망, 이루지 못한 꿈만 있을 뿐이었다. '이룬 게 하나도 없네.' 파베우는 생각했다. 문득 울고 싶어졌다. 울음을 터뜨려보려 했지만, 어릴 때부터 오랫동안 울지 않았기에 우는 법을 잊고 말았다. 파베우는 걸쭉하고 씁쓸한 침을 꿀떡 삼키면서, 목구멍과 폐에서 어린아이의 흐느낌을 뽑아내려고 안간힘을 썼다. 하지만 소용없었다. 그래서 그는 미래 속에 생각을 던져 넣고, 앞으로 벌어질 일들과 앞으로 해야 할 일들에 대해서 억지로 집중하기 시작했다. 새로운 교육과정을 이수하고, 승진도 해야지. 아이들은 중등학교에 입학하겠네. 집도 증축하고, 방도 세를 놓아야겠군. 아니, 방이 아니라 펜션을 운영하는 거야. 키엘체와 크라쿠프에서 온 휴양객들을 위해 여름휴가 용으로 작은 집을 지어야겠다……. 비록 잠시였지만, 기운이 솟아나서 두통이나 바싹 마른 헛바닥, 터져 나오지 못한 울음에 대해 잊을 수 있었다. 하지만 곧 끔찍한 슬픔이 되돌아왔다. 미래 역시 과거와 별다르지 않으리라는 예감이 들었다. 앞으로 이런저런 일들이 벌어지겠지만, 지금까지 그래왔듯이 결국엔 아무 쓸모도 없을 것이다. 이런 생각이 마음속에서 두려움을 불러일으켰다. 이 모든 것들, 교육과정과 승진, 펜션과 집 증축, 모든 계획과 활동 너머에는 궁극적으로 죽음이 도사리고 있기 때문이다. 그렇게 파베우 보스키는 숙취에 시달리던 그 불면의 밤에 자신의 죽음이 시작되는 것을 무력하게 바라볼 수밖에 없었다. 그리고 깨달았다. 그의 인생에서 정오의 시각은 이미 지났음을, 그리하여 이제부터는 은밀하게, 서서히, 자신도 미처 인식하지 못하는 사이에 땅거미가 내려앉으리라는 것을.

파베우는 자신이 길가의 한옆에 내던져진 돌멩이나 버려진 아이 같다고 느꼈다. 그는 아무리 잡으려 해도 잡히지 않는 이 거친 현재의 시간 속에서 바닥에 등을 대고 똑바로 누운 채 스스로가 매초 무(無)의 늪으로 가라앉고 있음을 생생히 감지했다.

루타의 시간

루타는 심지어 우클레야를 사랑하겠다는 각오까지 되어 있었다. 몸이 성치 않은 커다란 짐승처럼 그를 대할 생각이었다. 하지만 우클레야는 그녀의 사랑을 원치 않았다. 그가 원하는 건 그녀 위에서 군림하는 것이었다.

루타는 때로 우클레야의 몸속에 털이 덥수룩한 나쁜 인간이 들어앉아 있는 것만 같은 생각이 들었다. 나쁜 인간이 엄마의 위에 올라타듯이 우클레야 또한 루타 위에 올라앉곤 했다. 엄마는 항상 얼굴에 미소를 머금고서 그를 받아들였지만, 루타의 마음속에서는 그때마다 증오와 노여움이 치밀어 올라 마치 밀가루 반죽처럼 부풀어 오르곤 했다. 일을 치르고 나면 우클레야는 그녀의 위에 엎어져 잠들었고, 그의 몸에서는 술 냄새가 진동했다.

그러면 루타는 간신히 그의 몸에서 빠져나와 욕실로 갔다. 욕조에 물을 가득 받아놓고 물이 다 식을 때까지 그 속에 앉아 있었다.

루타는 집에 홀로 갇혔다. 우클레야는 그녀를 위해 '안식처' 라는 이름의 레스토랑에서 주문한 온갖 음식을 부엌으로 날라 다 주었다. 차갑게 식힌 치킨, 족발, 생선 살로 만든 투명한 젤리, 야채샐러드, 마요네즈를 바른 달걀, 생크림을 곁들인 청어 등 메뉴에 적혀 있는 것이면 뭐든 다 주문했다. 우클레야의 집에 부족한 건 하나도 없었다.

루타는 종일 이 방에서 저 방으로 돌아다녔고, 라디오를 듣고, 드레스를 입어보고, 신발과 모자를 착용해보았다. 그녀에겐 두 개의 커다란 옷장과 온갖 장신구가 잔뜩 담긴 보석함이 있었고, 열 개가 넘는 모자에 수십 켤레의 구두도 있었다. 원하는 건 뭐든 당장 손에 넣을 수 있었다. 처음에 루타는 이 옷들을 차려입고서 타슈프 거리도 돌아다니고, 중앙광장에 있는 성당 앞을 당당히 지나가고, 그런 자신의 자태를 바라보는 사람들의 질투 섞인 곁눈질과 한숨 소리를 만끽할 수 있을 줄 알았다. 하지만 그녀의 외출은 오직 우클레야와 함께일 때만 허락되었다. 그는 루타를 친구들에게 데려가서 실크 스커트 자락을 걷어 올리며 그녀의 허벅지를 자랑했다. 아니면 태고의 보스키네 집에 데려가거나, 변호사와 서기관들과 함께 브리지 게임을 하는 곳에 데려갔다. 거기서 그녀는 자신의 나일론 스타킹을 들여다보며 따분하고 지루한 시간을 보내야만 했다.

그러다 우클레야는 자신에게 빚을 진 사진사로부터 스탠드형 카메라와 암실을 꾸미는 데 필요한 장비를 손에 넣게 되었다. 루타는 사진을 찍는다는 게 어떤 것인지, 그 원리를 금방 깨우쳤다. 사진기는 침실에 놓여 있었다. 우클레야는 잠자리에 들기 전에 항상 자동 셔터 기능을 누르곤 했다. 나중에 루타는 암실의 붉은 조명 아래에서 우클레야의 살집 많은 몸뚱이와 엉덩이, 생식기, 검은 털로 뒤덮인, 마치 여자의 유방처럼 지방이 많고 불룩 튀어나온 가슴을 보았다. 부위별로 조각나 있는 자신의 가슴과 허벅지, 배도 보았다. 그리하여 집에 홀로 남겨질 때면 그녀는 드레스를 차려입고 향수를 뿌리고는 우아한 몸짓으로 카메라의 눈동자 앞에 섰다.

"찰칵!"

사진기가 탄성을 내뱉었다.

미시아의 시간

해마다 5월이 되면, 미시아는 새삼스레 시간이 흐른다는 사실을 걱정하곤 했다. 5월은 예기치 못한 사이에 달의 행렬 속을 헤집고 들어와서 불쑥 제 모습을 드러내기 때문이다. 그렇게 한순간에 만물이 생장하여 꽃을 피운다. 단번에.

이른 봄, 주방 창밖으로 펼쳐지는 황갈색 잿빛에 익숙해진 미시아는 시시각각 바뀌는 5월의 풍경에 적응하기 힘들었다. 제일 먼저 목초지가 이틀 만에 초록빛으로 물들고 나면, 흑강이 뒤따라 초록빛을 내뿜는다. 그리고 강물은 날마다 다른 색조를 머금는다. 파피에르니아의 숲은 황색이 섞인 녹색이 되었다가, 그냥 녹색으로 변했다가, 결국에는 색조가 점점 어두워지면서 그림자 속에 파묻히게 된다.

5월이 되면 미시아의 과수원에서 꽃들이 만개한다. 그것은 겨우내 퀴퀴한 냄새를 풍기던 옷가지들과 커튼, 침대 시트, 깔개, 헝겊 냅킨, 침대보를 세탁하라는 신호다. 미시아는 사과꽃이 활짝 핀 나무와 나무 사이에 빨랫줄을 걸고, 거기에 세탁물을 널어놓는다. 분홍색과 흰색이 만발한 과수원에는 빨랫감 덕분에 짙은 원색이 더해진다. 미시아의 등 뒤에서 아이들과 암탉과 개들이 뛰논다. 때로는 이지도르가 거들 때도 있다. 하지만 그는 항상 미시아가 별 관심 없는 이야기들만 늘어놓았다.

과수원에서 미시아는 생각했다. 나무에 꽃이 피고, 꽃잎이 흩날리고, 나뭇잎이 갈색으로 변하고, 낙엽이 되어 떨어지는 걸 막는다는 건 불가능한 일이라고. 내년에도 모든 것이 변함없으리라는 생각에 미시아는 짜증 났다. 사실이 아님을 잘 알고 있었기 때문이다. 내년이 되면 나무는 달라진다. 키도 훌쩍 자라고, 가지도 더욱 무거워진다. 잎사귀도 달라지고, 과실도 달라진다. 지금 꽃이 활짝 핀 저 가지도 내년에는 절대 똑같은 모습이 아니다. '빨랫줄에 널려 있는 세탁물도 결코 올해와 같을 순 없다. 나도 내년에는 지금과 같은 내가 아니다.' 미시아는 생각했다.

미시아는 주방으로 돌아가서 점심을 차리기 시작했다. 그러자 문득 지금 자기가 하는 모든 일이 부질없고 서투르게만 여겨졌다. 만두는 모양이 고르지 않았고, 밀가루 경단도 매끄럽지 못했으며, 국수는 두껍고 평범했다. 껍질 벗긴 감자에는 미처 잘라 내지 않은 싹이 잔뜩 돋아 있었다.

지금의 미시아는 바로 저 과수원 같았고, 시간에 굴복할 수밖에 없는 세상의 여느 다른 존재들과 다를 바 없었다. 셋째를 출산하고 나서 미시아는 살이 많이 쪘고, 머리카락은 윤기를 잃은 채 가느다래졌다. 눈동자 색깔도 이제는 씁쓸한 초콜릿처럼 어두웠다.

네 번째 아이를 임신하면서 그녀는 처음으로 넷은 너무 버겁다는 생각을 했다. 그녀는 아이를 원치 않았다.

아들이 태어났고, 마레크라는 이름을 지어주었다. 조용하고 차분한 아이였다. 처음부터 밤새도록 잠만 잤다. 엄마가 젖을 물리려 하면, 그때만 잠시 잠에서 깨어났다. 파베우가 또 다른 교육과정을 들으러 다녔기 때문에 미시아의 산후조리는 미하우가 맡았다.

"아이 넷은 너한테 너무 많다. 피임을 좀 하는 게 좋을 거 같구나. 방법은 파베우가 아마 잘 알고 있을 거야." 미하우가 말했다.

그러다 얼마 안 있어 미시아는 파베우가 우클레야와 함께 창녀촌에 드나든다는 사실을 알게 되었다. 그건 어쩌면 그에게 화를 낼 일이 아닐 수도 있었다. 임신 중에 미시아는 살이 급격히 쪘고, 온몸이 퉁퉁 부었고, 산후조리 기간에 체중은 더욱 늘었다. 그래도 파베우에게 화가 나서 견딜 수가 없었다.

파베우는 공무원으로서 자기가 관리하는 레스토랑의 웨이트리스들과 푸줏간의 여자 점원들, 술집의 여자 바텐더들을 닥치는 대로 안고, 그들과 잤다. 그 사실을 미시아는 잘 알고 있었다. 파베우의 셔츠에서 립스틱 자국이나 긴 머리카락 몇 가닥을 발견하곤 했다. 그의 물건들에서 낯선 향기를 감지했다. 그러다 결국 미시아는 파베우가 자기와 사랑을 나눌 땐 절대 사용하지 않는 콘돔이 가득 든 상자를 찾아냈다.

미시아가 위층에서 이지도르를 불렀다. 남매는 함께 힘을 모아서 침실에 있는 부부 침대를 반으로 쪼갰다. 이지도르는 이 아이디어가 맘에 든 것 같았다. 심지어 방 배치를 다시 하면서 이지도르는 아이디어를 내기도 했다. 침대와 침대 사이, 방 한가운데에다 커다란 야자수 화분을 놓자는 것이었다. 미하우는 주방에서 담배를 피우며 남매를 물끄러미 지켜보았다.

파베우가 취해서 집에 돌아오자 미시아는 아이 넷을 데리고 그에게 다가갔다.

"한 번만 더 그런 짓 하면, 당신을 죽여버릴 거야." 미시아가 말했다.

처음에 파베우는 눈을 끔뻑거렸다. 하지만 무슨 일인지 모르겠다는 시늉은 하지 않았다. 그저 구석에다 신발을 벗어 던지고는 호탕하게 웃음을 터뜨렸다.

"당신을 죽일 거라고." 미시아가 암울한 목소리로 다시 한번 힘주어 말했다. 그러자 그녀의 팔에 안겨 있던 갓난아기가 서럽게 울어대기 시작했다.

늦가을, 마레크는 백일해에 걸려 심하게 앓다 죽었다.

과수원의 시간

　과수원에는 해마다 번갈아가며 나타나는 두 개의 시간이 있다. 하나는 사과나무의 시간이고, 다른 하나는 배나무의 시간이다.

　3월에 토양이 따뜻해지면 과수원이 진동하기 시작하면서, 지하에 파묻힌, 집게처럼 생긴 발들이 대지의 살가죽을 파고들기 시작한다. 나무들은 마치 어린 강아지처럼 토양의 수분을 빨아마시고, 그렇게 나무의 몸통은 점점 따뜻해진다.

　사과나무의 해에 나무들은 지하에 흐르는 강물의 샘물을 빨아들인다. 이 물은 변화와 운동의 힘을 갖고 있다. 여기에는 생장과 전진, 확산에 필요한 성분이 함유되어 있다.

　배나무의 해가 되면, 상황은 완전히 달라진다. 배나무의 시간에 나무들은 광물로부터 단물을 빨아들여서 태양광을 머금은 잎사귀에 부드럽게 점진적으로 전달한다. 나무들은 현재 키에서 성장을 멈추고, 그저 단맛 그 자체를 음미한다. 아무런 움직임도 없이, 일말의 성장이나 진전도 없이. 이 시기에 과수원은 하나도 변하지 않는다.

사과나무의 해에 꽃은 짧게 피지만, 가장 아름다운 자태를 뽐낸다. 혹한이 꽃들의 목을 베기도 하고, 거센 바람이 함부로 폭력을 행사하기도 한다. 열매는 많이 열리지만, 대신 크기가 작고 두드러지지 않는다. 씨앗은 자신이 생성된 곳에서부터 훨씬 멀리까지 홀씨를 퍼뜨린다. 민들레는 시냇물을 건너고, 잔디는 숲을 넘어 다른 목초지로 번져가며, 때로는 바람이 그들을 멀리 바다 건너까지 날려 보내기도 한다. 동물의 어린 새끼들은 약하고 덩치도 작지만, 초반에 살아남으면 훗날 건강하고 영리한 종자로 성장하게 된다. 사과나무의 해에 태어난 여우는 매나 담비와 마찬가지로 닭장을 넘는 걸 두려워하지 않는다. 고양이는 허기 때문이 아니라 살상 행위 자체를 즐기기 위해 쥐를 죽인다. 진딧물은 인간이 만든 정원을 공격하고, 나비의 날개는 이 시기에 가장 아름다운 색깔을 내뿜는다. 사과나무 해의 여름이 되면, 여기저기서 아이디어들이 샘솟는다. 사람들은 새로운 진로를 모색한다. 숲을 개척하고, 묘목을 심는다. 강에다 둑을 만들고, 땅을 사들이고, 새집을 짓기 위해 주춧돌을 놓는다. 사람들은 또한 여행을 꿈꾼다. 남자는 자신의 여자를 배신하고, 여자는 자신의 남자를 배신한다. 아이들은 갑자기 성장하여 자신의 길을 찾아 떠난다. 사람들은 잠을 거의 이루지 못한다. 술도 많이 마신다. 중요한 결단을 내리고, 지금껏 한 번도 해보지 못한 모험을 시작한다. 새로운 목표와 이상이 수립된다. 정부가 바뀐다. 주식시장은 불안정하게 요동치고, 날마다 누군가는 부자가 되고, 누군가는 전 재산을 탕진한다. 혁명이 일어나서 정권이 바뀐다. 사람들은 몽상에 빠져 꿈을 현실이라고 착각한다.

배나무의 해에는 새로운 일은 거의 일어나지 않는다. 이미 시작되었던 것들은 그 상태로 지속을 도모하고, 여태껏 생겨나지 못한 것들은 부재(不在) 속에서 힘을 축적한다. 식물들은 뿌리와 줄기가 더욱 강인해지지만, 키가 자라진 못한다. 꽃들은 서서히 한가롭게 피어나는 대신, 거대한 꽃송이를 만들어낸다. 장미 넝쿨에서는 그리 많은 꽃이 피진 않지만, 대신 장미 송이 하나하나의 크기가 사람 주먹만큼이나 크고 탐스럽다. 배나무의 해에 영그는 열매들은 달고 향기가 그윽하다. 씨앗은 자신이 돋아난 바로 그 밑으로 떨어져서 뿌리를 더욱 튼튼하게 만들어준다. 곡식의 낟알들은 튼실하고 무겁다. 만약 인간이 제때에 수확하지 않으면, 곡식들이 그 무게를 감당하지 못해 부러질 정도다. 동물과 인간의 몸에는 지방이 켜켜이 쌓여간다. 헛간마다 농작물이 넘쳐나기 때문이다. 엄마는 몸집이 큰 아이를 출산하고, 쌍둥이들이 평소보다 자주 탄생한다. 동물들 또한 덩치 큰 새끼들을 낳으며, 그들을 먹이기에 충분할 만큼 모유가 샘솟는다. 사람들은 집을 새로 짓고, 나아가 도시를 건설하겠다고 마음먹는다. 설계도를 그리고 땅의 면적도 측량하지만, 본격적인 작업에는 착수하지 않는다. 은행은 상당한 이익을 내고, 거대한 공장의 창고마다 제품들이 그득 쌓인다. 정부는 기반을 견고히 한다. 사람들은 몽상에 빠져 있다가 언젠가는 꿈이 이루어질 거라고 믿는다. 심지어 이미 늦었는데도 불구하고 반드시 이루어질 것이라고 기대한다.

파베우의 시간

파베우는 아버지의 임종 때문에 며칠간 휴가를 써야만 했다. 아버지는 셋째 날에 죽었다. 다들 이미 끝이라고 생각했지만, 보스키 영감은 한 시간 만에 자리에서 일어나, 고시치니에츠까지 걸어갔다. 그리고 담장 옆에 서서 고개를 끄덕였다. 파베우와 스타시아는 양쪽에서 팔을 부축해서 침대로 데려왔다. 그로부터 사흘 동안 보스키 영감은 꿈쩍도 하지 않았다. 파베우가 보기에는 아버지가 뭔가를 간절히 원하고 있고, 그래서 애원의 눈길로 자기를 쳐다보는 것만 같았다. 그래도 자신은 할 수 있는 모든 걸 다 했노라고 파베우는 생각했다. 아버지 곁을 내내 지키고 앉아서 물도 먹이고 침대 시트도 갈아주었으니까. 죽어가는 아버지를 위해 더 이상 무엇을 할 수 있을지, 파베우는 알지 못했다.

보스키 영감은 결국 최후를 맞았다. 파베우는 아침 무렵에 깜빡 잠이 들었다가 한 시간쯤 뒤에 눈을 떴다. 그리고 아버지가 숨을 쉬지 않는다는 사실을 깨달았다. 노인의 바짝 마른 몸이 마치 빈 자루처럼 축 늘어졌다. 이제 아버지의 몸속에는 의심의 여지 없이 아무것도 남지 않았다.

파베우는 영생을 믿지 않았기에 이 광경이 너무나 끔찍하게 느껴졌다. 자신도 머지않아 이렇게 죽은 고깃덩어리로 변하게 될 것이며, 자신이 이 세상에 남기게 될 흔적 또한 고작 그것뿐이리라고 생각하니 두려움이 온몸을 휘감았다. 눈물이 흘러내렸다.

스타시아는 침착함을 잃지 않았다. 아버지가 생전에 손수 짜놓은 관을 파베우에게 보여주었다. 관은 헛간의 구석, 한쪽 벽에 세워져 있었는데, 지붕널로 만든 뚜껑이 달려 있었다.

장례를 치러야만 했기에 파베우는 자신의 의지와는 상관없이 교구신부를 만나러 갔다.

사제관의 앞마당에 세워진 차 옆에서 신부와 마주쳤다. 교구신부는 파베우를 어둡고 썰렁한 사무실로 안내했다. 한가운데에 번쩍거리고 윤기 나는 책상이 놓여 있었다. 신부는 사망자 등록 명부에서 해당 페이지를 찾느라 오랫동안 지체했다. 그러고는 거기에다 사망한 보스키에 관한 정보를 정성껏 써넣었다. 파베우는 문 앞에 서서 기다리다가 문득 뭔가를 부탁하는 탄원자처럼 보이기 싫어서 책상 옆에 있는 빈 의자에 가서 앉았다.

"비용이 얼마나 들까요?" 파베우가 물었다.

교구신부는 만년필을 옆으로 치우더니 그의 얼굴을 빤히 쳐다보았다.

"당신을 성당에서 못 본 지 꽤 오래된 거 같군요."

"저는 신자가 아닌데요."

"당신 아버님도 미사 시간에 통 보기가 힘들던데요."

"해마다 성탄 자정미사에는 참석하셨습니다."

신부가 한숨을 내쉬더니 자리에서 벌떡 일어났다. 그러고는 양손을 깍지 껴서 따닥따닥 소리를 내며 사무실을 왔다 갔다 했다.

"오, 주여! 자정미사라고요? 제대로 된 신자라면, 상상조차 못 할 일입니다. '주일을 거룩하게 지내라'고 성경에 적혀 있지 않습니까?"

"아, 저는 그쪽에는 아예 신경을 쓰지 않았습니다."

"만약 고인께서 지난 10년 동안 매주 주일미사에 참석해서 헌금으로 1즈워티씩 내셨다면, 그 액수가 얼마나 되는지 아십니까?"

교구신부는 잠시 생각에 잠겼다가 입을 열었다.

"장례식 비용은 2000즈워티입니다."

파베우의 머리에 피가 솟구쳐 올랐다. 어찌나 화가 났는지 눈에 핏발이 서서 사방에 온통 붉은 얼룩들이 보일 정도였다.

"제기랄, 그럼 다 집어치우죠."

파베우가 자리에서 벌떡 일어났다. 그러고는 한걸음에 문으로 달려가 문고리를 잡았다.

"뭐, 좋습니다, 보스키 씨. 그러면 200즈워티로 하십시다."

책상 저편에서 신부의 목소리가 들려왔다.

죽은 자들의 시간

보스키 영감은 숨을 거두고 난 뒤에, 죽은 자들의 시간 속에 머물게 되었다. 어떤 섭리가 작용하여 이 시간이 예슈코틀레의 공동묘지로 들어오게 된 것이다. 공동묘지의 담벼락에는 서투른 글씨체로 다음과 같은 내용이 새겨진 현판이 걸려 있었다.

신이 보고 계신다

시간은 달아난다

죽음이 쫓아온다

영생이 기다린다

보스키는 죽자마자 자신이 큰 실수를 저질렀음을 깨달았다.

그는 유연하지 못하고, 부주의하게 죽음을 맞았다. 죽음의 과정에서 혼동을 일으키는 바람에 모든 과정을 다시 한번 겪어야만 했던 것이다. 게다가 그는 죽음 또한 삶과 마찬가지로 일종의 꿈이라고 생각했다.

죽음에 대해 학습할 필요가 없다고 여기는 어리석은 자들, 마치 시험처럼 죽음의 과정을 제대로 통과하지 못한 사람들은 이렇게 죽은 자들의 시간 속에 갇히게 된다. 세상이 앞으로 나아갈수록, 생을 찬미할수록, 생과 더욱 강렬하게 연결될수록 죽은 자들의 시간은 더욱 혼잡해졌고, 공동묘지는 더욱 소란스러워졌다. 죽은 자들은 이곳에 와서야 '삶이 끝난 후'에 대해 인식하게 되고, 자신들이 지금까지 주어진 시간을 허비했음을 깨닫게 된다. 죽고 난 뒤에 비로소 생의 비밀을 발견하게 되지만, 그 발견은 헛된 것이었다.

루타의 시간

크리스마스가 다가오자 루타는 비고스를 준비했다. 그녀는 비고스에 카르다몸* 한 주먹을 넣었다. 카르다몸 알갱이가 너무도 아름다웠기 때문이다. 알갱이는 이상적인 모양에 검은 광채를 내뿜고 있었고, 향기를 머금고 있었다. 심지어 이름조차 멋있었다. 마치 먼 나라의 이름 같았다—카르다몸 왕국.

비고스 안에 들어가자 카르다몸은 검은 윤기를 잃었다. 대신 양배추의 구석구석에 카르다몸 향기가 스며들었다.

루타는 크리스마스이브에 저녁을 차려놓고 남편을 기다렸다. 침대에 누워 손톱에 매니큐어를 칠했다. 그러고는 우클레야

---

* 생강과 식물에 열리는 열매로 약용 또는 향신료로 쓴다.

가 집에 가져다 놓은 독일 신문들을 침대 밑에서 꺼내어 들여다보았다. 제일 먼저 눈길을 끈 건, 먼 나라의 사진들이었다. 거기에는 이국적인 해변의 풍경과 멋지게 그을린 구릿빛 피부의 남자들과 매끈한 피부를 뽐내는 늘씬한 여자들이 있었다. 신문을 통틀어 루타가 아는 단어는 딱 하나, '브라질'뿐이었다. 사진 속의 이국적인 먼 나라는 브라질이었다. 브라질에는 거대한 강이 흘렀고(흑강과 백강을 합친 것보다 백배는 큰 강이었다), 울창한 밀림이 있었다(태고 인근의 '비엘키* 숲'보다 천배는 클 것이다). 브라질의 도시에는 부(富)와 풍요가 넘쳐났고, 사람들의 표정은 행복하고 만족스러워 보였다. 겨울이 한창이었지만, 루타는 갑자기 엄마가 그리워졌다.

우클레야는 늦게 귀가했다. 그가 눈이 잔뜩 묻은 모피 코트 차림으로 현관에 들어서는 순간, 루타는 남편이 술에 취했음을 알았다. 그는 카르다몸 향기를 질색했고, 비고스도 싫어했다.

그가 버럭 고함을 질렀다. "대체 왜 우세크**나 바르슈치***를 만들지 않는 거야? 크리스마스이브잖아! 네가 잘하는 건 섹스밖에 없지. 그것도 아무나 안 가리잖아. 러시아 놈이건, 독일 놈

---

*   여기서는 고유명사로 쓰였지만 '크다', '거대하다'라는 뜻이 있다.
**   버섯이나 고기로 속을 채워 빚은 경단. 주로 수프에 넣어 먹는다.
*** 순무를 주재료로 만든 수프.

이건, 아니면 반푼이 이지도르건, 그냥 아무나하고 닥치는 대로 하잖아. 네 머릿속에는 온통 그 생각뿐이지. 안 그래, 이 화냥년 아!"

그는 비틀거리며 루타에게 다가오더니 그녀의 얼굴을 세게 때렸다. 그녀가 쓰러졌다. 우클레야는 그녀의 옆에 무릎 꿇고서 억지로 그녀의 안으로 밀고 들어가려 했다. 하지만 축 늘어진 그의 남성은 말을 듣지 않았다.

"당신을 증오해!" 루타가 이를 악물며 말하고는 그의 얼굴에다 침을 뱉었다.

"잘됐네. 증오도 사랑처럼 강렬한 법이니까."

루타는 술 취한 사내의 육중한 몸에서 간신히 빠져나왔다. 그러고는 방으로 뛰어들어 가 문을 잠갔다. 잠시 후 비고스가 든 냄비가 방문에 부딪히는 요란한 소리가 났다. 찢어진 입술에서 피가 흘렀지만, 루타는 상관하지 않았다. 그녀는 거울 앞에 서서 드레스를 입어보았다.

부서진 문틈으로 밤새도록 카르다몸 향기가 방 안으로 스며들었다. 립스틱과 모피 코트에서도 카르다몸 향기가 났다. 그것은 이국적인 브라질의 향기, 멀고 먼 여행의 향기였다. 루타는 잠을 이룰 수 없었다. 드레스를 죄다 입어보고, 거기에 맞춰 구두와 모자를 모조리 착용해보고 난 뒤, 침대 밑에서 트렁크 두 개를 꺼내서 그 안에 가장 값비싼 물건들만 집어넣었다. 고가의 모피 두 벌과 은빛 여우 털목도리, 장신구가 든 보석 상자와 브라질에 대한 사진이 실린 신문 한 부를 챙겼다. 그러고는 든든히 옷을 입고, 트렁크를 챙겨서 발끝을 든 채로 살금살금 거실을 빠져나갔다. 소파에는 우클레야가 코를 골며 널브러져 있었다.

루타는 타슈프를 지나 키엘체로 가는 도로에 이르렀다. 트렁크를 끌면서 몇 킬로미터나 되는 눈길을 힘겹게 걸었다. 마침내 어둠 저편으로 숲으로 들어가는 입구가 보였다. 바람이 불면서 다시 눈발이 날리기 시작했다.

루타는 태고 마을의 경계선에 도착했다. 그 순간 그녀는 몸을 돌려 얼굴을 북쪽으로 향했다. 순간 루타는 자기 안에서 모든 경계선과 관문과 폐쇄된 공간을 통과할 수 있게 해주는 어떤 자유로운 감정을 맛보았다. 눈보라가 거세게 몰아쳤다. 루타는 무엇 하나 남김없이 온전히 그 속으로 빨려 들어갔다.

게임의 시간

게이머가 다섯 번째 세계에 도달한 후 뭘 해야 할지 몰라 설명서에서 도움을 구할 경우, 〈이그니스 파투스. 한 명의 게이머를 위한 유익한 게임〉에는 다음과 같은 내용이 적혀 있다.

다섯 번째 세계에서 신은 고독이 자신을 괴롭힐 때마다 자신과 이야기를 나눈다.

사람들을 내려다보는 걸 즐기는 신은 특히 '욥'이라는 이름을 가진 사내를 주시한다. '그가 가진 모든 소유물을 빼앗고, 그의 자신감을 형성하는 기반을 뒤흔들어놓는다면, 그렇게 그를 둘러싼 것들을 한 꺼풀씩 벗겨버리면, 그래도 그는 지금과 같은 상태를 유지할 수 있을까? 나를 저주하

고 모독하려 들지 않을까? 이 모든 것에도 불구하고 그는 여전히 나를 사랑하고 존경할 수 있을까?'

신은 욥을 쳐다보면서 자신이 던진 질문에 대답한다. '단언컨대 아닐 것이다. 그가 나를 숭배하는 건 내가 그에게 많은 걸 주었기 때문이다.'

그리하여 신은 양파 껍질 벗기듯 욥이 가진 걸 하나둘씩 앗아 간다. 그러고는 그에게 연민을 느끼며 눈물을 흘린다. 먼저 그가 소유한 전 재산을 박탈한다. 집과 토지, 염소 떼, 일꾼들, 논밭과 숲. 그러고 나서 그가 사랑하는 이들을 하나둘씩 데려간다. 자식들, 여자들, 친척들과 친구들. 마침내 신은 욥에게서 욥을 그 자신으로 만들어준 모든 요소를 제거했다. 건강한 신체와 건강한 정신, 습관, 관심사.

자신이 행한 업적을 바라보던 신이 갑자기 신성한 두 눈을 찌푸린다. 신에게서 뿜어져 나오는 광채와 똑같은 빛이 욥에게서 흘러나오고 있었기 때문이다. 신이 자신의 신성한 두 눈을 찌푸린 것을 보면, 어쩌면 욥의 광채가 더 크고 찬란했으리라. 신은 기겁하면서 서둘러 욥에게 모든 걸 되돌려주었다. 아니, 그에게 더 많은 새로운 것들을 베풀었다. 물물교환이 가능하도록 화폐를 유통시켰고, 돈을 보관할 금고와 은행도 만들어주었다. 화려한 옷가지들과 진기한 물품들, 희망과 욕망도 그에게 안겨주

었다. 끝없는 두려움도 선사했다. 신은 이 모든 걸 욥에게 퍼부었다. 욥의

몸에서 광채가 사그라들어 완전히 사라질 때까지.

릴라와 마야의 시간

쌍둥이 계집아이들은 타슈프의 병원에서 미하우가 심장마비로 세상을 떠난 바로 그해에 태어났다. 아델카가 중등학교에 들어간 해였다. 아델카는 쌍둥이가 태어나서 화가 났다. 바라던 대로 마음껏 책을 읽을 수 없게 되었기 때문이다. 어머니는 다급한 목소리로 주방에서 아델카를 부르며 수시로 도움을 청했다.

가난하고 배고픈 시절이었다. 사람들은 코트 대신에 전쟁 전에 유행하던, 솔기가 다 닳은 재킷을 입고 다녔고, 식료품 저장고에는 언제부터인가 돼지비계가 든 단지와 꿀병 몇 개만 놓여 있었다.

어머니가 쌍둥이를 출산하던 밤을 아델카는 기억하고 있었다. 그날 그녀는 울었다. 그 무렵 할아버지는 이미 병들어서 어머니의 옆 침대에 누워 있었다.

"저는 이제 곧 마흔 살인데 어떻게 계집아이 둘을 키우죠?"

"다른 아이들처럼 키우면 되지." 미하우가 말했다.

하지만 두 명이나 되는 애물단지를 양육하는 부담은 아델카에게 고스란히 넘어갔다. 어머니는 요리와 빨래, 앞마당 청소와 같은 다른 집안일을 하느라 정신이 없었다. 아버지는 밤늦게 집에 왔다. 부부는 마치 서로를 쳐다보는 것도 견딜 수 없다는 듯, 갑자기 상대가 미워진 듯 서로에게 화를 퍼부었다. 그러고 나면 아버지는 지하실로 내려가서 불법으로 몰래 가죽을 무두질했다. 덕분에 식구들이 생계를 유지했다. 아델카는 학교에서 돌아오자마자 여동생들을 유모차에 태워 산책을 나서야만 했다. 그러고 나서 어머니와 함께 동생들에게 이유식을 먹이고, 기저귀를 갈아주었다. 저녁에는 어머니가 동생들을 씻기는 것을 거들었다. 쌍둥이가 잠든 걸 확인하고 나서야 비로소 책상에 앉아 숙제를 할 수 있었다. 그래서 아델카는 동생들이 성홍열에 걸려 앓게 되자, 차라리 죽는 편이 모두를 위해 낫다는 생각을 했다.

쌍둥이는 고열로 의식을 잃은 채 작은 2인용 침대에 나란히 누워서 똑같은 고통에 시달렸다. 의사가 와서 열을 내릴 수 있도록 젖은 시트로 몸을 감싸주라고 했다. 그 말만 남기고 의사는 왕진 가방을 챙겨 자리에서 일어났다. 대문 앞에서 의사는 파베우에게 암시장에 가면 항생제를 살 수 있다고 말했다. '항생제'라는 단어가 마치 동화에 나오는 생명수처럼 마술과 같은 울림을 주었다. 파베우는 곧장 오토바이에 올라탔다. 타슈프에서 스탈린이 죽었다는 소식을 들었다.

파베우는 눈길을 헤치고 우클레야의 집으로 갔지만, 아무도 없었다. 그래서 비다나를 만나기 위해 광장의 당 지부 사무실로 갔다. 울었는지 눈이 퉁퉁 부은 여비서는 서기관을 만날 수 없다며 안으로 들여보내주지 않았다. 파베우는 어쩔 수 없이 밖으로 나왔다. 주위를 이리저리 둘러보았지만 속수무책이었다.

'누가 이미 죽었고, 또 누가 앞으로 죽게 될 것이든 간에 타슈프는 이미 죽음으로 가득 차 있다.' 파베우는 생각했다. 어디 가서 보드카나 마셔야겠다는 생각이 머릿속을 스치고 스쳤다. 바로, 지금 당장. 그의 발걸음이 자연스럽게 그를 '안식처' 레스토랑으로 이끌었다. 그는 곧장 바로 향했다. 바텐더인 바시아가 잘록한 개미허리와 풍만한 가슴을 뽐내며 카운터 뒤에 서 있었다. 탐스러운 머리카락에는 레이스로 장식한 핀이 꽂혀 있었다.

파베우는 당장 카운터 안쪽으로 들어가서 그녀의 향기로운 목덜미를 끌어안고 싶었다. 바시아가 보드카를 더블샷으로 따라주었다.

"무슨 일이 벌어졌는지 들었어요?" 그녀가 물었다.

파베우가 단숨에 보드카 잔을 들이켜자 바시아는 사워크림을 곁들인 청어를 안주로 내왔다.

"항생제가 필요해. 페니실린 말이야. 그게 뭔지 알아?"

"누가 아픈데요?"

"내 딸들."

바시아가 카운터에서 나오더니 어깨에 코트를 걸쳤다. 그러고는 파베우를 비탈길 아래, 강변에 자리한 동네로 안내했다. 예전에 유대인들이 살던 작은 집들이 모여 있는 곳이었다. 그녀는 나일론 스타킹을 신은 탄탄한 다리로 말똥이 쌓여 있는 진창을 가볍게 뛰어넘었다. 그러고는 오두막 하나 앞에서 멈춰 서더니, 파베우에게 그 자리에서 기다리라고 했다. 잠시 후에 그녀가 돌아와서 액수를 말했다. 상당히 큰 돈이었다. 파베우는 그녀에게 지폐 다발을 건네주었다. 잠시 후 그녀가 조그만 마분지 상자 하나를 손에 들고 나타났다. 겉에 쓰인 글귀 중에서 파베우가 이해하는 내용은 딱 한 구절이었다. '미국산(made in the United States)'.

"언제 바에 들를 거예요?" 파베우가 오토바이에 막 오르려는데, 바시아가 물었다.

"지금은 말고." 그가 대답하면서 바시아에게 입을 맞췄다.

저녁 무렵 쌍둥이들의 열이 내리기 시작했고, 다음 날이 되자

완전히 회복되었다. 미시아는 에슈코틀레의 성모에게, 그리고
항생제의 여왕에게, 바로 이렇게 극적인 회복을 빌고 또 빌었었
다. 밤이 되어 쌍둥이들의 이마가 서늘해진 것을 확인한 미시아
는 파베우의 이불 속으로 살그머니 들어가 그의 옆에 누웠다. 그
리고 온 힘을 다해 그를 끌어안았다.

보리수의 시간

예슈코틀레에서 키엘체로 가는 도로까지 이어지는 고시치니에츠의 길가에는 보리수가 줄지어 자라고 있다. 처음부터 끝까지 쭉 같은 모양이다. 보리수는 두꺼운 몸통과 땅속 깊은 곳까지 뻗어 있는 튼실한 뿌리가 있다. 살아 있는 모든 것의 근간은 땅속에서 서로 만난다. 겨울이 되면 보리수의 울창한 가지가 새하얀 눈밭 위에 선명한 그림자를 떨구어 유독 짧아진 낮의 시각을 가늠하게 해준다. 봄이 되면 보리수에 수백만 개의 초록 잎사귀들이 돋아나서 햇빛을 땅속으로 전달해준다. 여름에는 향기로운 꽃들이 곤충 떼를 끌어당긴다. 가을에 보리수는 태고 마을 곳곳에 붉은색과 갈색을 더해준다.

모든 식물이 그렇듯 보리수는 영원한 꿈속에서 살아간다. 그

꿈의 기원은 나무의 종자(種子)에서 비롯된 것이다. 꿈은 보리수와 함께 자라거나 확장되지 않고, 늘 그대로이다. 나무는 시간이 아니라 공간 속에 갇혀 있다. 시간의 구속으로부터 나무를 자유롭게 만들어주는 건 바로 영원히 이어지는 꿈이다. 나무의 꿈에는 동물의 꿈과 달리 감정이 없고, 인간의 꿈과 달리 이미지도 없다.

나무들은 땅속 깊은 곳으로부터 수분을 빨아들이고, 태양을 향해 나뭇잎의 방향을 바꾸며, 식물세포의 활동을 통해 살아간다. 나무의 영혼은 여러 번에 걸쳐 현존을 거듭한 후에야 비로소 안식을 얻게 된다. 나무가 세상을 경험하는 건 바로 이러한 식물세포 덕분이다. 폭풍은 나무에게는 뜨겁고도 차가운 것이며, 잔잔하고도 거친 물살이다. 폭풍이 다가오면, 온 세상도 폭풍이 된다. 폭풍이 불기 전이나 불고 난 후, 나무에게 세상이란 존재하지 않는다.

1년에 네 번씩 일어나는 사계절의 변화를 나무는 알지 못한다. 시간이 흐른다는 것도, 계절이 순서대로 바뀐다는 것도 모른다. 나무에게는 네 가지 특성이 늘 한꺼번에 존재하기 때문이다. 여름의 일부는 겨울이고, 봄의 일부는 가을이다. 열기의 일부는 냉기이고, 탄생의 일부는 죽음이다. 불은 물의 일부이고, 흙은 공기의 일부다.

나무의 입장에서 인간은 영원하다. 그들은 고시치니에츠의 길가에서 항상 보리수 그늘 밑을 오가고 있다. 나무가 보기에 그것은 정체도, 움직임도 아니다. 인간은 영원히 그 자리에 있다. 다시 말해 아예 존재한 적이 없었던 것처럼 늘 똑같은 모습으로 비친다.

도끼질하는 소리, 천둥소리는 나무의 영원한 꿈을 방해한다. 인간들이 죽음이라 부르는 그것은 단지 일시적인 꿈의 중단 상태일 뿐이다. 사람들이 나무의 죽음이라 일컫는 것은 동물들의 불안한 현존과 관련이 있다. 존재에 대한 자각이 또렷해지고 강해질수록 두려움도 배가된다. 하지만 나무는 동물이나 인간이 품고 있는 불안의 세계에 결코 이르지 못한다.

나무가 죽으면, 아무런 의미도 감흥도 없는 그의 꿈은 다른 나무에게 전달된다. 그렇기에 나무는 절대로 죽지 않는다. 존재에 대한 무지가 나무를 시간과 죽음의 속박으로부터 자유롭게 해주기 때문이다.

이지도르의 시간

태고 마을에서 루타가 떠나고, 다시는 돌아오지 않으리라는 사실이 확실해지자, 이지도르는 수도원에 들어가겠다고 결심했다.

예슈코틀레에는 수도원과 수녀원이 있었다. 수녀원의 수녀들은 양로원을 만들어 노인들을 돌봤다. 이지도르는 가게에서 물건을 사서 자전거에 싣고 돌아올 때마다 수녀들과 자주 맞닥뜨렸다. 수녀들은 공동묘지의 임자 없는 묘지들을 돌보기도 했다. 검은색과 흰색이 선명한 대비를 이루는 수녀복이 공동묘지의 빛바랜 회색빛을 배경으로 선명하게 도드라졌다.

수도원은 '신의 개혁가들'이란 이름이었다. 그곳을 찾아가 문을 두드리기까지 이지도르는 허물어져가는 돌벽으로 에워싸인 암울하고 으스스한 수도원 건물을 꽤 오랫동안 관찰했다. 정원에는 늘 똑같은 두 명의 수사가 나와 일을 했다. 그들은 채소를 기르고, 백합이나 스노드롭, 아네모네, 작약, 달리아 등 흰색 꽃들만 키웠다. 제일 높은 자리에 있는 것으로 보이는 수사 한 명이 우체국을 오가기도 하고, 물건도 사러 다녔다. 나머지 수사들은 수도원의 비밀스러운 내부에 영원토록 갇혀 있었다. 스스로를 신에게 봉헌했기 때문이다. 바로 이 점이 이지도르의 맘에 들었다. 세상과 단절되어 있다는 것, 신에게 온전히 몰두할 수 있다는 것. 그러면 신에 대해 더 많은 것을 알게 될 테고, 그가 창조한 세상의 질서를 깊이 있게 연구할 수도 있을 테고, 그러다 보면 아마도 질문에 대한 대답을 찾을 수 있을 것이다. 루타는 어째서 떠났을까, 어머니는 왜 병에 걸렸고 왜 죽었을까, 아버지는 또 왜 죽었을까, 무엇 때문에 사람들과 동물들이 전쟁에서 죽임을 당했을까, 신은 왜 악과 고통을 허락하시는 걸까.

만약 수도원에서 이지도르를 받아들이게 되면, 파베우도 더는 이지도르를 '식충이'라 부르지 않을 테고, 그를 조롱하거나 무시하지 않을 것이다. 이지도르 역시 루타의 흔적이 깃든 그 모든 곳을 더는 보지 않아도 될 것이다.

이지도르는 자신의 결심을 미시아에게 털어놓았다. 미시아가 웃음을 터뜨렸다.

"어디 한번 해봐." 미시아가 아이의 엉덩이를 닦으며 대답했다.

다음 날, 이지도르는 예슈코틀레로 가서 수도원 문 옆에 있는 옛날식 종을 울렸다. 안에서는 꽤 오랫동안 아무런 반응이 없었다. 아마도 그의 인내심을 시험하는 듯했다. 그러다 결국 빗장이 열리더니 어두운 빛깔의 수도복을 걸친 늙은 남자가 문을 열었다. 여태껏 한 번도 본 적 없는 얼굴이었다.

이지도르는 자기가 왜 이곳에 왔는지 설명했다. 수사는 놀라지도, 웃지도 않았다. 그저 고개를 끄덕이고는 이지도르에게 기다리라고 했다. 빗장이 다시 잠겼다. 10여 분이 지난 뒤 문이 열리고, 이지도르는 안으로 안내되었다. 수사는 복도와 계단, 위층과 아래층을 통과하여 이지도르를 널찍한 방으로 안내했다. 중앙에 놓인 책상 하나와 의자 두 개를 제외하고 방은 비어 있었다. 또다시 10여 분이 흐른 뒤에 다른 수사 한 명이 방으로 들어왔다. 우체국을 오가던 바로 그 수사였다.

"수도원에 들어가고 싶습니다." 이지도르가 선언했다.

"무엇 때문이지?" 수사가 대놓고 물었다.

이지도르가 목청을 가다듬었다.

"결혼하고 싶었던 여인이 떠났어요. 부모님은 돌아가셨고요. 전 몹시 외로워요. 비록 잘은 모르지만, 전 신이 그립습니다. 신을 보다 가까이 접하게 되면, 신과의 관계가 훨씬 좋아질 수 있을 거라 생각해요. 책을 통해서, 다른 나라의 언어들을 통해서,

다양한 이론을 통해서 신을 알고 싶어요. 그런데 지역 도서관은 자료가 너무 빈약하거든요…….”

이지도르는 도서관에 책임을 떠넘겼다.

“하지만 수사님, 제가 계속 책만 들고팔 거라고는 생각하지 말아 주세요. 저는 뭔가 유용한 일을 하고 싶어요. ‘신의 개혁가’ 수도원이야말로, 제게 꼭 필요한 곳이라고 생각합니다. 저는 뭔가를 더 낫게 바꾸고 싶고, 모든 악을 바로잡고 싶고…….”

수사가 이지도르의 말을 가로막았다.

“세상을 개선하겠다고……. 흠, 매우 흥미롭구나. 하지만 그건 실현 불가능한 일이야. 세상은 개선할 수도, 개악할 수도 없단다. 그저 지금의 상태로 유지될 뿐이지.”

“하지만 여러분은 스스로를 ‘개혁가’라고 부르고 있잖아요.”

“아, 그것 때문에 오해를 했구나, 애야. 우리는 세상을 개혁할 생각이 추호도 없단다. 그 누구의 이름으로도 말이야. 우리가 개혁하는 건 신이란다.”

잠시 정적이 흘렀다.

“어떻게 신을 개혁할 수 있죠?” 이지도르가 놀라서 물었다.

“할 수 있단다. 사람은 변해. 시대도 변하고. 자동차도, 위성도 마찬가지지……. 그런데 신은 말이야, 때로는……. 음, 어떻게 설명해야 할까? 뭔가 시대착오적으로 느껴질 때가 있거든. 신은 매우 위대하고 전능하지만, 한편으로는 인간의 상상에 부응하기에는 조금씩 부족할 때가 있어."

"신은 변치 않는다고 생각했는데요."

"누구나 본질적인 실수를 저지르기도 하고, 틀릴 때도 있지. 이게 바로 인간의 속성인 거야. 우리 수도원을 창설한 밀로 성인이 증명하셨단다. 만약 신이 변치 않는 존재고 정지 상태에 머물러 있다면, 세상은 존재하지 않게 될 거야."

"못 믿겠어요." 이지도르가 단호한 어투로 말했다.

수사가 자리에서 일어나자 이지도르도 따라 일어섰다.

"언제든 필요하면, 우리에게로 돌아오렴."

"맘에 안 들어." 이지도르가 주방으로 들어서며 미시아에게 말했다.

그리고 나서 이지도르는 다락방 한가운데, 채광창 바로 밑에 놓인 침대에 누웠다. 눈앞에 펼쳐진 조그만 장방형 하늘이 마치 성당에 걸려 있는 한 폭의 성화 같았다.

이지도르는 채광창을 통해 하늘과 사방위를 볼 때마다 기도하고픈 마음이 들었다. 하지만 나이를 먹어갈수록 익숙한 기도문 문구가 점점 떠오르질 않았다. 대신 기도문에 공백을 만들거나 아예 문장을 조각내버리는 다른 생각들이 자꾸만 머릿속을 비집고 들어왔다. 이지도르는 정신을 가다듬고, 별이 반짝이는 밤하늘의 화폭 속에 변치 않는 신의 모습을 그려보려 안간힘을 썼다. 하지만 이지도르의 상상은 늘 이성이 용납하기 힘든 의외의 이미지를 만들어내곤 했다. 한번은 팔다리를 늘어뜨린 채 왕좌에 앉아 있는, 무섭고 냉정한 눈매의 노인이 떠올랐다. 이지도르는 재빨리 두 눈을 깜빡여서 채광창의 액자에서 얼른 그 모습을 쫓아버렸다. 어느 날엔가는 신이 파도처럼 출렁이고 새처럼 파닥거리는 영혼의 모습으로 나타난 적도 있었는데, 어찌나 변화무쌍하고 모호한지, 도저히 참을 수가 없었다. 때로는 신의 발치에서 주변 사람 중 누군가가 신을 흉내 낼 때도 있었는데, 이럴 때 제일 많이 등장하는 인물이 파베우였다. 그럴 때마다 이지도르는 기도하고 싶은 의욕이 샘솟았다. 침대에 걸터앉아 앞뒤로 다리를 흔들었다. 그러다 이지도르는 신을 이해하는 데 자신에게 가장 큰 걸림돌은 바로 신의 성별이라는 사실을 깨달았다.

그 순간 이지도르는 아무런 가책도 거리낌도 없이 채광창의 액자 속에서 여자의 모습을 한 신을 보았다. 그러자 안심이 되었다. 그녀에게 기도할 때면 지금껏 느껴보지 못한 편안한 기분이 들었다. 마치 엄마에게 이야기하는 것처럼 그녀에게 기도했다. 그렇게 얼마 동안은 평화가 유지되었지만, 결국에는 설명하기 힘든 불안감이 다시 기도 속으로 파고들었다. 그리고 이 불안감으로 인해 그의 몸은 열기에 휩싸였다.

신은 여자이고 강력하고 거대하고 축축하고, 마치 봄날의 대지처럼 훈기를 내뿜었다. 여자인 신은 수분을 잔뜩 머금은 먹구름과 유사한 공간 그 어딘가에 존재했다. 그녀의 위력은 압도적이어서 이지도르로 하여금 어린 시절에 두려움을 자아냈던 체험을 떠올리게 했다. 그가 그녀를 부를 때마다 여자인 신은 뭔가를 지적했고, 이지도르는 그때마다 말문이 막혔다. 그러자 더는 아무 말도 할 수가 없게 되었고, 기도는 지향점이나 의도를 상실했으며, 결국 여자인 신으로부터 아무것도 기대할 수 없게 되었다. 그저 그녀를 마시고 호흡하고, 그 속에 녹아드는 것 외에는 달리 할 수 있는 게 없었다.

어느 날 이지도르는 다락방에서 자신에게 주어진 하늘의 조각을 무심히 바라보다가 불현듯 깨달음의 경지에 이르게 되었다. 신은 남자도, 여자도 아니었다. 무심결에 '하느님 맙소사'라고 감탄사를 내뱉다가 이지도르는 순간적인 깨우침에 눈을 떴다. 바로 이 단어 속에 신의 성별에 대한 고민을 해결하는 열쇠가 숨어 있었던 것이다. 그것은 '하루', '하얀색', '하천', '하품', '하지만', '하하하'처럼 남성형도 여성형도 아닌 중립적인 단어였다. 이지도르는 흥분해서 자신이 발견한 참된 신의 이름을 되풀이해서 불러보았다. 그리고 소리 내어 그 이름을 부를 때마다 'ㅎ' 소리를 반복하면서 점점 더 많은 깨달음을 얻게 되었다. '하느님 맙소사'는 아직 어리고 미숙했지만, 동시에 태초부터, 아니 그보다도 먼저 존재해왔다(마치 '하염없이'나 '한결같이'처럼). 만물을 포용하는 조화로운 존재였지만(마치 '하모니'처럼), 특별하고 독보적인 존재이기도 했다(마치 '하나'처럼). 그리고 모든 생명체에게 꼭 필요한 것이기도 했다(마치 '해'처럼). 어디에나 존재하지만(마치 '하늘'처럼), 막상 찾아내려 하면 그 어디에도 없었다(마치 '허상'처럼). '하느님 맙소사'는 사랑과 기쁨이 넘쳤지만, 때로는 잔인하고 위협적이기도 했다. 이 세상의 모든 성향과 속성이 그 속에 담겨 있었다. 그리고 모든 시공간과 대상을 아우르고 있었다. 창조하고, 파괴했다. 아니면 창조한 대상이 스스로를 파괴하도록 만들었다. 어린아이나 정신 나간 사람처럼 예측 불가능했다. 어떤 의미에서는 이반 무크타와 비슷했다. '하느님 맙소사'는 너무도 당연하게 자신의 존재를 확고히 했다. 왜 진작 깨닫지 못했는지 이상할 정도였다.

이러한 발견은 이지도르에게 진정한 위안을 안겨주었다. 그에 대해 생각만 해도 이지도르의 내부 어디에선가 웃음이 피어올랐다. 이지도르의 영혼이 빙그레 미소 지었다. 그는 이제 성당에 가지 않았다. 덕분에 파베우로부터 모처럼 인정받았다.

"그렇다고 당에서 너를 받아주진 않을 거야."

언젠가 아침을 먹으며 파베우가 말했다. 처남이 일말의 기대라도 갖지 않도록 못을 박기 위해서였다.

"파베우, 오트밀은 씹어 먹을 필요 없어요." 미시아가 지적했다.

당에 가입하거나 성당에 다니는 문제는 이제 이지도르의 관심사가 아니었다. 그에게는 사색할 시간이 필요했다. 루타를 추억하고, 책을 읽고, 독일어를 공부하고, 편지를 쓰고, 우표를 모으고, 채광창을 바라보고, 우주 삼라만상의 질서를 천천히 한가하게 깨우칠 시간이 필요했다.

파푸가 부인의 시간

보스키 영감은 집을 지으면서 우물을 파지 않았다. 그래서 스타시아 파푸가는 물을 길으러 옆집에 사는 남동생의 집을 들락거려야 했다. 그녀는 나무 물지게를 지고, 두 개의 양동이를 물지게에 끈으로 묶어서 고정했다. 그녀가 걸어갈 때면 양동이가 리드미컬하게 삐걱거렸다.

파푸가 부인은 우물에서 물을 길어 올리면서 몰래 정원을 훔쳐보았다. 긴 막대에 널어놓은 솜이불이 바람에 날려 흐느적거렸다. '저런 이불은 절대 갖고 싶지 않아. 너무 두꺼운 데다 솜털이 자꾸 빠지니까. 리넨 덮개를 씌운 내 얇은 담요가 훨씬 낫지.' 그녀가 생각했다. 양동이에 담긴 차가운 물이 그녀의 맨발에 튀었다. '저렇게 커다란 창문들도 필요 없어. 청소하기만 번거롭지. 망사로 만든 저 속 커튼도 마찬가지야. 밖이 잘 안 보이잖아. 애들도 저렇게 많아서 뭐 해? 굽 높은 구두는 다리에 해로울 뿐이야.'

양동이가 삐걱대는 소리를 들었는지 미시아가 계단에서 내려와 스타시아를 안으로 불러들였다. 스타시아는 콘크리트 바닥에 양동이를 내려놓은 채 보스키 부부의 주방으로 들어갔다. 거기서는 항상 우유 탄내와 음식 냄새가 났다. 스타시아는 늘 의자에 앉지 않고, 화덕 옆에 있는 작은 탁자 위에 앉았다. 미시아는 아이들을 밖으로 내쫓기 위해 계단 아래까지 달려 나갔다.

미시아의 집에서 스타시아는 언제나 쓸모 있는 물건들을 챙겨오곤 했다. 야네크에게 입힐 바지, 안테크가 입다가 작아진 스웨터와 신발. 미시아의 옷가지들은 치수가 작아서 수선해서 입어야만 했다. 하지만 스타시아는 아침에 눈을 뜨자마자 침대맡에 앉아 바느질하는 걸 좋아했다. 그녀는 미시아의 옷에 삼각 천을 덧대거나 주름 장식을 달았고, 접힌 단의 솔기는 모두 풀었다.

미시아는 물과 커피 가루를 함께 끓인 튀르키예식 커피를 스타시아에게 대접했다. 커피는 제대로 우려져서 진하고 걸쭉했다. 설탕을 넣으면 바로 가라앉지 않고, 잠시 표면에 둥둥 떠 있을 정도였다. 미시아가 그라인더에 커피 알갱이를 넣고 손잡이를 돌리는 동안, 스타시아는 미시아의 가느다란 손가락에서 눈을 떼지 못했다. 마침내 커피 그라인더의 서랍이 가득 차자, 이제 막 갈아낸 신선한 커피 향기가 주방 곳곳에 스며들었다. 스타시아는 이 향기가 좋았다. 하지만 커피 자체는 쓰고, 별로 맛이 없었다. 그래서 단맛이 쓴맛을 누를 때까지, 찻잔에 설탕을 여러 티스푼 넣었다. 스타시아는 미시아가 커피를 홀짝이는 모습, 티스푼으로 커피를 젓고 두 손가락으로 손잡이를 들어 올려 입가에 가져가는 모습을 곁눈질로 보았다. 그리고 똑같이 따라 했다.

두 사람은 아이들에 대해서, 정원과 요리에 대해서 이런저런 이야기를 나누었다. 하지만 미시아는 이따금 난처한 질문으로 스타시아를 곤란하게 만들곤 했다.

"남자 없이 대체 어떻게 살아?"

"나한텐 야네크가 있잖아."

"에이, 내가 무슨 말 하는지 알면서."

스타시아는 뭐라고 대답해야 좋을지 몰랐다. 그저 말없이 티스푼으로 커피를 저었다.

'남자 없이 사는 건 괴로운 일이지.' 밤에 침대에 누워 스타시아는 생각했다. 스타시아의 가슴과 배는 낮 동안 햇볕을 쬐며 일하고 돌아온 단단하고 건장한 남자의 몸을 안고 싶었다. 스타시아는 베개를 둘둘 말아서 마치 타인의 몸인 양 끌어안았다. 그리고 잠들었다.

태고 마을에는 상점이 하나도 없었다. 그래서 뭐든 사기 위해서는 에슈코틀레까지 가야만 했다. 어느 날 스타시아의 머릿속에 아이디어 하나가 떠올랐다. 그녀는 미시아로부터 100즈워티의 현금을 빌려서 보드카 몇 병과 초콜릿을 샀다. 그다음엔 모든게 저절로 굴러갔다. 일요일이 되면 이웃과 함께 보리수 아래 둘러앉아 보드카 술잔을 기울이고 싶어 하는 사람들이 나타나곤했다. 스타시아 파푸가의 집에 가면 늘 보드카가 있고, 여느 상점들과 비교해도 딱히 비싼 가격은 아니라는 소문이 태고 마을에 금방 퍼졌다. 사내들은 술을 사면서 아내를 위해 초콜릿도 함께 샀다. 그러면 부인들도 별다른 잔소리를 하지 않았다.

이렇게 해서 스타시아는 장사에 뛰어들었다. 파베우는 그녀에게 화를 냈지만, 나중에는 본인도 보드카를 사 오라며 비테크를 심부름 보내곤 했다.

"들키면 어떻게 되는지 알기나 해?"

파베우가 눈살을 찌푸리며 물었다. 하지만 스타시아는 만에하나 혹시라도 무슨 일이 생기면, 남동생이 보고만 있지는 않을거라 확신했다. 파베우에게는 든든한 인맥이 있으니까.

얼마 안 가서 스타시아는 일주일에 두세 번씩 에슈코틀레에다녀와야만 했다. 취급 품목도 다양해졌다. 그녀는 베이킹파우더와 바닐라처럼, 어느 집에서나 토요일에 케이크를 굽다가 갑자기 동이 나서 곤란을 겪을 만한 제품들을 갖추어놓았다. 다양한 종류의 담배, 식초와 식용유도 취급했다. 1년이 지나 냉장고를 장만한 뒤에는 버터와 마가린도 들여놓았다. 그녀는 이 모든 물건을 아버지가 손수 지어준 별채에 보관했다. 거기에 냉장고와 소파를 들여놓고, 스타시아는 소파에서 잠을 잤다. 타일을 바른 화덕과 탁자, 옥양목 커튼으로 가려놓은 선반도 마련했다. 야네크가 학교에 다니기 위해 실롱스크로 간 뒤에는 아예 침실에 가지도 않고, 이곳에서 지냈다.

공식적인 언어로 표현하면 '주류 뒷거래'에 해당하는 스타시아의 사업 덕분에 그녀의 사교 범위는 눈에 띄게 넓어졌다. 다양한 사람들이 그녀를 찾아왔고, 때로는 예슈코틀레나 볼라에서도 손님이 왔다. 일요일 아침이면, 숲에서 일하는 일꾼들이 숙취에 시달리며 자전거를 타고 왔다. 어떤 이들은 반 리터짜리 보드카 한 병을 사기도 하고, 또 어떤 이들은 반병만 구입하기도 했다. 그 자리에서 보드카 더블샷을 주문해서 마시고 가는 이도 있었다. 스타시아는 그들에게 술도 따라주고, 숙취 해소를 위해 오이 절임*을 무료로 내주기도 했다.

---

* 폴란드 민가에서는 절인 양배추나 절인 오이 국물을 마시면, 마치 한국의 동치미 국물처럼 숙취 해소에 도움이 된다고 알려져 있다.

어느 날 스타시아의 집에 젊은 수목 관리원이 보드카를 사러 왔다. 무더위가 한창이었기에 스타시아는 잠시 앉아 과일 주스를 마시고 가라고 권했다. 그가 고맙다면서 단숨에 주스 두 잔을 비웠다.

"너무 맛있네요. 직접 만드신 거예요?"

스타시아가 고개를 끄덕였다. 웬일인지 심장이 쿵쾅거렸다. 잘생긴 청년이었다. 하지만 너무 어렸다. 키는 별로 크지 않았지만, 체격이 건장했다. 탐스러운 검은 머리칼과 생기 넘치는 녹갈색 눈동자를 갖고 있었다. 스타시아는 신문지로 보드카를 정성껏 감아서 건네주었다. 그 후에 수목 관리원이 다시 찾아왔고, 그녀는 그에게 다시 주스를 대접했다. 둘은 잠시 이야기를 나누었다. 그러던 어느 날 밤, 꽤 늦은 시각이었다. 잠자리에 들기 위해 옷을 막 벗었는데, 누군가 문을 두드리는 소리가 들렸다. 그는 취해 있었다. 그녀가 재빨리 옷을 입었다. 이번에는 보드카를 싸달라고 하지 않았다. 그는 술을 마시길 원했다. 그녀는 그의 잔에 보드카를 따라주고는 소파의 가장자리에 앉아, 그가 한 입에 보드카 잔을 비우는 모습을 지켜보았다. 그는 담배를 한 대 피우고 나서 고개를 들어 별채를 둘러보았다. 뭔가 하고 싶은 말이 있는 듯 목청을 가다듬었다. 스타시아는 지금이 특별한 순간이라는 걸 감지했다. 잔 하나를 더 가져와서 잔 두 개에 보드카를 가득 따랐다. 두 사람은 잔을 들어 올려 부딪쳤다. 수목 관리원은 잔을 비우고 나서 폴란드식 관습에 따라 남은 몇 방울을 마룻바닥에 털어냈다. 그러고 나서 갑자기 스타시아의 무릎에 자신의 손을 얹었다. 그가 손을 대는 순간, 스타시아는 전신에 힘이 쭉 빠지는 것을 느꼈다. 자연스레 몸이 뒤로 기울고 소파에 등을 대고 누웠다. 수목 관리원이 그녀를 향해 몸을 숙이더니, 목에 키스를 퍼붓기 시작했다. 그 순간 스타시아는 자신이 낡고 해져서 여기저기 기운 브래지어와 늘어난 팬티를 입고 있다는 사실을 깨달았다. 그래서 그가 키스할 때 스스로 하나둘씩 속옷을 벗어버렸다. 수목 관리원이 거칠게 그녀의 안으로 밀고 들어왔다. 그 몇 분은 스타시아의 인생에서 가장 아름다운 순간이었다.

모든 게 끝나자 그녀는 그의 밑에서 몸을 움직이기가 겁났다. 그가 그녀를 쳐다보지도 않은 채 일어나 바지 단추를 채웠다. 그러고는 뭐라고 중얼거리더니 곧바로 출입문으로 향했다. 그가 걸쇠를 열기 위해 애쓰는 모습을 그녀는 물끄러미 바라보았다. 그가 떠났다. 문도 제대로 닫지 않고서.

이지도르의 시간

    이지도르는 읽고 쓰기를 배우고 난 뒤부터 편지에 매료되었다. 그래서 보스키 부부에게 배달된 모든 편지를 신발 상자 속에 차곡차곡 모았다. 관공서에서 배달된 편지가 가장 많았다. 이지도르는 겉봉투에 쓰인 '인(민)' 또는 '동(지)' 자만 보고도 관공서에서 온 편지라는 걸 알아차렸다. 이런 편지들에는 비밀스러운 약자(略字)가 유독 많았다. 상자 안에는 엽서들도 꽤 많았다. 타트리산맥의 흑백 파노라마 또는 흑백 바닷가. 뒷면에는 매년 똑같은 내용이 적혀 있었다. "크리니차에서 열렬한 안부를 전하며" 또는 "타트리의 높은 봉우리에서 진심 어린 인사를 보낸다" 또는 "즐거운 성탄절을 맞이하시고, 새해 복 많이 받으세요". 이지도르는 꾸준히 불어나고 있는 수집품을 얼마 만에 한 번씩 꺼내어 들여다보면서, 잉크가 점점 희미해지는 것도 관찰하고, 편지들 사이에 벌어진 날짜의 간격도 재미 삼아 확인해보곤 했다. 또한 '1948년 부활절'에는 무슨 일이 있었고, '1949년 12월 20일'이나 '1951년 8월, 크리니차'에서는 또 무슨 일이 벌어졌는지도 알아보았다. 무엇인가가 사라진다는 건 어떤 의미일까? 걸어갈 때 옆으로 스쳐 지나가는 풍경처럼 당장 눈앞에서는 사라지지만, 어딘가에 계속 남아 다른 사람의 눈에 띄는 그런 것일까? 어쩌면 시간은 자신의 흔적을 지우고, 과거를 먼지처럼 흩어지게 해서 결국엔 돌이킬 수 없이 부서뜨리길 바라는 게 아닐까?

카드와 엽서, 편지 덕분에 이지도르는 우표에 대해 알게 되었다. 작고 연약하며 찢어지기도 쉬웠지만, 한편으로 그 속에는 이지도르가 생판 모르던 세상의 축소판이 담겨 있었다. '꼭 사람 같네.' 이지도르는 주전자가 뿜어내는 김을 편지와 엽서에 쐬면서 조심스레 우표를 떼어냈다. 그러고는 신문지 위에 우표들을 죽 늘어놓고, 몇 시간이고 들여다보곤 했다. 우표 속에는 동물도 있고, 먼 나라도 있고, 값비싼 보석들도 있었다. 먼바다에 사는 물고기, 배와 비행기, 유명 인사들과 역사적 사건들도 있었다. 딱 한 가지, 이지도르의 마음에 걸리는 게 있었는데, 우체국 스탬프 잉크 때문에 우표의 섬세한 그림이 망가지지나 않을까

하는 점이었다. 아버지는 죽기 전에 우표에 묻은 스탬프 잉크를 지우는 비법을 이지도르에게 알려주었다. 달걀흰자와 인내심만 있으면 충분했다. 그것은 이지도르가 아버지로부터 배운 가장 중요한 가르침이었다.

이런 식으로 이지도르는 값비싼 우표들을 대거 보유한 수집 가가 되었다. 이제 그는 수신자만 있다면, 혼자서도 얼마든지 편지를 쓸 수 있게 되었다. 이지도르는 루타를 떠올렸지만, 그녀에 대해 생각할 때마다 가슴에 쓰라린 통증이 느껴졌다. 루타는 이제 없기에 그녀에게 편지를 쓸 수가 없었다. 마치 시간처럼 루타는 사라졌고, 먼지처럼 흩어졌다.

1962년 무렵, 우클레야 덕분에 광고가 잔뜩 실린 총천연색의 독일 잡지 한 권이 보스키의 집에 굴러들어 왔다. 이지도르는 며칠 내내 잡지만 들여다보았다. 발음조차 할 수 없는 긴 단어들을 보면서 그는 감탄을 금치 못했다. 그러다 지역 도서관에서 전쟁 전에 발행된 독일어-폴란드어 사전 한 권을 발견했다. 사전에는 전쟁 중에 태고 사람들 모두가 깨우친 단어들, 예를 들면 라우스*, 슈넬**, 헨더 호흐***와 같은 말들 외에도, 훨씬 많은 어휘

---

* '밖으로', '바깥으로'라는 뜻.
** '빨리', '서둘러라'라는 뜻.
*** '손들어'라는 뜻.

가 수록되어 있었다. 그러다 여름을 지내러 태고에 왔던 휴양객 한 명이 자신이 쓰던 소사전 한 권을 이지도르에게 선물했다. 덕분에 이지도르는 인생에서 처음으로 편지란 걸 쓸 수 있게 되었다. 독일어로 썼다. "저에게 자동차와 여행 상품 카탈로그를 보내주세요. 제 이름은 이지도르 니에비에스키입니다. 제 주소는 다음과 같습니다." 그는 봉투에다 수집품 가운데 가장 아름다운 우표 몇 장을 붙인 뒤에 예슈코틀레의 우체국으로 갔다. 번쩍거리는 검은 앞치마를 두른 우체국 여직원이 그에게서 편지를 받아 들고는 우표를 유심히 들여다보았다. 그리고 편지를 선반의 어느 칸에 넣었다.

"됐습니다. 감사합니다." 그녀가 말했다.

이지도르는 몸의 중심을 한 발에서 다른 발로 이리저리 바꾸며 창구 옆에 계속 서 있었다.

"혹시 분실되면 어쩌죠? 배달이 안 되면요?"

"만약 의심이 들면, 등기로 보내요. 다만 가격이 좀 더 비싸답니다."

이지도르는 우표를 몇 개 더 붙이고, 양식을 상세히 기입했다. 우체국 여직원이 그에게 발신 번호를 알려주었다.

몇 주 후에 흰 봉투에 타자로 주소가 찍힌 두툼한 편지가 도착했다. 거기에는 이지도르가 처음 보는 낯선 우표들이 붙어 있었다. 그리고 봉투 안에는 메르세데스-벤츠가 생산한 자동차 전단지와 다양한 여행 상품을 광고하는 카탈로그가 들어 있었다.

그 순간 이지도르는 태어나서 처음으로 자신이 중요한 인물이라고 느꼈다. 그는 저녁에 카탈로그를 또다시 들여다보면서 다시 한번 루타에 대해서 생각했다.

메르세데스-벤츠와 독일의 여행사들은 이지도르에게 용기를 심어주었고, 덕분에 그는 한 달에 몇 차례씩 등기우편을 발송하기 시작했다. 그는 키엘체 근교의 기숙학교에 다니는 아델카와 안테크에게도 오래된 우표들을 가져다 달라고 부탁했다. 그는 우표에서 잉크 자국을 조심스럽게 지운 뒤에 그것들을 자신의 편지에 붙였다. 때로는 다른 사람에게 꽤 괜찮은 가격에 카탈로그를 팔기도 했다. 그러면서 계속해서 새로운 전단지와 카탈로그를 받았고, 새로운 주소들을 확보했다.

이제 그는 독일, 스위스, 벨기에, 프랑스의 여행사들과 교류하게 되었다. 그는 코트다쥐르의 컬러사진과 브르타뉴의 우울한 풍광, 알프스의 투명한 전경이 담긴 소책자를 받았다. 비록 이 풍경들이 자기에겐 잉크 냄새가 나는 매끄러운 종이에만 존재하는 그림의 떡이라는 사실을 알면서도, 이지도르는 사진을 보느라 밤을 꼬박 새웠다. 그는 미시아와 조카들에게 소책자를 보여주었다. 미시아가 말했다.

"정말 아름답구나."

그 후에 사소하지만, 이지도르의 인생을 바꿔놓은 사건이 발생했다.

편지가 분실되었다. 이지도르가 함부르크에 있는 카메라 제조 회사로 보낸 등기우편이었다. 물론 카탈로그를 보내달라는 내용이었다. 이 회사는 그동안 이지도르에게 꼬박꼬박 답신을 보냈었는데, 어쩐 일인지 이번에는 답이 없었다. 이지도르는 밤새도록 고민했다. 수령 확인증도 발급받았고, 발신 번호도 부여되었는데, 대체 어떻게 등기우편이 분실될 수 있을까? 이 정도로는 안전이 보장되지 않는 걸까? 어쩌면 폴란드 어딘가에서 아직 해외로 발송되지 못한 게 아닐까? 술에 취한 우체부가 편지를 잃어버린 걸까? 홍수가 났거나, 우편물을 싣고 가던 기차가 탈선한 건 아닐까?

다음 날 아침 이지도르는 우체국에 갔다. 검은 앞치마를 두른 우체국 여직원이 민원을 접수하라고 했다. 그는 두 장의 먹지가 부착된 양식에 회사 이름을 적고, 발신인 칸에는 자신의 주소와 인적사항을 적었다. 집에 돌아와서도 다른 생각은 할 수가 없었다. 만약 우체국에서 편지가 분실된다면, 그건 지금까지 그가 감탄해 마지않던 우체국이 아니었다. 이지도르에게 우체국이란 지구 방방곡곡에 직원들을 파견한, 신비스럽고도 강력한 조직이었다. 우체국은 모든 우표의 어머니이고, 남색 제복을 입은 전 세계 모든 우체부의 여왕이며, 수백만 편지들의 수호자이고, 말과 단어들의 수장이었다.

두 달 후, 우체국이 이지도르에게 안겨준 상처가 거의 아물어갈 무렵, 관공서에서 편지 한 통이 날아왔다. 거기에는 폴란드 우체국의 이름으로 분실된 편지를 찾지 못한 데 대해 '이지도르 니에비에스키 인민'에게 사과한다는 내용이 적혀 있었다. 동시에 독일의 카메라 회사는 '이지도르 니에비에스키 인민'으로부터 편지를 받은 적이 없다는 사실을 확인하며, 따라서 양국 우체국은 분실된 편지에 대한 책임을 통감하기에 '이지도르 니에비에스키 인민'에게 200즈워티의 보상금을 지급하기로 결정했다는 내용이었다. 동시에 폴란드 우체국은 편지가 독일 측에 전달되지 못한 데 대해서도 사과했다.

이렇게 해서 이지도르는 꽤 많은 액수의 현금을 손에 넣게 되었다. 100즈워티는 바로 미시아에게 주었고, 나머지 돈으로는 우표첩 몇 개와 등기우편용 우표를 아예 전지로 몇 장 사놓았다.

이제 이지도르는 발송한 편지에 답이 없으면, 곧장 우체국으로 가서 민원을 접수했다. 만약 편지를 찾게 되면, 민원 처리 비용으로 1즈워티 50그로시만 지불하면 되었다. 사소한 금액이었다. 대신 그가 발송한 열 통이 넘는 편지 가운데 꼭 한두 통씩은 분실되거나, 아니면 그에게 상대의 답신을 전달하는 걸 잊어버리거나, 아니면 해외의 수신자가 편지를 받았다는 사실을 깜빡하는 일이 발생하곤 했다. 그들은 폴란드 우체국이 보낸 생소한 문자가 적힌 편지에 이렇게 대답했다. '농(non), 나인(nein), 노(no)'.

이지도르는 보상금을 받았다. 그리고 마침내 가족의 정당한 일원이 되었다. 생활비를 벌 수 있게 되었으므로.

크워스카의 시간

세상 모든 곳이 다 그렇듯, 태고 마을에도 질료가 혼자 힘으로 무에서 생성되고 스스로를 창조하는 공간이 있다. 이것은 극히 미세한 현실의 일부분이며, 전체를 놓고 볼 때 필수적인 요소도 아니다. 따라서 세상의 균형에는 아무런 영향도 미치지 못한다.

태고에서 이런 공간은 볼라로 가는 도로변의 제방에 있었다. 마치 두더지가 파놓은 흙 두둑처럼, 아니면 흙 위에 새겨진 영원히 아물지 않는 무고한 상처처럼 아무 이목도 끌지 못했다. 오직 크워스카만 이곳이 존재한다는 걸 알고 있었기에, 그녀는 예슈코틀레에 갈 때면 늘 그 자리에 멈춰 서서 세상이 스스로 창조되는 것을 지켜보았다. 거기에는 언제나 이상한 물건이나 사물, 또는 사물이라 할 수도 없는 것들이 있었다. 다른 그 어떤 돌과도 비슷하지 않은 붉은 돌들이 있었고, 쭈글쭈글해진 나뭇조각들이 있었으며, 크워스카의 앞마당에 작은 꽃들을 피어나게 만든, 가시 덮인 씨앗들도 있었다. 주황빛 파리가 날아다녔고, 이따금 알 수 없는 향기가 떠돌기도 했다. 크워스카의 눈에는, 눈에 띄지 않는 이 두더지 흙 두둑이 공간도 만들어내는 것 같았다. 길가의 제방이 조금씩 넓어졌고, 그 덕분에 말라크가 아무것도 모른 채 열심히 감자를 키우고 있는 밭의 면적도 해마다 늘어났기 때문이다.

언젠가는 그 공간에서 어린 계집아이 하나를 발견하게 될 거라고 크워스카는 믿었다. 그 아이를 데려가서 루타의 빈자리를 채우리라고 그녀는 다짐했다. 그런데 어느 해 가을, 두더지 흙두둑이 감쪽같이 사라졌다. 그 후 몇 달 동안 크워스카는 볼록하게 솟은 흙더미를 찾아 여기저기를 헤맸지만 소용없었다. 결국 스스로를 창조하는 배출구는 한곳에 머물지 않고, 여러 곳을 전전한다는 결론을 내리게 되었다.

이와 유사한 두 번째 장소는 타슈프의 광장에 있는 분수에서 발견되었다. 분수는 속삭임이나 바스락거림 같은 소리를 냈다. 때로는 물속에서 젤리 같은 물질이나 엉겨 붙은 털 뭉치, 또는 커다란 식물의 초록색 일부분이 보이기도 했다. 사람들은 귀신 들린 분수라고 결론지으며 부숴버렸다. 그리고 그 자리에 주차

장을 지었다.

　물론 세상 모든 곳이 다 그렇듯, 태고 마을에도 현실이 자취를 감추는 공간이 따로 있다. 마치 풍선에서 공기가 빠져나가듯 말이다. 전쟁이 끝난 직후 산 너머에 있는 벌판에서 그러한 공간이 모습을 드러내더니, 그 이후로 점점 더 커지고 점점 더 선명해졌다. 땅속에 분화구가 생겼다. 그리고 그 분화구는 황사와 풀 더미, 벌판에 뒹구는 자연석들을 불가사의한 나락 속으로 끌어당겼다.

게임의 시간

〈이그니스 파투스. 한 명의 게이머를 위한 유익한 게임〉은 괴상한 책이고, 거기 적힌 규칙도 기이하기 짝이 없다. 이따금 게이머는 이 모든 걸 어디선가 본 듯하기도 하고, 이와 비슷한 놀이를 예전에 해본 것만 같은 착각에 빠진다. 아니면 꿈에서 보았거나 어릴 때 자주 들렀던 지역 도서관의 어떤 책에서 읽은 것 같은 느낌이 들기도 한다. 설명서에는 여섯 번째 세계에 대해 다음과 같은 내용이 적혀 있다.

신은 여섯 번째 세계를 우연히 창조하고는 떠나버렸다. 신은 되는대로 아무렇게나 세상을 창조했다. 그래서 그의 피조물에는 실수나 허점이 많았다. 명백한 것도, 영구적인 것도 없었다. 검은색은 흰색과 이어지고, 악은 때로 선의 얼굴을 내보였으며, 선도 때로는 악처럼 보일 때가 있었다.

홀로 내팽개쳐진 여섯 번째 세상은 그리하여 스스로 창조를 시작했다. 창조의 미세한 움직임이 시공을 초월하여 난데없이 드러났다. 질료는 온전히 스스로의 힘으로 구체적인 대상으로 거듭났다. 밤이면 사물은 자기복제를 했고, 땅에는 바위와 광맥이 생겨났으며, 계곡마다 새 냇물이 흐르기 시작했다.

사람들은 고유한 의지력으로 창조하는 법을 배웠고, 자신을 신이라 불렀다. 세상은 수백만의 신으로 가득 찼다. 하지만 의지는 충동에 예속되어 있었기에, 여섯 번째 세계에 혼돈이 찾아왔다. 끊임없이 새로운 것들이 생겨났지만, 여전히 모든 것이 지나치게 많았다. 시간은 그 속도가 점점 빨라졌고, 사람들은 여태껏 없던 뭔가를 억지로 만들어내려다가 죽음을 맞았다.

마침내 신이 돌아왔다. 그리고 엉망이 되어버린 세상을 참지 못해 단한 번의 결심으로 모든 피조물을 파괴해버렸다. 이제 여섯 번째 세상은 콘크리트 무덤처럼 공허하고 조용해졌다.

이지도르의 시간

어느 날 이지도르가 편지 뭉치를 들고 우체국에 갔더니, 번쩍거리는 앞치마를 두른 여직원이 창구 너머로 얼굴을 내밀며 말했다.

"우체국장님이 당신 때문에 매우 기쁘다고 하시네요. 당신을 최고의 고객이라고 하셨어요."

이지도르는 카피 펜슬을 들고, 민원 접수 양식을 작성하던 손을 멈추었다.

"아니, 어떻게요? 저는 계속 분실에 대한 책임을 물으며 우체국을 고발하고 있는데요? 물론 합법적인 절차를 따르고 있고, 나쁜 짓은 안 했지만 말이죠……."

"아, 이지도르, 핵심을 이해하지 못하는군요." 우체국 여직원이 삐걱거리는 소리를 내며 의자를 앞으로 끌어당기고는 창구 너머로 몸을 반쯤 내밀었다. "우체국이 당신 덕분에 돈을 벌고 있어요. 그래서 우리 지점에 당신 같은 고객이 있다는 사실에 대해 우체국장님이 기뻐하시는 거고요. 국가 간 협약에 따르면, 분실된 모든 국제우편에 대한 책임은 양국이 절반씩 나누게 되어 있어요. 우리는 당신에게 즈워티화로 보상금을 지급하지만, 저들은 마르크화로 지불하지요. 그러면 우리는 규정에 따라 마르크화를 국내 화폐로 환전해서 당신에게 보상금을 지급하게 돼요. 이런 식으로 우리도 돈을 벌고, 당신도 돈을 버는 거죠. 다시 말해 아무도 손해 보지 않는다는 뜻이에요. 이래도 기쁘지 않나요?"

이지도르는 의구심을 거두지 못한 채로 고개를 끄덕였다.

"기뻐요."

여직원이 창구에서 뒤로 물러났다. 그러고는 이지도르에게서 민원 접수 서류를 받아 들고, 기계적으로 직인을 찍기 시작했다.

이지도르가 집에 도착하니 검은 차 한 대가 집 앞에 서 있었다. 미시아가 문밖에 나와서 기다리고 있었다. 잿빛으로 변한 미시아의 얼굴이 딱딱하게 굳어 있었다. 이지도르는 심상치 않은 일이 생겼음을 즉시 알아차렸다.

"저분들이 널 보러 오셨어." 미시아가 긴장한 목소리로 말했다. 방 안의 탁자 앞에는 밝은색 레인코트를 입고 중절모를 쓴 사내 두 명이 앉아 있었다. 그들의 용건은 편지였다.

"누구한테 편지를 보내는 거요?" 사내 중 한 명이 질문을 던지며 담배를 피웠다.

"여행사로……."

"첩보원의 냄새가 나는데."

"아니, 제가 스파이 짓을 해서 뭐 하겠어요? 그런데 정말 다행이네요. 사실 저는 집 앞에 세워진 자동차를 봤을 때, 조카들에게 무슨 일이 생겼나 했거든요……."

남자들이 서로 눈빛을 교환했다. 그러고는 담배를 문 남자가 이지도르를 기분 나쁘게 쏘아보았다.

"이 많은 휘황찬란한 종이들은 대체 뭐에 쓰려는 거지?"

난데없이 또 한 사내가 끼어들었다.

"저는 세상에 관심이 많거든요."

"세상에 관심이 많다고……. 대체 왜 세상에 관심을 갖는 거지? 스파이 노릇을 하면 어떻게 되는지 알고는 있나?"

남자는 손을 쫙 펴고서 옆으로 기울여 목 근처로 가져가더니 빠르게 움직여 보였다.

"목을 자른다는 거예요?" 이지도르가 겁이 나서 물었다.

"직업은 왜 없는 거야? 뭘로 먹고사는 거지? 지금 무슨 일을 하고 있어?"

이지도르는 손바닥에 흥건히 땀이 고이는 걸 느꼈다. 그는 말을 더듬기 시작했다.

"수도원에 들어가려고 했어요. 그런데 거기서 절 받아주지 않았죠. 지금은 누나와 매부를 돕고 있어요. 장작도 패고, 아이들도 돌보고요. 어쩌면 연금을 받게 될지도 몰라요……."

"흠, 나사가 풀린 놈이군." 담배를 입에 문 남자가 일행에게 웅얼거렸다.

"그런데 편지는 어디로 보내는 거지? 혹시 〈자유유럽라디오〉* 방송사로 보내는 거 아냐?"

"저는 그저 자동차 회사와 여행사로 보낼 따름이에요……."

"우클레야의 부인과는 무슨 관계지?"

저들이 루타에 대해 묻고 있다는 걸, 이지도르는 잠시 뒤에 깨달았다.

"글쎄요, 루타에 관해서라면 할 말이 많기도 하고, 아예 없기도 하고……."

"개똥철학 따위는 집어치워!"

---

* 냉전 시대에 미국의 국제방송공사가 독일 뮌헨에서 동유럽으로 송출한 정치선전용 방송.

"우리는 같은 날 태어났고요, 저는 루타와 결혼하고 싶었는데……. 그녀가 떠나버렸어요."

"지금 그녀가 어디에 있는지 알고 있나?"

"아뇨, 혹시 여러분은 아세요?" 이지도르가 기대에 들떠서 물었다.

"네가 알 바 아냐. 질문은 내가 한다."

"여러분, 저는 결백해요. 폴란드 우체국은 저 때문에 만족스러워한다고요. 우체국에서 오늘 제게 그렇게 말했어요."

남자들은 자리에서 일어나 현관문을 향해 걸어갔다. 그중 한 명이 뒤를 돌아보며 말했다.

"네가 감시당하고 있다는 걸 명심해."

그로부터 며칠 뒤, 지금껏 보지 못했던 낯선 우표가 부착된, 때 묻고 구겨진 편지 한 통이 이지도르에게 배달되었다. 이지도르는 반사적으로 발신인을 살펴보았다. 거기에는 다음과 같이 적혀 있었다. 아마니타 무스카리아.

어딘지 모르게 단어가 낯익었다. '독일 회사 이름이었나?' 이지도르는 생각했다.

그 편지는 루타에게서 온 것이었다. 이지도르는 카드에 적힌, 어린아이처럼 어설픈 글씨체를 보자마자 당장에 루타가 보낸 것임을 알았다. 편지의 내용은 이랬다.

"보고 싶은 이지도르, 나는 지금 멀리 브라질에 있어. 때로는 너희가 너무 그리워서 잠을 이룰 수가 없어. 하지만 너희 생각을 아예 안 할 때도 있지. 이것저것 복잡한 문제가 많거든. 나는 다양한 인종이 모여 사는 대도시에 살고 있어. 이지도르, 몸은 괜찮니? 우리 엄마도 건강하시면 좋겠다. 엄마가 너무 보고 싶어. 하지만 우리 엄마는 여기서는 못 살 거야. 내가 알아. 이곳에서 나는 원하는 모든 걸 다 가졌어. 그 누구에게도 알리지 말아 줘. 되도록, 우리 엄마에게도. 다들 날 빨리 잊기를. 아마니타 무스카리아."

이지도르는 아침까지 한숨도 잘 수가 없었다. 그는 침대에 누워 천장을 바라보았다. 루타와 함께 지냈던 그 시절의 향기와 영상이 다시 그에게로 돌아왔다. 그녀가 했던 말 한마디 한마디, 그녀의 몸짓 하나하나가 생생히 떠올랐다. 그는 모든 추억을 더듬어보았다. 아침 햇살이 동쪽 창문을 비출 무렵, 이지도르의 두 눈에는 눈물이 맺혀 있었다. 이지도르는 일어나서 주소를 찾기 시작했다. 편지 봉투에도, 카드에도, 우표 밑에도, 우표에 그려진 복잡한 도안에도 주소는 없었다.

"루타에게 갈 거야. 돈을 모아서 브라질로 가는 거야."

이지도르는 큰 소리로 혼잣말을 했다.

그러고 나서 비밀 요원들이 의도치 않게 그에게 말해준 아이디어를 떠올리고는 계획을 차근차근 실행에 옮겼다. 이지도르는 노트를 찢어서 거기에 다음과 같이 적었다. "제게 카탈로그를 보내주세요. 안녕히. 이지도르 니에비에스키." 그리고 봉투에는 다음과 같이 주소를 적었다. "자유유럽라디오. 뮌헨. 독일."

우체국 여직원은 주소를 확인하자마자 얼굴이 창백해졌다. 그러고는 아무 말 없이 그에게 등기우편 발송 양식을 건네주었다.

"그리고 민원 신고 양식도 함께 주세요." 이지도르가 말했다.

그것은 매우 단순한 거래였다. 이지도르는 이런 편지를 한 달에 한 번씩 발송했다. 수신자에게 배달되기는커녕 아예 행정 지구 밖으로도 나가지 못할 게 뻔했다. 그는 매달 편지의 분실에 대한 보상금을 받았다. 그러다 나중에는 아예 아무것도 적히지 않은 빈 종이를 봉투에 집어넣었다. 카탈로그를 보내달라고 요청할 필요조차 없었던 것이다. 수입이 제법 쏠쏠했다. 이지도르는 이렇게 벌어들인 현금을 운라*에서 배급받은 차(茶)가 들어 있던 깡통에 차곡차곡 모았다. 브라질로 가는 비행기표를 사기 위해서였다.

이듬해 봄, 레인코트를 입은 비밀 요원들이 이지도르를 타슈

---

*   1943년 11월, 2차 세계대전으로 재난을 입은 나라의 국민을 구제할 목적으로 48개 연합국이 모여 설립한 국제적인 원조 기관.

프로 데려갔다. 그들은 이지도르의 눈 밑에다 손전등 불빛을 갖다 댔다.

"암호." 두 사내 중 하나가 말했다.

"무슨 암호요?" 이지도르가 물었다.

또 다른 사내가 손을 쫙 편 채로 그의 뺨을 때렸다.

"암호를 대라. 어떤 식으로 정보를 암호화하는 거지?"

"무슨 정보 말씀이세요?" 이지도르가 물었다.

그는 또다시 얼굴을 얻어맞았다. 이번에는 강도가 더 셌다. 이지도르는 입가에서 피가 흐르는 걸 느꼈다.

"우리는 모든 수단과 방법을 동원해서 단어를 전부 확인하고, 편지지와 봉투의 제곱미터까지 따져보았어. 심지어 편지지의 껍질까지 벗겨보았다고. 우표도 살펴봤지. 하나도 빠짐없이 수십 배씩 확대해서 들여다봤어. 현미경으로 우표의 톱니 모양과 사용된 풀의 성분까지 연구했어. 철자 하나하나, 쉼표와 마침표까지 모조리 분석했다고……."

"그런데 아무것도 찾지 못했어." 이지도르의 얼굴을 때린 두 번째 사내가 거들었다.

"거기엔 암호 따윈 없어요." 이지도르가 조용히 대답하면서 손수건으로 코피를 닦았다.

두 남자가 동시에 웃음을 터뜨렸다.

첫 번째 사내가 말했다. "좋아. 그렇다면 말이야, 우리 처음부터 다시 시작해보자꾸나. 우리는 너한테 아무 짓도 안 할 거야. 그저 보고서에 네가 정상이 아니라고 쓸 거야. 사실 모두가 널 그렇게 여기고 있으니까. 그리고 널 집으로 돌려보내주지. 대신 너는 이 모든 게 어떻게 돌아가고 있는지 우리에게 알려주기만 하면 돼. 대체 우리가 어디서 실수한 거지?"

"거기엔 아무것도 없다니까요."

두 번째 사내는 짜증을 참지 못했다. 그는 이지도르를 향해 얼굴을 바짝 들이밀었다. 담배 냄새가 났다.

"이 교활한 자식아, 잘 들어. 너는 〈자유유럽라디오〉 방송에 26통의 편지를 보냈어. 근데 대부분은 아무 내용도 적지 않았다고. 넌 불장난을 한 거야. 근데 도가 지나쳤어."

"어떻게 암호를 만들었는지, 그것만 우리에게 말해주면 돼. 그게 다야. 그럼 집으로 돌아갈 수 있어."

이지도르는 한숨을 쉬었다.

"여러분에게 매우 중요한 일인 건 알겠는데요, 정말로 도와드릴 수가 없네요. 거기엔 아무런 암호도 없어요. 그저 빈 종이일 뿐이에요. 그게 다라고요."

그러자 비밀 요원 중에 두 번째 사내가 의자에서 벌떡 일어나 이지도르의 얼굴을 주먹으로 때렸다. 이지도르는 의자에서 미끄러져 쓰러지면서 의식을 잃었다.

"미친놈 같으니." 첫 번째 사내가 말했다.

"어이, 친구, 기억하라고. 우리는 절대 널 편하게 놔두지 않을 테니까."

두 번째 사내가 주먹을 손으로 비비며 느릿느릿 말했다.

이지도르는 48시간 동안 감금되어 있었다. 그 후에 간수가 와서 아무 말 없이 유치장 문을 열어주었다.

이지도르는 일주일 내내 다락방에서 내려오지 않았다. 깡통 안에 들어 있는 돈을 세어보고는 꽤 많은 재산을 모았다고 생각했다. 사실 그는 브라질행 비행기표가 얼마인지도 몰랐다.

"이제 이만하면 편지는 안 보내도 될 거 같아."

이지도르가 주방으로 내려와서 미시아에게 말했다.

미시아가 그를 향해 미소를 지으면서 안도의 한숨을 쉬었다.

랄카의 시간

동물들의 시간은 언제나 현재형이다.

랄카는 덥수룩한 붉은 털을 가진 암캐다. 이따금 랄카의 갈색 눈은 붉은빛을 내뿜는다. 랄카는 미시아를 가장 사랑한다. 그래서 붉은 시선으로 항상 미시아를 포착하려 애쓴다. 미시아가 시야에 들어와 있으면 만사가 평안하다. 랄카는 우물로, 정원으로 미시아를 쫓아다니고, 그녀와 함께 고시치니에츠의 오르막에서 세상을 바라보기도 한다. 랄카는 미시아가 눈 밖으로 벗어나는 걸 참지 못한다.

랄카는 미시아 혹은 다른 사람들과는 다른 방식으로 생각한다. 그런 점에서 랄카와 미시아 사이에는 깊은 골이 존재한다. 사고하기 위해서는 시간을 삼켜야 한다. 과거와 현재, 미래, 그

끊임없는 변화를 내면화해야 한다. 시간은 인간의 정신 안에서 작동한다. 그 너머 어디에도 시간은 없다. 랄카의 작은 뇌에는 주름도 없고, 시간의 흐름을 걸러내는 장치도 없다. 그러므로 랄카는 현재를 살고 있다. 그렇기에 미시아가 옷을 차려입고 외출하면, 랄카는 그녀가 영원히 떠나버렸다고 느낀다. 미시아는 일요일마다 영원히 성당에 간다. 감자를 가지러 영원히 지하실로 내려간다. 랄카의 시야에서 벗어날 때마다 미시아는 영원히 떠난다. 랄카의 슬픔은 헤아릴 수 없이 깊어진다. 암캐는 주둥이를 땅바닥에 처박은 채 고통스러워한다.

인간은 자신의 고통 속에 시간을 묶어놓는다. 과거 때문에 고통받고, 그 고통을 미래로 끌고 가기도 한다. 인간은 이런 식으로 절망을 창조한다. 하지만 랄카는 단지 이곳에서 지금 이 순간을 견딜 뿐이다.

인간의 생각은 시간을 삼키는 것과 뗄 수 없는 관계를 맺고 있다. 그것은 일종의 게걸스러운 흡입이다. 랄카는 신이 그린 정적인 그림으로 세상을 인식한다. 동물들에게 신은 화가이다. 신은 동물들의 눈앞에 전경(全景)의 형태로 세상을 펼쳐 보인다. 아무런 의미도 담겨 있지 않은 냄새와 촉감, 맛, 소리에서 랄카는 신이 대충 그린 그림의 본질을 감지한다. 동물은 의미를 필요로 하지 않는다. 때로는 인간도 꿈을 꾸다가 이와 비슷한 느낌을 맛보기도 한다. 하지만 그들은 깨어 있는 동안엔 무조건 의미를 찾아 헤맨다. 인간은 시간의 포로이기 때문이다. 동물은 끊임없이, 헛되이 꿈을 꾼다. 꿈에서 깨어난다는 건, 동물에게는 죽음이다.

랄카는 세상의 이미지들과 더불어 꿋꿋이 살아간다. 때로는 인간의 정신세계가 만들어낸 이미지 속에 동참하기도 한다. 미시아가 "가자"라고 말하면, 랄카는 꼬리를 흔든다. 그러면 미시아는 랄카가 인간처럼 말을 알아듣는다고 생각한다. 하지만 랄카는 말이나 개념 때문에 꼬리를 흔드는 게 아니다. 미시아의 정신에서 싹튼 이미지에 반응하는 것이다. 이 이미지 속에는 시시각각 변하는 풍경과 움직임에 대한 기대감이 반영되어 있다. 잔디의 살랑거림, 숲으로 이어지는 볼라의 도로, 매미의 울음소리와 강물의 출렁거림도 담겨 있다. 땅바닥에 누워 미시아를 응시하면서, 랄카는 인간이 마지못해 만들어낸 이미지들을 본다. 때로는 슬픔과 분노로 가득한 이미지도 있다. 하지만 이런 이미지일수록 오히려 더욱 선명하고 또렷하다. 그 속에 열정이 박동하고 있기 때문이다. 그럴 때 랄카는 무방비 상태가 된다. 저 낯설고도 우울한 세상에서 길을 잃고 헤매지 않도록 자신을 보호해주는 아무런 수단도 갖고 있지 않으며, 독자성을 유지하게 도와주는 마법의 테두리도 없고, '자아'를 지켜주는 강렬한 에너지도 공급받지 못했기 때문이다. 그래서 랄카는 세상으로부터 압도

당하게 된다. 개가 인간을 자신의 주인으로 인정하는 건 그래서다. 그렇기에 가장 하찮은 인간도 자신의 개와 함께 있으면 영웅이 된 것처럼 느끼게 된다.

감정을 느끼고 겪는 건, 랄카나 미시아나 마찬가지다.

동물들의 감정이 오히려 더 순수하다. 그 어떤 생각도 개입되지 않기 때문이다.

랄카는 신이 존재한다는 걸 알고 있다. 드문 경우에만 신을 체감하는 인간과는 달리, 동물은 끊임없이 신을 인지한다. 랄카는 풀밭에서 신의 향기를 맡는다. 시간이 랄카와 신을 갈라놓지 않았기 때문이다. 그래서 랄카는 그 어떤 인간도 갖고 있지 못하는 세상에 대한 믿음을 내면에 품고 있다. 예수님 또한 십자가에 매달렸을 때, 이와 비슷한 믿음을 갖고 있었다.

상속자 포피엘스키의 손주들의 시간

과거에 커다란 개들을 데리고 공원을 산책하던, 상속자 포피엘스키의 딸은 학기가 끝나자마자 아이들과 남동생의 아이들을 데리고 태고 마을에 왔다. 미시아는 2층에 방 세 개를 비워놓았고, 아래층의 방 하나도 만일에 대비하여 치워놓았다. 6월 하순이 되자 파베우 보스키가 꿈꾸던 펜션이 드디어 본격적으로 돌아가기 시작했다.

상속자 포피엘스키의 손주들은 활동적이고 소란스러웠다. 할아버지와는 영 딴판이었다. 그리고 대부분의 좋은 집안 자손들이 그렇듯이 여러 명의 사내아이에 계집아이는 딱 한 명이었다. 매년 여름, 같은 유모가 아이들을 돌보았다. 유모의 이름은 주잔나였다.

아이들은 종일 강가 수문 근처에서 시간을 보냈다. 흑강에서 수영하기 위해 인근의 어린이와 청소년들이 모두 이곳으로 모여들었다. 언젠가 상속자 포피엘스키는 강에다 방조문을 세웠다. 저수지로 흘러드는 물의 양을 조절하기 위해서였다. 저수지는 없어졌지만, 대신 방조문이 차질 없이 작동하는 바람에, 작은 호수와 1미터 정도 높이의 폭포가 생겨났다. 상속자 포피엘스키는 방조문을 만들면서 훗날 손주들에게 이런 뜻밖의 즐거움을 안겨주게 되리라고는 생각하지 못했을 것이다.

미시아가 쌍둥이 레닛 나무 아래에 점심을 차려놓으면, 아이들은 밥 먹으러 잠시 집으로 돌아왔다가 점심 식사를 마치자마자 또다시 강가로 달려갔다. 저녁에 주잔나는 카드 게임이나, 나라와 도시 이름을 짝짓는 놀이를 준비했다. 그러면 아이들은 어느 정도 조용해졌다. 때로는 아이들과 나이 차이가 별로 없는 비테크가 언덕 뒤편에서 아이들에게 모닥불을 피워주기도 했다.

매년 여름 성 요한 대축일 전야*가 되면, 상속자 포피엘스키의 손주들은 고사리꽃**을 찾으러 숲으로 갔다. 이러한 숲속 탐험은 어느덧 연중행사가 되었고, 어느 해인가 주잔나는 아이들끼

---

* 낮이 길고 밤이 짧은 하지를 기념하는 여름 축제. 폴란드에서는 해가 지면 모닥불을 피우고 강물에 화관을 띄운 채 별을 보며 점을 치기도 한다.

리만 숲에 가는 걸 허락해주었다. 상속자의 손주들은 모처럼의 기회를 만끽하기 위해 예슈코틀레에서 저렴한 포도주 한 병을 몰래 샀다. 샌드위치와 오렌지에이드, 과자와 손전등도 챙겼다. 그러고는 집 앞 벤치에 앉아 날이 어두워지기만을 기다렸다. 아이들은 감춰둔 포도주를 떠올리며 왁자지껄 웃고 떠들었다.

숲에 들어가자, 상속자 포피엘스키의 손주들은 잠잠해졌다. 기분이 상해서가 아니라 어둠에 휩싸인 숲이 어마어마하게 커 보이고, 무서웠기 때문이다. 아이들은 용기를 내어 보데니차 숲에 가보려 했지만, 어둠이 의욕을 꺾었다. 보데니차는 귀신 들린 곳이라고 알려졌기 때문이다. 그래서 고사리가 가장 많다는 오리나무 숲으로 가기로 했다.

아이들은 서로의 어깨를 잡고서 일렬로 줄을 서서 강 쪽으로 걸어갔다.

너무 어두운 나머지 앞으로 뻗은 자신의 손이 마치 검은 바탕에서 간신히 눈에 띄는 얼룩처럼 어렴풋하게 보였다. 암흑으로

**   폴란드 민담에 등장하는 전설의 꽃. 1년에 한 번, 낮이 가장 긴 하짓날 밤에 숲의 구석진 곳에서 오직 한 송이만 핀다고 전해진다. 죄를 짓지 않은 순결한 젊은 이의 눈에만 띄는데, 꽃을 발견한 사람이 소원을 빌면 그 소원이 이루어진다고 알려져 있다. 다만 그 행운을 다른 사람과 나누어서는 안 되며 혼자만 누려야 한다는 조건이 따른다. 폴란드 민담에 따르면, 고사리꽃을 발견하고 자신만 행복하게 살던 젊은이는 가족을 가난과 굶주림으로 잃고 난 뒤에 후회하게 된다.

뒤덮인 세상보다 밝게 느껴지는 건 밤하늘뿐이었다. 하늘에는 별이 촘촘히 박혀 있어 마치 미세한 구멍이 뚫려 있는 커다란 거름망 같았다.

숲은 사람이 다가오지 못하도록 경계하는 예민한 동물 같았다. 아이들에게 이슬방울을 튀기고, 올빼미를 날려 보내고, 아이들의 발 앞에서 토끼가 갑자기 펄쩍 뛰어오르게 했다.

아이들은 오리나무 숲으로 들어가서 손을 더듬거리며 소풍 도시락을 꺼냈다. 담뱃불이 어둠 속에서 반짝거렸다. 그들은 태어나서 처음으로 아무것도 섞지 않은 포도주를 마시고, 태고 마을의 사내아이들처럼 담배도 피워보았다. 취기가 아이들에게 용기를 주었다. 아이들은 본격적으로 고사리꽃을 찾기 위해 사방으로 흩어졌다. 그러다 마침내 일행 중 하나가 덤불 속에서 뭔가 빛나는 것을 발견했다. 숲이 부산스레 버스럭거렸다. 뭔가를 발견한 아이가 나머지 아이들을 불렀다. 잔뜩 흥분한 목소리였다.

"찾은 거 같아. 내가 찾은 거 같아." 아이는 계속 소리를 질러 댔다.

복잡하게 뒤엉킨 블랙베리 덤불 속, 축축한 고사리 잎사귀 속에서 뭔가가 은빛으로 반짝이고 있었다. 아이들은 막대기로 커다란 잎사귀들을 헤집으며 손전등을 비춰보았다. 그리고 불빛에 빛나는 통조림 깡통을 보았다. 고사리꽃을 발견한 줄 알고 기뻐하던 아이는 실망스럽다는 표정을 지으며, 막대기로 통조림 깡통을 들어 올려서 덤불 저편으로 멀리 던져버렸다.

상속자의 손주들은 남은 포도주를 마저 마시기 위해 잠시 숲에 머물다가 집으로 돌아갔다.

그러자 통조림 깡통이 형언할 수 없을 만큼 아름다운 은빛 광채를 내뿜으며 꽃을 피웠다.

하짓날과 동짓날 밤마다 약초를 캐러 돌아다니는 크워스카가 그 광경을 목격했다. 하지만 소원을 빌기에 크워스카는 이미 너무 늙어버렸다. 게다가 고사리꽃이 얼마나 골치 아픈 문제를 일으키는지도 잘 알고 있었다. 그래서 멀리서 꽃 주위를 맴돌기만 했다.

상속자 포피엘스키의 시간

"미시아, 일 끝나면 나와 차 한잔 마실래요?"

처녀 적 몸매를 고스란히 간직하고 있는 포피엘스키의 딸이 미시아에게 물었다.

미시아는 음식 찌꺼기가 잔뜩 묻은 접시들이 담긴 광주리에서 몸을 일으키고는 앞치마에 손을 문질러 닦았다.

"차는 됐고요, 커피가 좋겠어요."

두 사람은 쟁반을 들고 레닛 나무 아래로 가서 탁자를 사이에 두고 마주 앉았다.

"많이 힘들죠, 미시아 씨? 우리 식구 밥도 차려줘야 하고, 설거지도 많이 해야 하고……. 정말 고맙게 생각해요. 미시아 씨네 식구들이 없었다면, 우리는 여름에 놀러 올 곳이 없었을 거예요.

여기가 우리 고향이잖아요."

오랜 옛날, 커다란 개를 데리고 목초지를 산책하던 포피엘스키의 딸이 서글픈 한숨을 쉬었다.

"여러분이 없었다면, 우리는 파베우의 월급만으로는 살아갈 수 없었을 거예요. 집에 손님을 받으면서 저도 비로소 가족의 생계에 보탬이 되는 일을 할 수 있게 된 거 같아요."

"미시아, 그렇게 생각할 필요 없어요. 여자들이 집에서 하는 일이 얼마나 많은데요. 아이를 낳고, 가사를 돌보고, 무슨 말인지 아시잖아요……."

"하지만 돈을 벌거나, 집에 돈을 가져오진 못하죠."

말벌들이 탁자로 날아와서 생강 케이크 위에 뿌린 초콜릿 시럽을 핥아 먹었다. 미시아는 개의치 않았지만, 포피엘스키의 딸은 말벌을 무서워했다.

"어릴 때 말벌에 눈꺼풀이 쏘인 적이 있었어요. 그때 어머니는 크라쿠프에 가셨고, 아버지와 단둘이 집에 있었는데……. 아마 1935년인가 36년쯤이었을 거예요. 아버지가 겁에 질려 어쩔 줄 몰라 하면서 집 안 여기저기를 뛰어다녔고, 나한테 소리도 지르셨어요. 그러다 자동차에 날 태워서 어디론가 데려가셨죠. 기억은 잘 안 나지만, 도시에 있는 유대인 집이었던 거 같아요."

포피엘스키의 딸은 손으로 턱을 괴었다. 그녀의 시선이 사과

나무와 보리수 잎사귀 사이, 어디쯤엔가 머물렀다.

"상속자 포피엘스키 씨……. 참 특이한 분이셨죠." 미시아가
말했다.

포피엘스키의 딸의 옅은 갈색 눈동자가 갑자기 뿌옇게 흐려
졌다. 마치 풀잎에 맺힌 이슬처럼 눈에 눈물방울이 맺혔다. 아마
다른 모든 이들처럼 그녀의 내면에도 은밀한 시간의 물줄기가
흐르고 있을 것이다. 지금 이 순간 그녀의 몸속에서 시간의 흐름
이 역류했음을, 그래서 지금 그녀의 시선이 나뭇잎 사이에 투시
된 과거의 영상을 보고 있다는 것을 미시아는 알아차렸다.

크라쿠프로 이주한 뒤, 포피엘스키 부부는 가난에 허덕였다.
가슴이 저렸지만, 은식기를 팔아가며 생계를 유지했다. 전 세계
에 흩어져 있는 포피엘스키 가문의 친인척들이 여건이 허락하
는 대로 달러나 즈워티를 폴란드로 송금해 원조했다. 그러다 상
속자 포피엘스키가 독일인들과 목재 거래를 했다는 혐의로 고
발당했다. 몇 달 동안 옥에 갇혀 있다가 결국 정신이상 판정을
받고 풀려났다. 돈으로 매수한 정신과 전문의가 그의 상태를 살
짝 과장해서 진단을 내려준 덕분이었다.

포피엘스키는 살바토르 언덕에 위치한 좁은 아파트에 틀어박
혀 종일 이쪽 벽에서 저쪽 벽까지 왔다 갔다 하면서 지냈다. 때
로는 고집을 피우며 하나밖에 없는 탁자 위에 게임판을 펼쳐놓

기도 했다. 하지만 아내가 못마땅한 시선으로 노려보면, 상자 속에 모든 걸 다시 집어넣고, 아파트 안에서 다시 끝없는 산책을 시작했다.

시간이 흘렀다. 상속자의 부인은 기도하면서 시간의 흐름에 감사하는 마음을 가졌다. 시간이 계속해서 움직이는 덕분에 사람들의 삶에도 변화가 일어났다. 많은 식구와 친척을 거느린 포피엘스키 가문은 서서히 힘을 모아서 크라쿠프에서 다시 사업을 시작했다. 가족끼리 작성한 성문화되지 않은 계약에 따라 상속자 포피엘스키는 구두 제작, 좀 더 상세히 말하자면 신발 밑창 제작 공정을 관리하는 업무를 맡게 되었다. 그는 서유럽에서 수입한 압축 기계로 샌들에 부착되는 플라스틱 밑창을 제작하는 작은 공장을 감독했다. 처음에는 마지못해 참여했지만, 나중에는 일에 점점 재미를 붙였고, 결국에는 누가 포피엘스키 아니랄까 봐 사업에 홀딱 빠져들고 말았다. 형태가 없는 무정형의 물질에 다양한 형태를 부여할 수 있다는 사실에 그는 완전히 매료되었다. 그래서 열정적으로 실험에 매달리기 시작했다. 그러다 결국에는 완전히 투명한 물질을 만들어내는 데 성공했고, 나중에는 거기에 음영과 색깔까지 넣을 수 있게 되었다. 여자 구두에 대한 시대적 요구와 기호를 파악하는 데 남다른 감각이 있었던 덕분에, 그가 제작한, 반짝이는 목을 가진 플라스틱 부츠는 날개

돋친 듯 팔려나갔다.

"아버지는 아예 작은 실험실을 마련하셨어요. 어떤 일을 하든지 자신을 송두리째 내던지고, 그 일에 절대적인 가치를 부여하는 분이셨으니까요. 어떤 면에서 보면, 정말 참기 힘든 분이시기도 했죠. 아버지는 신발 밑창과 부츠가 마치 인류를 구원하는 물건이라도 되는 듯 여기셨어요. 손에서 시험관과 증류수를 놓지 않았고, 끊임없이 뭔가를 끓이거나 우려내면서 화학 실험을 계속하다가, 결국 피부병을 얻게 되셨죠. 덴 상처나 방사선 노출 때문일 수도 있었을 거예요. 아무튼 아버지의 몰골은 끔찍했어요. 온몸이 물집투성이였죠.

의사는 피부암의 변종이라고 했어요. 우리는 아버지를 프랑스에 있는 친척에게 데려가서 가장 유능하다는 의사에게 보였어요. 하지만 거기나 여기나 피부암에는 약이 없었어요. 적어도 그 시절엔 그랬답니다. 당시 모두가 가망이 없다는 걸 알고 있었는데, 정말 이상했던 건, 그 끔찍한 병을 대하는 아버지의 태도였어요. '난 지금 털갈이를 하고 있어'라고 아버지는 말했죠. 그러면서 아주 만족스럽다는 듯, 심지어 자랑스럽다는 듯 자신의 몸을 들여다보곤 하셨어요."

"이상한 분이셨네요." 미시아가 말했다.

포피엘스키의 딸이 덧붙였다. "하지만 미친 사람은 아니었어요. 그저 영혼이 평안하지 못하셨던 거예요. 내 생각엔 전쟁을 겪고 저택을 몰수당하면서 큰 충격을 받으신 듯해요. 전쟁이 끝난 뒤 세상은 급격히 변했지만, 아버지는 거기에 적응을 못 하셨고, 그래서 돌아가신 거예요. 마지막 순간까지 아버지는 의식이 명료하셨고, 명랑하셨어요. 고통 때문에 모든 게 뒤죽박죽되어 혼란스러우실 거라 여겼었는데, 도저히 이해할 수가 없었죠. 아시잖아요, 결국엔 암이 온몸에 퍼져서 아버지가 얼마나 고통스러워하셨는지. 근데 아버지는 어린아이처럼 되뇌셨어요. 당신은 지금 털갈이를 하고 있다고.”

미시아는 한숨을 쉬면서 남은 커피를 마셨다. 유리잔* 바닥에는 갈색 찌꺼기가 두껍게 가라앉아 반짝이고 있었고, 그 표면에는 반사된 햇빛이 너울너울 춤추고 있었다.

“아버지는 그 괴상한 상자를 자기와 함께 묻어달라고 부탁하셨죠. 그런데 장례식을 준비하느라 정신이 없어서 그만 다들 깜빡 잊고 말았어요……. 아버지의 유언을 지키지 못해서 정말 괴로웠어요. 나중에 장례식이 끝난 뒤에 어머니와 함께 상자 속을 들여다보았어요. 그랬더니 거기에 뭐가 있었는지 아세요? 오래된 천 조각과 나무 주사위, 다양한 모형들이 들어 있었어요. 동

---

* 튀르키예식 커피는 사기잔이 아닌 유리잔에 마시는 풍습이 있다.

물과 사람, 여러 가지 물건들……. 마치 어린아이들이 갖고 노
는 장난감 같았어요. 알 수 없는 이야기가 잔뜩 쓰여 있는 너덜
너덜한 책자도 함께 있었어요. 엄마와 나는 상자 속에 들어 있
던 물건들을 탁자 위에 쏟아놓고 찬찬히 살펴보았어요. 그런 유
치한 장난감을 아버지가 그토록 소중히 여기셨다는 사실이 믿
기지 않았죠. 지금도 그것들이 눈에 선해요. 황동으로 만든 남자
와 여자, 동물 모형들, 나무와 집, 성을 본떠 만든 초미니 모형들,
아, 예를 들면 손톱만 한 크기의 책들과 미니 커피 그라인더, 빨
간 우체통, 물지게와 양동이들……. 모든 게 어찌나 섬세하고 정
교하게 만들어졌던지……."

"그래서 그것들을 어떻게 하셨나요?" 미시아가 물었다.

"처음엔 사진첩을 넣어두는 서랍 속에 보관했었죠. 그러다가
아이들이 갖고 놀기 시작했어요. 아마 우리 집 어딘가에 아직 있
을 거예요. 집짓기 블록 속에 있으려나? 잘 모르겠네요, 애들에
게 물어봐야겠어요……. 아무튼 아버지의 관 속에 게임 상자를
넣어드리지 못해서 여전히 양심의 가책을 느끼고 있답니다."

상속자 포피엘스키의 딸은 입술을 잘근잘근 깨물었다. 그녀
의 눈빛이 또다시 뿌옇게 흐려졌다.

"저는 아버님이 이해가 돼요. 저한테도 옛날에 소중한 물건들
만 넣어두는 서랍이 따로 있었거든요."

"하지만 그때 미시아는 어린아이였잖아요. 우리 아버지는 다 자란 성인 남자였다고요."

"우리 집에도 이지도르가 있으니까요……."

"하긴 어쩌면 정상적인 가정마다 그런 사람이 한 명씩은 있을지도 모르겠네요. 우리 안에 있는 모든 광기의 단면들을 홀로 짊어지고 있는 누군가가요. 그가 일종의 안전 밸브처럼 정상적인 상태를 유지해주는 걸 수도."

"이지도르는 겉보기와는 달라요……." 미시아가 말했다.

"아, 기분 상하셨다면 죄송해요. 나쁜 의미로 말한 건 아니에요……. 어쩌면 우리 아버지도 미친 게 아니었을 수도 있죠. 아니면, 진짜로 미쳤었을까요?"

미시아가 재빨리 고개를 저었다.

"미시아 씨, 제가 가장 두려운 건, 아버지의 기행이나 기벽이 유전적인 것이어서 우리 아이 중 누군가에게 대물림되지는 않을까 하는 점이에요. 그래서 저는 아이들에게 특별히 신경을 쓰고 있어요. 우리 애들은 요즘 영어도 배워요. 저는 아이들을 프랑스에 있는 친척에게 보내서 넓은 세상을 보게 하고 싶어요. 서유럽의 대학에서 컴퓨터나 경제학처럼 미래를 확실하게 보장해줄 수 있는 실용적인 학문을 공부하면 좋겠어요……. 미시아 씨, 저 아이들을 좀 보세요. 정상적이고 건강하잖아요."

미시아는 포피엘스키의 딸이 바라보는 곳을 향해 시선을 옮겼다. 마침 상속자의 손주들이 강에서 돌아오고 있었다. 알록달록한 수영 가운을 걸친 아이들의 손에는 잠수 도구가 들려 있었다. 아이들은 왁자지껄 떠들며 출입문을 열고 마당에 들어섰다.

포피엘스키의 딸이 말했다. "다 잘될 거예요. 세상이 전과 많이 달라졌잖아요. 더 커지고, 더 나아지고, 더 밝아졌으니까요. 예방주사도 생겼고, 전쟁도 끝났고, 사람들의 수명도 늘어났고……. 안 그래요?"

미시아는 유리잔에 가라앉은 찌꺼기를 들여다보면서 천천히 옆으로 고개를 저었다.

게임의 시간

일곱 번째 세계에서 인류의 첫 번째 자손들은 이 나라 저 나라를 떠돌다가 눈부시게 아름다운 계곡에 도착했다. "자, 힘내자. 여기다 도시를 짓고, 하늘까지 닿는 탑을 쌓는 거야. 그리고 신이 우리를 분열시키지 못하게 하나의 인종으로 똘똘 뭉치자." 그들이 말했다. 그리고 즉시 작업에 착수했다. 그들은 돌을 운반해 오고, 회반죽 대신 타르를 사용해서 탑을 쌓아 올렸다. 거대한 도시가 만들어졌고, 그 한가운데에 탑이 생겨났다. 어찌나 높았는지, 꼭대기에 올라서면 여덟 개의 세상 너머가 보일 정도였다. 이따금 하늘이 청명한 날, 가장 높은 곳에서 일하는 사람들은 햇빛에 눈이 멀지 않도록 손을 눈 위에 갖다 댔다. 그리고 신의 발꿈치를 보았고, 시간을 게걸스럽게 삼키고 있는 거대한 뱀의 실루엣을 보았다.

그들 가운데 일부는 높은 곳을 향해 막대기를 휘둘러보기도 했다.

그들을 내려다보며 신은 불안해졌다. '저들이 하나의 언어를 사용하는 하나의 인종으로 남아 있는 한, 저들은 자신들의 머릿속에 떠오르는 모든 걸 다 이룰 수 있으리라. 저들의 언어를 뒤죽박죽으로 만들고, 각자의 머릿속에 서로 다른 언어들을 가두어서 소통하지 못하게 만들어야겠다. 그렇게 되면 서로 반목하느라 지쳐서 나를 내버려두겠지.'

신은 그렇게 했다.

사람들은 세상 곳곳으로 흩어졌고, 서로가 서로의 적이 되었다. 하지만 그들의 머릿속에는 여전히 자신들이 보았던 것에 대한 기억이 남아 있었다. 세상의 경계를 한 번이라도 목격한 사람은 자신의 구속을 가장 뼈아프게 실감했다.

파푸가 부인의 시간

스타시아 파푸가는 월요일마다 타슈프에 있는 시장에 장 보러 갔다. 하지만 월요일에는 승객이 워낙 많아서 버스들이 숲속의 정류장을 그냥 지나치곤 했다. 그래서 스타시아는 큰길가로 나가서 지나가는 차를 직접 멈춰 세우곤 했다. 시렌카*, 바르샤바, 크고 작은 피아트가 차례로 지나갔다. 간신히 차를 잡아서 허겁지겁 올라타고 난 뒤에 스타시아가 운전자와 나누는 대화는 항상 다음과 같이 시작했다.

"파베우 보스키를 아세요?"

간혹 그를 아는 사람들이 있었다.

---

* 사회주의 시절 폴란드에서 생산된 차종.

"제 동생이에요. 감독관이죠."

운전자는 그녀를 향해 고개를 돌리고는 의심스럽다는 듯 쳐다보았다. 그러면 그녀는 같은 말을 되풀이해야만 했다.

"제가 파베우 보스키의 누나라고요."

운전자는 그 말을 믿지 않았다.

스타시아는 노년에 살이 찌고, 키도 줄었다. 근육이 도드라진 못생긴 다리는 더욱 두꺼워졌고, 눈은 광채를 잃었다. 게다가 항상 발이 부어 있어서 남자용 샌들을 신고 다녔다. 아름다웠던 치아는 다 빠지고 두 개만 남았다. 스타시아 파푸가에게 시간은 자비롭지 않았으니, 그녀가 감독관 파베우 보스키의 누나라는 사실을 운전자들이 믿지 못하는 것도 어찌 보면 당연한 일이었다.

장이 서고 통행량이 많은 어느 분주한 월요일 아침, 그녀는 지나가던 차에 치였다. 그리고 청각을 잃었다. 머릿속에서 줄곧 떠나지 않는 아우성 때문에 세상의 소리가 전혀 들리지 않았다. 때로는 아우성 속에서 누군가의 목소리나 음악의 한 구절이 들리기도 했다. 하지만 그녀는 이 소리가 어디서 비롯된 것인지, 밖에서 울려 퍼지는 것인지, 자기 자신에게서 흘러나오는 것인지 알 수 없었다. 그럴 때면 그녀는 양말을 꿰매거나 미시아에게서 얻어 온 헌 옷들을 끝없이 수선하면서 골똘히 소리에 귀를 기울였다.

그녀는 저녁 무렵에 파베우의 집에 가는 걸 좋아했다. 집이 한창 북적거리는 여름엔 특히 그랬다. 위층에는 휴가를 즐기러 온 사람들이 머물렀다. 아이들과 손주들도 다니러 왔다. 그들은 과수원의 쌍둥이 레닛 나무 아래에다 탁자를 가져다 놓고, 보드카를 마셨다. 파베우가 바이올린을 꺼내면, 아이들도 각자 악기를 가져왔다. 안테크는 아코디언을, 아델카는 바이올린을(물론 그녀가 집을 떠나기 전까지의 이야기다), 비테크는 콘트라베이스를, 릴라와 마야는 각각 기타와 플루트를 연주했다. 파베우가 바이올린 활로 신호를 보내면, 모두가 리듬을 타면서 손가락을 움직이고 고개를 까닥이고 발로 박자를 맞추었다. 첫 곡은 항상 '만주의 언덕 위에서'였다. 스타시아는 그들의 얼굴만 보고도 이 곡을 연주한다는 걸 알았다. '만주의 언덕 위에서'가 울려 퍼지면, 아이들의 실루엣 속에 미하우 니에비에스키가 잠시 나타났다. '죽은 사람이 손주의 몸속에 계속 살아 있다는 게 가능할까? 그렇다면 나도 나중에 야네크의 자식들의 얼굴 속에서 살게 될까?' 스타시아는 궁금했다.

고등학교를 졸업하자마자 실롱스크에 눌러앉은 아들을 스타시아는 늘 그리워했다. 야네크는 집에 자주 들르지 않았다. 자기 아버지를 쏙 빼닮아서 언제나 스타시아를 기다리고, 또 기다리게 했다. 여름이 시작되자마자 스타시아는 아들 방을 치웠지만,

야네크는 파베우의 자식들과는 달리 휴가 내내 집에 진득이 머물려고 하지 않았다. 며칠 안 되어 바로 떠났고, 스타시아가 아들을 위해 1년 내 담근 주스를 가져가는 것도 잊어버렸다. 하지만 어머니가 보드카를 팔아서 번 돈은 잊지 않고 챙겨 갔다.

스타시아는 키엘체로 향하는 도로변에 있는 정류장까지 아들을 배웅했다. 교차로에는 돌덩이가 하나가 놓여 있었다. 스타시아가 돌덩이를 들어 올리면서 아들에게 부탁했다.

"여기에다 손을 집어넣으렴. 네가 이곳에 다녀갔다는 흔적을 간직할 수 있게 말이야."

야네크는 초조하게 주위를 살폈다. 그러고는 어머니가 원하는 대로 앞으로 1년 동안 교차로의 돌덩이 밑에 그의 손자국이 남아 있을 수 있도록 했다. 그 후 크리스마스와 부활절에 그에게서 편지가 왔다. 편지는 항상 다음과 같은 내용으로 시작했다. "이 편지를 시작하기에 앞서 제가 건강하다는 걸 먼저 알려드립니다. 엄마도 그러시길 바랍니다."

하지만 아들의 소원은 효력이 없었다. 아마도 이 구절을 쓰면서 딴생각이라도 한 모양이었다. 어느 해 겨울 스타시아는 갑자기 병에 걸려서 구급차가 눈길을 헤치고 그녀의 집에 도착하기도 전에 세상을 떠났다.

야네크는 뒤늦게 도착했다. 묘지에 흙을 덮고, 다들 뿔뿔이 흩어진 다음이었다. 그는 어머니의 집으로 가서 오랫동안 물건들을 살펴보았다. 주스를 담아놓은 유리병들, 옥양목 커튼, 코바늘로 직접 뜬 침대보, 그가 어머니의 영명축일이나 명절에 보낸 엽서를 이어 붙여 만든 상자들. 그에게는 죄다 쓸모없는 것들이었다. 보스키 할아버지에게서 물려받은 가구들은 투박하고 거칠어서 그가 소유한 고광택 가구들과 전혀 어울리지 않았다. 찻잔들은 이가 빠졌고, 손잡이도 부서져 있었다. 별채 출입문의 갈라진 틈으로 눈이 새어 들어와 쌓여 있었다. 야네크는 자물쇠를 잠근 뒤, 외삼촌에게 열쇠를 전해주러 갔다.

"이 집도 필요 없고, 태고 마을에서 쓰던 다른 물건들도 안 가져갈래요."

그가 파베우에게 말했다.

고시치니에츠의 오르막길을 넘어 정류장에 도착했을 때, 야네크는 돌덩이 앞에서 발걸음을 멈췄다. 잠시 망설이다가 1년 전과 똑같이 돌덩이에 손을 가져갔다. 하지만 이번에는 반쯤 얼어붙은 차가운 땅바닥을 향해 아주 깊숙이 손을 넣었다. 그리고 손가락이 얼어붙어 감각이 사라질 때까지 오랫동안 그러고 있었다.

넷으로 이루어진 것들의 시간

해가 갈수록 이지도르는 자기가 태고를 결코 벗어나지 못하리라는 사실을 깨닫게 되었다. 그는 숲속에 있던 보이지 않는 벽을, 태고의 경계를 떠올렸다. 그 경계는 애초에 자기에게 해당되는 것이었다. 루타는 경계를 통과할 수 있었는지 모르겠지만, 지금 이지도르에겐 힘도 의욕도 없었다.

집은 텅 비었다. 여름철에만 휴양객들로 붐볐고, 그럴 때면 이지도르는 다락방에 계속 틀어박혀 있었다. 그는 낯선 사람들이 두려웠다. 지난겨울에는 우클레야가 보스키 부부를 자주 찾아왔다. 우클레야는 이제 늙었고, 살도 더 쪘다. 잿빛 얼굴은 퉁퉁 부었고, 보드카를 하도 마셔서 눈은 붉게 충혈되어 있었다. 탁자 앞에 앉아 있는 그의 모습은 마치 상한 고깃덩이 같았다. 그는 쉬어터진 목소리로 끊임없이 자기 자랑을 늘어놓았다. 이지도르는 그를 증오했다.

사악한 관용을 베풀어 이지도르에게 루타의 사진을 선물한 것을 보면, 우클레야도 이지도르의 속마음을 알아차렸음이 틀림없었다. 그것은 심사숙고해서 준비한 선물이었다. 우클레야는 일부러 루타의 나체 사진들만 골랐다. 그것도 괴이한 조명 아래, 자신의 육중한 몸에 가려져 신체 일부분만 보이는 사진들이었다. 그중에 몇 장에서만 여인의 얼굴이 드러났는데, 땀에 젖은 머리카락이 뺨에 붙어 있었다.

이지도르는 말없이 사진을 들여다보고는 탁자 위에 그대로 놔둔 채 위층으로 올라갔다.

"대체 왜 그런 사진들을 보여준 거예요?" 뒤에서 파베우의 목소리가 들려왔다. 우클레야가 웃음을 터뜨렸다.

그날 이후 이지도르는 아예 아래층으로 내려오지 않았다. 미시아가 다락방에 음식을 날라다 주었고, 침대맡에 앉아서 이지도르의 상태를 살폈다. 둘 사이에 잠시 침묵이 흘렀고, 미시아는 한숨을 쉬면서 주방으로 돌아갔다.

이지도르는 침대에서 일어나고 싶지 않았다. 누운 채로 꿈을 꾸는 게 좋았다. 항상 똑같은 꿈이었다. 기하학적 모형들로 가득 찬 공간. 불투명한 다면체, 투명한 각뿔, 오팔색 원기둥. 만약 그

위로 하늘이 펼쳐져 있었다면, '지면'이라고도 볼 수 있는 넓은 평면 위로 갖가지 모형들이 날아다녔다. 하지만 하늘이 있어야 할 그 자리에는 커다란 블랙홀이 입을 벌리고 있었다. 블랙홀을 들여다보는 순간, 꿈속으로 공포가 스며들었다.

꿈은 고요했다. 커다란 고형물들이 서로 부딪쳐도 아무런 소음도 들리지 않았다.

꿈속에 이지도르는 없었다. 대신 이지도르는 아니지만, 이지도르의 몸 안에 살면서 그의 인생사를 속속들이 알고 있는 낯선 관찰자가 등장했다.

이런 꿈을 꾸고 나면 이지도르는 머리가 심하게 아팠고, 계속해서 그의 목구멍을 틀어막고 있는, 원인 모를 흐느낌을 억누르기 위해 안간힘을 써야만 했다.

하루는 파베우가 다락방으로 찾아왔다. 정원에서 다 함께 연주를 할 예정인데, 이지도르가 와줬으면 좋겠다고 했다. 파베우는 우호적인 눈길로 다락방을 둘러보며 중얼거렸다.

"멋진 곳에서 지내는구나."

겨울이 되자 이지도르의 슬픔은 배가되었다. 헐벗은 들판과 회색빛의 축축한 하늘을 바라볼 때면, 먼 옛날 이반 무크타로 인해 목격했던 그 장면이 되살아났다. 아무런 의미도 가치도 없는, 신이 부재한 세상의 풍경. 이지도르는 두려움에 떨면서 눈을 깜빡거렸다. 그렇게 해서라도 그 영상을 자신의 기억으로부터 영원히 지워버리고 싶었다. 하지만 슬픔의 자양분을 먹고 자라난 영상은 점점 커져서 그의 육신과 영혼을 삼켜버렸다. 이지도르는 자기가 이미 늙었다는 생각을 자주 했고, 날씨가 바뀔 때마다 뼈마디가 쑤시고 아팠다. 세상은 온갖 수단을 동원하여 이지도르를 괴롭혔다. 이지도르는 앞으로 뭘 하면 좋을지, 어디에 숨어야 할지 알 수가 없었다.

그렇게 몇 달이 흘렀다. 그러다 문득 자신을 지켜야 한다는 본능이 이지도르를 깨웠다. 이지도르가 몇 달 만에 처음으로 주방에 모습을 드러내자, 미시아는 울음을 터뜨리면서 음식 냄새가 밴 앞치마 바람으로 이지도르를 꽉 끌어안았다.

"누나에게서 엄마 냄새가 나." 이지도르가 말했다.

이제 이지도르는 하루에 한 번씩 좁은 계단을 천천히 내려와서는 벽난로를 향해 무심하게 장작을 던져 넣었다. 미시아의 부엌에서는 항상 우유나 수프가 끓고 있었다. 이 낯익은 냄새가 버림받은 텅 빈 세상으로부터 이지도르를 돌아서게 했다. 이지도르는 먹을거리를 챙겨 들고, 뭔가를 중얼거리면서 위층으로 돌아갔다.

"장작을 좀 패면 어떻겠니." 미시아가 이지도르에게 요청했다.

이지도르는 기꺼이 장작을 팼다. 어찌나 열심히 팼는지, 장작을 쌓아두는 헛간이 그득 차서 놓아둘 곳이 없을 지경이 되었다.

"이제 그만 패럼." 미시아가 짜증스레 말했다.

그래서 이지도르는 상자에서 이반의 망원경을 꺼냈다. 그러고는 자신의 사방위 창문에서 태고 마을 구석구석을 살펴보았다. 이지도르는 동쪽을 보았다. 지평선에 타슈프의 집들이 늘어서 있고, 그 앞쪽에는 숲과 백강 유역의 목초지가 있었다. 그는 예전에 플로렌틴카가 살던 집에 거주하고 있는 니에흐치아우 부인이 소젖 짜는 모습을 지켜보았다.

이번에는 남쪽을 보았다. 로크 성인의 경당과 낙농장, 도시로 이어진 다리가 보였고, 길을 잘못 들었는지 같은 곳을 빙빙 돌고 있는 자동차와 우체부도 눈에 들어왔다. 다음에는 서쪽 창가로 갔다. 예슈코틀레와 흑강, 성의 지붕과 교회 탑, 그리고 여전히 공사 중인 양로원 건물이 보였다. 마지막으로 북쪽 창문으로 이동해서 넓게 뻗어 있는 숲을 감상했다. 숲은 키엘체로 향하는 가늘고 긴 도로에 의해 반으로 나뉘어 있었다. 이지도르는 사시사철 똑같은 풍경을 보아왔다. 눈 쌓인 겨울 풍경, 초록빛 봄 풍경, 오색찬란한 여름 풍경, 빛바랜 가을 풍경을.

그 순간 이지도르는 세상의 수많은 것들이 넷으로 이루어져 있다는 사실을 깨달았다. 그래서 오랜만에 해묵은 소포 용지를 꺼내어 거기에다 연필로 표를 그렸다. 표에는 네 개의 칸이 있었다. 이지도르는 첫 번째 열에 다음과 같이 적었다.

서   북   동   남

연달아 적어보았다.

겨울   봄   여름   가을

그러자 뭔가 특별하고 중요한 문장의 처음 몇 단어를 완성한 것만 같은 느낌이 들었다.

이 어휘들에는 강력한 힘이 깃들어 있음이 분명했다. 넷으로 이루어진 것들을 찾느라 이지도르의 모든 감각이 되살아났기 때문이다. 그는 다락방을 뒤졌고, 미시아의 부탁으로 정원에서 오이를 따면서도 줄곧 그 생각에 몰두했다. 이지도르는 일상의 다양한 사건들과 물건들에서, 자신의 습관에서, 어린 시절의 동화에서 넷으로 이루어진 것들을 발견했다. 그러자 다시 건강해진 것 같았고, 외진 곳에 있는 복잡한 덤불 속에서 헤매다가 평탄한 길로 빠져나온 것만 같은 안도감을 느꼈다. 이제 모든 것이 명확해질 때가 온 것이 아닐까? 조금만 주의를 기울이고 눈길을 돌리면, 바로 눈앞에 있는 원리와 질서를 깨달을 수 있지 않을까?

이지도르는 다시 지역 도서관에 다니기 시작했고, 가방 가득 책을 빌려 오곤 했다. 넷으로 이루어진 것들의 대부분은 이미 책

속에 있다고 판단했기 때문이었다.

도서관에는 상속자 포피엘스키 명의의 장서표가 부착된, 꽤 많은 책이 있었다. 거기에는 독수리를 닮은 새가 날개를 펼친 채, 돌무더기 위로 이제 막 날아오르려는 모습을 그린 삽화가 있었다. 'FENIX'*라는 글자 위에 새의 발톱이 놓여 있고, 새의 머리 위에는 다음과 같은 글귀가 적혀 있었다. '펠릭스 포피엘스키의 장서 중에서.'

이지도르는 불사조가 그려진 책들만 빌렸다. 이지도르에게 있어 불사조는 책의 수준을 담보하는 일종의 품질보증 마크와 다름없었기 때문이었다. 하지만 그는 얼마 안 가서 불사조 마크가 찍혀 있는 책들의 저자명이 L부터 시작한다는 사실을 깨닫게 되었다. 도서관의 서가들을 아무리 뒤져봐도 A부터 K까지의 알파벳으로 시작하는 성을 가진 저자는 없었다. 그래서 이지도르는 노자(Lao-tzu), 라이프니츠, 레닌, 로욜라, 루키아노스, 마르티알리스, 마르크스, 마이링크, 미츠키에비치, 니체, 오리게네스, 파라켈수스, 파르메니데스, 플라톤, 플로티노스, 포, 포르피리오스, 프루스, 케베도, 루소, 실러, 셰익스피어, 시엔키에비치, 스워바츠키, 스펜서, 스피노자, 수에토니우스, 스베덴보리, 토비안스

---

* '불사조'라는 뜻.

키, 타키투스, 테르툴리아누스, 토마스 아퀴나스, 베른, 베르길리우스, 볼테르를 읽었다. 책을 읽으면 읽을수록 그는 앞쪽에 있는 알파벳으로 시작하는 성을 가진, 다음과 같은 저자들의 책을 더욱 읽고 싶어졌다. 아우구스티누스, 안데르센, 아리스토텔레스, 이븐시나, 블레이크, 체스터턴, 클레멘스, 단테, 다윈, 디오게네스 라에르티오스, 에크하르트, 에리우게나, 유클리드, 프로이트, 괴테, 그림 형제, 하이네, 헤겔, 호프만, 호메로스, 횔덜린, 위고, 융. 이지도르는 집에 있는 백과사전도 뒤졌다. 그렇다고 그가 더욱 지혜로워졌다든지, 아니면 보다 나은 인간이 된 것은 아니었지만, 적어도 표에 적을 내용이 풍부해진 것만큼은 사실이었다.

알고 보니, 너무도 당연해서 관찰력과 주의력만 발휘하면 얼마든지 찾아낼 수 있는 것들이 제법 많았다.

신맛	단맛	쓴맛	짠맛
또는			
뿌리	줄기	꽃	열매
또는			

| 초록 | 빨강 | 파랑 | 노랑 |

또는

| 좌(左) | 상(上) | 우(右) | 하(下) |

또는

| 눈 | 귀 | 코 | 입 |

넷으로 이루어진 것 중에 상당수는 성서에서 발견되었다. 오래되고 원시적인 것들이 다른 새로운 것들을 양산했다. 이지도르는 넷으로 이루어진 것들이 연필 끝에서 곱절이 되고, 무한대로 늘어나는 것을 느꼈다. 그러다 결국 '무한대' 자체도 넷으로 이루어진 게 아닌가 하는 의구심을 갖게 되었다. 마치 신의 이름인 '여호와'처럼.

| Y | H | V | H* |

---

* 여호와(Yahweh)를 기호화하여 YHVH으로 쓴다.

구약성서의 네 예언자

이사야   예레미야   에제키엘   다니엘

에덴동산에 흐르는 네 개의 강

피손   기혼   티그리스   유프라테스

지천사(智天使)의 네 얼굴

사람   사자   황소   독수리

사복음서의 저자

마태오   마르코   루가   요한

가장 기본적인 네 가지 덕목

용맹스러움   정의로움   분별력   자제력

요한계시록의 네 기수(騎手)

| 정복 | 전쟁 | 기아(飢餓) | 죽음 |

아리스토텔레스의 네 가지 원소

| 흙 | 물 | 공기 | 불 |

의식의 네 가지 측면

| 지각 | 감각 | 사고 | 직관 |

카발라*의 네 왕국

| 광물계 | 식물계 | 동물계 | 인간계 |

시간의 네 가지 양상

| 공간** | 과거 | 현재 | 미래 |

연금술의 네 가지 재료

소금	유황	질소	수은

연금술의 네 가지 단계

응고	용해	승화	연소

네 개의 신성한 음절***

A	O	U	M

카발라의 네 가지 세피로트****

---

* 밀교적 성향을 가진 유대교의 종파.

** 시간의 양상에 '공간'을 포함시킨 것은 저자의 생각이다.

*** 타자에게 은혜와 축복을 주고, 자신의 몸을 보호하고 정신을 통일하며, 깨달음의 지혜를 획득하기 위해서 외우는 신비적인 위력을 가진 언사를 힌두교에서는 만트라(mantra)라고 하고, 불교 용어로는 진언(眞言)이라고 한다. 대표적인 것이 여기에 인용된 '옴(AOUM)'이다.

**** 카발라에서 일컫는 생명의 나무. 각 세피로트는 카발라의 속성을 지칭한다. 여기서는 그중 네 개만 제시했다.

| 자비 | 아름다움 | 힘 | 지배 |

존재의 네 가지 상태

| 삶 | 임종과 죽음 | 사후의 기간 | 부활 |

의식의 네 가지 유형

| 무기력 | 숙면 | 선잠 | 각성 |

창조물의 네 가지 성질

| 영구성 | 유동성 | 휘발성 | 발광성 |

갈레노스[*]가 언급한 인간의 네 가지 능력

| 육체적 | 미적 | 지적 | 도덕적·정신적 |

대수학의 사칙연산

더하기   빼기   곱하기   나누기

네 가지 척도

넓이   길이   높이   시간

농도의 네 가지 상태

고체   액체   기체   플라스마[**]

DNA를 구성하는 네 가지 염기[***]

A   T   G   C

히포크라테스에 따른 네 가지 기질

[*]   2세기 로마제국 시대의 그리스 출신 의학자이자 철학자.
[**]   자유로이 운동하는 음양의 하전입자가 중성 기체와 섞여 전체적으로는 전기적 중성인 상태.
[***] 유전정보를 저장하는 DNA는 아데닌, 티민, 구아닌, 시토신의 네 가지 염기 (ATGC)로 구성된다. 이 네 가지 단위의 배열 방식이 유전자의 특징을 결정한다.

침착   우울   낙관적   다혈질

목록은 끊임없이 늘어났고, 멈추지 않았다. 목록이 끝난다는 건, 세상의 종말을 의미하는 것이라고 이지도르는 생각했다. 그는 또한 자신이 온 우주를 지배하고 있는 규칙의 덫에 걸렸으며, 특별하고도 신성한 알파벳에 사로잡혔다고 생각했다.

시간은 흘렀고, 넷으로 이루어진 것들을 찾아 헤매는 동안, 이지도르의 사고방식도 바뀌었다. 그는 모든 사물과 사소한 현상으로부터 네 개의 구성 요소와 네 단계, 네 가지 기능을 보았다. 네 개를 발견하고 나면, 연이어 또 다른 네 개를 찾아냈고, 그것은 여덟 개로 불어났으며, 다시 열여섯 개가 되었다. 이렇게 해서 끊임없는 4배수의 변형이 생겨났다. 이제 이지도르에게는 꽃이 핀 사과나무는 존재하지 않았다. 대신 뿌리, 줄기, 잎, 꽃의 네 가지 구성 요소로 이루어진 결합체라는 사실만 인식했다. 게다가 묘하게도 이 네 가지 구성 요소는 불멸이었다. 가을이 되면 꽃이 피어 있던 자리에 열매가 맺혔다. 그러다 겨울이 되면, 뿌리와 줄기만 남는다는 사실에 대해 이지도르는 오랫동안 고민했다. 그러다 사종(四種) 구조가 이종(二種) 구조로 바뀌는 감소의 법칙을 발견했다. 그러니까 이종 구조는 사종 구조의 휴식기였다. 마치 동절기의 나무처럼, 사종 구조가 쉴 때는 이종 구조

로 형태를 바꾸게 되는 것이다.

자신의 내면에 도사리고 있는 사종 구조의 형태를 처음부터 드러내 보이지 않는 것들은 이지도르에게는 일종의 도전으로 받아들여졌다. 언젠가 이지도르는 비테크가 망아지에 올라타는 모습을 본 적이 있었다. 망아지가 펄쩍 뛰더니 비테크를 땅바닥에 내동댕이쳤다. '말 위에 탄 사람'이라는 평범한 조합은 언뜻 보아서는 이종 구조로 이루어진 하나의 덩어리였다. 하지만 실제로는 인간과 말은 각기 별개의 존재다. 여기에 '말 위에 탄 사람'이라는 세 번째 유형이 더해진 것이다. 그렇다면 네 번째 유형은 어디에 숨어 있는 것일까?

그것은 바로 켄타우로스*였다. 인간도 아니고 말도 아닌, 둘의 결합체, 그것은 인간과 말 사이에서 태어난 아이, 인간과 염소 사이에서 태어난 아이임을 이지도르는 불현듯 깨달았다. 그러자 한동안 잊고 지냈던 불안감이 되살아났다. 먼 옛날 이반 무크타가 그에게 안겨주었던 바로 그 느낌이었다.

---

* 그리스 신화에 나오는 반인반마의 괴물.

미시아의 시간

미시아는 오랫동안 긴 백발을 자르지 않았다. 릴라와 마야가 집에 다니러 올 때마다 특별한 염색약을 갖다 주곤 했다. 그러면 하루 저녁 만에 머리카락이 예전의 색깔을 되찾곤 했다. 다행스럽게도 딸들에게 색채 감각이 있어서 미시아에게 딱 맞는 색깔을 구해 온 덕분이었다.

어느 날 무슨 바람이 불었는지 미시아가 갑자기 머리카락을 잘랐다. 밤색으로 염색한 곱슬머리가 뭉텅뭉텅 마룻바닥에 떨어지고 난 뒤, 미시아는 거울을 보았다. 그리고 자기가 늙었다는 사실을 실감했다.

봄이 되자 미시아는 상속자의 딸에게 편지를 보내서 올해도 이듬해도 여름 휴양객을 받지 않겠다고 선언했다. 파베우가 반대했지만, 미시아는 단호했다. 밤마다 심장박동이 거세지고 맥박이 빨라졌다. 손발도 부었다. 미시아는 발을 내려다보았다. 도무지 자기 발 같지 않았다. '예전에는 손가락도 호리호리하고 발목도 가늘었는데. 하이힐을 신고 걸어갈 때면, 종아리도 탄력을 받아 팽팽해졌었지.' 미시아는 생각에 잠겼다.

여름이 되자 아델카를 제외한 나머지 자식들이 모두 집에 왔다. 그들은 미시아를 의사에게 데려갔다. 고혈압이었다. 매일 알약을 복용해야만 했고, 커피를 마시는 것은 금지되었다.

"커피 없이 무슨 재미로 살라고?"

미시아가 찬장에서 커피 그라인더를 꺼내면서 투덜거렸다.

"엄마는 꼭 어린아이 같아요." 마야가 말하면서 미시아의 손에서 그라인더를 빼앗았다.

다음 날 비테크가 페벡스*에서 카페인 없는 커피를 한 통 사왔다. 미시아는 커피 맛이 마음에 드는 척했지만, 혼자 있을 때면 예전에 배급표로 간신히 구매해놓은** 진짜 커피 원두를 갈

---

* 사회주의 시절 폴란드에서 운영되던 상점으로 달러나 파운드, 마르크 같은 서구권 화폐로 수입품들을 살 수 있었다.

** 사회주의 시절 폴란드에서는 커피나 초콜릿, 설탕, 식용유, 휘발유, 담배, 술과 같은 상품이 턱없이 부족했고, 1970년대에는 생필품 품귀 현상과 치솟는 물가로 생활수준이 악화되었다. 따라서 정부의 통제하에 화폐 대신 배급표를 끊어서 물자를 분배했다.

아서 유리잔에 넣고, 우려 마셨다. 본인의 취향대로 껍질도 함께 갈아 넣은 튀르키예식 커피였다. 미시아는 주방 창가에 앉아서 과수원을 바라보았다. 깎을 사람이 없어서 어느 틈에 키가 훌쩍 자라버린 잔디가 바람결에 살랑거렸다. 미시아는 창문을 통해 흑강과 교구신부의 목초지, 그 뒤로 펼쳐진 예슈코틀레를 보았다. 새하얀 브리즈 블록*으로 지은 새집들이 한창 공사 중이었다. 세상은 이제 예전처럼 아름답지 않았다.

어느 날 미시아가 자신만의 방식대로 우려낸 커피를 한창 즐기고 있는데, 낯선 사람들이 파베우를 찾아왔다. 알고 보니 가족 묘지를 만들기 위해 파베우가 고용한 일꾼들이었다.

"왜 나한테 한마디도 안 했어요?" 미시아가 물었다.

"당신을 깜짝 놀라게 해주려고 그랬지."

일요일에 부부는 굴착 공사 현장에 다녀왔다. 미시아는 부지가 마음에 들지 않았다. 보스키 영감과 스타시아 파푸가의 바로 옆자리였다.

"우리 부모님 묘지 근처에 만들면 왜 안 되는 거죠?" 미시아가 또다시 추궁했다.

파베우가 어깨를 으쓱해 보였다.

*   모래, 석탄재를 시멘트와 섞어 만든 가벼운 블록.

"왜, 왜, 왜?" 그가 미시아를 흉내 내며 빈정거렸다. "거긴 너무 좁으니까 그렇지."

미시아는 언젠가 이지도르와 함께 부부 침대를 반으로 쪼개던 날을 떠올렸다.

파베우와 함께 집으로 돌아가던 중에 공동묘지 입구에 걸려 있는 현판이 미시아의 눈길을 잡아끌었다.

"신이 보고 계신다. 시간은 달아난다. 죽음이 쫓아온다. 영생이 기다린다."

미시아가 소리 내어 글귀를 읽었다.

이듬해는 다사다난했다. 파베우는 주방에서 라디오를 켰고, 이지도르와 함께 셋이 둘러앉아 방송에 귀를 기울였다. 하지만 무슨 말을 하는지 잘 이해되지 않았다. 여름이 되자 아이들과 손주들이 집에 왔다. 하지만 모두가 온 건 아니었다. 안테크는 휴가를 받지 못했다. 가족은 늦은 시각까지 마당에 둘러앉아 블랙커런트로 담근 포도주를 마시며, 정치 상황에 대해 토론했다. 미시아는 자기도 모르게 자꾸만 마당의 출입문을 쳐다보며 아델카를 기다렸다.

"아델카 언니는 안 와요." 릴라가 말했다.

9월이 되자 집은 또다시 한산해졌다. 파베우는 오토바이를 타고서 경작하지 않은 자신의 벌판을 종일 누비고 다니며, 가족

묘지 공사 현장을 감독했다. 미시아가 아래층에서 이지도르를 불렀으나 그는 내려오려 하지 않았다. 이지도르는 낡은 소포 용지 더미에 파묻혀서 끊임없이 표를 그리고, 또 그렸다.

"약속해줘요. 내가 먼저 죽으면, 이지도르를 양로원에 보내지 마세요."

미시아가 파베우에게 부탁했다.

"약속할게."

가을의 첫날, 미시아는 그라인더에 진짜 커피 원두를 갈아서 유리잔에 담고, 끓는 물을 부었다. 그리고 찬장에서 생강 과자를 꺼냈다. 그윽한 향이 온 주방에 퍼졌다. 미시아는 의자를 창가로 당겨놓고는 홀짝이며 커피를 마셨다. 바로 그 순간 미시아의 머릿속에서 갑자기 세상이 폭발했고, 그 파편들이 사방으로 튀었다. 미시아는 탁자 밑, 바닥으로 고꾸라졌다. 쏟아진 커피가 손등에 튀었다. 미시아는 움직일 수가 없었다. 그래서 마치 덫에 걸린 짐승처럼, 누군가가 와서 그녀를 풀어줄 때까지 기다렸다.

미시아는 타슈프의 병원으로 실려 가서 뇌졸중 진단을 받았다. 파베우와 이지도르, 딸들이 매일 그녀를 찾아왔다. 그들은 침대 곁에 앉아서 미시아를 향해 계속해서 이야기를 건넸다. 미시아가 그들의 말을 이해한다고 확신하는 사람은 아무도 없었지만, 그래도 그렇게 했다. 그들이 뭔가를 질문하면, 미시아는 이따금 '응'이라고 답하기 위해 고개를 끄덕이기도 하고, '아니' 라고 하려고 고개를 좌우로 흔들기도 했다. 하지만 미시아의 얼굴은 점점 무너져 내렸고, 눈빛은 갈수록 흐릿해졌다. 가족들은 복도로 나와서 의사를 붙잡고 미시아의 상태에 대해 물었지만, 의사는 다른 일에 정신이 팔려 있었다. 병원 창문마다 흰색과 붉은색으로 이루어진 폴란드 국기가 걸려 있었고, 직원들은 전부 팔에다 파업 완장을 두르고 있었다. 가족들은 병원 창가에 서서 창밖의 동태를 살펴보며, 지금 그들에게 닥친 불행에 대해 이런 저런 의견을 나누었다. 어쩌면 미시아는 마룻바닥에 머리를 부딪치는 바람에 감각을 상실했는지도 모른다. 언어 능력, 삶의 환희, 생에 대한 호기심과 의욕을 전부 잃어버렸을 수도 있다. 아니면 다른 추론도 가능하다. 바닥으로 쓰러질 때 미시아는 자신이 얼마나 허약한 존재인지 절감하면서 잔뜩 겁먹었을 것이다. 여태껏 살아 있는 건 기적이지만, 자신이 필멸의 존재임을 자각하면서 틀림없이 공포에 떨고 있을 것이다. 지금 그들의 눈에 미시아는 죽음에 대한 공포로 인해 죽어가고 있는 것처럼 보였다.

그들은 거액을 주고 손에 넣은 오렌지와 직접 담근 과일 주스를 가져왔다. 그러다 차츰 미시아가 죽어가고 있다는 사실을 받아들이게 되었다. 미시아는 결국 다른 세상으로 가게 될 것이다. 하지만 그들이 가장 두려워하는 것은 임종이 막바지에 이르게 되면, 즉 미시아의 영혼이 그녀의 몸에서 분리되고 생물학적 두뇌 활동이 멈춰지게 되면, 미시아 보스키는 영원히 사라진다는 사실이었다. 그것은 또한 그녀의 모든 레시피가 사라진다는 뜻이고, 닭의 간과 순무를 넣어 만든 그녀만의 특별한 샐러드와 초콜릿 크림을 끼얹은 케이크와 생강 과자 또한 영원히 사라진다는 의미였다. 종국에는 그녀의 생각과 말, 그녀가 직접 겪고 몸담았던 모든 일이 영원히 사라진다는 뜻이기도 했다. 이 모든 것은 그녀의 인생처럼 평범하지만, 그 속에는 어둠과 슬픔이 깃들어 있다고 가족들은 확신했다. 세상은 인간에게 결코 우호적이지 않기 때문이다. 그러므로 우리가 할 수 있는 건, 자신과 가까운 사람들이 함께 숨을 수 있는 껍데기를 찾아내서, 그 안에서 자유로워질 때까지 버텨내는 것이다. 다리에 담요를 덮은 채 지금 이 세상에 존재하지 않는 듯한 얼굴로 망연히 침대에 앉아 있는 미시아를 보면서, 그들은 과연 미시아의 생각은 어떤 모양을 하고 있을까 궁금해졌다. 그녀가 내뱉는 말들처럼 단절되고 갈기갈기 찢겨 있을까, 아니면 정신의 깊숙한 곳 어딘가에 생생함과 원기를 간직한 채 온전히 보존되어 있을까, 그도 아니면 다양한 색깔과 깊이로 가득 찬 순수한 이미지로 탈바꿈했을까. 그들은 또한 미시아가 아예 생각을 멈췄을지도 모른다고 가정해보았다. 만약 그렇다면, 그녀를 둘러싼 껍데기가 견고하게 닫혀 있

지 않았다는 뜻이며, 덕분에 아직 살아 있는 동안 미시아가 혼란
과 파멸을 겪어야만 한다는 의미이기도 했다.

죽음을 맞기 전 한 달 동안 미시아는 줄곧 세상의 저편을 보
았다. 그녀의 삶에서 정말로 중요한 고비마다 모습을 드러냈던
수호천사가 거기서 그녀를 기다리고 있었다.

파베우의 시간

가족 묘지가 아직 완성되지 못했으므로 파베우는 미시아를 게노베파와 미하우 곁에 안장했다. 이렇게 하는 걸 미시아도 좋아하리라고 파베우는 확신했다. 묘지를 만드는 일에 몰두하면서 파베우는 일꾼들에게 점점 복잡한 주문을 했고, 자연히 공사는 지연될 수밖에 없었다. 덕분에 감독관 파베우 보스키는 자신의 죽음을 뒤로 미룰 수 있었다.

장례식이 끝나고 자식들이 전부 떠나고 나자, 집 안이 갑자기 고요해졌다. 파베우는 적막을 견딜 수가 없었다. 그래서 텔레비전을 켜고, 모든 프로그램을 시청했다. 방송이 끝날 무렵 흘러나오는 국가는 잠자리에 들라는 신호였다. 바로 그때 파베우의 귀에 기척이 들려왔다. 그 순간 파베우는 자기가 혼자가 아니라는 사실을 깨달았다.

위층에서 이지도르가 무거운 발걸음을 질질 끌며 걸어 다니는 바람에 판자가 삐걱거렸다. 벌써 꽤 오래전부터 이지도르는 아래층에 내려오지 않았다. 처남과 단둘이 있다는 사실이 파베우의 신경을 건드렸다. 그래서 어느 날 파베우는 다락으로 올라가서 이지도르에게 양로원을 권했다.

"거기 가면 돌봐주는 사람도 있고, 매일 따뜻한 음식도 먹을 수 있어." 파베우가 말했다.

이지도르는 충격적인 소식을 듣고도 별다른 저항을 하지 않았다. 다음 날 아침, 당장 짐을 꾸렸다. 판자로 만든 큰 상자 두 개와 옷가지가 담긴 비닐봉투들을 보는 순간, 파베우는 문득 양심의 가책을 느꼈다. 하지만 잠시뿐이었다.

"거기 가면 돌봐주는 사람도 있고, 매일 따뜻한 음식도 먹을 수 있어." 파베우가 자신을 향해 중얼거렸다.

11월에 첫눈이 내리고 난 뒤, 계속해서 눈이 왔다. 방마다 습기가 눅눅히 찼다. 파베우는 벽장 어딘가에서 난로를 꺼내어 간신히 불을 지폈다. 습기와 추위 때문에 텔레비전 화면에서 타닥거리는 소리가 났다. 하지만 아무래도 상관없었다. 정권이 바뀌었다. 새로운 얼굴들이 잠시 은빛 화면에 모습을 드러냈다가 사라지곤 했다. 크리스마스 직전에 딸들이 와서 성탄 전야를 함께

보내자며, 자신들이 사는 곳으로 파베우를 데려갔다. 하지만 크
리스마스 바로 다음 날, 파베우는 자기를 집으로 도로 데려다 달
라고 했다. 그날, 집으로 들어서던 파베우는 스타시아의 초라한
목조 주택 지붕이 쌓인 눈의 무게를 견디지 못하고 내려앉아 있
는 광경을 목격했다. 집 안에도 눈이 들이쳐 쌓이는 바람에 빈 찬
장과 탁자, 보스키 영감의 침대, 침대맡 서랍장에 새하얀 솜이불
이 덮여 있었다. 처음에 파베우는 냉기와 서리로부터 가구들을
보호해야겠다고 결심했지만, 곰곰이 생각해보니 혼자 힘으로 무
거운 가구들을 옮기는 건 불가능하다는 사실을 깨달았다. 게다
가 저 낡은 가구들을 가져다 무엇에 쓴단 말인가?

"아버지, 조잡한 지붕을 만드셨네요. 아버지의 지붕널은 썩어
버렸어요. 제 집은 아직도 멀쩡한데." 파베우가 가구들을 보며
혼잣말을 했다.

봄에 강풍이 불면서 벽 두 개를 넘어뜨렸다. 스타시아의 오두
막 거실은 순식간에 돌무덤으로 변했다. 여름이 되자 스타시아
의 화단에는 쐐기풀과 민들레가 잔뜩 피었다. 그 틈바구니로 색
색의 아네모네와 작약이 절망스럽게 모습을 드러냈다. 오랫동
안 방치한 딸기밭에서는 야생 과실의 냄새가 진동했다. 부패와
파멸이 얼마나 급격하게 진행되는지를 목격하면서 파베우는 놀
라움을 금치 못했다. 집을 짓는 것은 마치 하늘과 땅의 섭리를

거스르는 것 같았고, 벽을 세우거나 돌을 쌓는 것은 시간의 흐름에 역행하는 짓인 것처럼 느껴졌다. 생각만 해도 오싹했다. 텔레비전은 국가를 멈췄고, 화면에서는 새하얀 눈이 내렸다. 파베우는 집 안의 불을 모두 밝히고, 장롱 문을 활짝 열었다.

침대 시트와 식탁보, 냅킨, 수건들이 장롱 안에 차곡차곡 쌓여 있었다. 수건 가장자리에 손을 대는 순간, 파베우의 온몸이 미시아를 기억하고 그리워했다. 그는 이불 홑청을 꺼내서 거기에 얼굴을 파묻었다. 은은한 비누 향기, 깔끔하게 정돈된 냄새가 코끝을 간지럽혔다. 그것은 미시아의 냄새, 그녀와 함께했던 세상의 냄새였다. 파베우는 장롱 안에 있는 모든 것을 죄다 꺼내기 시작했다. 자신과 미시아의 옷들, 순면 러닝셔츠와 속바지, 양말이 든 자루, 미시아의 속옷, 그가 너무도 잘 아는 미시아의 속치마, 매끄러운 스타킹, 가터벨트와 브래지어, 미시아의 블라우스와 스웨터들. 옷걸이에 걸려 있는 양복들도 꺼냈다(대부분 어깨에 솜으로 만든 패드가 들어 있어서 전쟁 시절을 떠올리게 했다). 벨트 고리가 부착된 바지, 빳빳한 깃이 달린 셔츠들, 드레스와 치마들. 그는 얇은 양모로 만든 회색빛 여성용 정장을 오랫동안 들여다보았다. 언젠가 그가 직접 옷감을 끊어 와서 양장점에다 제작을 맡긴 옷이었다. 미시아는 옷깃을 넓게 하고 주머니를 따로 만들어 붙이기를 원했었다. 파베우는 꼭대기의 선반에 손을 뻗어 모자와 스카프들을 꺼내고, 맨 아래 선반에서 핸드백들을 끄집어냈다. 그는 마치 죽은 짐승의 내장을 제거할 때처럼 핸드백의 차갑고 미끄러운 내부에 조심스레 손을 집어넣었다. 마룻바닥에는 아무렇게나 내던진 옷가지들이 점점 쌓여갔다. 파베우는 이 옷들을 자식들에게 물려줘야겠다고 생각했다. 하지만 아델카는 떠나버렸다. 비테크도 마찬가지였다. 심지어 그들이 어디에 있는지도 알 수 없었다. 문득 그런 생각이 들었다. 누군가에게 옷을 물려주는 건, 죽고 난 후의 일이다. 하지만 그는 여전히 이렇게 살아 있지 않은가.

'나는 지금 살아 있고, 몸 상태도 나쁘지 않아. 혼자 힘으로 얼마든지 버텨낼 수 있다고.'

파베우는 스스로에게 되뇌었다. 그러고는 괘종시계 안에서 오랫동안 켜지 않았던 바이올린을 꺼냈다.

그는 바이올린을 들고 집 앞 계단으로 나가서 연주를 시작했다. 처음에는 '마지막 일요일에'를, 다음에는 '만주의 언덕 위에서'를 연주했다. 나방들이 등불을 향해 몰려들었고, 머리 위에서 빙글빙글 맴돌았다. 날개와 더듬이가 달린, 움직이는 후광이 그의 정수리에서 환하게 빛났다. 그날 파베우는 아주 오랫동안 연주를 했다. 먼지투성이의 뻑뻑한 줄이 하나, 둘, 모두 끊어질 때까지.

이지도르의 시간

　파베우는 이지도르를 양로원에 데리고 가서 이지도르를 받아
준 수녀에게 상황을 정확히 설명하려 애썼다.

　"그렇게 늙지는 않았는데요, 오랫동안 아팠어요. 장애도 있고
요. 비록 제가 위생 감독관이긴 하지만, 제 힘으로는 적절한 간
호와 보살핌이 불가능하다는 걸 잘 알고 있거든요."

　파베우는 자신이 '위생 감독관'이라는 사실을 특별히 강조하
며 말했다.

　이지도르는 거처를 옮기는 데 흔쾌히 동의했다. 양로원은 엄
마와 아빠, 이제는 미시아도 함께 묻혀 있는 공동묘지에서 가까
운 곳에 있었기 때문이었다. 가족 묘지가 미처 완공되지 못하는
바람에 미시아가 부모님 곁에 묻힐 수 있게 되어 이지도르는 기

뺐다. 그는 매일 아침을 먹자마자 옷을 차려입고 묘지에 가서 가족들 곁에 앉아 있었다.

하지만 양로원의 시간은 다른 곳에서의 시간과 다르게 흘러갔다. 시간의 물줄기가 훨씬 가늘고 비좁았다. 한 달, 두 달이 지나면서 이지도르는 기력을 잃었고, 결국 묘지에 가는 것을 포기하고 말았다.

이지도르가 자신을 돌봐주는 아니엘라 수녀에게 말했다. "제가 많이 아픈 거 같아요. 아마 곧 죽으려나 봐요."

"아니에요, 이지도르. 당신은 아직 젊고 튼튼해요."

아니엘라 수녀는 어떻게든 이지도르의 기운을 북돋아주려 했다.

"전 늙었어요." 이지도르가 고집스럽게 말했다.

이지도르는 실망했다. 노년기가 되면 만물을 깊이 있게 볼 수 있는 혜안이 트이고, 세상이 어떻게 돌아가는지도 이해할 수 있으리라 기대했었다. 하지만 여전히 아무것도 명확하지 않았다. 그저 뼈마디가 쑤시고, 잠을 이룰 수 없을 따름이었다. 죽은 사람도, 산 사람도, 그 누구도 그를 찾아오지 않았다. 이지도르는 밤마다 익숙한 영상을 보았다. 기억 속에 남아 있는 루타의 모습, 기하학적인 환상들. 텅 빈 공간 속에서 각이 지고 흐릿한 모형들이 둥둥 떠다녔다. 하지만 날이 갈수록 그 영상들은 점점 빛을 잃고 희미해졌다. 모형들도 형체가 뒤틀리고 보잘것없어졌다. 영상 또한 그와 함께 점점 노쇠해지는 듯했다.

이지도르에게는 표를 그리며 씨름할 힘이 더는 없었다. 그래서 세상의 사방위를 보기 위해 다리를 질질 끌며 침대에서 일어나 양로원 건물 안을 돌아다녔다. 이렇게 왔다 갔다 하는 데 하루가 꼬박 걸렸다. 공사가 제대로 이루어지지 않았는지, 양로원 건물에는 북쪽으로 향하는 창문이 없었다. 마치 건물의 설계자가 노인들의 심기를 불편하게 하지 않기 위해 가장 어두운 네 번째 방향을 거부한 것만 같았다. 그래서 북쪽을 보려면, 발코니로 나가서 난간 밖으로 몸을 기울여야만 했다. 그러면 건물 모서리 뒤편으로 끝없이 펼쳐진 검은 숲과 가느다란 띠를 연상시키는 도로가 보였다. 겨울은 이지도르에게서 아예 북쪽 풍경을 앗아가버렸다. 동절기가 되면, 발코니를 잠가놓기 때문이었다. 그럴 때면 이지도르는 텔레비전이 쉴 없이 켜져 있는 주간 휴게실의 안락의자에 앉아서 하루를 보냈다.

이지도르는 잊어버리는 법을 터득했다. 망각은 그에게 안도감을 안겨주었다. 생각보다 훨씬 쉬웠다. 그저 하루 동안 숲과 강에 대해 생각하지 않고, 어머니를, 밤색으로 물든 자신의 머리카락을 보며 기뻐하던 미시아를 떠올리지 않으면 그만이었다. 집을, 네 개의 창문이 있는 다락방을 하루 동안 잊어버리면 그것으로 충분했다. 그렇게 이튿날이 되면, 영상들이 점점 흐릿해지고 서서히 바래져갔다.

그러다 결국 이지도르는 걸을 수 없게 되었다. 항생제를 투입하고 방사선 치료를 해도 그의 뼈와 관절은 점점 굳어갔고, 그 어떤 동작도 할 수 없게 되어버렸다. 이지도르는 격리병동으로 옮겨져서 서서히 죽어갔다.

죽음이라는 건, 지금껏 이지도르를 형성해왔던 모든 것들이 체계적으로 분열되는 과정이었다. 급속도로 진전되는 돌이킬 수 없는 과정이면서, 자기 완성형이면서, 극도로 효과적인 과정이기도 했다. 마치 얼마 전에 양로원에서 도입한 정산 시스템처럼 컴퓨터에서 불필요한 정보가 자동으로 삭제되는 과정과 비슷했다.

제일 먼저 삭제된 건, 이지도르가 그동안 살면서 힘들게 정립한 이상과 신념, 생각, 추상적 개념들이었다. 그러다 어느 순간, 넷으로 이루어진 것들이 사라졌다.

직선	사각형	삼각형	원
더하기	빼기	곱하기	나누기
소리	말	그림	상징
자비	아름다움	힘	지배
윤리학	형이상학	인식론	존재론

공간	과거	현재	미래
넓이	길이	높이	시간
좌	상	우	하
투쟁	고통	양심의 가책	죽음
뿌리	줄기	꽃	열매
신맛	단맛	쓴맛	짠맛
겨울	봄	여름	가을

그리고 마지막으로

서	북	동	남

다음으로는 이지도르가 사랑했던 장소들이 점차 흐릿해지고, 사랑하는 사람들의 얼굴과 이름들이 희미해졌다. 그렇게 그가 아는 모든 이들이 망각 저편으로 자취를 감추었다. 뒤를 이어 이지도르의 감정이 사라졌다. 먼 옛날 그가 맛보았던 벅차오르는 감동(미시아가 첫아이를 출산했을 때), 끝없는 절망(루타가 떠났을 때), 기쁨(그녀에게서 편지가 왔을 때), 확신(넷으로 이루어진 것들을 발견했을 때), 공포(그와 이반 무크타를 향해 총알이 날아왔을 때), 자부심(우체국에서 보상금을 받았을 때), 그

밖의 수많은 다른 느낌들. 그러다 마침내 마지막으로 아니엘라 수녀가 "그가 사망했습니다"라고 말했을 때, 이지도르가 내부에 간직하고 있던 빈 공간이 꿈틀대기 시작했다. 그것은 천상의 것도 지상의 것도 아닌, 오직 이지도르의 것이었다. 그 공간이 산산이 부서지고 뿔뿔이 흩어지더니, 마침내 영원히 사라져버렸다. 그것은 전쟁이나 화마, 아니면 행성의 폭발이나 블랙홀의 붕괴보다 더 끔찍한 파멸의 광경이었다.

그때 양로원에 크워스카가 나타났다.

"늦으셨네요. 그는 사망했습니다."

그녀를 향해 아니엘라 수녀가 말했다.

크워스카는 아무런 대답도 하지 않고, 이지도르의 침대 옆에 앉았다. 그리고 이지도르의 이마에 손을 얹었다. 이지도르의 육신은 이미 숨을 멈췄고, 심장도 더는 뛰지 않았다. 하지만 그의 몸은 여전히 따뜻했다. 크워스카는 이지도르를 향해 몸을 숙이고는 그의 귀에 대고 속삭였다.

"세상 어디에도 머물지 말고, 얼른 떠나렴. 다시 돌아오라는 꼬임에도 절대 넘어가선 안 돼."

사람들이 와서 이지도르의 시체를 가져갈 때까지 크워스카는 줄곧 그의 옆을 지켰다. 그 후에도 크워스카는 하루 밤낮을 꼬박 이지도르가 누워 있던 침대 옆에 앉아서 쉴 새 없이 뭐라고 중얼

거렸다. 이지도르가 영영 떠났다는 확신이 든 뒤에야 비로소 그
녀는 자리를 떠났다.

게임의 시간

신은 점점 늙어갔다. 그리하여 여덟 번째 세계에서 신은 이미 노쇠해버렸다. 그의 사고력은 점차 약해졌으며 곳곳에 허점이 생겼다. 말도 횡설수설했다. 신의 생각과 말로써 생겨난 세상도 마찬가지였다. 하늘은 말라비틀어진 나무처럼 갈라지고, 땅은 여기저기가 썩어 문드러져 동물들과 사람들의 발밑에서 무너져 내렸다. 세상의 경계는 닳고 해져서 먼지가 되었다.

신은 완벽해지고 싶었기에 모든 걸 멈췄다. 그러자 움직이던 것들이 그 자리에 정지했고, 그 자리에 멈춰 서 있던 것들은 허물어졌다.

신은 생각한다. '세상을 창조하는 건 쓸데없는 일이다. 아무리 세상을 창조해봐도 얻어지는 건 전혀 없다. 뭔가를 발전시키거나 확장할 수도 없으며, 아무것도 바뀌지 않는다. 그저 헛된 일일 뿐.'

신에게 죽음이란 존재하지 않는다. 하지만 때로 신은 자신이 세상 속에 가두어놓고, 시간의 굴레에 얽매어놓은 인간들처럼 죽어버리고 싶었다. 이따금 인간의 영혼은 만물을 꿰뚫어 보는 신의 시야에서 감쪽같이 벗어나서 어디론가 사라지곤 했다. 그럴 때면 신의 갈망은 더욱 강렬해졌다. 자신 말고도 절대 불변의 질서가 존재하고 있으며, 그 질서로 인해 변화하는 모든 것들이 하나의 모형으로 결합된다는 사실을 신은 알고 있었기 때문이다. 그리하여 신조차 아우르는 그 질서 안에서 시간에 의해 흩어져버리는 순간적인 모든 것들이 마침내 시간의 너머에서 일제히, 그리고 영원히 존재하기 시작한다.

아델카의 시간

키엘체에서 버스를 탄 아델카는 고시치니에츠에서 내렸다. 잠에서 막 깨어난 듯한 느낌이 들었다. 그동안 깊은 잠에 빠져서, 어느 낯선 도시에서 남들과 어울려 지내는, 혼란스럽고 불확실한 자신의 또 다른 삶을 꿈꾼 것 같았다. 그녀는 정신을 차리기 위해 머리를 양옆으로 흔들었다. 그리고 앞에 펼쳐진, 태고로 향하는 숲길을 보았다. 길의 양옆에 늘어선 보리수, 검은 벽처럼 빽빽이 나무가 늘어선 보데니차 숲, 모든 것이 예전 그대로였다.

아델카는 잠시 걸음을 멈추고, 핸드백을 고쳐 멨다. 그리고 이탈리아제 구두와 낙타털로 짠 값비싼 모직 코트를 살펴보았다. 자신의 모습이 패션 잡지의 모델이나 대도시에서 온 여자들처럼 아름답다는 것을 그녀는 알고 있었다. 아델카는 높은 굽 때문에 불안정한 걸음의 균형을 맞추면서 꼿꼿이 걸었다.

숲을 빠져나오자마자 갑자기 광활한 하늘이 모습을 드러내며 그녀를 압도했다. 하늘이 이처럼 드넓을 수도 있다는 것을, 그래서 하늘 어딘가에 미지의 다른 세상이 존재할 수도 있다는 것을 그동안 아델카는 잊고 지냈었다. 키엘체에서는 이런 하늘은 한 번도 보지 못했다.

낯익은 지붕이 보였다. 라일락 덤불이 어찌나 무성하게 자랐는지, 아델카는 두 눈을 믿을 수가 없었다. 좀 더 가까이 다가가자 심장이 박동을 멈췄다. 파푸가 고모의 집이 사라진 것이다. 집이 있던 자리에는 허공만 있었다.

아델카는 정원의 출입문을 열고, 안으로 들어갔다. 대문도 창문도 잠겨 있었다. 안마당으로 발걸음을 옮겼다. 풀이 무성했다. 공작새처럼 알록달록하고 덩치가 작은 개량종 암탉들이 풀숲 사이로 뛰어다니고 있었다. 어쩌면 아버지와 이지도르 삼촌이 돌아가셨을지도 모른다는 생각이 아델카의 머릿속을 퍼뜩 스치고 지나갔다. 아무도 자기에게 소식을 전해주지 않았다면? 그래서 지금 이렇게 이탈리아제 구두에 최신 유행의 코트를 차려입고서 빈집에 온 거라면?

아델카는 짐 가방을 내려놓고 담뱃불을 붙인 뒤, 과수원을 지나 파푸가 고모의 집이 있던 곳으로 갔다.

"그래, 담배를 피우는구나." 갑자기 낯익은 목소리가 들려왔다.

아델카는 무의식적으로 담배를 땅바닥에 던졌다. 갑자기 목구멍에서 응어리가 차올랐다. 아버지 앞에만 서면 항상 느꼈던, 어린 시절의 해묵은 두려움이 그녀를 엄습했다. 눈을 들어보니 그가 있었다. 과거에 누이의 집이 있던 자리, 지금은 돌무덤만 쌓여 있는 곳에 등받이가 없는 부엌 의자를 놓고, 그가 앉아 있었다.

"아버지, 여기서 뭐 하세요?" 아델카가 놀라며 물었다.

"집을 둘러보고 있지."

아버지가 대체 무슨 말을 하는지, 아델카는 이해할 수가 없었다. 부녀는 말없이 서로를 쳐다보았다. 아버지는 몇 주 동안 면도를 하지 않은 듯했다. 하얗게 센 턱수염 때문에 아버지의 얼굴에 서리가 내려앉은 것 같았다. 아델카는 지난 세월 동안 아버지가 매우 늙었음을 깨달았다.

"제가 변했나요?" 아델카가 물었다.

"나이를 먹었구나. 다들 그렇듯이."

아버지가 집을 향해 시선을 옮기며 대답했다.

"대체 무슨 일이 일어난 거예요, 아빠? 이지도르 삼촌은 어디 계세요? 아빠를 도와주는 사람은 아무도 없어요?"

"다들 나한테서 돈이나 뜯어내려 하고, 이 집을 차지하려고 안달이지. 마치 내가 죽기라도 한 것처럼 말이야. 근데 난 이렇게 살아 있단다. 엄마 장례식에는 왜 안 왔니?"

아델카는 담배 생각이 간절했다.

"제가 여기에 온 건, 잘 살고 있다고 말씀드리기 위해서예요. 대학도 졸업했고 일도 하고 있어요. 딸아이도 이미 다 컸고요."

"왜 아들을 낳지 않았니?"

목구멍에서 다시금 익숙한 응어리가 차올랐다. 또다시 잠에서 깨어난 듯한 느낌이 들었다. 키엘체도 존재하지 않고, 이탈리아제 하이힐도, 낙타털로 짠 모직 코트도 자취를 감추었다. 마치 강물에 휩쓸려 닳아버린 제방처럼 시간이 바닥으로 미끄러져 내려가서, 자기와 아버지, 두 사람을 과거로 데려가려고 안간힘을 쓰는 듯했다.

"그냥 그렇게 되었어요." 아델카가 대답했다.

"너희들 모두 딸만 낳았잖니. 안테크도 딸만 둘, 비테크는 딸하나, 쌍둥이들도 각자 둘씩. 그리고 너까지 딸이라니. 모든 걸 기억하고 꼼꼼히 세고 있는데, 여태껏 손자를 보지 못했구나. 넌 나를 실망시켰다."

아델카는 주머니에서 담배 한 대를 꺼내어 불을 붙였다.

아버지가 라이터의 불꽃을 물끄러미 쳐다보았다.

"남편은?" 아버지가 물었다.

아델카는 숨을 들이마셨다가 안도의 한숨을 내쉬듯 담배 연기를 길게 내뿜었다.

"남편은 없어요."

"널 버리고 떠났냐?" 아버지가 물었다.

아델카는 몸을 돌려 집 쪽으로 발걸음을 옮겼다.

"기다려라. 집은 잠겨 있어. 도둑도 많고 건달들이 들끓어서 말이지."

아버지는 천천히 아델카의 뒤를 따라왔다. 그러고는 주머니에서 열쇠 꾸러미를 꺼냈다. 아델카는 아버지가 첫 번째, 두 번째, 세 번째 자물쇠를 차례차례 여는 모습을 지켜보았다. 아버지의 손이 떨리고 있었다. 아델카는 자기가 아버지보다 키가 크다는 사실을 발견하고는 묘한 기분이 들었다.

아델카는 아버지를 따라 주방에 들어섰다. 그러자 낯익은 주방의 냄새, 차갑게 식은 화덕에서 풍기는 악취와 우유 탄내가 났다. 아델카는 마치 담배 연기를 들이마시듯 그 익숙한 냄새를 음미했다.

식탁 위에는 씻지 않은 접시들이 놓여 있고, 그 위를 파리 몇 마리가 천천히 날아다니고 있었다. 창문을 통해 들어온 햇빛이 밀랍을 칠한 식탁보 위에 문양을 그려놓고 있었다.

"아빠, 이지도르 삼촌은 어디 있어요?"

"예슈코틀레에 있는 양로원으로 보냈었어. 이미 나이도 많았고, 거동도 불편했거든. 그러다 세상을 떠났단다. 결국엔 우리 모두가 그렇게 되겠지."

아델카는 의자 위에 쌓여 있던 옷더미를 옆으로 치우고, 거기에 앉았다. 울고 싶었다. 구두 굽에 흙덩이와 마른 잔디가 들러붙어 있었다.

"삼촌을 가엾게 여길 필요는 없어. 돌봐주는 사람도 있었고, 세끼 식사도 꼬박꼬박 제공받았으니까. 나보다 훨씬 나은 형편이었다고. 나는 혼자서 모든 걸 살피고 일일이 챙겨야만 하는데."

아델카는 자리에서 일어나 거실로 들어갔다. 아버지는 느릿느릿 뒤따라오면서 그녀에게서 눈을 떼지 않았다. 아델카는 탁자 위에 잔뜩 쌓인, 잿빛으로 변해버린 속옷 더미들을 보았다. 러닝셔츠, 속바지, 팬티. 신문지 위에는 나무 손잡이가 달린 인장과 인주가 놓여 있었다. 속바지 몇 장을 집어 들고 살펴보니, 다음과 같은 내용의 인장이 흐릿하게 찍혀 있었다. '파베우 보스키, 감독관.'

"사람들이 훔쳐 가거든. 빨랫줄에 널어놓은 속바지까지 몰래 가져간단 말야."

아버지가 말했다.

"아빠, 며칠 동안 여기서 함께 지낼게요. 청소도 해드리고, 케이크도 구워드릴게요……." 아델카는 코트를 벗어서 의자 위에 걸쳐놓았다. 스웨터의 소매를 걷어붙이고, 탁자 위에 있는 지저분한 컵들을 치우기 시작했다.

"손대지 마라." 아버지의 목소리는 뜻밖에 날카로웠다. "다른 누군가가 이 집을 멋대로 관리하는 건 원치 않는다. 나 혼자도 얼마든지 잘 해낼 수 있으니까."

아델카는 마당에 놓아둔 짐 가방을 가져와서 지저분한 탁자 위에다 선물을 꺼내놓았다. 크림색 셔츠와 넥타이는 아버지를 위해, 남성용 향수와 초콜릿은 이지도르 삼촌을 위해 산 것이었다. 딸의 사진을 손에 쥐고서 머뭇거리던 아델카가 입을 열었다.

"제 딸이에요. 보실래요?"

아버지는 사진을 받아 들고 유심히 들여다보았다.

"아무하고도 안 닮았네. 몇 살이니?"

"열아홉요."

"아니, 대체 그동안 뭘 하며 산 거냐?"

아델카는 잠시 숨을 골랐다. 할 이야기가 너무도 많았기 때문이었다. 하지만 막상 입을 떼려 하자, 갑자기 머릿속이 하얘졌다.

파베우는 말없이 선물을 챙겨서 거실 장식장으로 가져갔다. 열쇠 꾸러미가 짤랑거렸다. 참나무 장식장 문에 매달아놓은 특허받은 자물쇠가 덜그럭거리는 소리가 들렸다. 아델카는 주방을 이리저리 둘러보았다. 그동안 잊고 지냈던 낯익은 물건들이 눈에 들어왔다. 타일을 바른 화덕 옆에 설치한 고리에는 뜨거운 수프가 빨리 식지 않도록 바닥을 이중으로 제작한 우묵한 접시가 걸려 있었다. 선반에는 사기로 만든 용기들이 가지런히 놓여 있었는데, 몸통에는 푸른색으로 각기 다음과 같은 글귀가 적혀 있었다. '밀가루, 쌀, 메밀, 설탕'. 아델카가 기억하기로 설탕 용기에는 오래전부터 금이 가 있었다. 거실로 들어가는 문 위에는 에슈코틀레 성모화의 복사본이 걸려 있었다. 성모의 아름다운 두 손이 매끄러운 목선을 매혹적인 자태로 가리고 있었다. 그리고 가슴이 있어야 할 자리에는 심장을 상징하는 피처럼 붉은 살덩이가 그려져 있었다.

도자기로 만든 둥그런 몸통과 맵시 있는 서랍이 달린 커피 그라인더에서 아델카의 시선이 멈췄다. 거실에서는 장식장의 자물쇠를 여느라 덜그럭거리는 소리가 계속해서 들려왔다. 아델카는 잠시 망설이다가 선반에 놓인 커피 그라인더를 재빨리 꺼내어 짐 가방 안에 넣었다.

"얘야, 넌 너무 늦게 돌아왔어. 이미 모든 게 끝났단다. 죽을 시간이 되었거든."

아버지가 마치 기발한 농담이라도 했다는 듯이 큰 소리로 웃었다. 언젠가 그토록 가지런하고 아름다웠던 아버지의 새하얀 이빨이 이제는 하나도 남지 않았다. 부녀는 다시 말없이 마주 보며 앉아 있었다. 밀랍을 칠한 식탁보에 햇빛이 그려놓은 무늬를 무심히 쳐다보던 아델카의 시선이 블랙커런트로 담근 주스병에 머물렀다. 병 안에는 파리 몇 마리가 빠져 죽어 있었다.

"여기서 좀 머물다 갈 수도 있어요⋯⋯."

아델카가 속삭였다. 담뱃재가 치마로 떨어졌다.

파베우는 창문을 향해 얼굴을 돌리고, 먼지 낀 유리창 너머로 과수원을 바라보았다.

"아무것도 필요치 않단다. 아무것도 무섭지 않고."

아버지가 무슨 말을 하고 싶은지, 아델카는 이해했다. 그녀는 자리에서 일어나 천천히 코트를 입었다. 그리고 수염이 덥수룩하게 자란 아버지의 양쪽 뺨에 어색하게 입을 맞추었다. 마당의 출입문까지 아버지가 배웅을 나오리라고 기대했지만, 아버지는 등받이 없는 부엌 의자가 놓인 돌무덤이 있는 쪽으로 발걸음을 돌렸다.

아델카는 고시치니에츠의 오르막길에 들어서고 나서야 도로에 아스팔트가 깔렸다는 사실을 깨달았다. 보리수는 예전보다 작아 보였다. 가벼운 돌풍이 불어와서 가지를 흔들어대자, 보리수 잎사귀가 바닥으로 우수수 떨어져 내렸다. 언젠가 스타시아 파푸가의 텃밭이 있던 바로 그 자리였다. 지금은 풀숲만 무성했다.

보데니차 숲 근처를 지나가면서 아델카는 손수건을 꺼내어 이탈리아제 구두를 닦고, 머리를 매만졌다. 아델카는 그로부터 한 시간 동안이나 버스를 기다리며, 정류장에 앉아 있었다. 버스에 올라타니 승객은 아델카 혼자뿐이었다. 그녀는 가방을 열어 그라인더를 꺼냈다. 그리고 천천히 손잡이를 돌리기 시작했다. 운전기사가 이상하다는 듯 백미러를 통해 아델카를 흘끔거렸다.

옮긴이의 말

그렇게 시간은 공간이 되고······

올가 토카르추크의 시간들

2018년 맨부커상 인터내셔널 부문을 수상한 올가 토카르추크는 현재 폴란드에서 매우 두터운 독자층을 확보하고 있는 소설가다. 바르샤바 대학교에서 심리학을 전공했고, 문화인류학과 철학에 조예가 깊으며, 특히 칼 융의 사상과 불교 철학에 남다른 관심이 있다.

대학 졸업 후 심리 치료사로 일하던 토카르추크는 1989년 시집《거울 속의 도시들》을 발표하지만, 별로 주목을 받지는 못했다. 하지만 첫 번째 소설인《책의 인물들의 여정》(1993)이 평단과 대중의 고른 지지를 받으면서 전업 작가로 전향하게 된다.

이후 《E. E.》(1995), 《태고의 시간들》(1996), 《낮의 집 밤의 집》 (1998), 《세상의 무덤 속 안나 인》(2006), 《방랑자들》(2007), 《죽은 이들의 뼈 위로 쟁기를 끌어라》(2009), 《야고보서》(2014) 등의 장편소설을 발표했고, 단편소설집으로 《옷장》(1997), 《여러 개의 작은 북 연주》(2001), 《마지막 이야기들》(2004), 《기묘한 이야기들》(2018)을 펴냈다.

출간되는 작품마다 빠짐없이 베스트셀러를 기록하며 폴란드 독자들로부터 열띤 호응을 받고 있는 토카르추크는 상복이 많은 작가이기도 하다.

데뷔작이자 첫 번째 장편소설인 《책의 인물들의 여정》이 폴란드 출판인 협회가 선정하는 '올해의 책'으로 선정되었다. 세 번째 장편소설 《태고의 시간들》은 40대 이전의 작가들에게 수여하는 유서 깊은 문학상인 코시치엘스키 문학상을 수상했으며, 폴란드에서 최고의 권위를 자랑하는 니케 문학상의 '독자들이 뽑은 최고의 작품' 부문으로도 선정되었고, 폴란드 시사 잡지 〈폴리티카〉가 선정한 '올해의 추천도서'에 뽑히기도 했다. 2008년에는 《방랑자들》로 니케 문학상 대상을 수상했고, 2014년에 《야고보서》로 다시 한번 니케 문학상 대상을 차지하는 쾌거를 이루었다. 2018년에는 《방랑자들》의 영어판이 맨부커상 인터내셔널 부분을 수상했다.

토카르추크의 작품은 영어, 프랑스어, 스페인어, 독일어, 스웨덴어, 체코어, 덴마크어, 리투아니아어, 크로아티아어, 카탈로니아어, 중국어, 일본어 등 여러 언어로 번역되어 다양한 문화권에서 사랑받고 있다.

《E. E.》는 폴란드에서 TV 드라마로 제작되기도 했고,《낮의 집 밤의 집》과《태고의 시간들》은 연극으로도 공연되었다. 단편 소설 〈주레크〉와《죽은 이들의 뼈 위로 쟁기를 끌어라》는 영화로 각색되어 스크린에서 관객들을 만났다.

올가 토카르추크의 작품 세계

"내게 소설 쓰기는 나 자신에게 동화를 들려주는 일이 어른스러운 방법으로 변형된 것이다. 마치 어린아이들이 잠들기 전에 옛날이야기를 떠올리는 것처럼."

— 올가 토카르추크

신화와 전설, 외전(外典), 비망록 등 다양한 장르를 차용한 토카르추크의 작품은 인간의 존재론적 숙명과 실존적 고독, 신과 인간의 관계 등을 특유의 예리하면서도 섬세한 시각으로 포착하고 있다. 심리학도로서 또 심리 치료사로서 활동했던 독특한 이력은 토카르추크의 작품 세계에 뚜렷한 흔적을 남기고 있는데, 그 예로 인물의 꿈, 내면, 무의식 등을 정교하게 형상화함으로써 인간의 내면 심리를 묘사하는 데 탁월함을 보여준다.

"프로이트를 읽고 난 이후로 세상을 더는 예전과 같은 방식으로 볼 수 없었다. 내 인식에 뭔가 이상한 일이 일어났으니, 더 이상 세상을 일대일로 순수하게 바라볼 수가 없었던 것이다. 지금까지는 그저 눈에 보이는 대로 세상을 봤지만, 이제는 그럴 수가 없었다. 프로이트를 접한 뒤부터는 그 무엇도 당연한 것은 없었다."[*]

토카르추크의 소설은 단선적 혹은 연대기적인 흐름으로 서사를 전개해나가기보다는 단문이나 짤막한 에피소드들을 씨실과 날실 삼아 촘촘히 엮어서 하나의 이야기를 빚어낸다. 비단 인간뿐 아니라 각종 동식물에서부터 신성(神性)을 가진 매체에 이르기까지 존재하는 모든 것들이 '주체'가 되어 단편적인 조각글의

---

[*]   Olga Tokarczuk, "Palec w soli, czyli Krótka historia mojego czytania", [in:] *Światy Tokarczuk*(ed. M. Rabizo-Birek, M. Pocalun-Dydycz, A. Bienias), Rzeszów, 2013, p. 22.

주인공으로 등장하며, 작가는 이러한 개체들의 개별적인 삶의 방식과 존재의 의미에 남다른 관심을 표명한다.

《태고의 시간들》을 비롯하여 《낮의 집 밤의 집》, 《방랑자들》을 통해 확인할 수 있듯이 신화적 상상력이나 마술적 리얼리즘의 경향도 발견할 수 있다. 토카르추크는 일련의 작품들을 통해 공간의 신화화를 추구하면서 여기에 실제 폴란드 역사에 등장했던 요소들을 적절히 접목함으로써 현실과 초자연적 현상이 공존하는 새롭고도 독특한 소우주를 창조하고 있다. 그리고 그 속에서 순환성, 원형성을 특징으로 하는 신화적 시간을 펼쳐 보인다. 토카르추크의 작품 속에서 신화적 시간은 역사적 시간도, 개인의 자전적 시간도 아닌, 신화의 영원한 현재를 역설한다.

토카르추크의 작품에서는 여성이 화자로 등장하거나 여성이 중심인물이 되어 서사의 축을 담당하는 경우가 빈번하다. 특히 탄생부터 성장, 출산, 노화, 죽음에 이르기까지 여성의 삶의 여정을 자연스럽게 그려내면서 '여성으로서 존재한다는 것'의 의미를 발견하는 데 주력하고 있다는 점에서 포스트페미니즘적인 성향도 엿볼 수 있다.

토카르추크는 2006년 한국문학번역원의 초청으로 '제1회 세계 젊은 작가 축전'에 참가하기 위해 한국을 방문한 적이 있는데, 이후 언론 인터뷰에서 종종 한국 방문 당시의 추억을 회고하며 한국에 대한 애착과 그리움을 표명하곤 한다. 다음은 한 폴란드 잡지와의 인터뷰에서 토카르추크가 한국에 대해 언급한 내용이다.

"내가 지금까지 본 색깔 중에 가장 아름다운 것은 한국 스님들이 입는 승복의 회색빛이다. 그것은 염료를 푼 물에 캔버스 천을 담가서 만들어진다. (⋯) 서울이나 홍콩에서 여성들의 옷차림을 본 순간, 나는 너무나 아름다워서 입을 다물 수가 없었다. 유럽, 특히 중부 유럽 여자들이 즐겨 입는 스타일과는 근본적으로 너무나 달랐기 때문이다. 그곳에서는 유럽에서 흔히 볼 수 있는, 선정적인 방식으로 여성성을 강조하려 애쓰는 경향을 찾기가 힘들었다."

2006년 한국을 방문했을 당시, 올가 토카르추크는 작가 정영문 선생과의 대담에서 자신의 글쓰기에 대해 다음과 같은 말을 남겼다.

"글을 쓰고 있는 동안, 나는 시간을 붙들고, 한 발자국 떨어져 그 시간을 바라보는 듯한 느낌을 받는다. 그리고 소멸이나 혼돈에 맞서 뭔가 쓸모 있는 일을 하고 있다는 생각이 든다. 만약 글로

적지 않았다면 영원 속으로 사라져버렸을 무언가를 붙잡을 수 있기 때문이다.

인간의 삶 속에는 통상 수많은 패러독스와 불가항력적인 운명, 신비한 우연이 도사리고 있다. 하지만 우리는 대부분 우리를 둘러싼 질서나 순리에 대해 근본적으로 이해하지 못하는 것 같다. 순간을 붙잡고 싶다는 바람 외에도 내가 글을 쓰는 또 다른 이유는 바로 내가 경이롭게 생각하는 것들, 의아하게 여기는 것들을 다른 사람들과 나누고 싶기 때문이다."

태고: 현실과 환상이 공존하는 공간

"토카르추크는 '태고'라는 소세계의 창조자로서 이 세계에 자신만의 질서와 인과율을 부여하였다. 그 세계는 완전한 허구도 아니고, 실재의 재현물도 아닌, 경계 어딘가에 자리 잡고 있다."

—피오트르 마르치슈크(문학평론가)*

* P. Marciszuk, "Prawiek Olgi Tokarczuk, czyli literackie stwarzanie świata", *Literatura, filozofia, mit*, Warszawa, 2008, p. 68.

《태고의 시간들》은 20세기(대략 1910년경부터 대략 1990년대 초반까지)를 배경으로 토카르추크가 창조해낸 상상의 마을 '태고'에서 살아가는 니에비에스키 가족 삼대(미하우와 게노베파, 미시아와 이지도르, 아델카)에 걸친 이야기를 담은 작품이다. 전지적 작가 시점으로 전개되는 이 소설은 '~의 시간'이라는 소제목이 붙어 있는 84편의 조각 글들로 구성되어 있는데, 각 장의 주인공은 태고에 존재하는 다양한 주체들(니에비에스키 가족과 그 이웃들, 외부인들, 동식물, 신(神), 사물, 죽은 자 등)이다. 각각의 에피소드는 언뜻 독립적이고 개별적인 것처럼 보이지만, 같은 시공간 속에서 전개되고 있기에 서로 긴밀하게 뒤얽히고 맞물려 있으며, 하나의 중심 서사를 향해 유기적으로 연결되며 흘러간다.

작품의 공간적 배경으로 설정된 '태고'는 키엘체 인근에 있는 가상의 마을로 작품의 첫 문장을 통해 설명하고 있듯이 "우주의 중심에 놓인 곳"이다. 마을 이름인 '태고'는 폴란드어로 '프라비에크(prawiek)', 즉 아주 오래된 원시의 시간을 뜻한다. 태고는 어디에나 있음 직한 평범한 시골 마을이라는 점에서 시공을 초월한 '열린 공간'이다. 하지만 흑강과 백강으로 둘러싸여 있고, 천사들이 동서남북의 경계를 지키고 있다는 점에서 보면, 고유한 질서와 법칙의 지배를 받는 '닫힌 공간'이기도 하다. 그러므로 태고는 어디에도 없지만, 어느 곳에나 존재하는 공간이라고 할 수 있다.*

성서의 창세기를 연상시키는 도입부의 묘사는 모든 것이 변치 않고 제자리에 놓여 있는 영속적이고 조화로운 공간, 즉 에덴동산을 떠올리게 한다. '태고' 안에 머무르는 동안 등장인물들은 안정과 조화를 느끼지만, 그 경계 너머의 세계(예를 들어 숲)는 혼돈과 불안, 카오스로 가득 찬 공간으로 암시된다. 백강과 흑강은 각각 선과 악을 상징하며, 두 강의 물줄기는 마을 어귀의 방앗간 근처에서 하나로 융합된다. 이러한 요소들은 태고라는 공간에 깃든 신화적 원형성을 대변한다.

태고는 허구와 현실이 절묘하게 중첩되는 공간이다. 러시아, 프로이센, 오스트리아로부터 점령당했던 삼국 분할기(1795~1918)의 막바지인 20세기 초, 1차 세계대전(1914~1918)과 2차 세계대전(1939~1945), 유대인 학살과 전후 폴란드 국경선의 변동, 사유재산의 국유화, 냉전 체제와 사회주의 시대(1949~1989), 그리고 자유노조를 중심으로 한 민주화 운동과 체제 전환(1989)에 이르기까지 20세기 폴란드 영토에서 실제로 일어났던 역사적 사건들이 이야기의 배경이 되며, 태고의 주민들은 이러한 사

---

* 폴란드의 일부 평론가들은 토카르추크의 작품에 나타나는 마술적 리얼리즘 요소에 주목하면서 마르케스의《백 년 동안의 고독》에 등장하는 마콘도와 태고를 비교하기도 한다.

건들의 목격자 혹은 주인공으로 등장한다. 예를 들면 게노베파는 2차 세계대전 중에 이웃에 살던 유대인들이 독일군에게 끌려가 무참히 학살당하는 장면을 목격하고, 남편 미하우는 유대인 가족을 자신의 집 지하실에 숨겨주기도 하지만, 결국 그들이 다른 도시로 탈출을 시도하다 죽음을 맞았다는 비보를 듣는다. 아들인 이지도르는 사회주의 시대에 '편지'라는 매체에 매혹되어 독일이나 스위스, 벨기에와 같은 서방 국가의 여행사나 자동차 회사로부터 광고 카탈로그를 배송받는 법을 터득하지만, 이로 인해 정부 당국으로부터 서방 세계와 교신하는 스파이라는 의심을 받게 되고, 밀실로 끌려가 고초를 겪는다. 이처럼 폴란드 역사의 실제 사건들이 허구 속에 촘촘히 배치됨으로써 '태고'라는 가상의 장소는 핍진성을 확보하게 된다.

《태고의 시간들》에서는 역사와 개인의 이야기가 대립하는 동시에 공존하고 있다. 토카르추크는 미시 서사 기법을 활용하여 거대 서사를 축소하는 방식을 택함으로써 역사 속에 스러져간 익명의 존재, 역사의 뒤편에서 소수자로 취급받을 수밖에 없었던 개인의 의미를 환기한다. 다양한 역사적 사건들이 등장하지만, 정작 토카르추크가 강조하는 것은 역사에는 기록되지 않은, 혹은 기록될 수 없었던 이야기들이다.

태고: 신화적 상상력의 보고(寶庫)

"예술은 신화적 언어의 수호자이다. 내게 신화는 기억이다. 신화
는 우리가 종으로서의 연속성을 보존하고, 세상을 정돈하는 역
할을 한다. 융의 견해처럼 나도 신화가 종의 기억을 구성하는 조
각이라고 생각한다. 신화는 학습할 필요가 없으며 내재되어 있
는 것이라는 그의 사상을 나는 믿는다."

— 올가 토카르추크

신화는 《태고의 시간들》을 이해하기 위한 필수 키워드다. 일
상적인 대상에 초현실적 마술성이 부여되고, 평범한 공간 속에
서 환상적인 요소들이 천연덕스럽게 고개를 내밀며, 작품 곳곳
에서 신화, 전설, 민담, 성서 등에서 차용한 환상적 요소들이 등
장한다. 예를 들어 태고 마을의 모든 존재에게는 수호천사가 지
정되어 있고, 성당에 걸린 성화 속 인물은 주인공에게 말을 건
다. 하늘로 가는 길을 잃은 익사자 물까마귀의 영혼은 안개를 자
유자재로 다루며, 인간의 언어와 이성적 사고를 상실한 채 '늑대
인간'처럼 변해버린 '나쁜 인간'이 숲에서 출몰하기도 한다.

등장인물들의 이름에서도 신화적인 요소를 엿볼 수 있는데,
대표적인 예로 미하우 가족의 성(姓)인 '니에비에스키'는 폴란드

어로 '하늘의' 또는 '천국의'를 뜻하는 형용사이며, 파베우 가족의 성인 '보스키'는 '신(神)의' 또는 '신과 같은'이란 의미를 갖고 있다. 그 밖의 태고 주민들의 성인 헤루빈이나 세라핀 또한 천사의 이름으로 신성을 상징한다.

상속자 포피엘스키의 게임을 통해 등장하는 신의 모습 역시 우리에게 익숙한 성서의 일화들(욥의 수난기, 바벨탑 신화, 카인과 아벨 등)에 그 원형을 두고 있다. 다만 성서의 내용을 그대로 복제한 것이 아니라 작가에 의해 새롭게 변주되고 재해석된 모습으로 등장한다. 여기서 신은 전지전능한 절대자의 모습이 아니라 사랑과 질투, 증오의 감정을 느끼고, 인간에게 죽임을 당하기도 하며, 정체성의 혼란을 겪다가 육체의 쇠락과 노화를 경험하기도 하는, 지극히 인간적이고 현실적인 존재로 묘사되고 있다.

포피엘스키가 탐닉하는 게임은 '태고'의 축소판으로 '소우주'를 상징하며, 게임에 참여하는 게이머는 소우주 속에서 살아가는 '인간'을 뜻한다. 게임의 진행에서 결정적인 역할을 하는 것은 팔면체 주사위를 던져서 나오는 숫자이다. 여기에는 늘 우연의 법칙이 적용되며, 게이머의 의지와는 아무런 상관없는 결과가 도출되게 마련이다. 이는 운명의 굴레에 예속될 수밖에 없는 인간의 존재적 숙명을 상징한다.*

술 취한 남자들에게 몸을 팔다가 숲속에서 홀로 아이를 낳은 뒤 영험한 능력을 얻게 된 크워스카는 모성을 상징하는 인물로, 그리스 신화 속 대지와 농업의 여신인 데메테르를 떠올리게 한다. 가슴에서 신비한 모유가 흘러나와 사람들의 상처와 질병을 치유하지만, 공교롭게도 그녀에 의해 치유받은 사람들은 모두 전쟁에서 죽게 된다. 이 과정에서 크워스카는 신의 섭리를 대변하고, 그의 뜻을 전하는 영매적 존재로 묘사된다. 하지만 성스러운 면모만 있는 게 아니라 성과 속을 넘나드는 인물로 그려지고 있는데, 자신에게 휘파람을 부는 남자들이나 교구신부를 향해 치마를 들어 올려 엉덩이를 내보이는 장면이 그 대표적인 예다. 그리스 신화에서 딸을 잃고 헤매는 데메테르를 즐겁게 해주려고 치마를 걷어 올리고 엉덩이를 드러내 보인 엘레우시스의 여인 바우보를 연상시키는 대목이다. 뱀을 목에 두르고 다니거나 식물인 안젤리카와 사랑을 나눠 아이를 수태하고, 사람의 형상이지만 동물에 가까운 '나쁜 인간'과 기꺼이 육체관계를 맺는다는 설정을 통해, 크워스카의 이중적 면모는 더욱 확연히 드러난다. 인간과 자연, 성과 속의 경계를 오가는 이러한 모순된 성향은 기존의 남성주의적 프레임으로 범주화된 여성상, 즉 성녀 혹

---

* 마르케스의 《백 년 동안의 고독》에 나오는 멜키아데스의 '양피지 문서'와 유사하다고 볼 수 있다.

은 창녀라는 이분법적 도식을 거부하고 있다는 점에서 페미니즘적 해석의 단초를 제공해준다.

신화적 인물은 출생 단계에서부터 남다른 면을 드러내는데, 크워스카의 딸 루타 또한 그러하다. 크워스카와 안젤리카 사이에서 태어난 루타는 다른 이들이 듣지 못하는 소리(예를 들면 땅속에 파묻힌 버섯의 심장박동)를 듣고, 다른 이들이 보지 못하는 광경(태고의 안과 밖을 나누는 경계선)을 보며, 태고의 중심이 어디에 있는지를 감지해내는 능력을 보유하고 있다. 크워스카와 루타의 관계는 그리스 신화 속에 등장하는 데메테르와 딸 페르세포네를 연상케 한다. 데메테르는 지하 세계를 관장하는 죽음의 신 하데스에게 딸이 납치당하자 그와 협상을 벌이게 되는데, 결국 겨울에만 하데스가 있는 지하에 머무는 것으로 결론짓는다. 크워스카 또한 딸 루타를 우클레야와 결혼시키면서 동절기에만 그의 집에서 지내도록 한다는 조건을 제시한다.

본질적으로 신화는 인간의 행동과 심리의 원형이며, 인간의 운명에 관한 보편적인 모델이라고 할 수 있다. 평론가 야누스 클레이노츠키가 강조했듯이 토카르추크는 《태고의 시간들》을 통해 모든 위대한 소설은 신화로 통한다는 사실을 증명해내고 있다. 그런 의미에서 이 작품은 인류 보편적 가치의 보고(寶庫)라고 할 수 있다.*

태고: 시간과 공간이 만나는 접점

"문학에는 불멸의 변치 않는 뿌리, 원형이 있다고 믿는다. 나는 그 원형으로부터 자극을 받고, 영감을 얻는다. 그리고 그 원형을 바탕으로 뭔가를 창조하고, 이야기를 풀어내고, 서술해나가려 애쓴다. 그러므로 이야기를 짓는다는 건, 내 생각으로는 영원한 작업인 것 같다. 인간은 스스로가 한정된 시간을 살아가는 '유한한 존재'임을 명백히 인식하고 있기 때문이다. 바로 그렇기에 우리는 시간과 그 변화의 과정―집단적으로든 개별적으로든 간에―을 다른 이들에게 전달해야 할 강한 필요성을 실감할 수밖에 없는 것이다. 그러므로 '이야기'란 결국 '언어'만큼이나 오래되고 고전적인 것이라고 생각한다."

― 올가 토카르추크

《태고의 시간들》에서 '태고'는 소설의 공간적 배경이자 가상의 지명이기도 하지만, 동시에 '아주 오랜 옛날' 혹은 '원시의 시간'을 의미하는 단어다. 하지만 실제로 소설의 시간적 배경은 태고가 아니라 근현대이며, 역사적 사실이 곳곳에 개입되어 있

* J. Klejnocki, "W środku mitu", *Polityka* n° 43, 2008.

다. 현실 세계로부터 유리된 신화적 시공간을 그리고 있지만, 한편으로는 구체적인 실체에 발을 딛고 있는, 일종의 모순어법이다.

거의 80여 년에 이르는 비교적 긴 세월을 배경으로 거대한 역사의 줄기를 따라가고는 있지만, 동시에 개개인의 '직선적 시간'이 그 자취를 드러낸다. 또한 다양한 신화적 모티프를 통해 한 사회가 공유하는 역사적 경험과 집단적 기억, 그 속에 누적된 상징적·보편적 표상을 부각시킴으로써 '순환적·원형적인 시간'이 더불어 펼쳐진다. 현실과 환상이 공존하는 '태고'라는 소우주에서 단선적 시간과 신화적 시간이 만나 견고하게 얽혀 있는 것이다.

태고는 인간과 동식물, 사물들이 함께 어우러지는 살아 있는 유기체이다. 태고에서는 비단 인간뿐 아니라 신이나 동식물, 그리고 커피 그라인더처럼 생명력이 없는 사물들까지도 자신만의 존재 방식을 유지하며, 나름의 질서와 법칙에 따라 주어진 시간 속에서 생성과 소멸을 되풀이한다. 평범한 인물들의 삶과 더불어 신화적 성향을 지닌 존재들의 초현실적인 이야기가 병렬로 이어지면서, 태고의 공간 속에서 시간은 다양한 층위로 포개진다.

토카르추크는 《태고의 시간들》을 통해 도저히 불가능할 것만 같은 통합적 합일을 이루어냈다. 정신과 물질, 주체와 객체, 자연과 문명, 관념과 실재, 환상과 현실, 변화와 반복, 이 모든 항목들이 토카르추크의 세계에서는 결코 영구적으로 대립하지 않고, 서로 자연스럽게 넘나들고 뒤섞인다. 우리의 의식으로부터 완벽히 분리된 세계도 존재하지 않지만, 자연과 생명의 무구한 리듬에서 동떨어진 인간의 의식도 존재하지 않음을 저자는 역설한다.

《태고의 시간들》에 등장하는 다양한 인간 군상은 저마다 치열하게 각자에게 주어진 시간을 살아간다. 예를 들어 '미시아의 시간'에서는 미시아의 삶을 이야기하면서 동시에 미시아의 내면과 존재 방식을 설명하고, 결국 그것은 미시아의 삶 전체를 관통한다. 미시아의 시간이 모여 미시아의 삶을 구성하듯, 개별적인 존재의 시간들이 모여 역사를 만들어낸다. 궁극적으로 이 소설의 주제는 작품의 제목이 일컫듯 아주 먼 옛날인 태고, 즉 시원(始元)에서부터 존재했던 인류의 시간이다. '태고'라는 소우주를 중심축으로 삼아 그곳에서 살아가는 다양한 존재들의 시간이 유유히 흘러가는 곳, 그러므로 '태고'는 시간이면서 동시에 장소다. 그 시간과 장소를 채우고 있는 인간들은 탄생과 성장, 노화, 죽음에 이르는 보편적인 생의 과정을 통과해나가며 유구한 삶의 원형을 이어오고, 종국에는 시간의 풍화 작용 속에서 스러져 신화가 된다. 토카르추크가 굳이 시간을 일컫는 '태고'라는 단어를 지명을 뜻하는 고유명사로 사용한 것은 바로 이 때문이다.

소설의 마지막 장면, 고향을 떠나는 버스에 오른 아델카는 아버지 집에서 몰래 들고 나온, 어머니의 커피 그라인더를 꺼내어 천천히 돌린다. 아델카의 이러한 행위는 연속성과 지속성, 그리고 어머니라는 존재의 계승을 상징하는 것으로 볼 수 있다. 이처럼 게노베파의 시간은 미시아의 시간으로 이어지고, 그 시간은 다시 아델카에게로 연결되며, 겹겹의 시간을 잇는 고리가 된다. 모든 것이 되풀이되고 순환되면서 그렇게 우리의 삶은 계속된다.

폴란드의 평론가 마리아 옌티스가 언급했듯이 가상의 공간 태고는 생성과 소멸의 과정 안에서 지속과 변형을 되풀이하고 있다. 그러므로 태고의 이야기는 공간에 대한 이야기이자 시간에 대한 이야기이며, 동시에 인류에 대한 이야기다.[*]

신화에서 역사가 태동하고 역사가 다시 신화를 지어내면서 현실과 비현실의 경계가 와해되고, 그렇게 우리네 삶도 언젠가는 결국 신화가 된다는 것, 그리하여 신화가 또다시 현실로 탈바

[*]   Maria Jentys, *Twórczość* n° 10, 1996.

꿈하는 가운데 인류의 보편적 이야기는 바로 이 순간에도 끊임없이 탄생되고 변주되고 지속되고 있다는 깨달음…… 바로 《태고의 시간들》이 우리에게 주는 선물이다.

2019년 1월

최성은

은행나무세계문학 에세 · 22

태고의 시간들

1판 1쇄 발행 2019년 1월 25일
개정판 1쇄 발행 2025년 4월 25일

지은이 · 올가 토카르추크
옮긴이 · 최성은
펴낸이 · 주연선

(주)은행나무
04035 서울특별시 마포구 양화로11길 54
전화 · 02)3143-0651~3 | 팩스 · 02)3143-0654
신고번호 · 제 1997—000168호(1997. 12. 12)
www.ehbook.co.kr
ehbook@ehbook.co.kr

ISBN 979-11-6737-511-7 (04800)
ISBN 979-11-6737-117-1 (세트)